SV

Karl Dedecius
Ein Europäer aus Lodz

Erinnerungen

Suhrkamp Verlag

Autor und Verlag danken Doris Liebermann für die Mitarbeit und der Robert Bosch Stiftung für die großzügige finanzielle Unterstützung.

Satz: Hümmer GmbH, Waldbüttelbrunn
Druck: Nomos Verlagsgesellschaft, Baden-Baden
Printed in Germany
Erste Auflage 2006
ISBN 3-518-41756-8

1 2 3 4 5 6 – 11 10 09 08 07 06

»Geheimnisvolle Natur ... unser Zusammengehören.
Die Stete. Die größere Glückskraft.«

Robert Musil, 9. 6. 1915

Frankfurt am Main, Niederrad. 13. August 2004

Späte Stunde. Stille Stunde. Die Dunkelheit begünstigt die Konzentration. Die Lautlosigkeit hilft, sich selbst zu belauschen, hier am südlichen Stadtrand, unweit des Waldes, der auch schweigt. Vom Flughafen dahinter kein Geräusch, die letzte Straßenbahn von Oberforsthaus Richtung Stadion ist vor einer halben Stunde ins Depot gefahren.

Der kleine Lichtkegel der Leselampe kennt seine Aufgabe und Grenze. Er ist allein auf das Buch gerichtet.

Heute will ich entspannt lesen, ohne den Zwang, etwas lesen zu müssen. Vor Beginn solcher Lektüren überfliege ich meist die ersten Seiten, zwei, drei in der Mitte, dann noch eine im hinteren Teil, um den gewählten guten Jahrgang zu verkosten. Ist die Probe mit diesem Schluck bestanden, der Gaumen zufrieden, die Bereitschaft gestärkt, wird der Paginierung gefolgt, Seite für Seite.

Ich blättere in Robert Musils Tagebüchern. Diesmal hält die Hand bei der Seite inne, die mit dem Datum »9. 6. 1915« beginnt. Erster Weltkrieg. Dem Datum folgen Naturbeobachtungen »Wiesen. Märchenwald«: wohlklingende Pflanzennamen, Scharlachblume, in Verbindung mit der bestimmten Stelle einer Frau, »die nur da ist«, sich »mit ihr zu vereinen«; Anemonen, Vergißmeinnicht, Orchideen, und dazwischen ein Halbsatz, ein Hauch erotisch-heroischer Phantasie. Die letzte Zeile endet mit dem Signalwort »Die Liebe«.

Ohne Punkt, ohne Halt.

Die nächste Seite beginnt übergangslos: »Keine Frage, wo die größere Glückskraft liegt. Die Stete. Der Mut in der Schlacht. Man kann überhaupt nur lieben, wenn man religiös ist.«

Das schreibt Musil mit vierunddreißig Jahren im Brustton der Überzeugung. Er, der Erfahrene, nach Versuchen, Versuchungen im Schreiblabor und »in der Schlacht«. Für Musil keine Frage, für mich eine bohrende, bis heute: Die Schlacht und die Liebe. Und die Glückskraft, die Stete.

Ich erinnere mich: Mutter war zweifellos religiös. Konnte sie deshalb besser lieben? Liebte sie? War sie glücklich? Vater war viel weniger religiös als sie. Konnte er deshalb weniger lieben, und war er deswegen unglücklich?

Sie können mir diese Fragen nicht mehr beantworten. Mit neunzehn habe ich sie verlassen, ich wurde in den Krieg getrieben, und als ich nach zehn Jahren wiederkam, waren sie nicht mehr am Leben. Unbeantwortet gebliebene Fragen quälen.

Ich lese weiter. Überspringe keinen einzigen Satz.

»Ende Juli. Eine Fliege stirbt: Weltkrieg. Das Grammophon hat sich schon durch viele Abendstunden gearbeitet. Rosa wir fahrn nach Lodz, Lodz, Lodz ...« Ich stocke. Der Name ruft heftige Erinnerungen herauf. Mutters und Vaters Stadt, ihre Wahlheimat, meine Geburtsstadt, die Stadt meiner *education sentimentale.*

I.

HERKUNFT

Geh aus mein

Der Wahrheit Sonne kennt weder West noch Osten,
Sie läßt von ihrer Wärme alle Stämme kosten
Und spendet Licht für alle Völker, alle Lande,
Für sie sind alle Menschen ausnahmslos Verwandte.

Adam Mickiewicz

Vorgeschichte

Woher kommt, was ist

Hier fällt mir Musils Tagebuch aus den Händen. Ich bin jetzt ganz bei mir. Bei meinen Eltern, die 1912, kurz vor Ausbruch des Weltkriegs, in dem kleinen Ort Zelów, einer böhmisch-deutschen Kolonistengründung, heirateten und in die geheimnisvolle, lockende Stadt in der Nähe zogen: nach Lodz. Dort wollten sie ihr gemeinsames Leben beginnen. Ob Vater damals meiner Mutter den Saisonschlager »Martha wir fahrn nach Lodz« gesungen hatte? Jedenfalls fuhren sie dorthin, um sich von dem seit Generationen nur kurzfristig planbaren, improvisierten, unsteten Leben, von seiner Dürftigkeit zu lösen. Sie brachen mit ihren Bündeln in die »gelobte Stadt« auf, in das polnische Klondike, das jedermann Glück und Wohlstand verheißende »Eldorado des Ostens«.

Lodz war ein eigenartiger Ort. Mitten in Polen, einem Land, das sozial, kulturell und ökonomisch über Jahrhunderte hinweg allein von der katholischen Kirche, dem Adel und dem Bauerntum geprägt und ohne gewichtige Mittelschicht geblieben war, schoß plötzlich eine Gemeinschaft aus dem Boden, die sich völlig anders verhielt und zusammensetzte: Arbeiter, Kaufleute und Industrielle ohne nationalpolnische Tradition, Zugewanderte mit Pioniergeist, die das Neue als ihr Schicksal ernst nahmen und in rasantem Tempo zu ungekannten Erfolgen, zu Wachstum und Wohlstand gelangten. Daß dieses extreme Wachstum nicht ohne

Schattenseiten und negative Begleiterscheinungen bleiben konnte, wissen wir, auch aus eigener Erfahrung. Deshalb ist Lodz als »gelobtes Land« wie als »böse Stadt« in die polnische Literatur eingegangen. Beides entsprach der Wahrheit.

Die Stadt war reich, zugleich auch bettelarm, sie hatte etwas Großtuerisches mit ihren langen Straßenzügen, den imposanten Palästen und Fabriken und den kleinlauten, dazwischengedrängten, sich duckenden Holzhütten der Weber.

Die Bevölkerung war von Anfang an gemischt; die meisten Einwohner kamen aus verschiedenen Ländern, Verhältnissen, Glaubensrichtungen, Sprachen und Berufen. Das forderte besonderen Ehrgeiz und Fleiß heraus, generierte die Fähigkeit zum Zusammenleben, zur Toleranz, aber auch zum Konkurrenzkampf der Profiteure.

Zu ihnen gehörten meine Eltern nicht. Für sie war die Stadt vielleicht doch nicht böse, sondern »das gelobte Land«. Ob sich ihre Hoffnungen erfüllt haben? Das möchte ich bezweifeln.

Vater wurde im Einwohnermeldeamt als »Landwirt und Weber« eingetragen. Hunderte, Tausende zogen damals, vom Textilgoldrausch getrieben und angezogen, von nah und fern, aus ihren Dörfern, Siedlungen, aus der Land- und Arbeitslosigkeit nach Lodz.

Die Griechin Vicky Leandros, ein Jahrhundert später in Deutschlands Norden seßhaft geworden, singt heute wieder den alten Schlager »Theó! wir fahrn nach Lodz«. Herzzerreißend, nur den Namen abändernd, ruft sie *forte* und im gedehnten *legato*: »Theeee-ó!« Für meine Ohren ein Verzweiflungsschrei in ein steinernes Fabrikgebirge hinein oder ein Lockruf draußen in der Wüste.

Hier wie dort Sehnsucht nach dem Echo.

Das Ursprungsland der Väter meines Vaters war Böhmen und Mähren im Kaiserreich der Habsburger. Von dort flohen Mitte des 18. Jahrhunderts seine Vorfahren vor der Gegenreformation nach Schlesien. Die Nichtkatholiken, die »Ketzer«, wurden »peinlichen« Verhören unterzogen, geschlagen, in Gefängnisse gesperrt, von ihrem Besitz vertrieben, zur Zwangsarbeit in Ketten und zum lebenslänglichen Dienst in der Armee verurteilt. Im Namen des Kreuzes. Die Bibel, nach der die Protestanten, die Lutheraner, die Hussiten, die Reformierten leben wollten, gehörte zur verbotenen Literatur. Die Andersgläubigen konnten konvertieren, was bezweckt war, oder aus dem Lande flüchten, was wiederum verfolgt und bestraft wurde. Trotzdem entschieden sie sich für letzteres. Hunderte von ihnen, darunter meine Vorfahren väterlicherseits, emigrierten ins nahe der Grenze gelegene schlesische Münsterberg bei Waldenburg im Vorland der schlesischen Sudeten.

Dem Preußenkönig Friedrich II., der kurz zuvor in Schlesien eingefallen war und den Schlesischen Krieg 1742 gegen Österreich per Friedensvertrag in Breslau beendet hatte, war die Anzahl der Einwohner Reichtum des Landes. Er befahl seiner Administration, neue Siedlungsgebiete zu erschließen, und rief auch Ansiedler aus Schwaben ins Land. Die Zugereisten befreite er vom Glaubenszwang. In den nächsten Jahrzehnten entstanden in Schlesien zweihundertfünfzig neue Dörfer, deren Namen noch heute an den König und seine Zeit erinnern: Königshuld, Königsbruch, Gnadenfrei, Gnadenfeld, Friedrichsdorf, Friedrichshütte, Friedrichsgrätz ...

Die Friedrichsgrätzer Bevölkerung vermehrte sich rasch,

nur einen Kilometer weiter entstand eine Tochtergemeinde, Petersgrätz. Hier begegnet mir zum ersten Mal ein männlicher Träger meines Namens: mit Vornamen mal Jan, mal Johan gerufen. Jan Dedecius war in Petersgrätz Dorfältester, Sprecher der Gemeinde.

Die Erträge der Arbeit in diesen Dörfern waren dürftig, die Bildungsmöglichkeiten kümmerlich. Die Not trieb sie weiter in aussichtsreichere Gegenden. Auch Jan Dedecius, der fünf heranwachsende Söhne hatte, für die er in Petersgrätz keine Zukunft sah, zog um 1840 mit befreundeten Familien weiter nordwärts. Es hatte sich herumgesprochen, in der Kleinstadt Zelów südlich von Lodz sei großer Bedarf an Ansiedlungswilligen. Außerdem sei das Land dort billiger. Auch dort hatten sich Schwaben und Böhmen angesiedelt und ihre lutherischen und reformierten Bethäuser und Schulen eingerichtet, lauteten die Nachrichten.

Schwabensiedlungen. Um 1800

Die Väter meiner Mutter, die Schwaben, waren keine Glaubensflüchtlinge. Sie kamen aus den übervölkerten Dörfern des deutschen Südwestens. Sie hatte der Sejm der alten Adelsrepublik Polen mit Angeboten gelockt, mit brachliegenden Ländereien und mit Zusagen, »alle Beihilfe, Sicherheit und Gerechtigkeit« zu leisten. Nach der dritten Teilung Polens durch Rußland, Preußen und Österreich im Jahre 1795 war auch das »Reichs-Kolonisten-Werbungs-Büro« in Öhringen bei Heilbronn erfolgreich rührig. Die Schwaben kamen zahlreich in das preußisch besetzte Gebiet Polens.

Ich suche nach meinen Wurzeln, aber die Orte sind klein,

die Urkunden spärlich. Die Auswanderer hofften auf Frieden, Religionsfreiheit, bessere Rechte, ein Stück eigenen Ackers. Die Familien waren kinderreich, den Hof erben konnte nur einer, der älteste Sohn. Die anderen mußten ihre Existenz in der Fremde suchen und behaupten.

Nach Ankunft in Preußisch-Polen stellten die Siedlungswilligen fest, daß sie von den Reichs-Anwerbern nicht wahrheitsgemäß informiert worden waren: weder über Größe und Qualität des zugewiesenen Bodens noch über die tatsächlichen Siedlungsbedingungen. Die Landzuteilung wurde von der Höhe des mitgebrachten Vermögens abhängig gemacht: Häusler (1. Klasse) bekamen drei oder vier Morgen, kapitalkräftigere Bauern (3. Klasse) eine Hufe, das heißt, dreißig Morgen.

Enttäuscht waren vor allem die ärmeren »Erstklassigen«, die sich Hoffnung gemacht hatten, größere Höfe zu besitzen. Einige traten sofort die Rückreise an. Andere zogen weiter in die Gegend von Lodz, das seit dem Wiener Kongreß 1815 nicht mehr zum preußischen, sondern zum russisch besetzten Teilungsgebiet Polens gehörte.

Für mich, den Ex-Bürger von Lodz, Neubürger in Hessen, inzwischen seit fünfzig Jahren, war es interessant zu erfahren, daß allein zwischen 1834 und 1838 aus dem »Fürstentum Hessen« rund fünfhundert Familien in die Gegend von Lodz gezogen waren, um hier, neben der Landwirtschaft, auch hessisches Handwerk und Gewerbe heimisch zu machen.

In der Regierungszeit der Zaren Alexander II. und III., 1855 bis 1894, schürte die penetrante Russifizierungspolitik Mißtrauen gegen die deutschen Siedler: »Der wachsende Grundbesitz der ... eingewanderten Ausländer ist nicht nur unerwünscht, sondern in hohem Maße gefährlich.« In der Moskauer Denkschrift des Ministers Stolypin heißt es, die deutschen Ansiedler seien zwar formell russische Staatsangehörige, in Wirklichkeit hielten sie aber »an den Anschauungen, den Sitten, der Sprache und dem Glauben ihrer auswärtigen Stammesgenossen und ihrer ausländischen Kultur fest«. Man könne sich deshalb auf ihre Zuverlässigkeit und Ergebenheit dem russischen Staat gegenüber nicht verlassen.

Das änderte sich erst, als 1894 der deutschfreundliche Zar Nikolaus II. den Thron bestieg und im gleichen Jahr die deutsche Prinzessin Alix von Hessen-Darmstadt heiratete. Die von Nikolaus auf der Darmstädter Mathildenhöhe erbaute Russische Kapelle mit ihrer weithin goldleuchtenden Zwiebelkuppel hatte ich in meinem Arbeitszimmer im Joseph Maria Olbrich-Haus, dem Sitz des Deutschen Polen-Instituts, täglich vor Augen.

Anfänge einer Industriestadt

Lodz (Lodza) gab es bereits im 13. Jahrhundert, als unbedeutendes Dörfchen im Besitz des Fürsten der Leczycer und Dobrzycer Ländereien, Władysław. Im Jahre 1332 übereignete er es kraft eines Privilegiums den Bischöfen von Kujawien.

Unsicher ist, wann genau Lodz, am Flüßchen Łódka gelegen, Stadtrechte bekam. Die Chroniken der folgenden drei Jahrhunderte wissen über den Ort, das Dorf, den Flekken, nichts zu berichten, bis Lodza 1792, immer noch im Besitz der Bischöfe von Kujawien, unter das Zepter des Königs von Preußen kam.

Als im Jahre 1793, anläßlich der zweiten Teilung Polens,

Stadtwappen von Lodz, polnisch Łódź (Boot). Ein sprechender Name für den Geburtsort eines Übersetzers oder Fährmanns.

die polnischen Städte geschätzt wurden, zeigte sich Lodz menschenarm, wenn auch in einer herrlichen Landschaft von alten Wäldern gelegen, aus denen die wenigen Ackerbauern und Viehzüchter noch keinen Nutzen zu ziehen wußten.

Gut zwei Jahrzehnte später, im Jahre 1821, verlieh die russische Regierung Lodz die Bezeichnung Fabrikstadt. Dies war der Beginn einer Blütezeit der mit mehreren Vorteilen gesegneten Region. Der Reichtum an gesunden Wäldern ringsum, die Qualität des Wassers zahlreicher Flüßchen waren, wie sich erwies, ideal für die Bearbeitung von Textilien, zum Beispiel fürs Pressen und Glätten, das Behandeln der Wollstoffe mit Wasserdampf, um späteres Einlaufen zu vermeiden. Alles das begünstigte die rasche Ansiedlung von zugewanderten Unternehmern aus Preußen, Sachsen, dem Rheinland, Böhmen, dem Elsaß – Geyer, Scheibler, Biedermann, Eisert, Schweikert, Heinzel, Steinert, Kindermann, Horak, Kohn, Poznański –, die mit der Zeit eine Unzahl von kleinen, größeren und ganz großen Manufakturen und Fabriken bauten und den enormen Aufschwung der Stadt bewirkten.

Manche begannen mit einem Webstuhl und waren fünfzig Jahre später Herren eines Industrieimperiums mit tausend Arbeitern. Sie bewohnten Paläste wie die Fürsten, bauten Arbeitersiedlungen, unterhielten Schulen, Kirchen, Theater, Krankenhäuser, gründeten Kunst- und Musikvereine und erwirtschafteten ein Milliardenvermögen, das der Stadt zugute kam. Das Goldene Zeitalter des ehemaligen Dorfes, bald der zweitgrößten Stadt in Polen nach Warschau, war angebrochen. Davon schwärmt Lodz noch heute. Freilich, wo es Fabriken und Paläste in dieser Größe und Zahl gibt, gibt es auch Armut und Unrecht.

Begünstigt hatte den Aufschwung das Interesse des Zaren Alexander I. an der Textilindustrie für sein Reich sowie die Tüchtigkeit der zuständigen polnischen Behörden. Vom Einsatz der Arbeiter, Weber, Handwerker, Kaufleute, Ingenieure, Unternehmer ganz zu schweigen. Das Territorium der Stadt und seine Bevölkerung wuchsen in einem atemberaubenden Tempo. 1821 lebten in 112 Häusern 799 Einwohner, 1851 waren es 18 190 in 1014 Häusern. Im nächsten Jahrhundert waren es dreißigmal so viele.

Nicht alle Zuwanderer ließen sich sogleich in Lodz nieder. Viele kamen zunächst in den Dörfern und Siedlungen des Umlands unter. Dort gründeten sie neue Dörfer oder schlossen sich den bereits bestehenden Kolonien an. Von hier aus folgten sie später dem Ruf nach Lodz.

Dorf, Städtchen, Großstadt. Um 1900

Das Dorf Pożdżenice, der Geburtsort meines Vaters, das Städtchen Zelów, wo meine Mutter aufwuchs, und die Großstadt Lodz, ihre Wahlheimat und letzte Station, waren den Eltern Trigonometrie, Schicksal, Horizont. Über die Seiten, Winkel und Flächen dieses Dreiecks werde ich nichts mehr erfahren. Niemand hat sie mir überliefert, erzählt, niemand Briefe geschrieben oder Tagebücher geführt. Und die übriggebliebenen amtlichen Einträge sind wortkarg, die Erinnerungsstücke dem Krieg zum Opfer gefallen.

Nicht einmal einen »Ahnenpaß«, Erfindung der Nazis, habe ich geerbt, weil Vater ihn 1939 bis 1945 anzuschaffen und zu führen versäumen *wollte.* Als Ausdruck seines privaten Protests. So bin ich heute auf die spärlichen Funde anderer Heimatkundler angewiesen.

Die Landstraßen der Vertriebenen, die Fluchtwege der »freiwillig Geflüchteten«, der Heimatlosen seit Jahrhunderten verloren sich in der Bedeutungslosigkeit. Ihre Geschichten schienen nicht wertvoll genug, um aufgeschrieben zu werden.

Mutter. Zelów 1888 – Lodz 1942

Martha Maria, meine Mutter, war Tochter des Böttchermeisters Gottfried Reich und seiner Frau Justine, geborene Lusch. Was weiß ich von dieser Großmutter? Kaum mehr, als daß sie viele Kinder hatte, mindestens zehn. In Zelów habe ich sie vielleicht ein-, zweimal gesehen. Als sie kränklich und schwach wurde, holten meine Eltern sie nach Lodz. Es war kurz nach unserem Umzug aus dem Zentrum, wo wir ein Zimmer mit Küche bewohnt hatten, in die südliche Vorstadt Stare Rokicie, in unser eigenes Häuschen, das die Eltern 1933 gebaut hatten. Oma war damals über achtzig, sie konnte nicht mehr laufen und sprach wenig, war aber »lieb« und pflegeleicht und geistig präsent. Nur ihr Körper welkte sichtbar dahin, von Tag zu Tag mehr, geschwächt durch die vielen Geburten und Pflichten im Haushalt, im Dienste der zahlreichen Köpfe und Mägen, und durch die Arbeit in der Faßbinderei, die ihr Mann mit Sohn Oskar und einem Gesellen betrieben hatte. Offensichtlich war sie ihr Leben lang überfordert gewesen.

Von ihr hatte meine Mutter den Fleiß und das Pflichtbewußtsein, ihre Anspruchslosigkeit geerbt. Und ihr Deutsch. Es war einfach, einprägsam, schnörkellos, ein gesundes Eigengewächs, farblos zwar, aber auch kein »Lodzer Deutsch«. Mutter sagte nie: »Ich habe keine Schuhe nicht«, mit der slawisch doppelten Verneinung. Ihr Deutsch war frei von Einsprengseln, die mit den vielen zugewanderten Fremdsprachen und Dialekten, ihrem anderen Satzbau und Vokabular nach Lodz eingeschleppt wurden und sich bei der Bevölkerung festsetzten.

Mutter war unbeirrbar, auch im Irrtum, und ihr Deutsch kannte eigentlich nur eine Quelle: Luthers Bibel, des Pfarrers Kommentare und die protestantische Poetik aus dem Gesangbuch.

Diese Sprache, auf den einfachsten Nenner gebracht, war ihre Heimat.

Das Polnische war ihr, die sie keine polnische Elementarschule besucht hatte, weniger geläufig, es zu sprechen auch kein Bedürfnis. Ihr Umgang beschränkte sich auf die Zelówer Familie und ein paar deutsche Freundinnen in der Nachbarschaft, der Stadt und in der Kirche. Russisch, obwohl sie vor dem Ersten Weltkrieg wie Vater eine russische Volksschule besucht hatte, habe ich sie nie sprechen hören.

Redselig waren sie nicht, meine Vorfahren. Vielleicht haben die Slawen die Deutschen nicht grundlos Niemcy (*niemi*, die Stummen) genannt. Zum Schwätzen gab es keine Zeit und wenig Gelegenheit. Die Vorzüge und Nachteile des Vielredens blieben ihnen unbekannt, sie hatten zu viel Arbeit, kaum Freizeit und kein Talent zum Vergnügen, zum Nichtstun.

Musil meinte, lieben könne nur jemand, der religiös ist.

Mutter war mit Sicherheit religiös. Sie ging jeden Sonn- und Feiertag in die Kirche, hörte dem Pfarrer aufmerksam zu, las in ihrer Freizeit oft in der Bibel, in keinem anderen Buch, kaufte jedes Jahr den aktuellen Evangelischen Abreißkalender aus Kassel, versäumte nie, das Blatt des Tages abzureißen und den Spruch des Tages, das Bibelwort zum Tag und den Kommentar dazu, den Trost des Tages und das Gebet des Tages zu lesen. Manchmal die Strophe eines

Die Mutter, Martha Maria Reich, als junges Mädchen, Anfang des 20. Jahrhunderts.

Kirchenliedes. Das war ihre tägliche Lektüre, ihr häuslicher Gottesdienst. Sie nahm an den Veranstaltungen der Kirche teil, den Betstunden, den Chorproben. Kein Zweifel, sie war religiös. Aber konnte sie auch ebenso hingebungsvoll lieben? Dessen war ich mir nicht so sicher. Nie habe ich in ihren Worten, in ihren Gesten, in ihrer Mimik eine Regung der Liebe zu meinem Vater gesehen. Nie hat sie mich, soweit ich mich erinnern kann, zärtlich in die Arme genommen, an ihr Herz gedrückt, mit Liebkosungen verwöhnt. Als sähe sie darin keinen Sinn, als hätte sie dafür keine Zeit.

Nur in der Kirche verklärte sich ihr Gesicht, ihre beständige und zuverlässige Güte, die Fürsorge, mit der sie uns umgab. Ich ahnte eine Liebesfähigkeit, die sie außerhalb der Kirche wohl nicht zeigen konnte. So empfand ich die Kirche als Konkurrenz, die mir die Mutter streitig machte, und begann im stillen mit ihr zu hadern. Sie war die Ursache meines Glaubenskonflikts.

Eines Sonntags gab es in der Lodzer Johanniskirche einen Festgottesdienst. Unsere Vorort-Straßenbahn hatte Verspätung, und als wir in der Kirche ankamen, waren alle Plätze besetzt. Hinter den letzten Bänken standen bereits viele Leute. Mutter stellte sich brav hinten an. Ich machte sie, vielleicht etwas zu laut, darauf aufmerksam, daß es vorne noch leere Bänke gab. Sie hielt mir den Finger auf den Mund, verharrte die ganze Stunde still im Stehen und zeigte während der Predigt wieder ihr selig verklärtes Gesicht.

Der Stimme, der nicht alltäglichen Sprache des Pastors, schien sie in einem Zustand der Verzauberung zu lauschen. Vielleicht hervorgerufen vom Thema der Predigt »Vom Sinn des Glaubens«? ... Oder vom Tonfall, der Stimme des Predigers? Alles hier war feierlich, erhaben, ganz anders als das tägliche Einerlei.

Erst auf der Straße ließ sie mich ihren Unwillen spüren: »Die ersten Bänke sind reserviert. Sie werden freigehalten für diejenigen, die sie mit großen Spenden gemietet haben. Du hast doch die Namensschilder aus Messing und Porzellan auf den Plätzen vorn gesehen ...«

»Warum können wir uns nicht auch einen Platz reservieren?«

»Weil wir das Geld dafür nicht haben ...«

»Und wer hat das Geld dafür?«

»Die Geschäftsleute, die Fabrikanten ...!«

»Aber ihre Plätze waren doch heute frei. Darf man sich denn dann nicht hinsetzen?«

»Diese Leute haben viel zu tun und wenig Zeit. Manchmal kommen sie etwas später, manchmal sind sie auch krank. Das weiß man nie im voraus ... Der Pfarrer weiß schon, was recht ist. Sei nicht so ungezogen. Denke lieber über die Predigt nach, sie war sehr gut.«

Ich hatte nie den Eindruck, daß meine Mutter zu Hause glücklich war. Sie war unfähig, herzlich zu lachen. Sie hatte keinen Humor.

Vielleicht lag der Grund all dessen darin, daß sie den Tod ihres ersten Kindes nie überwinden konnte. Mein Bruder Erasmus war während des Ersten Weltkriegs an einer rätselhaften Apfelvergiftung gestorben, im Alter von zwei oder drei Jahren. Das Datum konnte mir niemand bestätigen. Wieso meine Eltern meinen Bruder auf diesen Namen taufen ließen, habe ich mir nie erklären können. Sie waren nicht belesen, schon gar nicht humanistisch gebildet. Da muß man erst einmal auf eine solche Idee kommen: Erasmus. Um diesen Vornamen habe ich meinen toten Bruder beneidet.

Nun war Krieg, Vater Soldat in Rußland, Mutter arbeitete in der Fabrik. Erasmus spielte mit anderen Kindern im Hof, ein älterer Junge versprach, auf ihn achtzugeben. Als Mutter nach Hause kam, ihn in die Arme zu nehmen, riefen ihr die Kinder schon von weitem entgegen: »Erasmus muß sterben. Er hat einen unreifen Apfel gegessen.« Am nächsten Tag ist er tatsächlich in ihren Armen gestorben. An diesem und den nächsten Tagen bekam die Arbeiterin der Lodzer Spinnerei, M. D., der Arbeit ferngeblieben, keinen Stundenlohn. Vater war weit weg, im Krieg, auf der Krim.

Ob sich Mutters Liebe ganz in Erasmus erschöpft hat? Auch dieses Geheimnis haben die Eltern mit ins Grab genommen.

Vater. Pożdżenice 1886 - Lodz 1945

Mein Großvater väterlicherseits, Karl, noch im schlesischen Petersgrätz geboren, war um 1860 nach Pożdżenice gekommen. Ich kann mich noch dunkel an meine Großmutter Maria, geborene Andres erinnern, die Tochter eines ebenfalls schlesischen Exulanten. Der Großvater lebte nicht mehr. Verschwommen sehe ich das Bild einer kleinen, zierlichen, trippelnden Frau vor mir, im immer gleichen schwarzen Kleid. Ihr Köpfchen war nur wenig größer als das meine, das Gesicht sehr runzlig. Sie war über achtzig, machte sich aber immer noch in der großen Stube zu schaffen. Darin gab es Gegenstände, die ich aus der Stadt nicht kannte und die mich deshalb magisch anzogen. Ein alter klappriger Webstuhl und ein Spinnrad, beide seit langem nicht im Gebrauch. Die Greisin, die nie eine Brille trug, hob mich auf die Bank des Webstuhls und auf den Hocker vor dem Spinnrad, versetzte das Rad in Schwung und ließ mich das glatte Holz des Webstuhls streicheln. Sie schaukelte mich, und wenn sie sich irgendwo mit mir hinhockte und mir zärtlich über die Wangen strich, sprach sie tschechisch. Die meisten Erinnerungen aus jener ersten Kinderzeit sind aus meinem Gedächtnis gelöscht, die Oma aber und ihre böhmischen Kosenamen habe ich nicht vergessen: *můj cukr, můj med.* Mein Zucker, mein Honig.

Vater war anders als Mutter. Sprachgewandt, musisch, gern unter Menschen. Da er all das zu Hause nicht haben konnte, ging er öfter zu den Verwandten, Bekannten, zu einem Arbeitskollegen.

Anders als Mutter sprach er zu Hause meist polnisch mit mir, die offizielle Sprache der Stadt und seines Amtes. Vater hatte auch polnische Freunde, etwa den Schuldirektor Ostrowski, der uns schräg gegenüber wohnte und mit dem er gern Schach und Karten spielte.

Gelegentlich ging Vater auch ins Kino oder ins Theater, in das polnische wie in das deutsche. Mutter nie. Sie bedurfte keiner Unterhaltung außerhalb des Hauses (mit Ausnahme der Kirche). Einen Rundfunkapparat besaßen wir nicht.

Jeden Samstag mußte ich mit Vater in die städtische Sauna. Ins russische Dampfbad. Dort verbrachten wir den ganzen Vormittag oder Nachmittag. In die Kirche ging er nicht viel öfter als zweimal im Jahr. Zu diesem Zweck fuhr er nach Zelów, um dort alte Freunde zu treffen, Jugenderinnerungen auszutauschen, seine Mutter in Pożdżenice zu besuchen.

Die lange Militärzeit in Rußland (insgesamt acht Jahre, wie mir jemand versicherte) war für seinen Charakter wie für seine Allgemeinbildung prägend gewesen. Dank sei-

Der Vater, Gustav Dedecius.
Lodz, Anfang der dreißiger Jahre.

ner russischen Sprachkenntnisse und der angenehmen Umgangsformen hatte man ihn auf der Krim im Ersatzregiment auf der Schreibstube behalten. Er mußte nicht an die Front, war ein zuverlässiger Schreiber, konnte im milden Klima des Südens verwaltungstechnische, organisatorische Aufgaben erledigen. Darüber hinaus hatte er in der Freizeit Gelegenheit, sein Schulrussisch zu vervollkommnen, praktische Völker- und Landeskunde zu betreiben. Er fand Gefallen an der Folklore, zum Beispiel an Volksliedern, die in Begleitung eines Zupfinstruments (Gitarre, Mandoline, Balalaika) gesungen wurden. Ab und zu habe ich ihn nebenan leise vor sich hinsingen hören: »*Wospýchnuło útro* ... Der Morgen brach an, eine Möwe schnellt durch die Lüfte ... *jej mnohó swobódy, jej mnohó prestwóra* ... sie hat viel Freiheit, viel Weite ...«

Dann wußte ich, daß ihn wieder einmal die Melancholie übermannt hatte. Heimweh des Kasernierten und Einsamen nach Ungebundenheit und Grenzenlosigkeit. Solche Krimkosaken-Romanzen sang er, wenn er sich allein fühlte.

Aber meistens war er fröhlich und sang heitere Lieder wie: »*Kupítje búblitschki, gorjátschyje búblitschki* ... Kaufen Sie Brezel, heiße Brezel ...« Das Lied eines Moskauer Straßenverkäufers. Sein Repertoire kannte viele Tonarten.

Meinen Vater länger sehen und sprechen konnte ich nur an den Sonntagen. Da genoß er die Freiheit, nicht um sieben Uhr aufstehen und nach einem schnellen Frühstück ins Amt eilen zu müssen. Er blieb bis zwölf Uhr im Bett, ich lag daneben, Mutter hantierte schon seit Stunden in der Küche, denn am Sonntag gab es immer Hühnerbrühe mit selbstgemachten schwäbischen Nudeln und das am Vortage selbstgerupfte Huhn vom Wochenmarkt als Hauptgericht, garniert mit Gemüse und gedünsteten Kartoffeln, dazu Gurkensalat in Sahne, nicht in Essig und Öl. Vater las im Bett die Zeitung, nur einmal in der Woche leistete er sich diesen Luxus gründlich, und es regte ihn offenbar wenig auf, was draußen in der Welt, weit außerhalb seines Horizonts, Schlimmes passierte. Eine unmittelbare Gefahr vermochte er darin nicht zu erkennen.

In den Herkunftsländern seiner Vorfahren ist Vater nie gewesen. Die Krim blieb sein einziger Auslandsaufenthalt.

Auch in Polen reiste er kaum. Ich erinnere mich nur, daß er jährlich den Kurort Busko aufsuchen mußte, um seine Ödeme, seine Nieren- und Blasenprobleme, behandeln zu lassen – mit geringem Erfolg.

Er war weder kurz- noch weitsichtig. Eine Brille besaß er nicht. Seinem Gegenüber sah er stets direkt, aufmerksam in die Augen. Er war nie in Hast, konnte warten, hatte, so schien es, immer und für jeden Zeit. Für mich waren seine Blicke Kompaß. Ohne ein Wort von ihm wußte ich, was die Stunde geschlagen hatte. Seine Blicke sprachen laut und deutlich. Mal mild, mal streng. Mit den Augen hatte er mich in seiner Gewalt. Ein Wagenlenker ohne Zügel und Peitsche. Nur die Nase zwischen den sanft geschwungenen, unaufdringlichen, nicht zu sinnlichen, nicht zu unsinnlichen Lippen und den neugierigen Augen paßte nicht in sein Gesicht. Diese Nase, in der Evolution etwas zurückgeblieben, verriet die bäuerische Herkunft: kurz, dicklich, rundlich, leicht stupsig, eine Kartoffelnase, direkt vom Acker.

In einem Museumsshop, ich glaube, im Louvre, kaufte ich in den siebziger Jahren eine Alabaster-Miniatur, Kopie des Sokrates-Kopfes. Weil sie mich an Vaters Kahlkopf erinnert, steht sie im Bücherregal vor mir, weiß vor dem dunklen Hintergrund einer Klassikerausgabe. Die gleiche

Kartoffelnase, wenn das Abbild stimmt. Das versöhnt mich mit allen Nasen und Glatzen der Welt.

Auch mit meiner eigenen.

Als der Krieg zu Ende war, zog Vater in die Wólczańska-Straße (Spinnlinie) Nr. 146, wo ich geboren wurde. Er kam aus dem Krieg zurück, selbstsicher, mit aufrechtem Gang, als reifer Mann. Er flößte sowohl Respekt wie auch Vertrauen ein.

Der Friedensvertrag hatte Polen 1918 den eigenen, unabhängigen Staat wiedergebracht. Überall herrschte Freiheitseuphorie und Aufbauwille. In erster Linie mußten die Kommunen die von den russischen Besatzern freigemachten Ordnungsämter wieder aktivieren. Vater wurde Beamter der Sittenpolizei.

Die Prostitution in Lodz war vielsprachig, multikulturell würde man heute sagen, im Kriege unkontrolliert und unübersichtlich geworden. Ein gefährlicher Zustand in der brodelnden, immer noch wachsenden Arbeiter-Großstadt. Die »Damen«, die wie Bienenschwärme in das Blumenfeld des industriellen Aufschwungs eingeflogen waren, mußten endlich registriert, zu wöchentlichen Untersuchungen verpflichtet, kontrolliert werden. Vater brachte als Vernehmungsbeamter, Registrator und Protokollant gute Voraussetzungen mit. Für ihn bedeutete es einen sozialen Aufstieg, daß er die Fabrik endlich gegen ein Büro tauschen konnte. Als Staatsbeamter durfte er in keine der Dutzend Parteien eintreten und sich nicht politisch engagieren. Er hatte fleißig, zuverlässig und loyal zu sein, was er ohnehin immer schon war.

Von Vaters Ansehen und Beliebtheit erfuhr ich erst zehn Jahre nach dem Zweiten Weltkrieg von zwei Klassenkameraden, Tadeusz Bartoszewski und Zdzisław Jedynak, deren Väter mit meinem Vater auf demselben Amt zusammengearbeitet hatten. Vater vereinte in seiner Person offensichtlich zwei an sich widersprüchliche Wesensarten: die preußische Unbestechlichkeit und Ordnungsliebe und die weichen, musischen Neigungen seiner »slawischen Seele«, die er im jahrzehntelangen Zusammenleben mit böhmischen, polnischen, russischen Menschen, durch Freundschaften und Solidarität mit den Minderheiten angenommen hatte. Schon bald nannten ihn die Kollegen im Amt Väterchen, Großväterchen – Dedeček. Auf seinen Namen und dessen böhmische Bedeutung anspielend. Er war tatsächlich, auch schon in frühen Jahren, auf großväterliche Art milde, kollegial, fürsorglich und verständnisvoll. Dem widersprach auch das Äußere nicht; er ergraute und verlor sein Haar früh.

Ich ... Lodz, 20. Mai 1921

Ich beschloß, im Mai zur Welt zu kommen, im Monat der Wonne, wie er in Mitteleuropa genannt wird. Doch der Mai in jenem Jahr war klimatisch rückständig und politisch reaktionär. Es herrschte launisches Aprilwetter, zu kalt für die Jahreszeit, zu trocken für das Aufblühen der Natur. Alles zögerte irgendwie, nur ich hatte mich lange genug warmgestrampelt, mich drängte es hinaus. Und da ich noch im Zeichen des Stiers die Außenwelt erreichen wollte, wurde es höchste Zeit. Der letzte Tag dieses Tierkreiszeichens brach an. In diesem Augenblick offenbarte sich der Zwiespalt meines Schicksals, festgehalten in den Geburtsurkunden des Jahres 1921. Die zivile registrierte den »20. Mai, Freitag, 1 Uhr *nachts*«, die kirchliche »1 Uhr *am Morgen*«.

Ein Januskopf war geboren. Die eine Hälfte des Gesichts sah nach links, in den Abend und in den Westen hin, die andere nach rechts, ins Morgenlicht, das aus dem Osten kommt.

Die Welt, die mich begrüßte, war alles andere als begeisternd. Am 20. Mai unterzeichneten China und das Deutsche Reich einen Friedensvertrag. Das sah gut aus. Zwei Wochen zuvor hatte das Deutsche Reich mit der Sowjetunion ein Wirtschaftsabkommen geschlossen. Die Politiker und Militärs beider Staaten vereinbarten insgeheim den Austausch der Offiziere bei Manövern, die Zusammenarbeit der Generalstäbe, Hilfe bei der Reorganisierung der zaristischen Rüstungsindustrie, den Bau von Waffen- und Munitionsfabriken mit deutschem Geld und deutscher Technologie auf russischem Boden. Das sah nicht gut aus.

Auch in Schlesien war die Lage alles andere als erfreulich. Polnische Aufständische unter Wojciech Korfanty protestierten gegen das Ergebnis der Volksbefragung, in der sich 706 000 Stimmen für das Deutsche Reich und 479 000 für Polen entschieden hatten. Am 2. Mai brach in Schlesien der Generalstreik aus, polnische Aufständische sprengten in mehreren Städten die Oder-Brücken. Der Völkerbund entschied am 12. Dezember endgültig über die Teilung Oberschlesiens: Polen bekam 29 Prozent des Abstimmungsgebietes, Deutschland 71 Prozent. Von all dem konnte ich noch nichts ahnen, und ich erwähne es nur, weil wieder einmal deutlich wird, wie wenig wir mit Raum und Zeit unserer Geburt zu tun haben, geschweige denn verantworten können, und wie viel doch in unserem Leben später davon abhängt.

Meine Kinderjahre bis zur Schulreife 1928 verbrachte ich in zwei gegensätzlichen Welten, die eine im Grunde so eng und klein wie die andere: die Großstadt Lodz und das Dorfland Pożdżenice. Europa war mir kein Begriff, so wenig wie Deutschland oder Polen, meine Vorstellung von beiden Staaten war in Unkenntnis gehüllt oder von der Indoktrination der Erziehungsberechtigten verzerrt. Für mich war die überall von Mauern begrenzte Großstadt kleiner als das Dorf, das in der ebenen Weite grenzenlos schien. Die erste Welt bestand aus der dunkel tapezierten Wohnung und dem Innenhof, unserem Spielplatz, den die Nebengebäude fest umklammerten. Selten hatte einer auch eine kleine Grünfläche im Angebot. In der engen Wohnung war man sich selbst überlassen oder der erzieherischen Zuwendung der Eltern ausgeliefert. Auf dem Innenhof fand unter den Kindern stundenweise die Einführung in die sozialen Probleme des Zusammenlebens der Menschen statt. An die Spielfreuden erinnere ich mich undeutlich, an die Kratzwunden, Wutausbrüche und Tränen überhaupt nicht mehr. Das Paradies waren die Sommermonate auf dem Lande.

Außenseiter, wenn ich mich recht erinnere, war ich schon als Kind. Wenn die anderen Jungen sich vor Freude und Lachen kugelten, wurde ich traurig, wenn sie laut, böse und aggressiv wurden, zog ich mich zurück, und wenn sie mit dem selbstgebastelten runden Bündel aus Lumpen Fußball spielten, war ich auch nicht zu gebrauchen in dem geräumigen Hof. Der Reiz, der in dem Gerenne einem runden Nichts hinterher liegen sollte, war mir damals noch völlig verschlossen. Bei den Älteren rief mein Verhalten Ratlosigkeit und Sorge hervor. Onkel Adam, der anders als meine Eltern für Vergnügungen aller Art offenbar genügend Geld übrig hatte, nahm mich eines Tages mit in den Zirkus. Es blieb bei diesem einen Mal – ein weiteres Mal hätte ich mich geweigert. Ich konnte nicht lachen, wenn ein Clown mit lustig bemaltem Gesicht, das mir traurig vorkam, über die viel zu großen Latschen an den eigenen Füßen stolperte. Ich konnte den Anblick der Käfige und der mit langen Peitschen traktierten Tiere nicht ertragen.

In der Przędzelniana (unsere nächste Wohnung, die Hausnummer ist nirgendwo überliefert) waren wir die einzige deutsche Familie neben drei, vier polnischen. Es war ein solide gebautes und gut erhaltenes dreistöckiges Mietshaus, in dem wir wohnten, mit hohen Räumen und großen Fenstern. Viele Stunden verbrachte ich am breiten Fensterbrett stehend oder darauf sitzend und sah gespannt dem Treiben auf der Straße zu. Gegenüber unserem Küchenfenster, meinem Beobachtungsposten, befand sich eine Kaserne, dort war ein ständiges Kommen und Gehen. Wer waren sie, diese fast durchweg eintönig khakifarben uniformierten Männer mit Rangabzeichen in unterschiedlichen Farben, den Lametta-Tressen und Sternchen am Kragen, auf den Schulterblättern, an Ärmeln und Hosenbeinen?

Hundert Meter links davon war eine kleine Mariaviten-Kirche, mit einer Glocke, die ab und zu die Gläubigen zur Andacht herbeibimmelte.

Das Haus gehörte dem deutschen Metzger Rennert, der im Parterre einen Laden hatte und nach Geschäftsschluß im kleineren Anbau die ihm wöchentlich gelieferten Schlachttiere zu Würsten und Koteletts verarbeitete. Für uns Kinder war der Freitag besonders aufregend, weil dann vormittags Fleisch und Würste für die gefragten, beliebten Wochenendschlachtplatten im großen Kessel gekocht wurden. Da gab es für die Kinder, die im Hof spielten und nur darauf gewartet hatten, reichlich Kochbrühe, »Wurstsuppe« genannt, in ihre Becher und Geschirre, mit schwimmenden Fettaugen, scharf gewürzt, nach Blut- und Leberwürsten schmeckend. In den Abwässern vor dem Laden tummelten sich Ratten. An ihren Anblick waren wir gewohnt. Die Stadt war hektisch gewachsen, die Stadtväter hatten es versäumt, rechtzeitig an die Kanalisation zu denken und unterirdische Abwässerkanäle zu bauen. Also gab es vor den Häusern offene Rinnsteine, über die sämtliche Abwässer flossen: Wurstsuppen, Spülwasser aus den Küchen, die kleinen Abfälle der Straße, Zigarettenkippen, Papierschnipsel, Blätter von den Bäumen ... Die Klos befanden sich in der Baracke auf dem Hof: mehrere Holzverschläge, für jede Wohnung einer, verschließbar. Und auf jedem Zwischenstock in der Ecke stand ein Spucknapf, Vorschrift des Gesundheitsamtes, weil in Lodz die Tuberkulose unter den Arbeitern weit verbreitet war.

1933 zogen wir in das eigene kleine Häuschen in die südliche Vorstadt Stare Rokicie, zu deutsch Altes Zwergweidenfeld. Nun bewohnten wir drei Zimmer und eine Küche. Zunächst war nur ein Zimmer möbliert, für die anderen reichten die Möbel nicht.

Ferien in Pożdżenice. 1924-1928

Bevor ich sieben Jahre alt und damit schulpflichtig wurde, verbrachte ich die Sommermonate öfter mit Mutter bis in den Herbst hinein in Pożdżenice bei Großmutter. Es geschah auf Wunsch des Vaters: seine alte Mutter sollte wenigstens von Zeit zu Zeit Gesellschaft und Hilfe haben, er selbst, als Beamter an den Dienst in Lodz gebunden, kam nur an den Wochenenden zu uns aufs Land. Die Zeit dazwischen konnten wir tun und lassen, was wir wollten. Mutter kochte, machte Vorräte für den Winter ein – Backobst, Konfitüre, Säfte, Sauerkohl in einer Tontonne, Gewürzgurken in Gläsern, marinierte Pilze – und half der Großmutter bei ihren wenigen Verrichtungen. Während Mutter pausenlos ihren Geschäften nachging, ohne einen Augenblick an ihre eigene Erholung zu denken, genoß ich die uneingeschränkte Freiheit. Denn wenn sie arbeitete, vergaß sie die übrige Welt. Auch mich, was mir ganz recht war.

Die Lebens- und Arbeitsweise des Dorfes war spannend. Ich sehe mich barfuß herumlaufen, das eiskalte Wasser aus dem Ziehbrunnen mit dem Holzeimer mühevoll aus der Tiefe nach oben holen, direkt aus dem Eimer das köstlich frische Wasser trinken, das Hemd dabei naß spritzen, am Trog daneben Hände und Gesicht waschen. Alles Genüsse, die man mit dem Wasser aus dem häuslichen Kupferhahn über dem Porzellanabfluß in der Stadt nicht kannte.

Oder die Feldarbeit. Allein das Herumtollen dazwischen machte großen Spaß. Dann das Einfahren des Getreides in die Scheune: auf hoch beladenem Leiterwagen sitzen, während der Fahrt die Erschütterungen genießen, hüpfen, fallen, am liebsten auf die daneben liegende Cousine Mela, mit ihr die erste kindlich unschuldige Umarmung, das langsam erwachende Geheimnis der Berührung »einer Frau« erfahren, dann in der Scheune auf dem Heuboden herumtollen oder draußen beim Dreschen oder Häckseln helfen (stören)!

Anders, aber genauso aufregend war es, mit meinem Freund Milan die Umgebung zu erkunden, nach Abenteuern und Wagnissen zu suchen. Die Dorfjungen halfen uns dabei. Wie man im Kartoffelfeld mit Feldstein und Lunte Feuer entfacht, mit Reisig und Torfbriketts, die in der Nähe auf den sumpfigen Wiesen, von den Bauern gestochen, in aufgeschichteten Blöcken trockneten, wie man Glut erzeugt, in dieser Glut dann die aus Wintermieten geklauten Kartoffeln des Vorjahres oder die neuen, direkt aus dem Acker gebuddelten brät, sie mit einem Zweig aus der heißen Asche holt und sich dabei anfangs an der heißen Pelle die Finger verbrennt ... Die Kartoffeln schmeckten trotzdem oder gerade deshalb herrlich. Dazu mundete der aus gerösteten Eicheln in einer Blechdose gekochte »Kaffee«. Danach sammelten die Jungs trockenen Kuhmist, schütteten ihn, zu »Tabak« zerrieben, in selbstgedrehte Papiertüten, wie die Männer im Dorf ihren Machorka, und rauchten genüßlich ihre »Friedenspfeife« aus Zeitungspapier und Mist. Von diesem Experiment genügte mir ein einziger Zug. Der eingeatmete Gestank war zum Erbrechen und der Hustenanfall so heftig, daß ich dieses Vergnügen für immer seinließ. Seitdem konnte ich auch als Erwachsener den Zigaretten nicht den geringsten Reiz abgewinnen. Viel besser schmeckte der Nachtisch: die im Wald und im Feldgesträuch selbstgepflückten Brombeeren, Himbeeren, Blaubeeren, Preiselbeeren ... Unsere Spielkameraden vom Dorf wußten genau, wo etwas wuchs. Die Natur um das Dorf herum war artenreich. Auf Äckern und Getreidefeldern wuchsen wilde Obstbäume, Frühkirschen, hellgrüne, fast weiße Äpfel (*papierówki*), Zwergbirnen, »Furzlinge« *pierdziołki* genannt, die angefault am besten schmeckten, aber laute Darmgeräusche verursachten. Wir wetteten, wer es am lautesten konnte. Auch mit den Kastanien, Wurzeln und Blättern wußten die Dorfjungen Wunderdinge anzustellen. Wir in der Stadt mieden zum Beispiel die Brennesseln wie das Feuer; sie kochten daraus eine wohlschmeckende Suppe.

In der Gegend gab es mehrere Tümpel und Teiche, mit Störchen, die gravitätisch ihr Terrain abschritten; sie waren lustig zu beobachten bei ihrer Jagd nach den glotzäugigen Fröschen. Zum Zeitvertreib meiner Altersgenossen gehörte die eigene Jagd nach Fröschen und das Aufspüren der noch nicht flüggen Vögel in Nestern. Dem gefangenen Lurch wurde ein Strohhalm in den After gepreßt und so lange Luft eingeblasen, bis er wie ein Luftballon platzte.

Milan und mir imponierten diese Mutproben nicht. Auch nicht das Klettern auf Bäume, um den Vögeln ihre Jungen aus dem Nest zu rauben. Schon das Klettern war uns zu gefährlich. Aber was danach kam, war gemein und unappetitlich. Die Jungvögel wurden in einen »Teig« aus Lehm gewickelt, im Lagerfeuer gebacken und verspeist. Obwohl es zum Gotterbarmen wenig zu verspeisen gab: ein paar Fasern noch unreifen Fleisches vom Schenkel, sonst nichts. Welchen Nutzen oder Nachteil diese Selbsterziehung in meiner Kindheit auch gehabt haben mag – gewiß wird das einfache Leben in Pożdżenice seine Wirkung nicht verfehlt haben auf meine Fähigkeit zu überleben, den Kampf mit den Elementen zu bestehen.

Die Musik

Die erste Entdeckung meiner Kindheit waren die Töne, die Laute, die Musik, die meine Natur formten. Diese Präferenz blieb. Daraus ergab sich später der intime Umgang mit Musikinstrumenten, mit der Stimme, den Sätzen. Auch in diesen dominierte das musikalische Element, das Lyrische. Das Hineinhören in den Klang des Satzes. Aufmerken auf seine Intonation, auf den Wechsel der Tempi, das Spiel mit den Pausen.

Mit sieben Jahren bekam ich zu Weihnachten eine Geige geschenkt. Wieso ausgerechnet eine Geige? Etwas später, als ich die ersten zusammenhängenden Stücke, Etüden zu spielen begann, machten mich die Schwierigkeiten mutlos. Vater sprach mir Mut zu und versuchte meinen Ehrgeiz zu wecken. Etwa folgendermaßen: Geigenspiel ist ein Spiel mit den Fingerspitzen. Die Geige läßt uns vollkommene Freiheit, den rechten Ton selbst zu finden, darin ist sie großzügig. Dafür ist sie rigoros anspruchsvoll. Sie will mit viel Feingefühl behandelt werden.

Mein erster Geigenlehrer sagte: Um gut Klavier zu spielen, brauchst du drei Jahre, um gut Geige zu spielen – dreizehn. Ich glaubte ihm, dieser Glaube machte mich ein wenig stolz darauf, daß mir Vater mit der Wahl des Instruments so Schwieriges zugetraut hatte. Dabei war sein Motiv ein anderes. Die Geige war billiger. Ein Klavier hätte er nicht bezahlen können. Abgesehen davon, daß es in unserer engen Stadtwohnung keinen Platz gehabt hätte.

Vater sagte: Klavierspiel ist ein Spiel mit Hämmern, sie sind klein, aber immerhin. Auch wenn man sich noch so virtuos seiner Finger bedient, man bleibt ein Gefangener der Tasten. Im Grunde liefern sie den Ton, die Hand bestimmt, beherrscht, moduliert ihn. Man muß ihn nicht erst ertasten, wie auf der Geige, er ist schon da, mit seiner vorgefertigten Unabänderlichkeit. Auf der Geige geht es um Bruchteile von Millimetern und Sekunden, die unser Finger mit seiner empfindlichen Kuppe fühlen und das Ohr hören muß. Bleib dabei, mein Junge. Das Erlernen des Geigenspiels ist schwieriger, aber für deine Charakterbildung wichtiger.

Den Unterricht fand ich fragwürdig. An einem der ersten Tage zum Beispiel unterbrach der Geigenlehrer gleich zu Beginn der Stunde seine Unterweisung und eilte zum nächsten Arbeitgeber, dem Kino am Wassermarkt, dem Wodny Rynek, wo er vorn im dunklen Saal unter der großen Leinwand zu Stummfilmen mit Pola Negri oder Emil Jannings, zu Flips und Flaps kalkulierten Flops, zu den Reitkünsten der Cowboys Ken Maynard und Tom Mix und zum Kampfgeschrei der Indianer zusammen mit einem Klavierspieler die Begleitmusik machte.

Den Unterricht überließ er seiner Frau, die aus der Küche kam, ihre Schürze abnahm und aufpaßte, daß ich geradestehend die Geige vorschriftsmäßig hielt und den von der Anspannung schmerzenden linken Arm nicht sinken ließ und die Tonleitern und Doppelgriffe möglichst sauber zustande brachte. Als sich das mehrmals wiederholte, erzählte ich es Vater, und er wechselte kurz entschlossen und ohne jede Diskussion den Lehrer.

Wenn die Eltern nachmittags nicht zu Hause waren, konnte ich ungestört tun, was ich wollte. Meist wollte ich vor dem weit geöffneten Fenster sitzen, die herbe, würzige Luft des Roggenfeldes gegenüber einatmen und träumen, Gedichte oder Novellen lesen, wie zum Beispiel »Janko der Musikant« von Henryk Sienkiewicz. Hier war ich mit meiner Geige allein, und wir konnten unsere wortlosen Gespräche fortsetzen und genießen. Mein Bogen bevorzugte die beiden tiefen Saiten am Geigenhals links, wo die Schlagader den Takt klopft. Manchmal, im Sommer, wenn das Getreide reif war und die vollen, schweren Ähren im Wind schaukelten, sich vor mir verneigten und Beifall rauschten, spielte ich für sie und mich kleine Elegien in Moll ... Es waren Glücksmomente.

Lehr- und Wanderjahre

Schule

Meine Eltern hatten noch russische Schulen besucht. Als ich 1928 eingeschult wurde, gab es auch deutsche, aber nur wenige, meist private. Sie waren teurer als die polnischen, aber die polnischen waren nicht schlechter. Deutsche Fabrikanten hatten auch ein deutsches Koedukationsgymnasium für die bürgerliche Oberschicht gegründet, das Lodzer Deutsche Gymnasium (LDG), um ihre Söhne und Töchter nach der Tradition der »Wohlsituierten« zu erziehen.

Meine Eltern schickten mich auf ein polnisches humanistisches Gymnasium, es hatte den Vorzug, mehrsprachig zu sein. Zweifellos wußten sie um meine sprachlichen und musischen Fähigkeiten, außerdem kostete das polnische Gymnasium nur halb so viel wie das deutsche. Dreißig Złoty im Monat. Vater verdiente dreihundert Złoty. Davon mußte er noch die Schulbücher, Schulkleidung, Schulspeisung und die jährlichen Abschlußfahrten nach Wilna, Lemberg, Krakau, Gdingen und die Ostsee bezahlen, abgesehen von den sonstigen Kosten der Bildung. Bevor ich auf das Stefan Żeromski-Gymnasium kam, besuchte ich das französisch orientierte Zimowski-Gymnasium, ein Elitegymnasium, in das auch Fabrikantenkinder wie Scheibler und Kindermann gingen, und dann das Skorupki-Gymnasium an der Kathedrale.

Das Stefan Żeromski-Gymnasium in der Evangelischen Straße 13.

Erst 1934 wechselte ich auf das nach der Schulreform neugegründete Żeromski-Gymnasium, ein imposantes Gebäude mit großen Fenstern in der kurzen »evangelischen« Straße, der Ulica Ewangelicka. Dort befand sich eine deutsche Bank, deutsche Ämter, gegenüber der Schule eine deutsche Tuchfabrik, und an ihrem Ende lag die evangelische Johanniskirche.

Im Gebäude des Żeromski-Gymnasiums hatte sich zuvor ein deutsches Lehrerseminar befunden. In ihm wurden Deutschlehrer für deutsche und polnische Schulen ausgebildet. Nach Hitlers Machtübernahme 1933 wurde es allmählich aufgelöst und in ein polnisches Gymnasium umgewandelt. Wohl um den Einfluß des »Deutschtums« in Lodz zu schwächen. Das deutsche Gymnasium blieb jedoch unangetastet.

Die deutschen Volksverbände hatten zu dieser Zeit noch alle Freiheit, nationalsozialistische deutsche Jugendverbände zu organisieren.

Sie marschierten ungeniert in Uniformen mit Runen am Ärmel durch Lodz und sangen deutsche Volkslieder und Märsche – eine politisierte, national gesinnte Kleinwelt, der ich nichts abgewinnen konnte.

Ich gehörte dem ersten Jahrgang des polnischen humanistischen Schulzweigs an. Der Direktor des Lehrerseminars, Machejda, wurde durch einen polnischen, Marczyński, ersetzt, aber die deutschen Lehrer blieben. Unser Mathematiklehrer, Rahtz, zum Beispiel, war Deutscher, er hatte in Moskau studiert. Der Gymnastiklehrer, Glaser, war auch Deutscher. Es gab noch andere deutsche Professoren, die uns nun auf Polnisch unterrichteten. Nach dem Abitur haben wir sie aus den Augen verloren.

Ich kann mich noch gut an unsere Schuluniform erinnern. Wir trugen graue Hosen, blaue Blazer und blaue Tuchmützen. Am linken Ärmel war die Nummer des Gymnasiums aufgestickt: 38. So konnte uns, zu unserem Leidwesen, jeder auf der Straße identifizieren und Lausbubenstreiche an den Schuldirektor melden. Der Schulhof war groß, betoniert, zwei Mannschaften konnten dort bequem Völkerball spielen. Besonderes Vergnügen bereitete es uns Jungen, wenn die Betonfläche mit Wasser übergossen wurde und wir im langen polnischen Winter eine kostenlose Eisfläche zum Schlittschuhlaufen hatten. Der Sportlehrer brachte uns Kreise und Achter bei.

In meiner Klasse gab es Polen, Deutsche, Juden, Franzosen, auch einen Russen. Direktor Marczyński legte Wert darauf, daß wir zu Toleranz, gegenseitigem Respekt, zu Europäern erzogen wurden. Während die polnischen Kinder katholischen Religionsunterricht hatten, besuchten wir Schüler aus den deutschen Familien in einem anderen Raum den evangelischen. Das war für uns völlig normal. Das Gymnasium lehrte mich auch, die mehrdeutige polnische Literatur, ihre Geheimschrift, zu lesen und zu verstehen. Freilich hauptsächlich die klassische. Die moderne nur bis zum Expressionismus, Tuwim und den anderen »Skamandriten«. Noch keine »Avantgardisten«.

Magischer Anziehungsort während der Schulzeit war für mich die erwähnte Johanniskirche, nur wenige Meter von der Schule entfernt, am Ende der Evangelischen Straße. Dort übte zu bestimmten Stunden des Vormittags der Organist seine Fugen, Kanons und Choräle, Orgelwerke von Bach, Mendelssohn-Bartholdy, Schumann. Es waren die ersten, überwältigenden Musikerlebnisse meiner Schulzeit.

Doch um ein solches Konzert, vielmehr eine Probe zu erleben, mußte man eine oder ein paar Schulstunden schwänzen. Ich hatte es manchmal unbemerkt riskiert, einige Male wurde ich erwischt, und mein Fehlen war dann im Jahreszeugnis: »unentschuldigt« abwesend, soundso viele Stunden, vermerkt.

Öffentliches Konzert. Letztes Schuljahr

Der Schwarm vieler Mütter, die in der großen Pause freiwillig belegte Pausenbrötchen und Getränke servierten, unsere Feste und Konzerte auffallend fleißig besuchten, kurz: die am Schulleben aktiv teilnahmen, war Professor Sobolewski, unser Musik- und Gesangslehrer. Er war im besten Frauenalter, zwischen vierzig und fünfzig, schlank und rank, hatte einen leichten, schnellen Gang, interessante Handbewegungen, beides berufsspezifisch, musikalisch, und er sah verdammt gut aus. Außerdem kleidete er sich auffallend elegant – Hemd, Krawatte, Manschettenknöpfe, alles geschmackvoll aufeinander abgestimmt, von der Qualität seiner Anzüge ganz zu schweigen. Das gehörte sozusagen zum Image der Textilmetropole. Hier kam jeder als Kenner zur Welt, als Experte für die Qualitäten, Farben, Muster der in der Stadt in Unmengen produzierten Fabrikate, mit denen bis 1918 halb Rußland versorgt wurde. Man erzählte sich sogar, die Lodzer Stoffe seien so hervorragend, daß englische Händler sie in großen Mengen billig einkauften und dann, auf ihrer Insel mit dem Gütesiegel »Made in England« aufgewertet, im Westen für den doppelten Preis verkauften. Kaum zu glauben, fügte man hinzu, daß diese Engländer noch bessere Händler sein sollen als unsere tüchtigen Lodzer Juden. Von deren Genialität profitierte nämlich der Vertrieb der Lodzer Erzeugnisse ungemein.

Im Herbst 1938 war Professor Sobolewski so aufgeregt, wie wir ihn noch nie gesehen hatten. Er lief doppelt so schnell durch die Korridore und sprach doppelt so laut wie sonst. Er war schon immer temperamentvoll, nun war er äußerst nervös. Er hatte im Frühjahr mit dem Lokalrundfunk ein für ihn und die Schule wichtiges Konzert vereinbart, mit offenem Termin, der nun kurzfristig anberaumt worden war und ihn unter Druck setzte. Wir übten wochenlang, und er war immer noch unzufrieden. Er hatte sich ein so weltläufiges, europäisches Programm aus seinem Repertoire ausgedacht – Ungarische Tänze von Brahms, Griegs Norwegische Tänze, Die Moldau von Smetana, einen Wiener Walzer von Strauß, Mozarts Alla turca, eine Polonaise von Chopin – ein Potpourri ganz nach dem damaligen Durchschnittsgeschmack (deutsch sagten wir: Eintopf, Leipziger Allerlei) ... Noch klappte dieses nicht und jenes nicht. Es waren die letzten Monate vor dem Abitur, wir mußten pauken und hatten unsere Instrumente längst in die Kästen (Futterals, sagte man kosmopolitisch in Lodz) gelegt. Es gab andere Sorgen. Und nun diese zusätzliche, überflüssige Nervosität.

Wir waren nicht ganz bei der Sache, was Professor Sobolewski zur Verzweiflung trieb. Aber es kam noch schlimmer. Drei Wochen vor dem Konzert erkrankte der Cellist schwer und mußte in eine Spezialklinik in die Berge gebracht werden. An seine Mitwirkung war nicht zu denken.

Unser Professor und Konzertmeister wandte sich an mich. Ich spielte zwar bislang nur Geige oder Bratsche, wahlweise, aber er glaubte an meine Musikalität und schnelle Auffassungsgabe, was Musikinstrumente betraf, und beschwor mich, den Cellopart zu übernehmen. »Hol dir nach der fünften Stunde im Musikzimmer das Cello ab, nimm es mit nach Hause, hier sind die Noten, und übe. Die Partie ist kurz und nicht schwierig, aber wichtig. Vor allem bei diesen beiden Stücken. Du kapierst es schon. Deine Geigenpartie ersetzen wir leichter. Eine Woche lernst du zu Hause das Instrument kennen, die Griffe, und dann üben wir hier zwei Wochen zusammen, täglich eine Stunde. Du schaffst es. Du bist der Begabteste.« Mit solchen Sätzen erstickt man jeden Widerspruch im Keim. Sprache der Verführer und Sieger. Ich gehorchte. Wie das Konzert ausfiel, weiß ich nicht mehr. Ich glaube, nicht besonders. Ich patzte auch. Nicht, daß ich zuwenig geübt hätte; doch ausgerechnet mir gegenüber saß unter den Zuhörern in der ersten Reihe ein Mädchen, das ununterbrochen mit dem Reißverschluß am Pulli spielte, rauf und runter, rauf und runter …

In der Schule übersetzte ich zum ersten Mal einen polnischen Dichter: Jan Kochanowski (1530-1584) – aus dem Lateinischen. Er war der Sohn eines Richters, bei Radom geboren, und hatte in Krakau, Königsberg und Padua Philosophie studiert. Er bereiste Italien, Deutschland und Frankreich und war Titularsekretär des Königs Sigismund August. 1571 verließ er den Hof und ließ sich im Dorf Czarnolas nieder, wo er 1575 heiratete. Er schrieb lateinische und polnische Elegien, Epigramme, Lieder, Verserzählungen, eine Tragödie und dichtete die Psalmen Davids meisterhaft nach. Er war der erste Dichter Polens von europäischem Format und Repräsentant der Hochblüte der polnischen Renaissance, des »goldenen Zeitalters« der Polnischen Krone.

Dieses Zeitalter war mir in der Schule ans Herz gewachsen. Krakau, vor allem die Universität, das gebildete Bürgertum, die Wissenschaften und die Künste waren mustergültig europäisch.

Ich übersetzte Kochanowski gern, nicht nur wegen der Liebesgedichte. Zwei seiner Leitideen, zwei Hauptthemen seines Werks haben mich besonders geprägt: die Vergänglichkeit alles Irdischen, die *vanitas vanitatum,* und die Idee der Freiheit.

Unseren ersten Lateinlehrer sehe ich oft vor mir. Er war russischer Emigrant, nach der Oktoberrevolution als Flüchtling in Lodz hängengeblieben, und unterrichtete an den Gymnasien die Sprache und Geschichte Roms. Dieser Altphilologe war ein Original, ein Anti-Pauker. Wenn er in die Klasse kam, zwischen den Bänken auf und ab ging, war sein Schritt so leise, als ginge er barfuß. Wenn er sprach, war es mehr Singen als Sprechen. Wenn er Fragen stellte, dann fast verlegen, als täte es ihm leid, jemanden befragen zu müssen. Er erinnerte eher an einen orthodoxen Popen denn an einen Lehrer; es fehlte nur noch der struppige Zopf, mit Bindfaden oder Gummiring im Nacken festgebunden, und die Täuschung wäre vollkommen gewesen. Dieser Lateinlehrer Fjodor Petrowitsch war dem Griechischlehrer in Jan Parandowskis Erzählung »Doxa« artverwandt. Er schwärmte von der wunderbaren Flexionslogik des Lateinischen, führte uns in die Geheimnisse der Tempora und des Verbalsystems ein, als wäre nur das die Welt und sonst nichts. Er war hoffnungslos verloren an seine »Roma aeterna«. Wie Parandowskis Griechischlehrer nie in Griechenland, so war auch Fjodor Petrowitsch nie in Rom gewesen.

Parandowskis Werke, die wir in der Schule lasen, erschienen Anfang der sechziger Jahre in der »bibliotheka christiana« in Bonn auf deutsch. Als Schüler ahnte ich nicht, daß ich dem Schriftsteller einmal im Warschauer Kulturpalast gegenüberstehen würde. Es war im Jahre 1965. Als Präsident des polnischen PEN-Clubs (seit vierundvierzig Jahren einstimmig demokratisch gewählt) verlieh mir der Altphilologe Parandowski den internationalen Übersetzerpreis – als erstem Deutschen seit der Gründung des Clubs durch Stefan Żeromski im Jahre 1921.

»Seit Jahren«, läßt Parandowski seinen Horaz sagen, »arbeitet der Verstand auf gleiche Weise. Er mischt, präpariert, wendet, fügt Gedanken aus verschiedenen Regalen zusammen, Gedanken, die man bislang nie beieinander gesehen hatte. Er verwandelt Widersprüche in Gleiches, Ganzes in Stücke, schafft neue Verbindungen (...). So werden verlorene Spuren wiedergefunden, so entstehen Wachstum, Dauer, Kulturgeschichte.«

Nicht für die Schule lernen wir, pflegte uns nicht nur der Lateiner einzuhämmern. Wir glaubten es den Lehrern. Trotzdem beklagten sie sich über unseren Mangel an Fleiß. Sie hatten recht. Woran lag aber dieser Mangel? Nur selten, nur bei manchen Lehrern, nur in manchen Stunden kam so etwas wie Spannung, lebhaftes Interesse auf. Zu vieles wurde schnell Routine und ermüdend langweilig. Wir für die Lehrer, die Lehrer für uns.

»Salve juvenis«, grüßte uns Kowalczyk, der Lateiner für die Oberstufe, in immer gleicher Tonlage schon auf der Schwelle beim Betreten des Klassenzimmers. Wir antworteten: »Salve magister noster«, uns aus den Bänken erhebend, *unisono*. Kowalczyk, kleinwüchsig, gemütlich, korpulent, stets korrekt gekleidet, nahm auf seinem Podium Platz, holte aus der Brusttasche das winzige Notizbuch und blätterte darin. Dann hob er die kornblumenblauen

Augen, sah in die Runde und sprach: »Venit ad cathedram juvenis Dedecius. Dic mihi argumentum totius lectionis cuius titulus de Niobe est.«

Ich konnte mich auf den Augenblick vor der Tafel nie so recht einstellen, geschweige denn vorbereiten. Tat ich es, vergaß ich's in diesem Augenblick sowieso. Kowalczyks Steckenpferd waren Vergils Bucolica, Horazens Carmina, Oden und Epoden, gemäß dem vorgeschriebenen Programm. Oder Ciceros Reden, mit der genauen Analyse des logischen Aufbaus der Wirkungsmittel, der rhetorischen Höhepunkte der Philippica und worin deren Absicht bestand. Wir lasen in den nächsten Stunden, wenn uns langweilig war, in Mathe zum Beispiel, unter der Bank unser eigenes lateinisches Alternativprogramm: Satiren, Liebesgedichte, vor allem Ovids »Ars amandi«. Ich las auch Horazens »Ars poetica«, sogar mehrmals, denn das ging mich persönlich an. Mich faszinierten Sätze wie »Stecke dir schwierige, nicht alltägliche Ziele; das Allgemeine individuell zu sagen. Das Individuelle allgemein zu machen« (Vers 128, in meiner freien Übertragung). Oder: »Den Ruf des Dichters erlangt man nicht dadurch, daß man sich die Fingernägel, das Bart- und Haupthaar nicht schneidet, das Bad meidet, sich dem Wahn der Schwermut hingibt« (Vers 297).

Schlimm war, daß Kowalczyk uns die Hirtenlieder, wohl seine Lieblingsverse, auswendig lernen und gefühlvoll aufsagen ließ. »Glücklich, die ohne Pflichten, wie die Ahnen, den väterlichen Acker mit ihren Ochsen pflügen ...« Lächerlich. Wozu so etwas auswendig lernen? Heute? Meine Vorlieben lagen woanders. Ich wußte es auch anders. Aber das Auswendiglernen war ein gutes Gedächtnistraining. Ich genoß beim Rezitieren die häufigen Vokale, die offen, lang und betont zu sprechen waren. Mich regte diese Lektüre an, die Idyllen mit Reimen satirisch zu kontaminieren. »Man lebt gut mit wenigem ...« (Parvo vivitur bene ...«)? Dem mußte ich entschieden widersprechen.

Parvo vivitur bene
predigen meistens jene
die alles schon mal hatten
die müden übersatten
blasierten und steinreichen
die unter Mammons zeichen
die heilung nicht gefunden
sie spülen ihre wunden
am quell geträumter armut ...

Mit diesem Latein – Sprache, Glaube, Geschichte – wurde auch mein soziales Gewissen wach. So entstand ein Dutzend ähnlicher Satiren. Für den Privatgebrauch und zur Belustigung der Klasse.

Piłsudski. Warschau - Berlin 1935

In den ersten acht Jahren meiner Schulzeit wurde Józef Piłsudski im Unterricht und außerhalb bei jeder sich bietenden Gelegenheit so oft zitiert, thematisiert, öffentlich gefeiert, daß man sogar als an Politik mäßig interessierter Pennäler an dieser die Zweite Republik prägenden Gestalt nicht vorbeikam. Nicht bis zu seinem Tode 1935.

Piłsudski, 1867 geboren, hatte als Jugendlicher gegen die russische Besatzungsmacht konspiriert und war für fünf Jahre nach Sibirien verbannt worden. Nach seiner Heimkehr leitete er die Kampforganisation der Polnischen Sozialistischen Partei (PPS) und seit 1906 deren Revolutionäre Fraktion. 1908 bis 1914 organisierte er die Polnische Legion, die im Ersten Weltkrieg Österreich und dann Deutschland im Kampf gegen Rußland unterstützte. Als er 1917 die Zusammenarbeit mit der deutschen Heeresleitung abbrach, wurde er in der Festung Magdeburg gefangengesetzt:

»(...) Eine Zeitlang bin ich von einem Gefängnis ins andere verlegt, oft unter den schwersten Bedingungen gefangengehalten worden; nach einigen Wochen endlich hat man mich in der Magdeburger Festung untergebracht, wo ich ein Jahr und mehrere Monate später die Wiedererstehung des polnischen Staates erleben sollte. In Magdeburg, zu meinem größten Erstaunen, hat man mich plötzlich zum General befördert und mit der dieser Charge gebührenden Achtung behandelt. (...) Übrigens wohnte ich ganz bequem. Im ersten Stock standen drei Zellen zu meiner Verfügung: ein Schlafzimmer, eine Art Empfangszimmer, was mir in meiner Lage recht lächerlich vorkommen mußte, und – ein Eßzimmer. Alle drei Zellen, den ganzen Tag geöffnet, gingen auf ein kleines Gärtchen hinaus, mit einigen Obstbäumen, Sträuchern und Stauden. Hinter dem Gärtchen befand sich der mit Gras bewachsene große Erdwall der ehemaligen Festung, bedeutend höher als das Haus. Unten, in den Parterrezellen, wohnten die zu meiner Bewachung bestimmten Unteroffiziere und Ordonanzen, die systematisch in kurzen Zeitabständen gewechselt wurden. (...) Anfangs durfte ich drei Stunden täglich im Garten umherspazieren, später machte man mir in dieser Hinsicht keine Vorschriften, und die Tür vom oberen Stock in den Garten blieb fast den ganzen Tag bis zur Abenddämmerung geöffnet (...)«, schrieb Piłsudski in seinen Erinnerungen.

Aus der Haft entlassen, nahm er die Geschicke seines Landes in die Hand und entschied, wie er selbst schreibt, »in der gewaltigen Arena zwischen Dnjepr, Beresina und Düna einerseits und der Weichsel andererseits im blutigen Ringen das Schicksal Polens«. Das alte Europa war im Ersten Weltkrieg zusammengebrochen, es galt, die Grenzen neu zu ordnen. Piłsudski sah in Revolution und Nachkriegswirren in Rußland die Chance, Polen in den Ausmaßen der Adelsrepublik des 18. Jahrhunderts wiederherzustellen.

Er wurde zum Oberkommandierenden der polnischen Armee ernannt und stieg zum Staatschef auf. Er berief sich auf das historische Staatsrecht, nahm im Mai 1919 mit seinen Truppen Wilna ein, eroberte weißrussisches Gebiet samt Minsk und zog im April 1920 mit seiner Armee bis nach Kiew. Die Rote Armee unter Marschall Tuchatschewski ging zum Gegenangriff über und drängte Piłsudskis Truppen weit auf polnisches Gebiet zurück. Die Sowjets setzten in Białystok ein Komitee als provisorische Regierung für ein künftiges kommunistisches Polen ein. Von Polen aus, so planten es Lenin und seine Genossen, sollte der Funke der Weltrevolution auf Westeuropa übergreifen.

Im August 1920 gelang es Piłsudskis Truppen, die Rote Armee vor Warschau vernichtend zu schlagen. Die Schlacht ging als »Wunder an der Weichsel« in die Geschichte ein.

Die Grenze der neuen Republik Polen mit der Sowjetunion, 1921 im Frieden von Riga besiegelt, lag 150 Kilometer weiter östlich, als es die sogenannte »Curzon-Line«, ein Ausdruck der sowjetrussischen Diplomatie, benannt nach dem englischen Außenminister Lord Curzon, vorgesehen hatte.

Daß Stalin nicht gewillt war, diese Grenze zu akzeptieren, sollte der sowjetische Einmarsch in Ostpolen 1939 zeigen.

Polens Wiedergeburt 1918, nach einhundertsechsundzwanzig Jahren Teilung und Fremdherrschaft durch Preußen, Rußland und Österreich, war in der öffentlichen Meinung bald identisch mit der persönlichen Leistung Piłsudskis und er selbst eine nationale Legende. Als Freiheitskämpfer, politischer Kopf und Wille, als erfolgreicher Neugründer des Staates.

Als der Marschall 1935 starb und sein Sarg auf einer Lafette vom Warschauer Schloß zu den Königsgräbern des Krakauer Wawel überführt wurde, trugen Schulen und Schüler Trauer, bekundeten in Massenveranstaltungen ihre Anhänglichkeit, marschierten zu den stockenden, wie von Schluchzern unterbrochenen Rhythmen zu Chopins Trauermarsch – *lento, staccato* – zu den Versammlungsplätzen, Kirchen, Theatern, um von ihrem geliebten Führer, dem *wódz*, feierlich Abschied zu nehmen.

Die Anteilnahme auch der Deutschen in Polen an dieser Persönlichkeit war damit begründet, daß Piłsudski eine maßvoll freundliche Politik ihnen gegenüber vertrat.

Meine Frau Elvi besuchte bis 1935 in Lodz eine polnische Volksschule – danach das Deutsche Gymnasium. Eines Tages legte ihr ein polnischer Volksschüler ein Hitlerbild auf die Schulbank. Er wurde gerügt und verwarnt, seine Eltern vorgeladen und vom Lehrer belehrt: »... Wir wären froh, wenn wir auch solche Männer hätten.«(!) Als in meiner Klasse, ebenfalls Mitte der dreißiger Jahre, einmal die Bedrohung Polens durch die Nachbarn diskutiert wurde und ein Klassenkamerad die Gefahr aus Deutschland ansprach, antwortete der Lehrer: wenn Polen eine Gefahr drohe, dann vom Osten, von Rußland, nicht von Deutschland her. (!) Es war die Zeit, da deutsche und polnische Minister gemeinsam zur Jagd in den Urwald von Białowieża fuhren, Göring und der Außenminister Józef Beck zum Beispiel. Die polnischen Zeitungen berichteten ausführlich darüber.

An all das mußte ich denken, als ich in den neunziger Jahren durch Deutschland reiste und bei Lesungen und Vorträgen über Polen, seine Dichtung, Literatur, Kultur und Politik sprach, über sein Heimweh nach Europa und nach Schutz und Sicherheit im Westen. Ich las in Ost und West, in Groß- und Kleinstädten, an Universitäten, Kultur-Instituten, Schulen, in literarischen Vereinen; in manchen mehrmals. Als ich, wie immer, in den antiquarischen Buchhandlungen der Städte nach seltenen Polonica und Polono-Germanica Ausschau hielt, fand ich, irgendwo in einer kleinen Buchhandlung, im Ramsch vier in karmesinrotes Kalbsleder gebundene dicke Bände, mit polnischem Adler in Goldprägung in der Mitte. Ich nahm die Bände in die Hand, blätterte in dem edlen schweren Japanpapier, Goldschnitt, und las verblüfft: *Die Marschall-Ausgabe der Erinnerungen und Dokumente von Józef Piłsudski*, erschienen in Essen 1935, in Piłsudskis Todesjahr. Eine persönlich autorisierte deutsche Gesamtausgabe, stand da zu lesen, unter Mitwirkung des Warschauer Militärhistorischen Büros, einmalige Auflage 500 Exemplare. Ein sensationeller Fund. Ich erwarb die Bände für wenig Geld und überflog die Titelseiten. Band 1: *Meine ersten Kämpfe*. Band 2: *Das Jahr 1920*. Band 3: *Militärische Vorlesungen*. Band 4: *Reden und Armeebefehle*.

Die Verblüffung war noch größer, als ich die Vorworte

und Geleitworte sah: »Geleitwort von Ministerpräsident Hermann Göring«, »Vorwort von Reichskriegsminister und Oberbefehlshaber der Wehrmacht Generaloberst von Blomberg«, »Vorwort von Generalmajor Dr. phil. h. c. F. von Rabenau«. Da in Polen niemand von denen, die ich befragte, Kenntnis von dieser Ausgabe hatte, in Deutschland ebenso wenige, war ich neugierig, was die Kriegsherren des Dritten Reiches über den polnischen Feldherrn der Zweiten Republik zu befinden hatten. Mir selbst war schon bekannt, daß Piłsudskis entschlossene antisowjetische Orientierung den Machthabern in Berlin durchaus willkommen war und daß 1934 eine personelle und politische Annäherung zwischen Warschau und Berlin stattgefunden hatte. Der weitere Lauf der Geschichte kann jedoch keinen Zweifel daran lassen, daß die Nazis nicht an eine Partnerschaft und langfristige Kooperation mit Polen dachten, sondern das Land nur vorübergehend als Bollwerk gegen den Kommunismus im Osten mißbrauchen wollten.

»Für Deutschland ist die Tragweite des polnisch-russischen Krieges 1918-1920 kaum zu überschätzen, denn es ging in diesem Krieg ja nicht nur um die nationale Freiheit Polens und um den Bestand des polnischen Staates, sondern im letzten darum, ob die bolschewistische Weltrevolution weiter nach Europa vordrang und damit auch in Deutschland ihre Herrschaft errichtete. Hierfür waren im Deutschland des Jahres 1920 viele Voraussetzungen gegeben. Polen hat in schweren Kämpfen den Bolschewismus in den Raum seines Ursprungs zurückgeworfen und vor ihm einen festen Damm gegen Westen errichtet. Es hat damit Europa und besonders Deutschland vor dem Zusammenbruch bewahrt und zur Erhaltung der gesamten abendländischen Kultur in entscheidender Weise beigetragen. Das nationalsozialistische Deutschland weiß diese Leistung zu schätzen (...)«, las ich im Vorwort von Reichskriegsminister Blomberg.

Piłsudski gibt in den Erinnerungen *Das Jahr 1920* zu Protokoll, daß es Neugier war, die ihn dazu trieb, die Pläne, Gedanken und Einzelheiten »der Arbeitsweise« derjenigen zu ergründen, mit denen er und seine Soldaten damals »die Degen kreuzten«. Sein Vokabular ist auffallend ritterlich, wenn er von Budjonnys Reiterarmee oder von der Strategie des »Herrn Tuchatschewskij« schreibt. Fast hat man den Eindruck, hier sei von einem Turnier die Rede, nicht von einem mörderischen Krieg auf Leben oder Tod, einem Kampf zwischen gegensätzlichen Welten.

Dank Piłsudski könne man Polens Geschichte »trotz der ungeheuren Verluste und Leiden« als eine Erfolgsgeschichte betrachten, schreibt Adam Krzemiński aus der Perspektive des Jahres 2000. Dieser »polnische Bismarck«, der gegen Ende seines Lebens für die Demokratie nicht viel übrig hatte, der aber »keinesfalls wie Mussolini ein Weggefährte der totalitären Schreckgespenster dieses Jahrhunderts wie Hitler und Stalin« gewesen sei, habe seinen Platz irgendwo an der Seite der »weißen Revolutionäre, die mit konservativen Reformen die Dämonen des Chaos und der Revolutionen bändigten, wie Napoleon, Cavour, Stolypin, Atatürk, de Gaulle und einige andere, Adenauer eingeschlossen«, so der polnische politische Publizist und Historiker. Es soll Bismarck gewesen sein, der sagte, Polen habe schon immer eine politische Poesie und eine poetische Politik betrieben – »ungeachtet dessen, welche Schererei sie den nächsten Generationen hinterließen«, wie Krzemiński in seinem Essay *Polen im 20. Jahrhundert* schreibt.

Schwerpunkt des Sprach- und Literaturunterrichts war in den Gymnasien selbstredend Adam Mickiewicz (1798-1855), von Jahr zu Jahr mehr. Absolute Pflichtlektüren, den Generationen auferlegt, waren das Nationalepos *Pan Tadeusz* und das Nationaldrama *Die Totenfeier*, die den Romantiker zum Idol und zur Idee der Nation gemacht hatten. In seinen Versen, angefangen von den *Balladen und Romanzen*, Wilna 1822, dem Programm der polnischen Romantik, bis hin zu den wortmächtigen Improvisationen, Revolutionsetüden à la Chopin, erkannten die Polen sich selbst und ihr Schicksal. Mickiewicz' Dichtung herrschte mächtig über seiner Landsleute Geist und Gemüt.

Mickiewicz hatte Goethe respektvoll zur Kenntnis genommen, ihm später in Weimar als dem Jupiter der Weltliteratur der Aufklärung Aufwartung gemacht. Sein Dichterbruder und Lehrer aber, bewundert und geliebt, war Friedrich Schiller.

»Ich möchte mich des Deutschen befleißigen ... Habe Fortschritte in Deutsch erzielt«, schrieb er an seinen Studienfreund Jan Czeczot in Wilna im Herbst 1820 aus Kaunas, wo er seine erste Pflichtstelle als Lehrer für lateinische und polnische Literatur antreten mußte. Seinem ersten politischen Gedicht »Ode an die Jugend« (1820) setzte er einen Vers von Schiller voran: *»Und die alten Formen stürzen ein«*. Schillers Gerechtigkeitssinn und Rebellentum waren Mickiewicz verwandt und eine starke Inspiration für sein eigenes romantisches Freiheitspathos. Die Ode verstanden seine Leser als Signal zum Aufstand gegen die zaristische Besatzungsmacht.

Herzlos und geistlos, Volk von Skeletten;
Jugend! Verschaffe mir Schwingen!
Mich über die tote Welt zu erheben,
Ins Traumparadies mich zu retten;
Wo noch Ekstasen Wunder vollbringen
Und neues, blühendes Leben
Mit goldenen Bildern der Hoffnung durchdringen.
(...)
Der Weg durch Gewalt und Schwächen
Mache uns nicht verzagen:
Wir werden die Schwächen brechen
Und lernen Gewalt mit Gewalt zu zerschlagen!
(...)
Vorwärts, Welt im Gespinst!
Wir geben dir neues Geleit,
Bis du, vom Schimmel befreit,
Wieder zu blühen beginnst.
(...)

In den Jahren 1938/1939 rückte ein politisch brisanteres Werk des Dichters, das Verspoem *Konrad Wallenrod*, in den Mittelpunkt unserer Aufmerksamkeit. Darin geht es um das Grundrecht auf Wiederherstellung der den Völkern geraubten Identität. Mickiewicz beginnt das Poem mit einem Zitat über die »zwei Arten des Kampfes« aus Machiavellis »Der Fürst«, in dem es heißt, man müsse im Notfall »Löwe *und* Fuchs« (»volpe e leone«) sein. Die Fabel des Poems: Die Kreuzritter haben das Prussenland bis an den Fluß Njemen erobert. Den Litauern droht Ausrottung, da sie ihre Unabhängigkeit, ihr Land und ihr Heidentum um keinen Preis aufgeben wollen.

Der tragische Titelheld, Litauer seiner Herkunft nach, ist

als Kind von den Deutschrittern geraubt und als Christ erzogen worden. Konrad steigt zum Ordensmeister auf, vergißt aber seine Herkunft nicht. Als Feldherr führt er den Orden absichtlich in die Niederlage. Das geschlagene Heer, ein »Häuflein von Gespenstern«, muß vor den Litauern fliehen. Ein Geheimtribunal der Ordensritter auf der Marienburg entlarvt Konrads Verrat und verurteilt ihn wegen Gotteslästerung und vielfachen Mordes zum Tode. Bevor das Urteil vollstreckt werden kann, nimmt sich Konrad das Leben.

Das Poem, bereits zu Mickiewiczs Lebzeiten brisant, hatte in unserer Zeit der Überfälle deutscher Hakenkreuzritter auf ihre Nachbarn nichts von seiner Aktualität eingebüßt. Die historische Erzählung in Versen konnte am Vorabend des Zweiten Weltkriegs als Parabel auf das unheilvolle Geschehen in Mitteleuropa gelesen werden: Das Deutsche Reich besetzte nach dem Münchner Abkommen Anfang Oktober 1938 das Sudetengebiet, Polen erzwang durch Ultimatum das Teschener Gebiet in Schlesien von der Tschechoslowakei. Polnische Nationalisten riefen zur Rückeroberung der verlorenen Ostgebiete auf.

Aus Oberschlesien wurden antideutsche Übergriffe bekannt, im Februar 1939 vertrieben deutsche Studenten ihre polnischen Kommilitonen aus dem Hörsaal des Danziger Polytechnikums, im März 1939 marschierten deutsche Truppen in die »Rest-Tschechei« ein, Hitler hatte bereits den »Fall Weiß«, den Plan zum Überfall auf Polen, unterzeichnet. In Mitteleuropa nahmen nationalistische, militärische und paramilitärische Übergriffe überhand. An den Grenzen im Westen, Süden, Norden und Osten überschlugen sich die Ereignisse, Aggressoren lauerten auf ihre Stunde.

Wonach suchten in dieser allgemeinen Verwirrung und Verirrung die angehenden Humanisten und Abiturienten? Nach Denkmodellen bei den Klassikern. Wir fanden sie bei Mickiewicz, bei seinem Helden Wallenrod.

Es ging im Grunde um die Frage: welche Möglichkeiten, Chancen, Pflichten und Rechte haben geschlagene, versklavte Heere, Völker, Staaten der Schwächeren gegen die stärkeren Eroberer? Wie können sie sich wehren? Befreien? Ist Christen die Verteidigung notfalls mit Gewalt durch Bruch des Eides, der Gebote, durch Konspiration, Verschwörung, Heimtücke, durch Verrat, Terror, Selbstopfer erlaubt? Es ging um die Moral in der Entscheidung zwischen der Pflicht zur gelobten Treue der Schutzmacht gegenüber und dem Recht auf Untreue im Widerstand gegen den Tyrannen.

Die Weltliteratur nahm diesen Konrad kaum zur Kenntnis. Die polnischen Leser und die polnischen Schulen und deren Zöglinge um so mehr. Der Zweite Weltkrieg und seine Folgen sollten uns kurze Zeit später, vor allem uns Deutschen in Polen, schmerzhaft klarmachen, daß Treuebruch, Konspiration, Partisanenkriege, Aufstände, Meuchelmorde die Sprache der neuen Zeit waren: Hitler-Stalin-Pakt, List und Lüge als Beginn des Zweiten Weltkrieges, Katyń, Stalingrad, 22. Juli …

Bei Mickiewicz steht die Schlußfolgerung des Konrad-Dramas klar und deutlich bereits in der Einleitung. Für mich der Ausgangspunkt der Entscheidungen im Krieg und danach.

Wo man sich gastfrei Salz und Brot geboten,
Wo sich die Stämme freundlich zugelacht,
Herrscht heute Kälte, wie im Reich der Toten. (…)

Und Menschen? – Menschen riß der Krieg entzwei!
Was Prussen einst und Litauen verband,
Der Friede – brach und das Vertrauen schwand.
Nur Liebe eint. – Ich kannte einmal zwei ... (...)

Doch was die Schöpfung hielt mit goldnen Ketten,
zerreißt der Haß, dem man sich jetzt verschrieben.
Nur noch die Herzen derer, die sich lieben,
Wird Wajdelotens Lied hinüberretten.

Mit der »Romantyczność« – ein berühmtes Mickiewicz-Gedicht, das die Epoche der polnischen Romantik einleitete – im Abiturientengepäck »fürs Leben« zog ich achtzehnjährig gleichermaßen gegen meine slawischen Nachbarn wie gegen meine deutschen Verwandten, die sich vor hundert und mehr Jahren, dem Ruf Friedrichs des Großen und Katharinas der Großen folgend, so zahlreich an Weichsel und Wolga angesiedelt hatten. Zweitausend Kilometer von der deutschen Grenze entfernt sollte ich in einer kahlen russischen Steppe das »deutsche Vaterland« verteidigen.

Mit Tuwim großgeworden. Vor 1939

Ich bin mir ziemlich sicher: so wie meine Neigung zur romantischen Melancholie und zum rebellierenden Freiheitspathos sich der ansteckenden Lektüre der epischen, lyrischen und dramatischen Dichtung von Adam Mickiewicz verdanken, so rührt andererseits meine Lust am Lachen, der derbe Geschmack an Satiren, dann der feinere am Parodieren gewichtiger Autoren (was nach gewisser Reife konsequent zur Passion des Übersetzens, Übertragens, Nachdichtens, kurz zu meiner späteren Besessenheit führen mußte) von Tuwim her. Er übersetzte nicht nur genial gereimt die Libretti deutscher Operetten, sondern auch so großartige Werke wie Puschkins *Evgenij Onegin*, von mehreren Nachdichtungen in Polen die beste. Ich entdeckte den sensiblen Tuwim, den Tonkünstler und Zauberer, den Worterfinder und Landschaftsmaler – und mit ihm die große Genugtuung, die es bereitet, bislang unbekannte Sprachwelten zu betreten, für mich und andere zu erschließen. Er war ein Meister der *Divertimenti.*

Ich frage mich, warum ich Julian Tuwim, obwohl mir andere polnische Dichter näher sind, immer wieder, auch heute noch, zu übersetzen versuche. Es ist nicht nur der Umstand, daß wir in derselben Stadt geboren, dort über die gleichen Straßen geschlendert sind, die gleiche schwere Luft zu atmen hatten. Es ist die Herausforderung, ein Äquivalent für seine erfindungsreiche, mitreißende Einfachheit zu finden. Das schwierig Einfache! Er ist (wie Mickiewicz vor ihm) schuld daran, daß mir – leider! – viele mathematische Formeln unerschlossen, lateinische Vokabeln fremd geblieben sind; weil er, unter der Schulbank gelesen, meine Wortphantasie in Unruhe versetzte, mich mit seinen musikalischen Satzkaskaden für anderes unempfänglich machte.

Es ist mir in Erinnerung geblieben, wie ich 1938 von meinem Polnischlehrer, von dem wir am Gymnasium genau wußten, daß er überzeugter Dmowskist, also Antisemit war, beiseite genommen und mit dem guten Rat bedacht wurde: »Lies Tuwim. Sein Polnisch ist eine Fundgrube. Er ist zwar Jude, aber keiner dichtet bei uns heute natürlicher, kraftvoller als er.«

Mich sprachen in der Zeit der Pubertät zwei Qualitäten der Tuwimschen Lyrik an: die musikalische und die dramatische. In meiner damaligen Entwicklungsphase bedeutete mir das Spiel – auf den Instrumenten und in kleinen Theaterstücken auf der Bühne – die stärkste Faszination. Zum Rezitationswettbewerb der Gymnasien im Stadttheater wählte ich mir deshalb auch Tuwims »Tanzenden Sokrates« aus.

Die Schulen entsandten je einen Teilnehmer mit je einem Gedicht. Eine kompetente Jury, bestehend aus einem Polnischlehrer, einem Schauspieler und dem Regisseur des Stadttheaters, fällte das Urteil. Ich war dabei – mit dem von mir bevorzugten Tuwim-Gedicht. Meine bereits recht tiefe, aber noch nicht ganz fertige, noch brüchige Stimme, eignete sich offensichtlich für diesen expressiven Monolog eines in Weinlaune tänzelnden, eher torkelnden, mit Xanthippe hadernden, seinen Diener zur Kumpanei anstiftenden, ansonsten philosophierenden Weisen. Ich belegte den zweiten von drei Plätzen und genoß zum erstenmal einen öffentlichen Erfolg.

Julian Tuwim (1894-1953), der vielseitigste und produktivste Dichter der polnischen Literatur der Zwischenkriegszeit, hoffnungsvoller Sohn der jungen, zu schnell, zu hektisch ins Riesenhafte gewachsenen Großstadt, schrieb um 1920 in »Meine Kindheit in Łódź«, einem sehr frühen Gedicht: »... o città dolente, wie kam es, daß ich dich so sehr und so herzlich liebe?«

Lodz war schmerzgeboren – und ist es bis heute geblieben. Den Satz »o città dolente ...« zitiere ich als Antwort auf die flüchtigen Bonmots, vielmehr Malmots, die Lodz als der »bösen«, »häßlichen«, »schmutzigen«, »ungeliebten« Stadt am Zeuge flicken: Vorurteile, die eilige Touristen gern wiederholen. Was weiß einer von Lodz, der nur die Schornsteine, den Ruß und den Geruch der Fabriken auf der

Durchreise wahrgenommen hat? Freilich – Gelsenkirchen und Wanne-Eickel, die vor hundert Jahren auch eine Staublunge hatten und nach Ammoniak rochen, sind ebensowenig München oder Baden-Baden. Aber hätten wir in Baden-Baden kuren können ohne die Gelsenkirchener Energie? Wie arm dran wären die Damen und Herren aus Warschau und Zakopane gewesen ohne die Tuche aus Lodz? Sie hätten schmucklos herumlaufen und frieren müssen.

> Und wenn der andre am Ganges, Sorrent,
> An der Krim seine Freude habe,
> Ich ziehe mir Łódź vor, das man verkennt,
> Es ist mein Glück, meine Labe ...

dichtete Tuwim 1919 in einem Jugendgedicht. Und diese Anhänglichkeit des wortstarken, oft ironischen, bissig-kritischen, auch selbstkritischen Julian Tuwim kann hier nicht als pure Sentimentalität abgetan werden – ähnlich wie die Anhänglichkeit eines anderen großen Sohnes der Stadt: Artur Rubinstein (1887-1982). In Berlin zum eigenwilligen Pianisten ausgebildet, ein Weltbürger, der sich in den USA und später in der Schweiz niederließ, blieb in Lodz beheimatet, wo sein *Glückliches Leben* (so der deutsche Titel der Autobiographie) tiefe Wurzeln hatte. Wie Tuwim beherrschten romantische Gefühle und Frohsinn sein Temperament; auch altbackene Sentimentalität und heftige Lebenslust. Fast wäre er schuld daran gewesen, daß ich der Geige abgeschworen hätte und zum Klavier konvertiert wäre. Nun hörte ich seinen Chopin-Interpretationen genauso gern zu wie den Violinvirtuosen ...

Tuwims Liebe zu Lodz war die eines Sohnes zu seiner Mutter, die zwar niemals eine Schönheitskonkurrenz ge-

Blick in die Karl-Dedecius-Dauerausstellung im Historischen Museum der Stadt Lodz. Die rechts und links angrenzenden Säle sind zwei anderen großen Söhnen der Stadt gewidmet: dem Dichter Julian Tuwim und dem Pianisten Artur Rubinstein.

wonnen, ihm aber, abgesehen von dem wuchernden, vielseitigen Talent, wichtige Erfahrungen und Überlebenskräfte auf den holprigen Lebensweg mitgegeben hatte. Alle Klondikes, alle Goldgräberstädte wachsen unorganisch aus Steppen, Sümpfen, Urwäldern und Baracken. Und am meisten spotten über den schrecklichen Fabrikgeruch, die Mückenplage und die dürftigen Lebensbedingungen der unschönen Orte diejenigen, die vom Golde dieser Orte – freilich anderswo bequemer – leben.

Tuwim jedenfalls liebte seine Stadt, und als er sie 1939 verlassen mußte, über Rumänien, Frankreich nach Buenos Aires flüchtete, war er zwar von der Blütenpracht und vom Zauber dieser südamerikanischen Metropole hingerissen – mochte sie aber nicht gegen sein rußiges Lodz eintauschen. Er sehnte sich nach der Petrikauer Straße, nach der Magistrale der Stadt, wo Schüler und Studenten sich in den Nachmittagsstunden ein Stelldichein gaben und im Auf- und Abgehen ihre Beredsamkeit und Geselligkeit übten – am Grand Café vorbei, wo einige ihrer Professoren den Nachmittagskaffee zu sich zu nehmen und durch die großen Fensterscheiben ihre flanierenden Schüler zu beobachten pflegten.

Klassenfahrten. 1934-1939

Im Gymnasium war es Brauch, jedes Schuljahr mit einer zehntägigen Klassenfahrt abzuschließen. Die Fahrten galten der Landeskunde und den Sehenswürdigkeiten der Kunst, auch der Folklore. Wir lernten an Ort und Stelle anschaulich das Geniale und das Geringere, das Erhabene und das Profane, das »Normale« und das »Anormale« als Lebenseinheit zu betrachten. Von Jahr zu Jahr woanders. Das Erlebnis der Zentren wie der Ränder diente der »Allgemeinbildung«, mit der wir in die soziale, humanistische Reife entlassen werden sollten. Einmal war die alte Königsstadt Krakau mit den vielen Kirchen und Museen, mit ihrer ebenso malerischen wie legendenträchtigen Umgebung das Ziel, ein andermal die polnische Wasserkante – von Warschau nach Gdingen auf dem Weichseldampfer erfahren –, das Getümmel und die Gerüche des Hafens, die Geräusche der Seefahrt, auf der Halbinsel Hela die Idylle der Sommerfrische. Im darauffolgenden Jahr führte die Exkursion in das ländliche, aber literarisch besonders ergiebige Dreiländereck im Nordosten des Landes um Wilna herum. Dort wurde vor allem den Spuren des Romantikers Adam Mickiewicz nachgepilgert, nachgesonnen und nachgedichtet.

1938, ein Jahr vor Ausbruch des Krieges, besuchten wir Lemberg im Südosten des Landes. Ich ahnte noch nicht, daß mich ein Jahr später der Krieg wieder hierher verschlagen würde. Ich ahnte nicht, daß sich dieser Flucht eine lange Folge von Fluchten anschließen sollte, als Fortsetzung der vielen Fluchten meiner Vorfahren in früheren Generationen.

Berufspläne. Lodz 1937-1939

Etwa 1937, zur Abschlußfeier des Schuljahres, des letzten am Gymnasium, das mit der kleinen Matura endete – danach begann die zweijährige Oberstufe, das Lyzeum, das uns auf die Reifeprüfung vorbereiten sollte –, hatte unsere Theatergruppe ein kleines Kostümspiel vor antiker Kulisse vorbereitet: »Jupiters letzter Priester« (*Ostatni kapłan Jowisza*). Die Darbietung sollte den Sieg des Christentums über die Götterwelt der Römer versinnbildlichen. Zwischen der Götterherberge des Olymp und dem ärmlichen Stall von Bethlehem agierte ein Verkünder des Alten Testaments, den ich darstellte.

Obwohl ich mir große Mühe gegeben hatte, lautete das Urteil des Publikums »nicht überzeugend«. Ich war untröstlich. Da kam ein junger Herr auf mich zu, vielleicht der Vater, Onkel oder Pate eines Schülers, und wollte mir auf deutsch Trost spenden. »Die Rolle war von vornherein falsch konzipiert und falsch besetzt. Wie denn – ein Deutscher als Judas?« Für mich war das kein Trost. Es war aber ein Zeichen dafür, daß die Ideen des Nationalsozialismus, aus dem Dritten Reich importiert, die deutsche Minderheit in Lodz bereits erreicht hatten. Vor allem die Arbeitslosen, die Streber ohne Profession, die Wichtigtuer und Wenigkönner.

Die Politik und die Stimmungen Deutschland gegenüber wechselten in Polen rasant. Eine akute Kriegsgefahr sah das Volk darin immer noch nicht. »Hitler blufft, baut nur Attrappen, seine Panzer sind aus Pappe«, so der im Lande verbreitete Irrglaube.

Der polnische Antisemitismus war anders als der deutsche, ambivalent. Keine fanatische Weltanschauung, sondern eher eine religiöse und soziale Irritation. Die Juden hatten in Medizin, Justiz, Kultur und Handel Schlüsselpositionen inne, der Neid und die aggressive Abwehr, die sich in unkontrollierten Überfällen äußerten, die alten atavistischen, im religiösen Aberglauben begründeten Pogrome, waren spontane, lokale Ausbrüche – wie später aus Kielce und Jedwabne bekannt wurde –, nicht zentral organisierte, systematische Ausrottung des gesamten »Rassenfeindes« durch weltanschaulich motivierte Staatspolitik.

In meiner Klasse hatte ein Verhalten, das unsere kleine multinationale Gemeinschaft hätte sprengen können, bis 1939 nicht die geringste Chance. Wir lebten in gewachsener Kameradschaft, und trotzdem konnte jeder, entsprechend seinen familiären Überlieferungen, Vorstellungen und Vorlieben, eigene Wege verfolgen. Diese Freiheit und Toleranz entsprang dem humanistischen Geist unserer Schule, den es Direktor Marczyński zu erhalten gelang.

Vielleicht war auch Tuwims »Tanzender Sokrates« beim Rezitationswettbewerb der Gymnasien im Stadttheater der Grund dafür, daß ich, als in einer Stunde mit dem Klassenlehrer Monate vor der Reifeprüfung unsere Berufswünsche zur Debatte standen, ohne lange zu überlegen sagte, ich würde gern am Staatlichen Institut der Theaterkunst, dem PIST, *Państwowy Instytut Sztuki Teatralnej*, in Warschau studieren. Dramaturgie. Diese Hochschule hatte einen guten Ruf, ihr Lehrprogramm war für mich wie geschaffen. Musik, Theaterspiel, Zeichnen, Sprechen, Gesang, Dichtung – in diesen Fächern war ich kein mittelmäßiger Schüler. Der Direktor hieß Tymon Terlecki. Jahre später lernte ich ihn persönlich kennen. 1968 war ich bei ihm in Chicago zu Gast, er lehrte an der dortigen Universität. Als ich in New York mit dem Jurzykowski-Kulturpreis der polnischen Emigranten ausgezeichnet wurde, hielt er die Laudatio.

Beim letzten Elternabend vor dem Abitur, von meinem Vater im Einzelgespräch nach meinen Chancen befragt, antwortete der Klassenlehrer: »Ein Adler ist er nicht. Kein Überflieger. Eher eine Nachtigall. Vorn, in der ersten Reihe sehe ich ihn nicht. Er versteckt sich hinter den anderen oder hinter etwas. Zieht sich gern in die zweite Reihe zurück. Schüchtern. Aber zur Reifeprüfung werden wir ihn zulassen müssen.«

Wenige Wochen vor dem Abitur lud mich Direktor Marczyński überraschend in das Künstler-Café in der Petrikauer Straße ein, wo er mit dem Spielleiter und stadtbekannten Schauspieler Krasnowiecki verabredet war. Krasnowiecki hatte mich erst vor kurzem in der Rolle des Cyrano de Bergerac begeistert.

»Das ist der Schüler, der zum Theater möchte. Über ihn sprachen wir neulich. Vielleicht können Sie ihm etwas raten.«

Worüber ich befragt wurde und was sich im Café zwischen uns dreien abspielte, weiß ich nicht mehr. Ich kann mich nur an Krasnowieckis salomonisches Urteil erinnern:

»Die Stimme ist nicht schlecht, ausbaufähig, eine gesti-

Die Studniówka, *die Hundert-Tage-Feier im Februar 1939. In Lodz war es üblich, einhundert Tage vor dem Abitur einen Tanzabend mit einer Klasse des befreundeten Mädchengymnasiums zu veranstalten. Die Feier fand stets bei der Familie eines Mädchens statt. Die Mädchen tischten auf, die Jungen sorgten für die Getränke. 1. Reihe, 4. v. l.: Karl Dedecius*

sche und mimische Ausstrahlung ist im Ansatz vorhanden. Aber wenn er Theaterwissenschaft studieren will, ist nicht sein Talent, sondern sein Wissen gefragt.« Dem Wort »Wissenschaft« hatte er eine besondere und, wie mir schien, leicht ironische Betonung gegeben.

Der Gedanke aber hatte sich festgesetzt. Ich war entschlossen, nach dem Abitur, Mitte September 1939, zum Semesterbeginn in Warschau, das Studium am PIST aufzunehmen. Zunächst aber mußte ich das Abitur bestehen.

Für die mündliche Prüfung wählte ich die deutsche Sprache. So steht es hier, im Zeugnis, dessen Faksimile mir das Lodzer Stadtarchiv 1986 zum Geburtstagsgeschenk machte, schwarz auf weiß, vom Vorsitzenden der Staatlichen Prüfungskommission, unserem Direktor Marczyński unterzeichnet. Wahrscheinlich als Beweis der damals großzügigen Toleranz der polnischen Schulen.

Das verstehe ich heute, offen gestanden, nicht. Deutsch sprach ich fast nur mit der Mutter, ein sparsames, auf den im häuslichen Umgang notwendigen Wortschatz beschränktes Deutsch. Meine alltägliche Umgangssprache, auf der Straße, in den Ämtern, in der Schule, in der Freizeit, mit Klassenkameraden und Freunden, ganz gleich, ob sie Deutsche, Juden oder Polen waren, war Polnisch, nicht aus freier Wahl, sondern weil es außerhalb des Hauses natürlich und praktisch war. Heute bin ich immer noch bereit zu glauben, mein Polnisch sei damals besser als mein Deutsch gewesen, vor allem reicher, weil ich ja das ganze Bildungsvokabular, den Wortschatz der Naturkunde, Physik, Mathematik, Geschichte, Sprachwissenschaft, Philosophie auf polnisch verinnerlicht hatte, nicht auf deutsch. Eine Bibliothek gab es in unserer kleinen Wohnung nicht. Angeblich habe ich mir täglich ein neues Buch aus der Schulbücherei besorgt. Ich galt als Leseratte. Ich erinnere mich, wie schwer es mir nach der Rückkehr aus sowjetischer Gefangenschaft fiel, mit fast dreißig Jahren zum ersten Mal in Deutschland, manche Dinge und Vorgänge deutsch zu benennen. Inzwischen hatte ich mehr Russisch dazugelernt als Deutsch. Ich stand im Wald, ging durch ein Museum, suchte ein Amt auf, und merkte, daß Bäume, Kräuter, Bauten – sehr viele Dinge für mich nur auf polnisch existierten, deutsch hätte ich sie nicht zu benennen gewußt, also waren sie für mich in meiner Muttersprache nicht vorhanden. Mehrsprachigkeit ist nicht nur ein Reichtum. In mancher Hinsicht ist sie ein Hemmnis, ein Manko, ein Fluch.

Ahnungslos. Vor dem 1. September 1939

Im Mai 1939 war ich gerade achtzehn Jahre alt geworden. Vater kaufte mir das in seiner Familie und in jener Zeit obligate »Reifezeugnis«, den ersten männlichen Hut, und ich durfte mir nach bestandenem Abitur ein paar Wochen Ferien leisten als Schriftführer einer Chronik im Schüler-Ferienlager auf der Halbinsel Hela. Die Bahnfahrt an die Ostsee versprach besinnlich zu werden. Der Zug war ziemlich leer, in meinem Abteil saß ich allein. Erst knapp vor der Abfahrt des Zuges stiegen noch zwei Mädchen hastig, außer Atem, zu. Eigentlich waren sie schon im Abteil, als sie fragten: »Erlauben Sie?« und ich schnell antwortete: »Aber gewiß, bitte ...« Dabei sprang ich schon von meinem Sitz – »darf ich?« – und beeilte mich, ihre Reiseköfferchen ins Gepäcknetz zu heben. Die Mädchen waren etwa in meinem Alter oder auch ein Jahr jünger, also siebzehn, und wie sie sich verhielten, wohlerzogen, mußten sie Töchter aus gutem Hause sein, verwöhnt, was sich an ihrer Ausstattung leicht ausmachen ließ. Die lange Reise versprach nun weniger besinnlich als kurzweilig zu werden.

Ich vertiefte mich in ein Buch, sie plauderten lebhaft miteinander, und ihrem Gespräch konnte ich entnehmen, daß sie Cousinen waren und ins Ostseebad Zoppot wollten, wo sie von Verwandten erwartet wurden. Sie freuten sich

Der erste Hut. Lodz, Mai 1939.

auf den Aufenthalt an der See. In ihr familiäres Geplänkel mischten sich bald ernstere Fragen.

»... beim Abendessen erzählte Onkel Izaak, daß er nachts häufig das Rattern von Zügen hört, von West nach Ost, um diese Zeit verkehrten auf der Nebenstrecke doch sonst keine Züge, er sei beunruhigt, was das zu bedeuten hätte, auf keinen Fall Gutes. Vor zwei Wochen hörte er in der Synagoge zwei Männer von Waffentransporten ostwärts tuscheln, es braue sich etwas zusammen, meinte er, die Börse reagiere bereits leicht nervös.«

Auch die Geschäftsleute seien beunruhigt. Als dann im Laufe der Unterhaltung Namen fielen wie Kohn, Poznański, Rabinowicz, wurde mir klar, daß diese jungen Damen zum Clan der Textilbarone, zu den Reichsten der Reichen in der Stadt gehörten. Als sie merkten, daß ich zu lesen aufgehört hatte, wechselten sie das Thema und sprachen plötzlich leiser. Dann an mich direkt gewandt: »Ist Ihr Buch interessant? Eine Neuerscheinung?« Offenbar errieten sie meinen Wunsch, an ihrem Gespräch teilzunehmen, und daß ich nur nicht wußte, wie es beginnen. Sie waren zweifelsohne zu zweit verwegener, ich war froh, daß sie mir den schwierigen Annäherungsversuch abgenommen hatten.

»Ach nein, nichts Besonderes, nur eine kleine Schrift über das Warschauer Theater und ein Vorlesungsverzeichnis.« Um anzugeben, fügte ich hinzu: »Ich bereite mich aufs Studium vor.«

»Interessant«, entgegnete die lustigere der beiden. Es entspann sich eine amüsante Plauderei.

Nach geraumer Zeit machte sich leichte Ermüdung bemerkbar. Die Schönere – in Gedanken nannte ich sie Semiramis, wegen der Halskettchen mit bunten Blumen aus Gold und Emaille, »hängende Gärten«, und des kräftigen dunklen Teints – räkelte sich und legte die rechte Hand auf den geöffneten Mund.

»Lange Bahnfahrten machen müde. Am liebsten würde ich jetzt auf meiner Couch liegen und schlafen.«

»Das läßt sich machen. Ich setze mich zu Ihrer Freundin, und Sie belegen die ganze linke Seite allein.«

»Ich befürchte, meinem Nacken würde in dieser Lage das weiche Kopfkissen fehlen; so kann ich nicht einschlafen.«

»Auch das ist lösbar. Ich bleibe in der Ecke mäuschenstill sitzen, und Sie benutzen meine Knie als Kopfkissen.«

Wir waren auf dem besten Wege, unseren Flirt auf die Spitze zu treiben, aber Semiramis machte dies Wortgefecht sichtbar Spaß, sie zeigte sich darin gewandt, nur ich war mir meiner Sache nicht ganz sicher. Ich zog Mäßigung vor. Am Ende begann das Spiel mit dem Feuer die beiden zu reizen. Semiramis landete »versuchsweise« mit schwarzem Wuschelkopf und den hängenden Gärten am Hals auf meinem Schoß. Ihre Freundin begleitete das heitere Gesellschaftsspiel mit Zwischenrufen.

Die Familienprobleme, die Waffentransporte und die Börse, von der ich sowieso keine Ahnung hatte, waren vergessen ... Heute wüßte ich zu gern, was aus diesen Mädchen geworden ist. Ich hoffe sehr, daß sie sich in Sicherheit bringen konnten.

Im Ferienlager genoß ich die Dünen, das Meer, freie Kost und Logis im Zelt. In ein handgebundenes Buch mit weißen Blättern machte ich zwei Stunden täglich kalligraphische Eintragungen: Besondere Ereignisse, Besuch eines Ministers, sportliche Wettkämpfe, eine Abendveranstaltung und ähnliches. Im Nebenort, dem Kurort Cetniewo, befand sich die Sommerfrische für Offiziersfamilien der polnischen Garnisonsstädte.

Eines Tages, zwei Monate vor Hitlers Überfall auf Polen, wurden alle Offiziere in ihre Kasernen zurückbefohlen. Niemand wußte weshalb, niemand hatte es kommentiert. Für die anderen Feriengäste, die Nichtmilitärs, Schüler, Studenten, Zivilisten, war das Ereignis erfreulich. Die in Cetniewo verbliebenen Strohwitwen und ihre Töchter langweilten sich und gingen hin und wieder auf eine gemeinsame Zerstreuung ein. Es gab regen Verkehr zwischen dem Ferienlager, dem Strand und den Tanzcafés in Cetniewo. Der Text des langsamen Foxtrott, den in dieser Saison alle spielten, sangen und tanzten, war so banal wie unpassend, aber alle sangen ihn in diesem Sommer in Cetniewo:

I od tej chwi –li,
będziemy ży-li,
radosnym tchnie-niem
kwiatów i moty-li;
ciągle spragnie-ni,
nienasyce-ni,
pewni że życie nasze
nic nie zmie-ni ...

»Von diesem Augenblick an / werden wir leben / vom freudigen Atem / der Blumen und der Falter; / lechzend, / unersättlich ...« Und die Kapelle spielte den frisch aus England importierten Lambeth walk, und »Wo ist der Tiger«, und »Tango milonga«, und »Dieser letzte Sonntag«, und alle Schlager klangen wie ein *Marche funèbre* – nur wir Tanzenden nahmen es so nicht wahr.

Daß bereits Mitte März die endgültige Besetzung der

Tschechoslowakei stattgefunden hatte, schien niemand bemerkt zu haben. Daß im gleichen Monat Finanzminister Kwiatkowski eine Anleihe zugunsten der nationalen Verteidigung ausgeschrieben hatte, fiel kaum jemandem auf. Daß Hitler am 28. April während seiner Rede im Reichstag den Nichtangriffspakt mit Polen aufgekündigt hatte, machte nur wenige stutzig. Bekannter und aufregender waren andere Nachrichten, zum Beispiel, daß Władysław Wagner am 4. Juli im Hafen Faro in Portugal angelegt hatte, der erste Pole, dem es gelungen war, mit einer Yacht in sieben Jahren den Erdball zu umsegeln. Aber da bekam ich bereits einen Brief vom Vater, ich sei zum polnischen Arbeitsdienst einberufen. Wer studieren wollte, hatte drei Monate Arbeitsdienst zu leisten.

Meine Ostseeidylle war jäh unterbrochen. Von Vaters Nachricht ernüchtert, mußte ich nach Hause, meinen Rucksack packen und diesmal nicht nordwestlich, sondern nordöstlich, und nicht in die Sommerfrische, sondern in ein Arbeitslager fahren. Es lag bei Łomża, zwischen Graudenz und Grodno. Hier sollten Bunker gebaut werden. Wir wußten nicht so recht, wozu an der polnisch-ostpreußischen Grenze Bunker nötig waren. Aber wir buddelten brav unsere kümmerlichen kleinen Löcher, die niemanden aufhalten würden, niemandem nutzen konnten. Das ging uns auch kaum etwas an, die wenigsten fragten sich, wieso mitten in einem schönen Sommer in diesem gottverlassenen Ort, in dem uns kaum bekannten Nordosten des Landes, Bunker gebaut werden mußten. Wir hatten andere Sorgen, ich das Studium, das im September aufgenommen werden sollte, das Geld für eine Studentenbude in Warschau, das der Vater nicht hatte, und ähnliches. An einen Krieg dachte niemand. Bis an dem ersten, einem morgenfrischen Septembertag am heiteren Himmel Flugzeuge zu schwirren begannen und Schüsse fielen.

Mein Selbstwertgefühl war tief gesunken. Ich lebte mittendrin und hatte von all dem nichts gewußt, nichts gehört, nichts gesehen und nicht einmal geahnt. Wie war das möglich? Am Leben vorbeigelebt? Das recht ansehnliche Abiturfoto verzerrte sich zur Karikatur: der deutsche Michel, die Schlafzipfelmütze lächerlich tief über beide Augen und Ohren gezogen.

II.
VERLUST

Aller Dinge Vater ist der Krieg;
die einen macht er zu Göttern,
die anderen zu Menschen,
die einen zu Sklaven,
die andern zu Freien.

Heraklit

KRIEGSAUSBRUCH

Flucht aus Łomża. 1. September 1939

Das Arbeitsdienstlager wurde Hals über Kopf im Stich gelassen und wir mit spärlichem Handgepäck südwärts in Marsch gesetzt. Auf der Landstraße sahen wir bereits die ersten verwundeten Zivilisten auf der Flucht vor deutschen Panzern, die die Grenze überfahren hatten, über unsere unfertigen Bunker hinweg. Es war Krieg. Wir waren aus friedlichen Träumen gerissen und einem drei Wochen dauernden Chaos der Flucht ausgeliefert.

Wir besaßen das Reifezeugnis und waren so unreif wie ahnungslos. Es entschuldigte uns nicht, daß der Krieg auch die Erwachsenen völlig unvorbereitet und hilflos überrollte. Ob, wann und wieviel wir unterwegs zu essen bekamen, ist dem Gedächtnis entfallen. Wir gingen zu Fuß, zunächst im Eilschritt, dann immer langsamer, müder, bis der Major »Halt!« rief und uns eine Ruhepause befahl. Meist im Straßengraben, wenn es einen gab, das Gesäß in der Mulde, die Beine hochgelegt, den Rücken angelehnt, des Kreislaufs und der Erholung wegen, und so saßen, lagen wir eine Weile, ein offenes Dreieck, bis das Kommando des Majors wieder zum Aufbruch rief: »Marscherować!«

Wie viele LKWs unsere Einheit zur Verfügung hatte, wußten wir nicht, nur einmal fuhr einer an uns vorbei, mit unseren Rucksäcken und Beuteln beladen. Wenn die Fluggeräusche am Himmel lauter wurden, verließen wir die Landstraße und gingen im Feld oder Wald in Deckung.

Wir waren einige Tage unterwegs, als wir an einer Schnapsbrennerei vorbeimarschierten. Der LKW vorn machte kehrt, lud unser Gepäck im Feld hinter uns ab, und beteiligte sich an der Evakuierung der Wodkafabrik. Nach einer Stunde fuhr der LKW wieder an uns vorbei, diesmal von hinten nach vorn, ohne Gepäck, aber vollgeladen mit Kisten des Nationalgetränks. »Eau de Pologne« nannte es mein Freund Tadeusz Nowakowski. Unser Gepäck war nicht viel wert, sicher weniger als die neue Ladung, und es stand ohnehin nicht fest, ob wir es jemals wieder brauchen würden; also ließ uns der Vorgang gleichgültig.

Als wir kurz vor Lemberg in einem Dorf angekommen waren, ließ man uns wissen, daß es in geschlossener Formation nicht mehr weiterginge. In Lemberg seien bereits die Russen einmarschiert, nun müsse jeder einzeln oder in Grüppchen sehen, wie er nach Hause komme.

Wir verteilten uns also auf kleine Gruppen, manche gingen einzeln los, einige blieben noch im Dorf, um ihren Weitermarsch genauer zu überlegen. Ich fand mich eher zufällig in einer Vierergruppe, die nur einen Plan hatte: schnell nach Hause, in Richtung Westen. Aber da wir die beiden letzten, entscheidenden Wochen von der Außenwelt abgeschnitten gewesen waren, isoliert im 15-Mann-Zelt, ohne Rundfunk, ohne Zeitung, absolut orientierungslos, wollten wir, bevor wir weitergingen, uns in der Stadt umhorchen, umsehen, über die Lage informieren. Im Dorf war das nicht gut möglich. Was treiben die Russen in Lemberg, und wo sind die Deutschen, was haben sie vor, was haben wir zu erwarten, wenn wir uns sehen lassen, was, wenn wir uns verstecken, heimlich auf Nebenwege ausweichen?

Wir gingen morgens los und erreichten auf einem Feldweg gegen Mittag die nördliche Stadtgrenze von Lemberg. Die Stadt war von der Roten Armee besetzt. Wir Arbeitsmänner wurden mit 50 Złoty Sold entlassen. Die Offiziere verschwanden durch die Schlupflöcher an der südöstlichen Grenze nach Rumänien. Wir wußten nicht, daß am 23. August 1939 der sogenannte Ribbentrop-Molotow-Pakt unterzeichnet worden war, dem zufolge siebzehn Tage nach Hitlers Überfall Stalin in Polen einmarschieren und, wie eine geheime Klausel vorsah, das Land bis zur Linie der Flüsse Narew, Weichsel, San besetzen sollte. Eine vierte Teilung Polens war zwischen seinen beiden großen Nachbarn heimtückisch ausgemacht worden.

Als wir in unauffälliger Arbeitskluft in die Stadt kamen, herrschte in Lemberg Kriegslärm. Olivgraue sowjetische Lastwagen mit riesigen Ziffern und kyrillischen Kennbuchstaben, mit grölenden Soldaten obenauf, ratterten durch die Straßen. Die Soldatenlieder klangen wie Wolfsgeheul. Ich kannte durchaus anderen russischen Gesang; die orthodoxen Chöre in Lodz, die kraftvollen Tenöre und Bässe, deren Vitalität und Lautstärke einen erschauern ließen.

Verschreckte Zivilisten mit Bündeln waren unterwegs. An einer Straßenecke hatte sich eine Menschentraube um einen sowjetischen Offizier gebildet. Sie lauschte neugierig der Agitation des Siegers. Karitative Organisationen richteten behelfsmäßige Küchen ein und gaben aus einem Kessel Suppen aus. Die Schlangen der Wartenden waren lang. Später, lange nach dem Krieg, erzählte mir Julian Przyboś in Warschau, daß er in jenen Tagen in Lemberg war und irgendwo in einer Schlange nach Krautsuppe anstand, was lange dauern konnte. Deshalb las er während des Wartens in Rilkes Gedichten, die er später übersetzte. Beinahe hätte ihn der Hintermann verprügelt: Wie man denn in dieser Situation ein deutsches Buch lesen könne. Mir fielen meine Tage in Lemberg ein, und ich dachte, wie leicht hätte es passieren können, daß wir in derselben Schlange nach einer Kelle Suppe anstanden, ohne voneinander zu wissen. Der prominente polnische Poet und ein namenloser deutscher Schulabgänger in polnischer Arbeitskluft, sein späterer Übersetzer.

Auf dem Theatervorplatz und auf den breiten Eingangsstufen zum Theater in der Stadtmitte standen größere Gruppen von besser gekleideten Flüchtlingen, hauptsächlich aus Warschau, die Informationen austauschten und die Lage berieten. Der Kleidung und den Gesichtern sah man es an; es waren Vertreter der Intelligenz, die hier einen Treffpunkt hatten, vielleicht Schauspieler, Schriftsteller, Lehrer. Ob einem von ihnen damals im September Vorstellungen in den Sinn kamen wie Zwangsarbeit, Geiselerschießungen, Rachemassaker, Endlösung? Es gab viele, die die Sowjets für eine Schutzmacht vor dem nationalsozialistischen Deutschland hielten. Bald wurden Deportationen im Osten wie im Westen ruchbar.

Unsere Mägen knurrten. Jemand sagte uns, zwei Straßen weiter, rechts, in dem alten Schulgebäude, würde eine heiße Suppe kostenlos an Alte und Flüchtlinge ausgegeben. Man erkenne die öffentliche Küche an der Rotkreuz-Fahne über einem Kellereingang. Dort hatten ein Arzt und zwei Krankenschwestern in den ersten Kriegstagen eine Erste-Hilfe-Station eingerichtet, die sie noch betreuten.

Und dann ging alles so rasch, daß ich nicht mehr sagen kann, wie und wann ich mich im Sanitätskeller auf der Pritsche liegend wiederfand. Einen Arzt sah ich nicht, aber zwei Krankenschwestern in weißen Schürzen. Sie kamen an mein Lager, als ich wach wurde, und beruhigten mich: »Das geht vorbei, ruhen Sie sich nur etwas aus, es ist nichts Schlimmes.« Was geht vorbei, was ist nicht schlimm, ich verstand gar nichts, da sagte auch schon die ältere von den beiden: »In einer Stunde werden wir abgelöst. Sie sollten hier nicht liegen bleiben. Wir nehmen Sie mit nach Hause, dort kommen Sie schneller zu Kräften. Platz haben wir genug. Unsere Mutter ist noch da. Wir pflegen Sie wieder gesund.«

Es dämmerte bereits, als ihr Dienst zu Ende war, die Ablösung kam und die beiden mich unter den Arm nahmen und mit mir losgingen.

Flucht aus Lemberg. Herbst 1939

Der Flucht aus Łomża folgte die Flucht aus Lemberg. Meine Gelbsucht war ohne Medikamente und Arzt auch in bester häuslicher Pflege nicht zu heilen. Aber aus der Wohnung ließ mich Familie F., Mutter und zwei Töchter, lange nicht hinaus. Die Lage in der Stadt war immer noch unübersichtlich. Gerüchte über willkürliche Verhaftungen und Verschleppungen machten die Runde, Männer soll man in den Straßen eingefangen, auf LKWs verfrachtet und mit unbekanntem Ziel zu unbefristeten Arbeitseinsätzen gefahren haben. Gerüchte und Angst lähmten die Stadt. Trotz der vorbildlichen Fürsorge fühlte ich mich wie ein Gefangener der Wohlfahrt. Ich dachte an Heimkehr.

Indem ich vor das Haus »ein wenig Luft schnappen« ging, testete und trainierte ich meine Marschfähigkeit in zwei, drei Runden um das kleine Geviert am Rande der Vorstadt. Inzwischen war es Herbst geworden, das Gelb und Gold des Laubs steigerte das Heimweh von Tag zu Tag mehr. Draußen lauerte ich jedem Gespräch der Passanten, jedem Geräusch auf, um eine Nachricht über die Lage und die Stimmung aufzuschnappen. Die Orientierung war schwierig, es gab mehr Gerüchte als zuverlässige Information. Angeblich spielten sich da und dort deutsch-russische Verbrüderungsszenen ab, kleine Siegesfeiern der beiden Verbündeten, auf unterschiedliche Weise feucht-fröhlich, Sekt gegen Wodka. An den Plätzen in der Stadtmitte nahmen Politruks ihren Agitationsauftrag laut und wichtig wahr und klärten die Lemberger Bevölkerung, die sich in kleinen Gruppen neugierig um sie versammelt hatte, über die Vorzüge des Sozialismus, des Marxismus-Leninismus, der Kollektivwirtschaft, der Kultur und Moral im Vaterland aller Werktätigen, der Großen Sowjetunion, auf. Die Umschulung der Polen und Ukrainer lief vom ersten Tag wohlorganisiert an.

Die Deutschen zogen sich aus Lemberg zurück, russische Soldaten rasten in vollbesetzten LKWs durch die Straßen. Alles war fremd und beängstigend. Es zog und trieb mich nach Hause. Wie geht es den Eltern?

Eines Tages, während meines Gehtrainings im Karree, kam ich an einer Gruppe von Jugendlichen vorbei, die im Häuserschatten an der Ecke standen und sich heftig gestikulierend besprachen. Ich ging auf sie zu. Sie verstummten.

»Ihr unterhaltet euch polnisch ...« Das Lemberger Polnisch klang schon ein wenig ukrainisch.

»Ja und?«

»Ich höre es gern ...« So kamen wir ins Gespräch, und ich erfuhr, daß einer von ihnen auch aus Lodz stammte. Als wir allmählich vertrauter wurden, schilderte ich ihnen meine Lage, und sie verrieten mir ihren Plan. Sie wollten in drei

Tagen aus der Gefahrenzone ausbrechen, westwärts, nach Hause. Ich überlegte nicht lange und bat sie, mich mitzunehmen. Ich hatte drei Tage Zeit, meine Pflegefamilie darauf vorzubereiten. Der aus Lodz übrigens war ein Jahr älter als ich und schon beim Militär, Fähnrich. Er wollte nicht mit seiner Einheit nach Rumänien flüchten. Er wollte in Polen bleiben.

Mit der Familie F. gab es noch Diskussionen, aber schließlich ließ man mich, mit guten Wünschen überhäuft, meiner Wege ziehen.

Als wir, vier Jugendliche, am frühen Morgen des dritten Tages wie verabredet die Stadtgrenze passiert hatten und auf die Landstraße hinauskamen, stellten wir fest, daß es noch mehr Reisende wie uns gab. Je weiter wir uns von der Stadt entfernten, desto zahlreicher wurden sie. Mit Bündeln oder ohne waren sie alle unterwegs in Richtung Westen.

Einsame Feldwege und Waldpfade waren uns am liebsten. Wer und was uns in den Dörfern und auf den Landstraßen erwartete, wußten wir nie genau. Polen? Russen? Ukrainer? Deutsche? Welcher Partei zugehörig? Was führte wer im Schilde? Ein Risiko bedeutete unser Abenteuer allemal. Allmählich verließen wir die Gefahrenzone des Frontgebiets, Häuser und Bauern machten einen friedlichen Eindruck. Bei einem durften wir sogar nach dem ersten Drei-Tage-und-Nächte-Marsch in einer Nebenkammer auf Stroh übernachten. Das Fieber machte mir immer noch zu schaffen, aber geschwächt waren wir bei unserer Feld- und Wiesen-Rohkostverpflegung alle vier. Als wir uns schlafen legten, verriegelte der Bauer die Kammertür von außen. Ganz traute er uns also doch nicht.

Am Morgen gab es Ärger. Nachts wurde mein Harndrang derart stark, daß ich in einen Holzbottich in der Ecke urinieren mußte. Die verschlossene Tür hatte mich daran gehindert, auszutreten. Der Bauer jammerte und fluchte. Der Kübel sei neu gewesen, teuer, er hatte ihn für Lebensmittel verwendet, Milch, Butter, nun sei er ganz unbrauchbar.

Er tat mir leid. Ich sah, was ich angerichtet hatte, und gab ihm alles, was ich in meinem Brustbeutel noch hatte, etwa 40 Złoty und ein paar Kupfermünzen. Dafür hätte er sich zwei, drei Kübel kaufen können. Er war zufrieden und ich ohne einen Notgroschen in der Tasche. Und die Weiterreise konnte noch Wochen dauern.

Den Kameraden machte mein Gesundheitszustand Sorge.

»In der nächsten Stadt versuchen wir einen Arzt aufzutreiben. Du gehst uns noch kaputt.«

Als wir in der nächsten Stadt ankamen, ich glaube, es war Zamość, sicher bin ich nicht, steuerten wir gleich auf das Zentrum zu, das Rathaus, mit zwei Türmchen, von weitem sichtbar. Ich hatte Glück. Das Rathaus wurde bei Ausbruch des Krieges zu einem Feldlazarett umfunktioniert, um die Verwundeten und Kranken zu versorgen, die auf Feldbetten im Flur und in den Zimmern auf Behandlung warteten. Die wenigen Ärzte und Krankenschwestern hasteten zwischen ihnen umher.

Den Kameraden gelang es, einen Arzt zu überzeugen, daß mein Fall besonders dringend sei und ich sofort untersucht werden müsse. Sie warteten draußen auf der breiten Eingangstreppe.

Der Bescheid des Arztes war nicht gut.

»Wir sollten ihn hierbehalten. Er hat über vierzig Fieber und einen Ausschlag. Wir wissen noch nicht genau, was es ist. Außerdem ist er stark erschöpft, er würde nicht weit kommen. Wir müssen ihn hierbehalten.«

»Wie lange?«

»Schwer zu sagen. Schätzungsweise drei Wochen.«

Ich blieb, und sie gingen weiter. Eine andere Lösung war für beide Seiten unannehmbar. Die Rekonvaleszenz dauerte tatsächlich drei volle Wochen. Ich mußte liegen, etwas schlucken und Kontrolluntersuchungen über mich ergehen lassen, aber von restloser Heilung konnte immer noch keine Rede sein. Es fehlten offenbar die nötigen Medikamente oder Geräte. Mich drängte es nach Hause.

Inzwischen verkehrte wieder ein Linienbus von Zamość in westliche Richtung. Mit ihm käme ich einige Kilometer weiter. Ich verließ das Lazarett auf eigene Verantwortung.

Mit Bussen von Ort zu Ort, mit Panjewagen, sofern ich von den Bauern mitgenommen wurde, kam ich Stück für Stück voran. Die Eisenbahn in Richtung Lodz war eingleisig befahrbar, fünfzig oder sogar einhundert Kilometer lang, hieß es.

Ein älterer Mann hatte sich mir zugesellt, Soldat in Zivil, der ebenfalls nach Lodz wollte und noch weiter in nordwestliche Richtung. Nun reisten wir zu zweit. Er hatte gesehen, daß ich wacklig auf den Beinen war, und sich meiner angenommen. Aus Dankbarkeit lud ich ihn ein, er solle einige Zeit bei uns in Lodz bleiben und sich erholen.

Nach Tagen, ich zählte sie nicht, kamen wir endlich zu Hause an. Erschöpft. Die Eltern waren außer sich vor Freude. Sie hatten schon das Schlimmste befürchtet. Der Polenfeldzug war längst beendet, und ich kam und kam nicht. Im Ersten Weltkrieg, 1917, Vater war im Krieg in Rußland, starb in den Armen meiner Mutter mein damals zweijähriger Bruder Erasmus. Es war für die Eltern sicherlich ein schrecklicher Gedanke, daß ihnen nun im Zweiten Weltkrieg auch noch ihr zweiter, mühevoll bis zum achtzehnten Lebensjahr großgepäppelter Junge verlorengehen könnte.

Der Gast wurde von meinen Eltern mit Dankbarkeit bewirtet. Er wollte aber trotzdem nur einen Tag bleiben. Auch ihn trieb es nach Hause. Er schlief eine Nacht im Nebenzimmer, ich im Schlafzimmer mit meinen Eltern im Ehebett. So wollten sie es unbedingt. Ich schlief im rechten Bett allein, sie zu zweit im linken. Das muß man sich vorstellen: meine magersüchtige Mutter, fünfzig Kilo leicht, seit Kindesbeinen ohne Butter und ohne Milch aufgewachsen, die sie nicht vertrug, und daneben mein Vater, tonnenrund, einhundert Kilo schwer. Er aß gar nicht viel, aber als er aus dem Krieg 1918 mit Ödemen heimkam, nahm er rapide zu. Auch die jährlichen Kuren in Busko konnten nichts ausrichten. Nein, ein unpassenderes Ehepaar hätte man sich nicht vorstellen können. Und nun lagen sie nebeneinander in einem engen, knarrenden, hohen, alten Holzbett.

Kaum tat ich so, als wäre ich eingeschlafen, spürte ich ihren Atem über meinem Gesicht. Mutter flüsterte: »Er ist wieder da. Er hat sich gar nicht verändert.« Und morgens, als ich wach wurde, es aber nicht zeigte, wieder dieses gedämpfte Atmen der beiden über meinen Wangen: »Laß ihn schlafen. Er wird müde sein.«

Mit Vater sprach ich die ersten zwei Tage wenig und nur Belangloses. Als hätten wir beide Angst vor einem ernsten Gespräch. Wir taten so, als hätten wir noch vieles zu tun, in der Küche, im Garten, mit unserer Wäsche, den Vorräten, den Betten, dem Nötigsten. Schließlich war die Familie wieder vollzählig. Aber dann ließen sich die Fragen nicht mehr zurückdrängen.

»Wie geht es Mutter?«

»Du siehst es, sie liegt – seit dem Sommer.«

»Ist es was Ernstes?«

»Krebs.«

»Hat sie Schmerzen?«

»Der Arzt kommt regelmäßig; sie bekommt Morphiumspritzen. Das verklärt sie geradezu. Du hast ja ihre rosa Wangen gesehen. Das ist nicht die Gesundheit, das ist die Krankheit. Aber sie leidet nicht mehr. Nur wird sie von Tag zu Tag schwächer. Sie konnte nie gut essen, und jetzt ist sie unterernährt.«

»Und du? Du arbeitest wieder?«

»Was soll ich sonst tun? Arbeitsverweigerung hätte schlimme Folgen. Man mißtraut uns überall. Das Leben ist schwierig und traurig geworden. Viele Freunde und Bekannte sind aus der Stadt verschwunden.«

Nach und nach wurde Vater gesprächig.

Mit dem Einmarsch der deutschen Truppen in Lodz im September 1939 war für ihn eine Welt zusammengebrochen. Er empfand die Veränderungen nicht als Befreiung, als »Heim ins Reich«, sondern als einen Gewaltakt, der sein Rechtsgefühl verletzte, die Verhältnisse barbarisierte und das Leben destabilisierte. Es gab Lodzer, die sich von den Nationalsozialisten Vorteile, Bereicherung, bessere Posten versprachen, aber es waren nicht viele und nicht die besten. Die politisch aufgeklärten – es waren wenige – verschwanden bald im Untergrund oder in Gefängnissen, später in Konzentrationslagern. Die Masse der deutschstämmigen Bevölkerung in Lodz, der Arbeiter, der Angestellten und vor allem der Geschäftsleute, war indifferent, von den Ereignissen überrumpelt, verängstigt. Widerstandslos. Sie hing an dem, was sie besaß. Sie fügte sich, duldete das Unrecht des Stärkeren.

Die entscheidenden Befugnisse übernahm nun das Kriegsrecht und die Partei. Aus Lodz sollte bald Litzmannstadt werden. Die Deutschen wurden registriert, auf ihre Loyalität zum Reich überprüft, germanisiert. Mutters Freundin Chalupka hieß plötzlich Hüttner. Sie mußte in den Unterlagen ihren Namen ändern lassen. »So heißt kein Deutscher.« Fluchtwege gab es wenige. Alle, auch die Passiven, waren durch das ausgeklügelte System zu irgendeiner Arbeit, also zur Mitarbeit, zum Mitlaufen, zur Mitschuld verurteilt.

Vater wurde nach dem September 1939 zunächst beurlaubt, entlassen, verhört. Warum er als Deutscher polnischer Beamter war? Und warum nicht? War er denn schuld daran, daß Lodz in den letzten Jahrzehnten dreimal die Staatszugehörigkeit gewechselt hatte? Und schließlich war sein Arbeitsplatz bei der Sittenpolizei, seit zwanzig Jahren schon, politisch neutral, moralisch unbedenklich, sozial wichtig. Solche Fragen konnte nur jemand stellen, der keine Ahnung von der Geschichte der Stadt und ihrer Bevölkerung hatte. Man brauchte die »Sitte«, ob sie nun deutsch oder polnisch ihren Dienst versah, und Vaters Sprachkenntnisse, seine Vertrautheit mit den Vorgängen, den Akten, seine Erfahrung mit den »Personen« und dem »Milieu«. Da er sich aber weigerte, Mitglied der NSDAP oder wenigstens einer ihrer Organisationen zu werden und weil er den Kontakt zu seinen polnischen Freunden, Nachbarn und Kollegen nicht aufgeben wollte, wurde er fortan nur in der Registratur beschäftigt, im Keller. Er sortierte die Akten und die Post, verteilte beides an die Sachbearbeiter, übersetzte, wo nötig. Alles was recht ist, auf Demütigungen verstanden sich die Nazis ausgezeichnet.

Was ich nicht sogleich verstehen konnte, war die Unterscheidung von »die Reichsdeutschen« und »die Volksdeutschen«. Vater hatte dafür eine simple Erklärung. »Siehst du, die Reichsdeutschen glauben an das Deutsche Reich, die Volksdeutschen an das deutsche Volk. In diesem Fall ist die Terminologie ausnahmsweise korrekt.« Das »Gott mit uns« auf dem Koppelzeug war es dagegen mit Sicherheit nicht.

Am dritten Tag waren wir soweit. Ich faßte Mut, Fragen zu stellen, und Vater, diese zu beantworten. Mutter nahm an den Gesprächen nicht teil. Ihre Medikamente wirkten schmerzstillend und beruhigend, machten aber auch teilnahmslos. Sie lebte bereits außerhalb der Realität. Ihre Wahrnehmung beschränkte sich auf das Kommen des Arztes, die lindernde Wirkung seiner Rezeptur, das Essen, von dem sie immer weniger zu sich nahm, und auf schwache Zurufe: »Wo geht ihr hin, wollt ihr mich verlassen, es ist so still auf einmal.« Dann war es am besten, einer von uns blieb eine Weile an ihrem Bett.

Bei uns in der südlichen Vorstadtsiedlung Rokicie war es friedlich, fast idyllisch; das Roggenfeld vor unserem Haus war abgemäht. Es roch nach Stroh, Gras, umgepflügter Erde, und nach einem Platzregen besonders würzig. Trotzdem war es zu spüren; etwas Bleiernes hing am Himmel. Ich ahnte es, Vater wußte es. Wenige Kilometer nordöstlich von Rokicie stank die Luft nach Unrat und Haß.

Łomża hatte ich ahnungslos, Lemberg orientierungslos verlassen, und nun, endlich zu Hause, konnte ich wieder nicht alles über meine Stadt und ihre Situation erfahren. Überall herrschte Mißtrauen.

»Man hat nach dir gefragt. Ich mußte mich verpflichten, sofort zu melden, wenn du aus dem Arbeitsdienst zurück bist. Deine Jahrgänge werden gemustert, registriert ... Ach ja, Schulfreunde haben auch nach dir gefragt, Leon und Tadeusz, den Familiennamen habe ich vergessen ...«

»Haben sie eine Nachricht hinterlassen?«

»Nur, daß sie dich sprechen müssen.«

Die Wohnung von Leon Tomczak, meinem engsten Freund, in der Rzgowska Straße war verschlossen. Schon seit Tagen. Die Nachbarn wußten nicht, wo er sich mit der verwitweten Mutter, die sonst als Wirtschafterin eines nahegelegenen Landgutes beschäftigt war, zur Zeit aufhielt. Tadeusz Bartoszewski, der dritte in unserem Bunde, wir waren nicht nur eng befreundet, sondern bildeten auch ein Gesangstrio in der Schule, sei mit der Familie angeblich ins »Generalgouvernement« umgezogen. Ins »GG« wurde auch die Familie von Jerzy Hauptmann ausgewiesen, denn sein Vater war, glaube ich, mit Pastor Dietrich eng befreundet und im Kirchenvorstand der Trinitatis-Kirche aktiv, einer deutschen Gemeinde, die den Nazis als besonders polenfreundlich aufgefallen war. Pastor Dietrich, der seine evangelischen Gottesdienste abwechselnd in beiden Sprachen hielt, hatte man als »unbelehrbar polonisiert« verhaftet, einige vom Kirchenvorstand ins GG abgeschoben.

Karl Dedecius mit seinen polnischen Freunden Leon Tomczak (Mitte) und Tadeusz Bartoszewski (rechts) vor dem deutschen Einmarsch 1939.

Die Einheit der Klasse, auf die wir so stolz waren, war zerschlagen, Freunde und Kameraden, deren Adressen ich kannte, verzogen, vertrieben, untergetaucht.

Vater mahnte, ich müsse endlich meine Vorladungen ernst nehmen, sonst bekäme ich Ärger. Ich meldete mich also wegen meiner Ausweispapiere und Dokumente auf den zuständigen Ämtern und erfuhr, daß ich sofort eine Arbeit aufnehmen müsse. Da ich Abiturient sei und keinen Beruf habe, komme für mich nur der Reichsarbeitsdienst in Frage oder die Ausbildung in einem Amt als Inspektorenanwärter. Nach zwei Jahren praktischer Ausbildung könnte ich in den mittleren Dienst übernommen werden.

»Und wie lange muß man sich für den Arbeitsdienst verpflichten?«

»Im Normalfall für sechs Monate.«

Ich sollte mich sofort entscheiden, und das fiel mir schwer.

Sechs Monate Arbeitsdienst irgendwo oder zwei Jahre Ausbildung zum Verwaltungsinspektor in Lodz. Schließlich glaubte ich, das mit dem Arbeitsdienst wäre die bessere Idee; kürzer. Wahrscheinlich körperliche Arbeit, das war mir gerade recht. Nur nicht in Lodz bleiben, wo in diesen Tagen das Ghetto eingerichtet und mit Insassen vollgestopft wurde. Grausame Szenen sollen sich dabei abgespielt haben. Diesem Kesseltreiben wollte ich nicht beiwohnen. Und kurzfristige Verpflichtungen, sechs Monate, sind immer besser als langfristige, von denen man nie weiß, wann und wie sie enden.

Zum Mittagessen war ich wieder daheim. Vater hatte meinen Vetter mütterlicherseits, Alfred, gebeten, mich zu beraten, schließlich war er älter und mit den gegenwärtigen Vorkommnissen in Lodz vertraut. Zwei Jahre vor Ausbruch des Krieges hatte er die Landwirtschaftliche Hochschule in Posen als Diplom-Agronom verlassen, danach leistete er bei den Polen den obligaten Militärdienst ab, und just als der Krieg begann, war er polnischer Leutnant und wurde fast übergangslos deutscher Gefangener. Und nun, Fachleute waren rar, bekam er von der deutschen Stadtverwaltung eine attraktive Funktion übertragen: die Verwaltung der Städtischen Güter. Aber er mußte, wie er sagte, pro forma wenigstens dem NS-Kraftfahrkorps beitreten.

Alfred konnte mir zu den beiden Arbeitsangeboten auch nichts sagen. Auf alle Fälle sollte ich versuchen, um die Mitgliedschaft in einer NS-Organisation herumzukommen. In dieser Hinsicht schien auch ihm der Arbeitsdienst unbedenklicher.

Am Abend kam überraschend Leon Tomczak; man hatte ihm gesagt, daß ich nach ihm gefragt hätte, und nun war er da. Er brauche meine Hilfe. Seine kleine Schwester, fünfzehn Jahre alt, hatten die SS-Leute auf der Straße unweit der Wohnung eingefangen, auf einen LKW geladen, wo schon andere Mädchen standen, und waren mit unbekanntem Ziel davongefahren. Die Mutter sei verzweifelt, er selbst ganz durcheinander, sie wollten doch zumindest wissen, was man mit diesen Kindern vorhatte. Ob ich nicht helfen könnte.

Vater beruhigte ihn.

»Im Reich fehlen auf dem Lande überall Arbeitskräfte. Im Feld, im Stall und in der Hauswirtschaft. Da sind junge Mädchen als Ersatz für die eingezogenen Bauern und Knechte willkommen. Sie machen keine großen Probleme. Es soll ihnen auf dem Lande aber, hört man, gutgehen.«

»Das zu erfahren wäre für uns schon ein großer Trost. Mit dem deutschen Ausweis kommst du doch eher an Informationen ...«

»Leon, ich habe mich heute früh gerade entschlossen, Lodz zu verlassen. Meine Nerven halten das hier nicht aus. Da ich arbeiten muß, habe ich mich für den Arbeitsdienst irgendwo außerhalb von Lodz entschieden. Ich warte nur auf die Einberufung.«

»Wir sind nur noch ganz wenige aus unserer Klasse. Die meisten sind weg. Wir sollten zusammenhalten. Was sollen wir aber ohne deine Hilfe tun?« Die anderen »volksdeutschen« Klassenkameraden seien nicht mehr in der Stadt.

Er beschwor unsere Freundschaft, die Klassengemeinschaft, die gemeinsamen Erlebnisse, die Abenteuer während der Klassenfahrten nach Danzig und nach Krakau. Wie wir beide bei der Besichtigung in Lemberg vor einem Jahr uns von der Gruppe entfernt hatten, ohne daß der Klassenlehrer es bemerkte, wie wir zwei Schülerinnen gefolgt waren, die sich gern von uns verfolgen ließen. Wie dann im Stadtpark ein kurzes, aber fürchterliches Gewitter losbrach, es in Strömen goß und wir zu viert unter einer dichten und weitverzweigten Eiche Schutz gesucht hatten. Romantik im Regen unter einer Eiche im menschenleeren Stadtpark. Bei Blitz und Donner. Um uns wenigstens stellenweise trocken und warm zu halten, zeigten uns die Mädchen, wie man in Lemberg küßt und sich umarmt. Wir taten, als wäre es uns neu, und als wir am späten Abend, auf die Rüge des Lehrers gefaßt, in der Herberge ankamen, waren wir bis auf die Haut vom mächtigen Wolkenbruch durchnäßt. Aber glücklich erregt.

Leon redete und redete, Vater war längst ins Nebenzimmer zur Mutter ins Bett gegangen, Leon redete immer noch. Von den Wanderungen unserer überschäumenden Jugend durch den Poniatowski-Park, spätabends, bei Dunkelheit, zusammen mit Tadeusz, als niemand mehr im Park war und wir so richtig laut losschmettern konnten, wo wir Improvisationen ungestört zum besten geben durften und dramatische Wortgefechte austrugen. Wie wir einmal einen Wochenendausflug zu dritt, Leons Mutter hatte ihn vorbereitet, auf das von ihr bewirtschaftete Landgut machten, im Feld in der Sonne lagen, auf Bäume kletterten, uns die Mägen mit knackigen Frühkirschen, den Morellen, vollschlugen. Von Samstag auf Sonntag schliefen wir in der Scheune mit nacktem Oberkörper auf Heu, wohl wissend, daß uns am Sonntagmorgen die Tochter des Hauses das Frühstück »ans Bett« bringen würde: frischgebackenes Bauernbrot mit dicker, knuspriger Kruste, dazu Butter und Griebenschmalz, zwei Eier für jeden, frische warme Milch und kalte Dickmilch, die ich nicht vergessen werde. Bei Mutter gab es sie auch mit Pellkartoffeln und Gurkensalat. Die

Milch, im Tonkrug einige Zeit abgestanden, hatte eine zweifingerdicke Schicht Sahne ... Gott, hat das alles geschmeckt! ... Wir waren glücklich!

Das Hilfeersuchen meines Freundes bescherte mir eine schlaflose Nacht. Für die nächsten Tage hatte ich noch zwei Vorladungen wahrzunehmen. Die Gesundheitsuntersuchung und einen Termin zur Klärung meines Fragebogens im Polizeipräsidium.

Hitler. Ende 1939

Adolf Hitler sah ich zum ersten Mal nach dem deutschen Überfall, im Kino, in einer deutschen Wochenschau. Bisher kannten wir ihn nur von Zeitungsfotos.

Meine Familie war noch nie »im Reich« gewesen. Sie war zwar dem Glauben und der Tradition nach »deutsch«, doch ihre Staatsangehörigkeit wechselte: Böhmen, Schwaben, Österreich, Preußen, Rußland. Könige, Kaiser, Zaren, Präsidenten – das machte den Staat zweitrangig, erstrangig blieben Sprache und Religion. Sie waren beständig. Die Stete. Das Land, aus dem ihre Vorfahren kamen, war längst zum Mythos geworden, die Staatsformen in ihrem raschen Wechsel nicht mehr nachvollziehbar. Der Horizont endete an den Grenzen der Siedlungsgebiete, der mühsam erworbenen Parzellen, der Kolonien, des Dorfes, Städtchens. »Heimat« war ein von den Großmüttern überliefertes Märchenreich, ein in Nebel getauchtes, geträumtes und eigentlich unwirkliches Land. Ein Paradox für sich, daß ich die »Heimat«, die mich in den Krieg schickte, erst nach der Rückkehr aus russischer Gefangenschaft kennenlernen sollte.

Vater drückte während der Wochenschau meine Hand mal kurz, mal länger und fester, als wollte er damit etwas sagen, was ich fühlen, aber nicht denken sollte. Vielleicht sollte ich mich nur an seiner Hand festhalten. Ich war kein Kind mehr, ich war achtzehn.

Als wir aus dem Kino gingen, schwieg er bedrückt; er schwieg den ganzen Weg über, von der Petrikauer Straße im Zentrum bis nach Hause. Wir gingen, wie meistens, zu Fuß bis zu Geiers Ring, nahmen dort die Vorstadtstraßenbahn nach Pabianice und stiegen nach zehn Minuten, kurz vor Ruda Pabianicka, an der Bahnunterführung Haltestelle Stare Rokicie aus. Von dort waren es dann noch zehn Minuten zu Fuß. Der ganze Weg dauerte etwa eine Stunde. Zwischen uns wurde ein Satz gewechselt: »Frierst du?« »Nein, es geht.«

Was mich seit dem Kinobesuch verfolgte, waren Gang und Gesten des »Führers«, seine künstlich stramme Haltung und Zackigkeit, die Dramaturgie seiner Agitation. Alles exakt bis in die letzte Zuckung einstudiert und kalkuliert. Diesem Auftreten widersprach die unmännliche, »ungermanisch« abfallende, fast feminine Schulter, von der das Koppelzeug schlapp herunterhing, am Braunhemd abwärts gerutscht, dessen Falten einen schmalen Brustkorb und ein breiteres Becken verrieten. Die Breeches, eine dem Schneider in den Proportionen mißlungene Pumphose (kein Vergleich mit dem englischen Vorbild), rutschte schlaff in die durchgedrückten Kniekehlen – nein, für eine Feldherrenplastik oder gar ein Reiterdenkmal taugte die Figur nicht.

Und dann dieser Gift und Galle speiende, lippenlose Krater von einem Mund. Diese wie Messer zustechenden, fanatischen Augen. Die *staccato* fuchtelnden Arme, begleitet von Faustschlägen gegen die Luft!

Der erste Eindruck war unauslöschlich und wurde nie revidiert.

Zu Hause angekommen, sah uns Mutter mit ihren wasserblauen feuchten Augen groß an, im frischen Nachthemd, rotwangig. Wahrscheinlich war der Arzt wieder dagewesen, um sie mit der täglichen Dosis Morphium zu versorgen. Sie sah glücklich aus, als sie sagte: »Ich fühle mich heute sehr gut. Wie war's im Kino?«

»Sei froh, daß du das nicht hast sehen müssen.« Mehr sagte Vater nicht.

Untaugliche Konspiration. Lodz 1939/40

Mein Versuch einer kleinen Konspiration mißlang. Ich merkte bald, daß ich mich mit meinem Benehmen von Anfang verdächtig machen mußte. Zu einem Konrad Wallenrod, einem Karl Moor, einem Michael Kohlhaas, einem Robin Hood, den papierenen Lieblingshelden meiner Jugend, war ich nicht geeignet.

Ich wollte auf keinen Fall Mitglied einer Parteiorganisation werden. Darin war ich erfolgreich, aber wahrscheinlich hatte ich meine Weigerung zu auffällig betrieben. Ich hielt mich nicht an die Anordnung, in der Öffentlichkeit mit dem »deutschen Gruß« zu grüßen. Ich hätte mich vor meinen polnischen Schulkameraden geschämt. Außerdem sollte ich die Beziehungen zu polnischen Bekannten abbrechen. Das ging erst recht nicht. Da wir als einzige deutsche Familie in der ulica Emerytalna wohnten und alle Nachbarn, mit denen wir gut zusammenlebten, Polen waren, da ich in der Kindheit überwiegend mit polnischen Kindern gespielt hatte und in der Schule mit polnischen

Klassenkameraden befreundet war, polnische Freundinnen hatte, die Nachbarin Marysia, in der Stadt Lonia, war es für mich undenkbar, sie plötzlich zu meiden, nicht zu grüßen, sie nicht zu treffen, nicht mehr mit ihnen zu sprechen. Warum? Ich hätte ihnen nie mehr in die Augen sehen können.

Meine Musterung verlief ohne mein Zutun nach Wunsch. Das erste, was den Arzt bedenklich stimmte, war meine Aussprache: »Etwas hart, was? Sind Sie überhaupt Deutscher?« Dann mußte ihn mein Äußeres stutzig gemacht haben, die dunkle Haut, das dunkle, seit Lemberg ungeschnittene, unfrisierte lange Haar, die zigeunerhaft buschigen, über der Nasenwurzel verwachsenen schwarzen, breiten Brauen. Die Messungen am Schädel, an den Gliedern hatte er schnell hinter sich gebracht, Herz, Blutdruck, Lunge waren nur noch Routine. Von seinem Befund, der Sprechstundenhilfe im Nebenzimmer diktiert, laut genug, um es zu hören, und verschlüsselt genug, um nicht alles zu verstehen, behielt ich zwei Worte: »Rasse alpin«. Es klang abschätzig.

Von diesem Amt bekam ich keine Post mehr.

Der zweite Termin war länger und komplizierter. Man wollte alles genau wissen. Weshalb ich mich erst jetzt meldete, wo ich so lange gewesen sei, warum ... und vieles andere. Ich beantwortete alle Fragen korrekt. Zum Schluß fiel die Gretchenfrage:

»Wie halten Sie es mit der Arbeit?«

»Habe mich bereits freiwillig für den Arbeitsdienst gemeldet.«

»Das ist sehr gut. Aber das kann beim Reichsarbeitsdienst noch ein paar Wochen oder Monate dauern. Sie könnten inzwischen, statt auf Ihren Gestellungstermin zu warten, bei uns aushelfen. Wie wär's, wenn Sie bei uns liegengebliebene Vorgänge zu übersetzen helfen würden, bis zu Ihrer Einberufung?«

»Wenn das ginge ...«

Ohne mich den Satz zu Ende sprechen zu lassen, setzte der Sachbearbeiter fort: »Und falls es mit dem RAD nicht sofort etwas werden sollte, könnten Sie als Inspektoren-Anwärter – Sie haben doch Abitur – an der Ausbildung für den Verwaltungsdienst teilnehmen. Sie dauert zwei Jahre, Theorie und Praxis. Vielleicht gefällt es Ihnen, dann hätten Sie ein zweites Eisen im Feuer. Und in zwei Jahren wären Sie Beamter, wenn alles klappt, auf Lebenszeit.«

Gerade das wollte ich nicht. Da fiel mir die lange Unterredung mit Leon ein.

»Das wäre also befristet bis zu meiner Einberufung zum Arbeitsdienst? Und die Ausbildung, wie sieht die aus?«

»Einmal in der Woche theoretischer Unterricht, ansonsten praktische Unterweisung bei der Einarbeitung in den Abteilungen. Im Wechsel, bis sie durchlaufen sind. Etwa zwei, drei Monate in jeder.«

Lonia, meine attraktive polnische Freundin vom Mädchengymnasium – dem Partnergymnasium unserer Schule, mit dem wir gemeinsame Tanzabende hatten –, würde beruhigt sein, wenn ich noch eine Zeitlang in Lodz bliebe, und für Leon war es wahrscheinlich genau das, was ihm vorschwebte: etwas über die Planung der Ordnungsorgane mitzubekommen, um rechtzeitig gewarnt zu sein, im Falle einer akuten Gefahr. So dachte ich mir.

Lonia war in großer Sorge um ihre Familie. Die Mutter lebte in panischer Angst, der Vater, ein Jurist, war ohne Arbeit, der Bruder, Jurastudent, ohne Studienchancen. Zur Zeit ernährte er die Familie mit Schwarzhandel. Vor zwei Tagen hatte man ihn beim illegalen Warenhandel ertappt und aufs Kommissariat gebracht. Er war noch nicht zurück. Lonia selbst wollte in einem Kloster als Novizin untertauchen.

Den Gedanken, bewährte, langjährige Freundschaften, treue Kameraden, vertraute Schicksale plötzlich mir nichts, dir nichts im Stich gelassen zu haben, hätte ich nicht ertragen.

Am nächsten Tag war ich zu einer halbherzigen Lösung bereit. Ich würde es mit der Ausbildung für eine Beamtenlaufbahn versuchen. Vorbehaltlich – bis zum Gestellungsbefehl vom Reichsarbeitsdienst.

Langweilige Tage und Wochen vergingen, ich konnte im Büro weder mein Desinteresse noch meine Nervosität verbergen, was den Ausbildern auffallen mußte. (Der eine kam aus Wiesbaden. Er lebt heute wieder in Wiesbaden.) Weder im Unterricht noch bei den Hilfsarbeiten – Ordnen der Akten, Ablagen, Übersetzungen von Briefen und kleinen Verwaltungsanweisungen – konnte ich mich konzentrieren. Lonia und ihre Familie waren inzwischen, unbekannt wohin, aus der Stadt verschwunden. Leon war unter seiner richtigen Adresse immer noch nicht anzutreffen, er kam alle Tage wieder zu uns, um den Kontakt mit mir aufrechtzuerhalten.

Der letzte Sonntag mit Lonia und ihren Eltern am Baggersee war schrecklich. Wir plauderten, schwiegen, plauderten. Es war bedrückend. Und ich erfuhr kein Wort von dem, was ihnen bevorstand, was sie vorhatten. Die Abende danach, ohne die gewohnten Treffen, doppelt ersehnt, weil heimlich, waren doppelt ruhelos. In der Stadt kam es immer öfter zu Zwischenfällen, Plünderungen kleiner Läden, Überfällen in Wohnungen, Prügeleien draußen. Die Straße beherrschten jetzt die Mitläufer und die asoziale, arbeitslose oder arbeitsscheue Plebs. Die Juden aus den Armenvierteln in Bałuty wie aus den Luxuswohnungen in der Kościuszko-Allee, die jetzt Hermann-Göring-Allee hieß, waren ins Ghetto »evakuiert« worden, das armselige dürre Schneiderlein mit dem prominenten Rechtsanwalt oder dem blauäugigen Gynäkologen auf wenigen Quadratmetern zusammengepfercht. Der geschätzte, gutaussehende Arzt war stadtbekannt. Seine Frau, Polin, katholisch, folgte ihm ins Ghetto. Ihre Tochter, Halbjüdin und katholisch, ließen sie draußen, bei arischen Freunden, um wenigstens sie zu retten. Bald wurde ihre Liaison mit einem SS-Offizier ruchbar, und sie verschwand ohne Spur. Sie war auffallend hübsch und in Elvis Klasse. Wir kannten und mochten auch Zylberszpic, der ... nein, es war alles unvorstellbar und nicht zu erklären. Einige wenige sahen es mit eigenen Augen, was da am Nordrand der Stadt hinter dem Stacheldraht und unter strengster Bewachung vor sich ging. Andere erfuhren es und konnten oder wollten es nicht glauben oder sagen. Vater wußte es, ich ahnte es ...

Alex Schepe. 1939/40

Alex Schepe, Abiturient des Lodzer Deutschen Gymnasiums (LDG), leidenschaftlicher Fotograf, mit dem ich im letzten Jahr öfter die Gegend auf Motivsuche durchstreift hatte, fotografierte am liebsten Wiesen, Bäume, Blätter, winzige Fragmente der großen Natur, Grashalme, Schneeflocken, Reifkristalle, Tautropfen. Einige seiner Fotos kleben noch irgendwo in unseren Alben. Alex wollte Architektur studieren. Da das zur Zeit nicht ging, meldete er sich zusammen mit mir zum Arbeitsdienst, um Lodz zu entrinnen. Er, anders als ich, hatte wiederum am LDG lauter deutsche Klassenkameraden. Sein Vater, Textilingenieur, beruflich mit vielen polnischen Meistern und Vorarbeitern eng verbunden, stand ihnen ebenso nahe wie Alex' Mutter. Beide führten ein polenfreundliches, gastliches Haus. Daher seine und seiner Eltern Distanzierung von den Veränderungen, die jetzt stattfanden. Sie mochten die Stadt so, wie sie einmal gewesen war, bunt, zivil, nicht in Uniform.

Nach dem Arbeitsdienst trennten sich unsere Wege.

Alex Schepe kam in eine Pioniereinheit der Wehrmacht, wurde Leutnant, überlebte den Krieg. Wir fanden uns wieder in den sechziger Jahren in München, wo er sein Architekturbüro hatte.

Die wenigen neuen Kontakte zu den deutschstämmigen Schülern des Deutschen Gymnasiums begannen damals mit Alex und bekamen bald auch ein weibliches Pendant.

Elvi. 1940

Das Mädchen hieß Elvi und war sechzehn. Sie hatte am LDG 1939 gerade ihre »kleine Reife« bestanden, als die Geschichte in ihr Leben einbrach. Manche ihrer Freundinnen suchten einen Fluchtweg vor dem möglicherweise härteren Zugriff des Kriegsrechts – manche nicht. Elvi verschwand zunächst aus Lodz, wurde nicht vom BDM vereinnahmt, fuhr nach Berlin zu entfernten Verwandten und besuchte einen Lehrgang für Stenotypistinnen und Sekretärinnen bei Siemens. Sie mußte einen Beruf erlernen, um nicht dienstverpflichtet zu werden. Als sie nach ein paar Monaten zurückkam, wurde ihr vom Arbeitsamt in Lodz eine

Stelle zugewiesen. Sie landete als Praktikantin für Stenotypie im Schreibbüro der Personalabteilung des Polizeipräsidiums in der Hermann-Göring-Allee, wo unsere Lebensgeschichten in abenteuerlicher Weise aufeinander zulaufen sollten.

Meine erste Lehrstelle war die Verkehrsabteilung. Ich war schon einige Wochen dort, als ich von Alex an einem Wochenende zu hausgemachtem Streuselkuchen und Kakao eingeladen wurde. Ein paar Schulabgänger des LDG würden anwesend sein. Eine kleine Geburtstagsfeier, nichts großes. Unter den Anwesenden war Elvi.

In normalen Verhältnissen wäre sie mir vielleicht nicht aufgefallen, zu jung, obwohl ihre noch mädchenhaft zurückhaltende Erscheinung auch eine besondere Ausstrahlung hatte: die kakophonische Mischung von Bescheidenheit und Extravaganz. Das letzte war zum Teil wohl ihren Eltern zuzuschreiben, die beide Schneider waren und vieles, was Elvi trug, selbst »kreiert« hatten. Nein, stutzig machte mich etwas anderes: daß die sonst schüchterne und schweigsame Elvi mich als erste ansprach: »Ich kenne dich ...«

»Woher, um Gottes willen ...?«

»Das kann ich dir hier jetzt nicht sagen, vielleicht ein anderes Mal.« Die geheimnisvolle Andeutung machte mich neugierig. Ich gab keine Ruhe, bis wir uns zu einem Eis in der Eisdiele Capri verabredet hatten. Seitdem gingen wir öfter aus. Inzwischen hatten wir Vertrauen zueinander gefaßt. Elvi vertraute mir an, daß sie vor kurzem an Abschriften für die Personalkartei gearbeitet hatte. Nur an denen für Neuzugänge und für die Anwärter. Dabei fiel ihr das Foto in meiner Akte auf. Sie konnte nicht unterscheiden, ob meine Augen sie lustig oder traurig ansahen. Sie hätte mir

Elvira Roth mit siebzehn Jahren. Lodz 1940.

noch etwas anvertrauen müssen, aber sie war vor ihrer Einstellung zur Verschwiegenheit verpflichtet worden. Elvi machte, wie immer, einen unsicheren, gehemmten, auch geheimnisvollen Eindruck. Diese Unsicherheit hatte auch etwas Nettes, Anziehendes, das meine Hilfsbereitschaft mobilisierte.

Nach Aufbietung aller mir zur Verfügung stehender Überredungskünste verriet sie mir schließlich doch, was sie in meiner Akte gelesen hatte. Ich durfte es niemandem verraten. Sie täte es nur, weil es für mich lebenswichtig sein könnte. In einer handschriftlichen Notiz am Rande eines Fragebogens hatte sie gelesen, daß ich wenig Interesse am Lehrstoff zeige, mich sozial eigenartig verhalte, mich keiner Gemeinschaft anschließe und im Verdacht stehe, meine alten Verbindungen zu Polen, zu meiner Schule nicht gelöst zu haben, Fazit: ich sei genauer zu beobachten.

Dieses Zwischenurteil konnte normale Routine eines Ausbildungsleiters sein, eines zuständigen Personalreferenten, aber es konnte auch eine drohende oder schon eingeleitete Bespitzelung bedeuten. Ich müsse auf der Hut sein.

Unsere Beziehung bekam konspirativen Charakter. Wir waren beide Mitwisser eines Geheimnisses. Wir kamen uns näher.

Diese Mädchen vom Deutschen Gymnasium! Ich war im Umgang mit ihnen ohne Erfahrung, deshalb ein wenig mißtrauisch. Ich hatte sie im Verdacht, sie »alle« wären von eingeschleusten Propagandisten aus dem Reich beeinflußt, gehörten dem Deutschen Volksverband an, marschierten in Uniformen mit der Rune am linken Ärmel irgendwo zu geheimen Treffen auf, feierten bei Lagerfeuer in Dunkelheit Sonnwendfeiern, sängen nationalistische »Kampflieder« und hätten Adolf Hitler bereits Treue geschworen. Elvi fand dieses Vorurteil ungerecht. Sehr viele Mädchen aus ihrer Klasse kämen aus wohlsituierten Familien, die sich nichts Gutes vom »Reich« versprachen, sondern um ihren Wohlstand, ihre Unabhängigkeit, ihre Sonderstellung in Polen fürchteten. Aber es gab auch andere Familien, in denen die Erfolge Nachkriegsdeutschlands mit Stolz und Sympathie verfolgt wurden. Der Nationalsozialismus schien ihnen »gar nicht so schlecht«. Sie kannten ihn ja vorerst nur vom

Hörensagen. »Etwas mehr Sauberkeit und Ordnung bekäme auch uns gut.« Beinahe gerieten Elvi und ich in eine politische Auseinandersetzung, an der uns beiden überhaupt nicht gelegen war.

An Politik waren die Lodzer grundsätzlich wenig interessiert, die Mädchen noch weniger. Sie wuchsen wie wir alle »volksdeutsch«, nicht nationaldeutsch auf. Existenz, Beruf, Erfolge, Mißerfolge, Geschäfte und privates Befinden standen im Vordergrund des Interesses. Bei den Jugendlichen die Schule, die Freizeit, die Folgen der Pubertät, die ersten kleinen Abenteuer mit dem anderen Geschlecht. Wenn jetzt deutsche Mädchen die Bekanntschaft mit abkommandierten jungen Offizieren aus dem Reich eingingen, dann war es pure Neugier auf die »anderen«, nicht alltäglichen Männer. Sie traten anders auf, selbstsicher, betont männlich, überlegen, und sie waren nicht nur adrett, sondern auch attraktiv. Nur bei wenigen Mädchen spielte vielleicht auch die Uniform eine Rolle. Außerdem gab es in Lodz echte Romeo-und-Julia-Tragödien: die große, aufrichtige, verbotene, verheimlichte Liebe zwischen den »verfeindeten Häusern«: Jüdinnen und deutschen Offizieren, Polen und deutschen Mädchen. Die jungen Jüdinnen waren bildschön, exotisch, die jungen Polen romantisch und charmant.

Gotthold Rhode, Ordinarius für Osteuropäische Geschichte in Mainz, gebürtiger Posener, Pastorensohn, hat in der Festschrift zu meinem 65. Geburtstag die Posener und die Lodzer einander gegenübergestellt – gerecht, ohne Lokalpatriotismus: »Wo die Posener nüchtern, etwas langsam, bedächtig und künstlerisch nicht übermäßig begabt erschienen, da waren die Lodzer oder zumindest einige von ihnen phantasievoll, fix, rasch zu begeistern und hatten ausgesprochen künstlerische und schriftstellerische Talente, neigten wohl auch zum ›Simmelieren‹ und Spintisieren – alles zusammen ein schlesisches Erbe, von dem die Posener zwar auch einiges mitbekommen hatten, aber doch nur im Süden der Provinz. So waren die Lodzer Jungen und insbesondere die Mädchen meist wesentlich eleganter und modischer angezogen als die Posener, sie wirkten irgendwie großstädtischer und gewandter, was vor allem bei den Mädchen auffiel. Unsere Posener Mädchen zwischen zwölf und fünfzehn waren meist nach dem Motto: ›Schüchternheit steht Mädchen gut‹ erzogen und ›treudeutsch‹ gekleidet in praktisches Lodenzeug oder in Beiderwandkleider. Zöpfe, lang oder in ›Schnecken‹, waren die Regel, der damals gerade moderne Bubikopf die Ausnahme. Erst nach der Konfirmation, meist mit fünfzehn, wenn man in die Tanzstunde kam, begann die Mode in Kleidung und Frisur eine Rolle zu spielen. Die Lodzer Mädchen waren aber auch mit dreizehn und vierzehn schon ›schick‹, benutzten sogar schon Lippenstift, was man als Junge je nach Temperament und Entwicklungsphase als ›affig‹, ›dämlich‹ oder als interessant empfand.« Soweit Rhode. Über Posen und Lodz, den preußischen und polnischen Einfluß. Wenn ich mit Elvi in Streit geriet, dann waren es meist Äußerlichkeiten oder Bagatellen.

»In Lodz leben viel mehr Deutsche, über 60 000, als in Posen. Dürfen wir dann nicht ein Deutsches Gymnasium haben und besuchen?« insistierte Elvi. »Und warum hast du ein polnisches Gymnasium besucht und nicht das deutsche?«

»Das kann ich dir sagen: Meinem Vater hat der humanistische Zweig unserer Schule mehr zugesagt als euer Lehrstoff, ›allgemein‹, ohne Schwerpunkt. Und er war der Ansicht, deutsch würde sowieso im Hause gesprochen, in der Kirche, bei Verwandten. Ein gutes Polnisch sei aber für jemand, der in Polen leben und arbeiten will, die bessere Ausgangsbasis. Du kennst doch das Lodzer Erfolgsrezept: ›Gott verläßt kein'n Deutschen nicht, wenn er'n bißchen Polnisch spricht.‹ Bißchen ist gut, mehr ist noch besser.«

Ein richtiger Streit kam nicht zustande. Diese Mädchen vom LDG waren schon patent, und mit »Deutschtümelei« oder nationalistischem Dünkel war es auch nicht weit her, sie sprachen einander mit Vorliebe nicht deutsch, sondern polnisch an, nicht nur in der Öffentlichkeit, auch zu Hause: Kasia statt Katharina, Marysia statt Marie, Musia ... die polnischen Diminutive hatten es ihnen angetan, das -sia und -nka, -chen und -lein. Ihre deutschen Sätze wimmelten von Polonismen, ja ganzen polnischen Redewendungen, die sie bewußt und nachdrücklich einsetzten. Noch bis ins hohe Alter, bei ihren Klassentreffen in Frankfurt, Heidelberg, Stuttgart oder anderswo.

Eine weitere Annäherung an die Mädchen vom LDG erlebte ich bei meinem nächsten Treffen mit Elvi. Sie lud mich nach Grotniki ein, nördlich von Lodz, wo ihre Schule ein Landheim unterhielt. Einige Mädchen aus Elvis Klasse wollten dort picknicken, ein bißchen durchs Kornfeld laufen und nachsehen, was aus ihrem gärtnerischen Sommerschmuck des letzten Schuljahrs geworden war, den sie vor ihren Unterkünften angelegt hatten.

Für kleine Überraschungsmomente poetischer Natur in sonst eher prosaischen Abläufen war ich empfänglich. Ein Mädchen kam auf die Idee, den Sandweg durchs Getreidefeld zum Appellhügel zu laufen, wo bei besonderen Anlässen die Schulfahne gehißt wurde. Dort wollten sie rasten. Wir traten den Gänsemarsch an, obwohl der Roggen uns erst bis zu den Waden reichte und der Feldweg in diesem regenarmen Frühjahr staubig war. Es ließ sich nicht vermeiden: dieser Gänsemarsch wirbelte Staubwolken auf ... Elvi ging hinter mir, als ich auf einmal hörte, wie sie mir leise zurief: »Hör auf, mich zu bestäuben, ich bin keine Blume!«

Ich war sprachlos. Diese »reife« Wortphantasie hätte ich bei ihr nicht vermutet. Rasch, aber viel weniger originell gab ich zurück: »Und ich keine Biene.« Seitdem kamen wir uns näher.

Der Eintrag in meine Personalakte war in diesen Tagen nahezu vergessen. Fast hätte ich alle Vorsicht fallengelassen, wären die guten Geister, die mir bislang bei jeder Bedrängnis beigestanden hatten, nicht auch diesmal zu Hilfe gekommen. Vom Arbeitsdienst kam just in diesem kritischen Augenblick die Einberufung, ich hätte mich in Troppau zu stellen. Ich atmete auf. Damit schienen alle Gefahren umgangen. Aber der Versuch, meinen Freunden und Freundinnen zu helfen, war gescheitert. Leons Schwester war zur Arbeit nach Deutschland verschleppt worden, das stimmte. Mehr zu erfahren, die Umstände, Adresse, war nicht möglich. Ich sprach bei einigen Stellen vor, berief mich auf meinen deutschen Personal- und Arbeitsausweis, beteuerte, die polnische Familie des Mädchens habe vor 1939 meiner deutschen Familie große Freundschaftsdienste erwiesen. Man tat mein naives Ansinnen mit einem Witz, dann barsch ab, sprach vom höheren Interesse – und ich war wieder draußen. Ähnlich war es mir bei der Fürsprache für Lonias Bruder ergangen. Man hatte ihn bei »illegalem Warenhandel« ertappt, einer Einkommensquelle vieler Polen, die alte Kontakte zu Bekannten und Verwandten aus der Textilbranche pflegten. Über solche Kontakte verfügte praktisch so gut wie jede Familie in Lodz. Auf dem Kommissariat, wo die beschlagnahmten Waren gesammelt wurden, wußte man angeblich nichts über den Verbleib der verhafteten Schwarzhändler. Schließlich mußte die Familie ihre Wohnung und den Warthegau verlassen, sie wurde in das Generalgouvernement abgeschoben, hieß es.

Leon, politisch klüger als ich, hatte längst eingesehen, daß ich als lächerlicher »Anwärter«, so der Eintrag in meinem Ausweis, nichts erreichen konnte. Auch wenn ich gerade in die nächste Ausbildungsetappe, die Gewerbeabteilung, gewechselt war. Der Gestellungsbefehl, mich in Troppau bei der Arbeitsdiensteinheit zu melden, war in diesem Augenblick – trotz Elvi, trotz der Verlassenheit der Eltern – ein Ausweg. Ich wurde mit einem Schlag von den Gewissenskonflikten des kleinen »Wallenrodismus«, der Unmöglichkeit zu sein, was man ist, und zu tun, was man sollte und nicht konnte, befreit.

Grätz bei Troppau. Zweite Hälfte 1940

Der Stab hatte sein Quartier in Troppau, mein Arbeitsbataillon war in Baracken in einem Wäldchen vor Grätz stationiert. Troppau, an der Oppa, nahe der Grenze zu Polen gelegen, einst Hauptstadt von Österreichisch-Schlesien, war nach dem Ersten Schlesischen Krieg (1742) an Preußen gefallen. Ich befand mich hier auf den Spuren meiner väterlichen Ahnen. Vor tausend Jahren war der Ort eine slawische Siedlung gewesen, die auf dem Felsvorsprung befestigte Burg überwachte den Verbindungsweg nach Polen. Allzu oft waren Burg und Ort kriegerischen Überfällen, wechselnden Herrschern, rivalisierenden Parteien, Verpfändungen und Großfeuern zum Opfer gefallen. Um 1800 kam das kleine Städtchen, heute immer noch weniger als fünftausend Einwohner, unter den Freiherren von Neffzern und unter den Fürsten von Lichnowsky zur Ruhe und zu Ruhm: dank der Musik. Beethoven und Liszt hielten sich hier auf und verhalfen den Eigentümern dazu, die Burg zu einem Zentrum der Musikkultur zu machen.

Mit Spaten und Spitzhacke hatten wir Erde, Steine und Baumaterialien hin und her zu schaffen; auf Schubkarren, die auf wackligen Rädern im Gleichgewicht zu halten wir erst lernen mußten. Sie kippten uns auf den schmalen Bretterstegen um.

Ausgang in die Stadt gab es selten. Wir wurden ermahnt, nur in Gruppen, nicht einzeln auszugehen, unbekannte Lokale zu meiden. Die Tschechen im Ort seien besonders deutschfeindlich. In unserem Stammcafé gab es auch nur ein originelles Getränk, einen Likör mit Anisgeschmack. Aber auch hier war die Atmosphäre düster, das Licht spärlich: die wenigen jungen Tschechen, die man dort in den Ekken herumsitzen sah, warfen uns feindliche Blicke zu. Mich wunderte das nicht. Wofür sollten sie uns auch mögen? Manchmal verließen sie, sobald wir eintraten, ostentativ das Lokal.

Es gab auch andere Geistes- und Körperertüchtigung. Ich erinnere mich an eine »Nachtmarschübung unter erschwerten Bedingungen«. Bei Dunkelheit brachen wir auf, in voller Ausrüstung, die Tornister mit Ziegelsteinen gefüllt. Es ging durch den unwegsamen, struppigen Wald, nach einigen Kilometern konnte nicht einmal die herbstlich-nächtliche Kühle das Schwitzen mindern. Als Höhepunkt der Übung durchwateten wir den Fluß, mit naß und schwer gewordenen Kommißschuhen und Wickelgamaschen. Die Furt war zwar flach, aber wer nicht genau hinsah, konnte bis zur Hüfte in eine Wassertiefe geraten. Erst nach einigen Stunden wieder in den Baracken, konnten wir die nassen Sachen trocknen und den unterkühlten Körper etwas anwärmen. Einem von uns nutzte das nichts mehr. Er hatte sich eine schwere Lungenentzündung zugezogen und starb einige Tage später im Schüttelfrost. Da das Manöver in Troppau vom Oberst persönlich angesetzt worden war – er hatte es auch angeführt –, kam im Lager kein Wort der Kritik auf. Außer dem beklommenen Schweigen beim Appell hatte der Vorfall keine Nachwirkung. Der Oberst war Musikliebhaber und dachte vielleicht in diesem Augenblick an den Konzertsaal auf der Burg.

»Wer spielt Geige?« Niemand meldete sich, so blieb mir nichts anderes übrig:

»Ich.«

»Bei der Totenehrung bläst der Trompeter morgen den Zapfenstreich, und danach singen wir alle ›Ich hatt' einen Kameraden ...‹ Sie spielen die Melodie dazu auf der Geige. Wegtreten.«

Zwei Tage später fragte mich Harry Schmitter, ob ich zum Stab versetzt werden möchte. Man brauche dort noch jemanden für die Telefonzentrale. Er mußte nicht lange auf mein »ja« warten. Keine Schwielen mehr an den Händen, kein krummer Rücken, keine Muskel- und Gliederschmerzen den ganzen Tag, keine nächtlichen Manöver. Ich hatte inzwischen begriffen, daß unser Einsatz in Grätz ein paramilitärisches Training für den Krieg war.

Ich wurde umquartiert in die Stadt. Beim Telefondienst löste ich öfter Schmitter ab, der auch andere Aufgaben wahrnahm. Er spielte dem Oberst auf Wunsch auf dem Klavier die Stücke vor, die er gut kannte und die der Oberst mochte. Schmitter war Abiturient des Lodzer Deutschen Gymnasiums, wir hatten uns früher nicht gekannt. Nun assistierte ich ihm bei den Hauskonzerten des Chefs. In den achtziger Jahren – wir waren beide längst Bundesbürger im Westen – sahen wir uns wieder, bei einem Treffen der Absolventen des Lodzer Deutschen Gymnasiums in Heidelberg, wohin ich Elvi begleitet hatte. Nun konnte ich ihm für seinen Samariterdienst in Troppau danken. Es war ein schönes Wiedersehen, das sich wiederholte, als ich mit einem Vortrag in Norddeutschland unterwegs war. Er lebte als Lehrer und glücklicher Familienvater in Bad Zwischenahn.

Meine Arbeitsdienstverpflichtung endete Ende 1940. Anfang Januar 1941 mußte ich mich im 3. Ersatzbataillion des 8. Infanterie-Regiments in Frankfurt an der Oder melden, der Gestellungsbefehl war inzwischen eingetroffen. Den Jahreswechsel durfte ich gerade noch zu Hause feiern.

Es war alles andere als eine Feier.

Frankfurt an der Oder. Januar 1941

Die Formalitäten auf der Schreibstube waren schnell erledigt. 4. Kompanie des 3. Bataillons, Hindenburgkaserne, Stube soundso. Abitur? Also Reserveoffiziersanwärter, Kleiderkammer, Wäscheempfang, Waffen ... Die Stube war nicht hell. Ein Fenster, rechts und links Etagenbetten und nur zwei schmale Gänge, dazwischen dumpfer Eindruck der Enge. Graulicht, Sauerstoffmangel.

Als erstes »baute« ich mein Bett und räumte den Spind ein. Einige wenige Rekruten waren schon einquartiert. Die bereits Eingekleideten wußten, das Ersatzbataillion sollte erst noch zusammengestellt werden, die Bude würde bald voll sein, sie hatte Platz, glaube ich, für sechzehn Grenadiere.

Bevor die Ausbildung richtig losging, war alles halb so schlimm. Zunächst gab es Unterweisungen, Antreten in Reih und Glied, das Abzählen, das »Stillgestanden«, »Im Gleichschritt marsch! Rechts um! Links um!«, alles mußte von Grund auf geübt werden, denn wir seien ein »wilder Haufen« und hier sei »alles anders«, sagte der Spieß.

An bescheidenes Leben gewöhnt, sah ich anfangs keine Schwierigkeiten, mich hier einzufinden. Die Rekrutenausbildung sollte drei Monate dauern. Doch es waren kaum drei Wochen vergangen, da landete ich in der Krankenstube. Ich vertrug das üppige, speckreiche Essen nicht. Die vielen Erbsen, dicken Suppen, wer weiß womit gewürzt, alles gutgemeint, schmackhafte und nahrhafte Kost, nur – ich kannte sie nicht und vertrug sie nicht. Die Ärzte auf der Krankenstube verordneten Bettruhe, Medikamente. Sie begann wenig erfolgversprechend, meine Militärkarriere.

Allmählich wurde es ungemütlich. Auch wenn ich einige Momente der »Erziehung zur Härte« oder, mit Musil zu sprechen, zum »Mut in der Schlacht« zu akzeptieren bereit gewesen war – die täglichen Beschimpfungen der subalternen Chargen, die Strafen für unvorschriftsmäßiges Verhalten, all das sah ich nicht ein. Ob dahinter starrköpfiger Widerstand oder Unvermögen steckte, war mir egal, und es war mir auch egal, was damit bezweckt werden sollte. Wir hatten den Eindruck, Opfer von gemeinen Schikanen zu sein: Ohne Ende »hinlegen, auf, marsch-marsch, hinlegen, auf, marsch-marsch ...«, die sadistischen Liegestütz-Übungen – dem Ausbilder war es am liebsten, wenn das Gesicht sich gar nicht mehr aus dem Staub erheben konnte –, die

Kniebeugen zur Strafe, zehn-, zwanzigmal, mit dem Karabiner in den ausgestreckten Händen. Etwas zerbrach unter den Maßnahmen dieser Spezialpädagogik, nicht die Knochen, wohl aber etwas viel Wichtigeres, das aus Charakter, Vaterlandsliebe, freiwilliger Subordination und ähnlich schwer definierbaren »inneren Werten« bestand. Den Körper ertüchtigen – in Ordnung. Den »inneren Schweinehund« (was ist das?!) austreiben, nun gut. Aber sogleich auch die »Seele« zertrümmern – muß das sein, Herr Unteroffizier?

Mir fehlte die Motivation. *Dulce et decorum est pro patria mori* – »süß und ehrenvoll ist es, für das Vaterland zu sterben«? Für mich taugte das nicht. Mein Mutterland, mein Vaterland, beide unbesehen, nie erlebt, und dazwischen mein Drittland, der höchst konkrete und allgegenwärtige Bildungsstoff, der mir überall nur im Wege stand in diesem Krieg. Christliche Ethik, friedfertige Erziehung, humanistische Bildung sind Ballast, im Krieg am allerwenigsten zu gebrauchen.

Und wieder war es die Musik, die mir mildernde Umstände verschaffte. Nachdem mein schwacher Magen und meine ungenügenden Schießerfolge nicht zu kurieren waren – ich gab mir große Mühe, aber die Hand zitterte, ich traf, ob im Stehen oder im Liegen, gestützt oder ungestützt, nie in die schwarzen Kreise, immer nur daneben –, machten sich wohlwollende Vorgesetzte Gedanken über eine sinnvolle Verwendung für mich. Sogar der Bataillonskommandeur, Major der Reserve, im Zivilberuf Zahnarzt in Frankfurt an der Oder, ich glaube, er hieß Falk, sprach mich einmal im Vorbeigehen an – ich dachte schon, ich hätte falsch gegrüßt, den Arm falsch angewinkelt oder die flache rechte Hand nicht schnell genug an mein Käppi gelegt. Aber nein, er wollte nur wissen, wie ich es mit der Musik halte, welche Instrumente ich spiele ... Keine Blasinstrumente? In der Kindheit doch bestimmt die Flöte ... (das mit der Musik muß wohl in meinen Papieren für alle Ewigkeit, wenn auch ungenau, festgehalten worden sein) ... Nur die einfache Blockflöte, keine richtige Flöte, Klarinette, auch keine Querflöte? Nur Streichinstrumente, antwortete ich fast schuldbewußt. Das macht nichts, wer musikalisch ist, lernt auch ein Blasinstrument.

Der Major bestand auf seiner Meinung. Es gab eine Bedarfsmeldung vom Regiment, aber macht nichts, im Bataillon fehlten auch noch ein paar Spielleute im Spielmannszug. Die wenigen Töne auf der Querflöte zu finden, die Trommel zu rühren, oder zum Wecken, zum Zapfenstreich, zum Appell ein paar Töne zu blasen, das sei doch in kurzer Zeit zu lernen. Der Spielmannszugführer Gefreiter Doberstein bringe es mir bei. Ich merkte, daß da jemand ehrlich bemüht war, mir einen leichteren, mir gemäßen Dienst zu verpassen. Trotz allem.

Gelegentlich fragte ich den Gefreiten Doberstein, einen Lausitzer, warum er in einigen Monaten das Bataillon verlassen müsse. Man sei der Ansicht, er habe hier lange genug eine »ruhige Kugel geschoben«, lautete seine Erklärung, er müsse auch einmal zum aktiven 8. Infanterie-Regiment an die Front.

Inzwischen hatte ich gelernt, die wenigen Töne auf den kleinen Instrumenten zwar nicht fehlerfrei, aber recht laut zu blasen, zu trommeln und zu pfeifen und dies auch einige Male zum besten gegeben – am liebsten blies ich abends den Zapfenstreich. Manchmal blies ich auch den Mond an, wenn er zu groß und zu klar am Himmel stand. Als Doberstein

»Der Tambourmajor« – Karl Dedecius als Gefreiter 1941 an der Oder in Frankfurt.

feldmarschmäßig eingekleidet und ausgerüstet Frankfurt verließ, wurde ich zum Gefreiten befördert und zu seinem Nachfolger, zum Tambourmajor bestimmt. Nun war mir alles klar. Als man mich zum Spielmannszug kommandiert hatte, dachte man nicht so sehr an meine konzertante Beherrschung der drei neuen Instrumente, sondern ... vielleicht an meinen Paradeschritt, den ich recht gut zustande brachte. (Den Tanzstunden in der Schule und außerhalb sei Dank!). Im Grunde aber war es nur eine »Gnadenfrist«.

Ich hatte nur wenig Gelegenheit, den Tambourmajorsstab zu schwingen. Es wurde kaum noch durch die Stadt paradiert zu Klängen friderizianischer Märsche, zur Unterhaltung der Frankfurter Bevölkerung, auch andere Gelegenheiten wurden seltener, der Frühling 1942 schien weniger neues Leben als neues Sterben zu bringen. Offenbar gab es immer mehr Gefallene an der Ostfront, unsere Einheit hatte für Ersatz zu sorgen. Auch die gute Laune der Offiziere im Casino bei ihren feuchtfröhlichen Abenden war künstlich. Begleitet von einem Unteroffizier, der auf das Klavier einhämmerte, geigte ich Märsche zu den absurden »Kavallerieattacken« der »alten Kameraden«, der angetrunkenen Offiziere, die rittlings auf den Stühlen um den langen Tisch herum saßen und grölten. Das war so grotesk, beglaubigt nur vom Alkohol – mehr traurige Ohnmacht als Angriffslust in diesem hölzernen Paraderitt um das wohlgedeckte Schlachtfeld, den mitsamt Flaschen und Gläsern in Unordnung geratenen Tisch.

Abends, wenn ich nicht einschlafen konnte, dachte ich an meinen in der Ecke untätig dastehenden, bunt-traurigen Stab – Merkurstab? Narrenstab? Stab eines arbeitslosen Herolds? Ausrufer – wovon? Bote – wessen?

Angeblich fielen unsere Soldaten an der Ostfront wie die Fliegen. Die meisten Verluste gab es unter den jungen Offizieren. Meine Schonfrist war abgelaufen. Für die überflüssigen Etappenhasen, Köche, Schreiber, Ordonanzen, Musiker war ihr »Drückebergerdasein« zu Ende. Die Offiziersanwärter wurden noch rasch zu einem Kurzlehrgang zusammengefaßt, danach gab es große Manöver auf dem Truppenübungsplatz, feldmarschmäßig, und ab ging's ... zunächst in die Warteschlange nach Züllichau. Nach drei Monaten »Frontbewährung« sollten wir, so

Verlobung, Sommer 1942.

hieß es, zurückkommen und zum Leutnant befördert werden.

In Züllichaus Kaserne wurde im Frühsommer, oder war es schon Sommer, noch einmal alles gesammelt, geordnet, geprüft, mit Märschen und Gesang die Wartezeit totgeschlagen. Wer wollte, durfte seine Angehörigen zum Abschied einladen. Die kleinen Hotels und Privatunterkünfte um die Kaserne herum waren alle belegt, ja überbelegt. Für Vater und Elvi bekam ich noch ein Privatquartier. Sie kamen mit dem Zug und blieben drei Tage. Es gab eine gemeinsame Henkersmahlzeit in einem Restaurant, in meiner Freizeit kurze Spaziergänge und Gespräche mit Vater, längere mit Elvi. Mein Kasernenbett blieb drei Nächte leer, ich schlief bei Elvi im Zimmer, in der Wohnung einer Witwe. Wir hatten uns verlobt. Die beiden Ringe wurden aus einem Klümpchen Gold angefertigt, das Elvis Mutter vor längerer Zeit beim Umtopfen von Pflanzen in den Balkonkästen gefunden hatte. Das würde Glück bringen, sagte sie.

Wir kannten uns erst kurze Zeit. Die Verlobung war kurz, auch der Abschied am Bahnsteig in Züllichau war kurz. Elvi sagte: »Ich warte auf dich, ganz gleich wie lange.« Vater nahm mich zur Seite und fragte verlegen: »Wenn Elvi ein Kind bekommt, soll ich es als deines anerkennen?«

»Bitte einsteigen. Vorsicht am Bahnsteig«, daran hat sich nichts geändert, damals wie heute. Der Zug fuhr ab, er atmete schwer. Wie ich.

Stalingrad

Erstes Bild. Ankunft am Don. Sommer 1942

Viel ist nicht geblieben. Nur kleine Bildfragmente. Wahrscheinlich ist es die Barmherzigkeit des Gedächtnisses, die entsetzlichen Bilder aus dem Kopf zu verbannen. Anders könnte man nicht weiterleben, man würde unter ihrer Last zusammenbrechen: täglich Hunderte Leichen ringsum, einzelne herumliegende blutige Körperteile ...

An den letzten Halt unseres Transportzugs vor dem Don in Millerowo kann ich mich noch erinnern, weil wir stundenlang im Zug bleiben und warten mußten. Angeblich hatte es Probleme mit den Unterkünften und der Verpflegung gegeben. Wir sollten im Dorf übernachten, uns von der langen, unbequemen Reise erholen, bevor wir an die Front auf der anderen Seite des Don kamen, gleichsam sauber, satt und munter angeliefert wurden. Eine offizielle Mitteilung war das nicht, sondern ein von Waggon zu Waggon weitergetragenes Gerücht. Das Bild aus Millerowo blieb deshalb so deutlich haften, weil auf dem Nebengleis in greifbarer Entfernung zur gleichen Zeit ein Zug mit italienischen Soldaten angekommen war. Also handelte es sich hier um eine größere Truppenkonzentration im Vorfeld von Stalingrad, wurde vermutet. Wir konnten durchs Fenster Zigaretten tauschen, auch illustrierte Zeitschriften – und natürlich Gerüchte. Jemand meinte, ein Bataillon Rumänen sei ebenfalls eingetroffen. Die Nachrichten widersprachen sich, die Spannung wuchs.

Mich interessierten die fremden Gesichter der Verbündeten. In Italien war ich nie gewesen, das Land kannte ich nur aus dem Atlas, dem dürftigen Geschichtsunterricht, aus ein paar Büchern und Filmen. Mehr als zwei Italiener hatte ich in Lodz nie zusammen gesehen. Und hier nun eine offene Bühne, auf der sich bunt und laut allerhand Sehenswertes ereignete. Wie in einem Boulevardstück. Oder einem Ballett.

Als erstes fiel mir die Vielfalt der klassischen Gesichter aller Schattierungen auf, von hell bis sehr dunkel. Meist von sympathischer Ausstrahlung. Das Kopfhaar beneidenswert dicht, meist tiefschwarz, glänzend, oft kraus, wie es bei uns eher selten ist. Uns hatte die lange unbequeme Reise sichtlich erschöpft, unsere Gesichter waren zerknittert, unausgeruht, nein, eine Luxusreise war das nicht. Verglichen mit den Italienern sahen wir aus wie ein zerquetschter Haufen feldgrauer Mäuse. Ohne Grandezza.

Auf der langen Strecke zwischen Züllichau und Millerowo waren wir uns nähergekommen – zwei Dutzend Ersatzgrenadiere aus Frankfurt/Oder, wenn auch nicht alle aus der Hindenburgkaserne. Wir stellten fest, daß man uns aus allen Winkeln des nun größer gewordenen Großdeutschen Reiches zusammengestoppelt hatte. Einer stammte aus Estland, ein Szegediner Schwabe aus dem Banat war dabei und ein Elsässer, rechts in der Ecke auf der oberen Pritsche saß ein Tiroler. Ich fragte mich, ob für diese offensichtliche Großoperation zwischen Don und Wolga hier überhaupt die richtigen, tüchtigen, gut ausgebildeten, wenigstens teilweise erfahrenen Soldaten zur Verfügung standen. Lauter junge Burschen, einander fremd, unsicher, alles andere als draufgängerisch. Mir kam diese Auslese von »Beutegermanen«, wohlgemerkt, gute Deutsche, aber schlechte Germanen, merkwürdig vor.

Die Italiener nutzten den langen Aufenthalt, um genüßlich Schönheitspflege zu betreiben. Als unser Zug hielt, lehnten sie sich bereits in ihren schneeweißen Unterhemden aus den Abteilfenstern. Einige rasierten sich sorgfältig Kinn und Backenknochen glatt. In diesem Moment war jeder sein eigener Figaro. Sie rasierten sich meist naß, mit viel Schaum, parfürmierten ihre Wangen, danach frisierten sie die Locken, fetteten sie mit Brillantine ein, es duftete zu uns herüber, herb und süßlich. Einige stutzten kunstvoll ihren Bartwuchs zurecht und massierten mit flinken Fingern ihre Köpfe, ihre hübsch gelockte Giebelverzierung, wenn auch nicht gar so kraus wie bei dem griechischen Akroterion. Wir sahen dem Schauspiel neidvoll zu, unfähig, es ihnen gleichzutun. Morgen wäre der Schlachtruf dran: *Salve Caesar, Duce, Führer – morituri te salutant.* Mit solchen deplazierten Beobachtungen versuchte ich mich abzulenken. Ich wollte die Zeit totschlagen, bevor die Zeit es mit mir tat.

Die Italiener genossen es sichtbar, von uns bewundert und beneidet zu werden. Nach dem Hemdenwechsel kamen die Ausgehuniformen dran, und jetzt sahen wir, daß es Offiziere waren, mit denen wir grauen Grenadiere, lauter Gemeine, nicht konkurrieren konnten.

Wochen oder Monate später trafen wir sie wieder. In den Gräben der Nordriegelstellung – sie lagen neben unserer Einheit –, und sie sahen genauso grau, ungepflegt und unattraktiv aus wie wir.

Gegen Abend, die Sonne bot noch Licht genug, wurden wir zugweise auf die Gehöfte aufgeteilt. Die Bauern waren wahrscheinlich am Vortag auf unser Kommen vorbereitet worden und zogen sich zurück, unser Treiben teils ängstlich, teils neugierig beobachtend. Man hatte sie beruhigt, wir würden nur übernachten und das Dorf am nächsten Tag verlassen. Die Marschverpflegung hatte der Furier aus seinen Vorräten inzwischen auf die Einheiten verteilt. Und hier reißt der Film. Wann wir aufbrachen, wie wir über den Fluß kamen, wie lange und wohin uns die LKWs fuhren, kann das Gedächtnis nicht mehr rekonstruieren.

Schwüler Sommer, heißer Herbst. 1942

Daß es solche Sommer gibt. Diese trockene Hitze, diese zitternde Luft, Millionen winziger Mücken schwirren in Schwärmen, aufleuchtend in der Sonne, als hätten sie durchsichtige Flügel aus Goldglanz. Dabei ist es der Steppenstaub. Tanzende Staubpartikel.

Und nun tanzen in der Luft andere Mückenschwärme. In den Kabinenfenstern und im Metall des Rumpfes russischer Aufklärer brechen sich die ersten und die letzten Strahlen der Sonne, rechts und links davon krepieren am Himmel Flakgeschosse und bilden fliegende, verschwimmende Wattebäusche. Bei Dunkelheit zischen Leuchtpatronen in hohem Bogen empor und erlöschen im Fallen. Raketen erhellen den Horizont für einen Augenblick, so daß man gerade noch die Konturen der Heuschober sieht und die grauen Silhouetten, die dahinter in gekrümmter Haltung hin und her huschen. Entweder fliehen sie aus dem Strohversteck, oder sie suchen es. Ohne Fernrohr ist das nicht genau zu erkennen. Wir hier vorn haben keins.

Fangarme aus Licht tasten den Himmel ab. Einer trachtet nach dem Leben des anderen.

Auf das Licht- und Feuerspektakel macht mich Kaminski aufmerksam, er ist in seinem Ort bei der Feuerwehr und in der Freizeit leidenschaftlicher Pyrotechniker. Der Tageshimmel gehört den deutschen Schwarzkreuzrittern. In der Nacht kriechen die russischen Doppeldecker aus ihrer Tarnung und tuckern durch die Dunkelheit, begleitet von den Leuchtspuren des Beschusses. Dem Pyrotechniker imponiert freilich am meisten die Schau der Luftkämpfe. In diesen Filmen rücken Licht und Ton auf den zweiten Platz, die Aktion schafft Spannung. Wie eigenartig: wenn ein Mord in weiter Entfernung von uns stattfindet, treten mildernde Umstände in Kraft. Der Kampf auf Leben und Tod wird wie ein harmloser, spannender Krimi erlebt, der uns kaum etwas angeht.

Finden keine Luftgefechte statt, lassen sich in den klaren Steppennächten die Sterne besser beobachten. Im Norden, am Horizont, fällt gerade einer, ausgerechnet dort, wo wir uns gestern noch versteckt hatten. Er fällt so nah, als fiele er uns zu Füßen. So können Räume und Entfernungen täuschen. Und nicht nur sie.

Auch der Geruchssinn wird in solchen klaren Nächten überscharf. Er nimmt alles wahr. Auch den Geruch des eigenen Todes, der ja erst noch bevorsteht. Irgend etwas fault und verwest in diesem Klima permanent. Nicht nur ringsum. Auch in uns.

Ich schlafe tief und fest, in allen Positionen, die ich dazugelernt habe. Es dauert nicht lange, und der Körper hat sich an die Gegebenheiten der Gruft gewöhnt. Ich schlafe, wie ein Korkenzieher verdreht, zum S gekrümmt, stehend, liegend, hockend, kniend.

Da wir die Stellungen dauernd wechseln und die Größe, die Länge, die Breite und Tiefe der Schützengräben, die wir vorfinden, der Feuerstellen, die wir beziehen, sich ebenfalls dauernd ändern, schlafe ich überall fest, so wie früher in meinem Bett, nur die Träume sind anders geworden.

Gestern hatte ich einen sonderbaren. Der Metzger Rennert, über dessen Metzgerei wir in Lodz in der Przędzelniana-Straße wohnten, der deutsche Hausbesitzer, schlachtete jede Woche um die gleiche Zeit. Wir Kinder im Hof sahen ihm durchs Fenster dabei zu. Diesmal sollte er einen Berserkerbullen schlachten, mit riesigen Hörnern, platter Nase und langem Bart. Der Bart wuchs dem Bullen bis an die Augen heran und hatte auch die Ohren bereits überwuchert. Der massive Körper des Berserkerbullen, wie für den Metzger geschaffen, baute sich vor Rennert auf und kam Schritt für Schritt auf ihn zu. Ich glaubte zu sehen, wie Rennert im Geiste den Bullen bereits tranchierte: Kamm, Hochrippe, Brustbein, Filet, Roastbeef, Bugstück, Schaufelstück, Ochsenschwanz ... Der Bulle stand und bewegte sich schwerfällig auf plumpen Beinen, während der Schlächter sein langes, spitzes, scharfes und breites Messer an dem dünnen, runden Spieß wetzte. Der Bulle kam immer näher an ihn heran, zog schließlich eine bislang unsichtbare Schlachtkeule aus dem Versteck seiner Zotteln und schlachtete den Schlächter.

Die Gegenoffensive der Roten Armee begann am Morgen des 19. November 1942. Gegen die 260 000 Mann der 6. Armee setzte Stalin genauso viele seiner Soldaten ein, aber gegen einhundert deutsche Panzer ließ er 1140 sowjetische und gegen 1800 Geschütze 17000 eigene auffahren. Und die nationalsozialistische Heeresführung glaubte, Stalin werde der Wucht des deutschen Angriffs nichts Gleichwertiges entgegensetzen können. Von den Tugenden wie Tapferkeit, Genügsamkeit, Härte und Ausdauer der Soldaten ganz zu schweigen. Doch gerade darin standen Stalins Soldaten den unseren in nichts nach. Im Gegenteil. Wir waren viel verwöhnter und bequemer, wir meckerten schon, wenn es mal mit der Versorgung nicht klappte, wenn es an einer Delikatesse mangelte. Die von uns gefangenen Russen hatten in ihren primitiven, an einer Schnur über die Schulter hängenden Brotbeuteln wirklich nur einen Kanten trockenes Brot *(suchary)*, sonst nichts. Sie hatten keine komfortable eiserne Ration in hygienischer Verpackung, keine Schokolade, keine Wurstkonserven. Aber sie waren robuster und hielten Mangel und Gefahren länger und besser durch. Wir kämpften eleganter, jedenfalls zu Anfang, sie effektiver, wir waren die kleinen Häppchen des großen Kanonenfutters. Es hieß, die neu eingesetzten russischen Divisionen kämen kältegestählt aus Sibirien, Überlebenskünstler die meisten, zweckmäßig angezogen mit ihren Schubas, Filzstiefeln, Wattehosen, durch die kein Wind pfiff. In ihren ohrenschützenden Fellmützen *(uschanki)* und Fellmänteln bis zu den Knöcheln sahen sie aus wie Bären, aus allen Wäldern losgelassen, wie eine tödliche Lawine.

Am 22. November 1942 schloß sich der »Ring um Stalingrad«. Ring klingt euphemistisch: im Grunde war es ein Würgegriff, eine riesige Halsschelle, um die Gefangenen, die Eingekesselten manövrierunfähig zu machen, bevor sie dem Strafrichter vorgeführt würden, um die ihnen zugemessene Strafe hinzunehmen.

Der Nimbus von der Unbesiegbarkeit von Soldaten, Armeen, Generälen wird außerhalb der Armeen und der Schlachtfelder erfunden und kolportiert, von Ahnungslosen, Abwesenden oder von Falschspielern der Geschichte. Schon hundert Jahre früher hatte Clausewitz in seiner Schrift *Vom Kriege* alle Strategen und Taktiker ermahnt, Napoleons Fiasko 1812 vor Moskau als Lehre zu beherzigen: »Ein Reich von so großer Dimension ist nicht zu erobern (welches man füglich vorher hätte wissen können)«.

Weihnachten. 1942

Wir waren zu dritt mit unserem schweren Maschinengewehr. Für den vor zwei Wochen gefallenen Munitionsschützen Zwei war uns ein knabenhafter, frischgebackener Abiturient aus Königsberg nach vorn geschickt worden. Er hieß Georg und kam mit dem Häuflein anderer, die das Regiment uns zugeteilt hatte. Damit sollten die Risse, Löcher, Dammbrüche unserer Front geflickt werden.

Georg meldete sich wie zur Abiturfeier: sauber, neu eingekleidet, frisch rasiert, gut riechend. Er paßte sich schnell den neuen Umständen an, war kameradschaftlich, diensteifrig. Nur eine Sache bereitete ihm Schwierigkeiten: unsere Unterweisung, wie die Notdurft zu verrichten sei – kauernd, im Loch, auf den Spaten. Und dann, den Kopf immer noch unten, gebückt, die ganze Bescherung nach oben und hinten kippen. Er meinte, er könne das nicht, hier unten, wo wir drei so eng beieinander hockten, aßen und schliefen, er hätte Hemmungen in Darm und Kopf. »Du wirst es schon einsehen. Vor drei Wochen haben die Russen genau uns gegenüber, in Sichtweite, eine kleine PAK, eine Panzerabwehrkanone, in Stellung gebracht. Sie hat uns schon zwei Gefallene gekostet.«

Georgs Reinlichkeit wurde ihm am zweiten Tag seiner Fronterfahrung zum Verhängnis. Er wollte unbedingt Nachtwache schieben. Er sei ausgeruht und wir erschöpft. Wir konnten nicht widersprechen. Nachts sollte er das Vorfeld genau beobachten, auf Geräusche achten, jede verdächtige Bewegung melden.

Als es dunkel wurde und ich »mit offenen Augen und Ohren« halbwegs eingenickt war, hörte ich ein Rascheln im Graben. Georg war über die Böschung gekrochen, hatte die Hose runtergelassen und verschaffte sich Erleichterung. Er hatte sogar noch ein Stück Papier in der Hand. Auf einmal pfiff es kurz, laut und scharf in unsere Richtung. Fritz und ich waren sofort hellwach. Zu spät. Der Scharfschütze der PAK traf Georgs Hals samt Wirbelsäule und Schlagader. Blut und Hirn spritzten uns ins Gesicht. Georgs Kopf rollte nach unten, mir direkt in den Schoß, der Rumpf blieb oben. Fritz und ich erstarrten vor Schreck. Es war wenige Tage vor Weihnachten. Georgs erste und letzte Feuertaufe.

Der Heilige Abend war merkwürdig still. Die Waffen schwiegen. Vormittags robbte der Regimentspfarrer in unser Loch. Das mit Georg war ihm gemeldet worden. Er wollte mit uns seiner gedenken. Beten. Fritz war gereizt. Er hatte vor einem Jahr in eine bekannte Pelzhandlung am Kurfürstendamm eingeheiratet, hatte Beziehungen, lebte ruhig und gut in Berlin, er genoß seine Flitterwochen, glaubte sich unabkömmlich, und dann dieser Schlamassel: Stalingrad. Wozu und woran noch glauben? Der Geistliche ging vorsichtig auf ihn ein. Wir Irdischen bräuchten Boden unter den Füßen, der uns Halt gibt. Wer diesen Halt im Irdischen nicht hat, sucht ihn im Überirdischen. Im Glauben. Fritz entgegnete, daß es im 20. Jahrhundert nicht besonders intelligent sei, an den Glauben zu glauben. Der Pfarrer antwortete, jeder habe einen Glauben. Der Geschäftsmann glaubt, ein gutes Geschäft gemacht zu haben, obwohl er dessen Endergebnis mit Sicherheit nicht voraussehen kann. Er glaubt einfach daran. Der Künstler glaubt an seine Kunst, an sein Talent. Der Forscher glaubt an die Richtigkeit seines Experiments, der Arzt an seine Diagnose, der Architekt an seine genau berechnete Statik. Der Landwirt glaubt an das Wetter, die Sonne, den Regen, wenn er sie braucht, sonst fiele es ihm schwer, so früh mit der vielen Arbeit zu beginnen, jahraus, jahrein zu ackern. Er glaubt daran, daß seine Saat aufgehen wird. Daß die Ernte gut gelingt. Der eine glaubt ans Diesseits, der andere ans Jenseits. Ohne einen Glauben gäbe es kein Leben, keinen Fortschritt, keine Zeugung, keine Poesie, keine Musik. Kein Glück. Insofern hatte Musil recht. Der Glaube, die Fähigkeit zu glauben, sei Vorausaussetzung des Glücks. Ohne den Glauben an etwas, an jemanden, an Ihn, stünden wir phantasielos da, oder wir gingen hoffnungslos rückwärts, oder gleich unter. Was ist denn etwa die Liebe anderes als Glaube?

Der Geistliche ging, die Erlebnisse, die Zweifel – jeder hatte seine eigenen – blieben. Die eigentliche Weihnachtsgeschichte, unsere Bescherung, kam am Abend.

Schon der Pfarrer hatte es angedeutet: die Waffen hätten heute Feuerpause. Das sei beiderseits vereinbart worden. Daran glaubten wir nun wirklich nicht. Aber es wurde an diesem Tag tatsächlich nicht geschossen. Ein Geschenk der Russen oder des Himmels – diese Feuerpause? Wir vergaßen für eine Weile den Krieg und versetzten uns in unsere Friedenszeit zurück, erzählten von den Familien, Frauen, Kindern, Festen, was es damals alles zu essen gab, wer zu Besuch kam. So vergingen vielleicht einige Stunden. So schnell, daß wir es gar nicht bemerkten. Und die weihnachtliche Feuerpause dauerte tatsächlich an. Bis eine Stimme aus dem Dunkel uns in die Wirklichkeit zurückholte. Oben, am Vorderrand unseres SMG-Nests stand ein Russe. Ohne eine gegen uns gerichtete Kalaschnikow, in einem knöchellangen Mantel, auf dem Kopf eine Fellmütze, seelenruhig, friedlich, angstlos. Er fragte:

»Kamrat, spitschki jest'?«

Er zeigte seine selbstgedrehte Machorkatüte zwischen Zeige- und Mittelfinger der Rechten und machte mit der Linken eine Bewegung, als würde er sie anzünden. Wir gaben ihm eine Schachtel Streichhölzer, er sagte »Spasibo«, drehte sich langsam um und ging in seine Stellung zurück. Wir dachten: »Gesegnete Weihnacht«, sagten aber kein Wort.

Stalingrad Mitte. Anfang Februar 1943

Die letzte Wahrnehmung war der Einschlag einer Granate ganz in der Nähe. Ende Januar. Reste einer Mauer, auch Eisenteile, auch Körperteile flogen in die Luft und fielen wieder auf die Erde. Auch auf mein Gesicht. Daher die vielen Narben, Spuren. Der Kriegsgott wollte, daß Sterbende das Sterben in aller Langsamkeit und Dauer auskosten.

Einige blieben am Leben. Ihre Gnadenfrist war noch nicht abgelaufen. Ich gehörte zu ihnen.

Etwas, woran man sich gewöhnt hatte, fehlte plötzlich. Der Kriegslärm. Die Waffen schwiegen. Nicht einmal das Tuckern der altersschwachen »Kaffeemühle« war zu hören, die sonst täglich über unseren Köpfen neugierig kreiste, uns zu beobachten, nicht zu beschießen. Guter alter Doppeldecker.

Unsere eigenen Bordkanonen, Panzer, Geschütze, waren seit langem sprachlos. Der Gemeine im vordersten Schützenloch erfuhr von der Lage nichts. Die Verbindungen waren längst unterbrochen, die Funker gefallen. Ohrenbetäubende Lautlosigkeit.

Hier reißt der Film. Schwärze vor den Augen.

Wie lange diese schwarze Apathie gedauert hat? Nicht zu sagen. Mir schien es eine Ewigkeit. Aber dann:

»Kamerad, eine weiße Fahne ...«

Ich öffnete die Augen und schloß sie wieder. Sie waren dem Tageslicht nicht gewachsen. Nach dem zweiten Versuch blieb ein Augenschlitz offen. Vor meinem Trichter stand ein grauer Schatten, einige Meter weiter krochen weitere Schatten, einer nach dem anderen, aus Bunkern, Löchern, Mauerresten. Woher kamen sie auf einmal, und so viele? Aus der Tiefe, *de profundis.* Schwarz auf weiß.

»Lebst du noch, Kamerad?!«

Was für eine Frage ...

Manche sind tot und leben weiter. Andere leben und sind längst tot. Wie ist das mit den kurzen, präzisen Antworten auf kurze präzise Fragen? Was kurz ist, greift kurz, gilt kurz. Es gibt Fragen, die man nicht beantworten kann, wenn man es recht bedenkt. Tot oder lebendig ist schwer zu bestimmen. So räsoniere ich heute, und hätte es damals wahrscheinlich auch getan, wenn ich hätte räsonieren können.

Alte Filme. Immer wieder reißen sie. Nicht alle Risse sind zu beheben. Alte Bilder sind unscharf. Geflimmer verhindert den Zusammenhang.

»Kamerad, bist du verwundet?«

Wer ist es nicht?

Gefangenschaft

Von Lager zu Lager. 1943-1944

Aus Stalingrad schleppte sich die endlose Schlange der 90 000 Gefangenen mit unbekanntem Ziel irgendwohin, eine Trauerprozession, in ungleichmäßigen Wellen, eine schleichende Schlange aus lauter kleinen Fragezeichen, zu einem großen gekrümmt.

Ich torkelte am Schwanz dieser Schlange mit, wahrscheinlich unter den letzten, denn als einer der letzten wurde ich aufgelesen, mitgenommen, eingegliedert. Einer der langsamsten war ich auch.

Wahrscheinlich hatte ich hohes Fieber, denn ich bekam von dem, was mit mir und um mich herum passierte, nur wenig mit. Fragmente, ungenau, durcheinander. Die Kolonne zog sich endlos hin, im Stadtbereich noch von einem dünnen Spalier stehender Soldaten und Zivilisten, Frauen und Kinder »verabschiedet«. Vom Rest der am Leben gebliebenen Stalingrader Bevölkerung, der Verteidiger. Wir waren die geschlagenen Angreifer.

Wenn ich mich recht erinnere, so dauerte die erste Etappe unseres »Marsches« aus Stalingrad hinaus zwei Tage. Wir übernachteten in einer ehemaligen Kirche. Nicht jeder fand einen bequemen Schlafplatz, aber man stand, saß, kauerte, lag windgeschützt. Am nächsten Tag ging es weiter. Ich strenge mich an, aber mehr als winzige Fragmente eines uralten zerschlissenen Films, traumatische Bildfetzen, bringe ich nicht zusammen. Wir wurden immer weniger, die Reihen lichteten sich, wie viele von unserer Teilkolonne am Ziel des zweiten Tages ankamen, weiß ich nicht. Eintausend, zwei-, dreitausend. Mit Sicherheit wurden wir auf verschiedene Plätze verteilt; uns alle an einem Ort unterzubringen wäre unmöglich gewesen – unterzubringen und zu verpflegen. Wie viele Tage wir ohne Verpflegung waren, ist schwer zu sagen. Ich selbst, glaube ich, empfand keinen Hunger. Das Fieber hatte dieses Bedürfnis gelöscht.

Wahrscheinlich waren es nicht viele Kilometer, die wir an den zwei Tagen schafften, bis wir an einem Gewässer – einem Fluß? einem See? – ein riesiges Fabrikgelände erreichten. Man ließ uns hinsetzen. In der Mitte des Geländes stand der Mauerrest einer zerschossenen oder unfertigen Fabrikhalle, ohne Dach, ohne Fenster, mit großen Einbrüchen. Um das Gemäuer herum und in ihm lag tiefer Schnee, unser Bettzeug, unser Aufenthaltsraum ... Die Stärkeren sicherten sich gleich einen Platz an der Mauer innen, wo sie wenigstens von einer Seite, im Rücken, windgeschützt waren. Die meisten lagerten im Freien. Jeder dort, wo er erschöpft hingefallen war.

Nach der Erschöpfung kam der Durst. Nicht der Hunger, der Durst. Die Lagerleitung, die wir nicht zu Gesicht bekamen, ließ den Dolmetscher ausrufen, man solle keinen Schnee essen und kein Wasser aus dem vereisten Fluß trinken. Aber gerade das taten die Durstigen. Es gab Durchfall. Der alte Schnee schwand, der neue war bald zertrampelt, grau, kotig, blutig. Im Lager brach die Ruhr aus. Angeblich sind Hunderte daran gestorben.

Nach einigen Tagen trafen ein paar Panjeschlitten mit Brot und Salzfisch ein. Eine Scheibe Brot für jeden und ein übersalzener, dazu eisgefrorener Trockenfisch. Der Schnee wurde noch blutiger.

Die Lagerleitung gab sich ersichtliche Mühe, Lebensmittel für uns aufzutreiben. In einem kleinen Nebengebäude, mit intaktem Dach, wurden zwei große Kessel auf Steine gesetzt, die Feuerstelle hergerichtet, Brennbares herbeigeschafft und zwei Kamele geschlachtet, die man irgendwo aufgetrieben hatte. Jeder sollte sich anstellen, an einem der Kessel vorbeikommen und sein Kochgeschirr mit kochend heißer Kamelfleischsuppe füllen lassen. Viele waren nicht in der Lage, sich anzustellen. In dem provisorischen Küchenbau herrschten Hitze, Dampf, Dunst und Ruß, man sah seinen Vordermann nicht. Die Starken gingen mehrmals am Kessel vorbei, die Schwachen, die »bettlägrig« waren, kein einziges Mal. Salzfisch, Kamelfleisch und Schnee bekamen den meisten nicht, wer doppelt aß, dem bekam es doppelt nicht.

Der Schnee wurde immer röter. Die Starken, »Wohlernährten«, ewig Hungrigen starben früher, die Schwachen, Appetitlosen, die sich vom Fluß kein Wasser holen konnten, lebten länger.

Mit der Zeit muß man die Probleme bei der Unterbringung der vielen Kranken und den Mangel an Sanitätspersonal und Ausrüstung irgendwie in den Griff bekommen haben. Wir wurden in kleinere Gruppen aufgeteilt, verlegt, verlagert, wieder verlegt. Aus den wilden Lagern im freien Gelände in improvisierte Zeltlager, schließlich in richtige Barackenlager, mit Lehmboden, dann mit Pritschen, mit Strohsäcken. Am Ende waren es Speziallazarette für bestimmte Krankheiten, mit Ärzten, deutschen und russischen. Wie wir transportiert wurden, weiß ich nicht mehr.

Zuerst landete ich in einem Zelt für Ruhrkranke. Davon ist nur eine schwache Erinnerung geblieben. Wir lagen in zwei Reihen, links und rechts an der Zeltwand. In der Mitte der Gang. Am Ende des Gangs zwei Ausgänge. Wenige Meter hinter dem Hinterausgang wurde eine lange, tiefe Grube gegraben, aus geschälten Rundhölzern ein »Donnerbalken« mit Stützen angebracht: provisorische Gemeinschaftslatrine. Manche schleppten sich mit letzter Kraft dorthin, robbten, krochen, mehrmals am Tage, ihrer Scham und Würde wegen. Selbst für die Willensstarken war das oft zu viel, sie blieben auf ihren Pritschen liegen.

Einen dieser Todesfälle werde ich nie vergessen. Da kroch eines Nachts ein Schwerkranker aus dem Zelt, erreichte noch mit letzter Kraft die Latrine, aber beim Klimmzug auf den »Donnerbalken« versagten seine Muskeln. Er verlor das Gleichgewicht und fiel rückwärts in die tiefe Grube. In die Exkremente, bis an den Rand, mischten sich blutige Unterwäschefetzen, Büschel Gras, zweckentfremdete Huflattichblätter, zerknüllte Reichsmarkscheine (jetzt Toilettenpapier) und nun ein Mensch.

Kein Heldentod, fürwahr. Herr General, Herr Minister, Herr Kriegsberichterstatter.

Mit der »nur Fleckfieberkranken«-Baracke, in der ich zuletzt untergebracht war, sind auch »normalere« Erinnerungen verbunden, wenn auch ohne Zusammenhang. Es ging sauberer zu, das Fieber ließ allmählich nach, das Bewußtsein unterbrach für Momente, dann für Stunden den Fieberschlaf, den Tiefschlaf, den Halbschlaf, man erlebte, daß das Denken noch funktionierte, erlebte die Freude daran. Zu bewundern waren die Ärzte, deutsche und russische, die viel zur Verbesserung unserer Verfassung, sich selbst aufopfernd, beitrugen. Bewundert habe ich vor allem den Einsatz der Frauen, einer russischen Ärztin und ihrer Krankenpflegerin, die hier den Kriegsgegner zu betreuen hatten, die unseretwegen ihr Haupthaar rasieren mußten, um keine Läuse und kein Fleckfieber zu bekommen, und die sich selbstvergessen um uns kümmerten. Die Läuse, unsere Untermieter, die ständigen Begleiter, schienen unausrottbar. Da hätte man seidene Wäsche tragen sollen, die Läuse angeblich nicht mögen. Auch dieser Humor, Galgenhumor, wurde langsam möglich. Allmählich suchten mich die schlimmen Bilder aus dem ersten Großlager im freien Industriegelände bei Stalingrad seltener heim: der rote Schnee, der Tote in der Latrine, die vielen Toten täglich, das tödliche Kamelfleisch. Und die wahnsinnig Gewordenen, die durchs Lager liefen und laut schrien: »Er kommt, er kommt, Manstein holt uns hier raus. Habt ihr seine Panzer nicht gehört? Die Schüsse kommen immer näher.«

Die allmähliche Genesung hatte auch weniger erfreuliche Folgen. Zur Körperertüchtigung mußten wir kleine Hilfsarbeiten verrichten. Dazu gehörte die Leichenbestattung, der neuen und der alten Toten. Die neuen waren schwer, die alten Skelette, im Kühlschrank der Natur bei minus vierzig Grad gut aufgehoben, leichter auf die Karren und Tragen zu wuchten und Schritt für Schritt in einen riesigen Bombentrichter zu kippen. Dann ging es zurück, die nächste Fuhre, und so mehrmals hin und her, bis zur völligen Erschöpfung.

Ich überlege heute. Wie haben wir damals die hunderttausend Kameraden begraben, ohne Mundschutz, ohne weiße Handschuhe, ohne Rote-Kreuz-Hilfe und ohne seelsorgerischen Beistand, ohne psychologische Betreuung, ohne Anteilnahme der Familie, ohne Zeugen? Ohne Ethik?

Wieder reißt an der entscheidenden Stelle der Film. Rettende Engel bleiben der Tiefschlaf, das Fieber und ... eine namenlose Ärztin aus Kiew. Sie verstand ein wenig Polnisch; ich durch das Polnische ein wenig Ukrainisch. Mit ihrer Hilfe begann ich russische Gedichte zu lesen und zu verstehen.

Lermontow

Ich sah, wie wir, zu krank, um etwas zu tun, nur mit uns selbst beschäftigt, rasch verfielen, einer nach dem anderen, ich sah, wie viele sich aufgaben, wie viele starben. Ich versuchte von meiner Hinfälligkeit abzusehen und »übertrug« das allgegenwärtige Elend mit Hilfe fremder Verse ins reinigend Poetische, um mir das Weiterleben zu erleichtern.

Während der langen Zeit in der Lazarettbaracke hatte mir auf meine Bitte hin die russische Ärztin aus Kiew ein schmales Leseheft zugesteckt: Lermontows Gedichte. Ich konnte zwar noch nicht Russisch lesen, aber die Kenntnis zweier anderer slawischer Sprachen erleichterte mir den Zugang zu dieser dritten.

So war ich mit dem zerfledderten Broschürchen Tag und Nacht beschäftigt, in der schlaflosen Zeit lernte ich Buchstabe für Buchstabe kennen, lernte allmählich lesen und verstehen – und fand die für mich wirksame Medizin: das Übersetzen.

Wieso Lermontow? In der leergeplünderten Steppe sei nichts anderes zum Lesen aufzutreiben gewesen, sagte die Ärztin. Auch keine Grammatik und kein Wörterbuch. Man konnte nur das russische Lazarettpersonal fragen und die Antworten wie Mosaiksteine mühsam zusammenfügen.

Lermontow war also der erste, und ich fing auch mit seinen frühesten Gedichten an, die er 1828, mit vierzehn Jahren, geschrieben hatte. Sie waren mir leichter zugänglich, da ich als Schüler just im gleichen Alter mich mit ähnlich gearteten Gedichten – an polnischen Romantikern erzogen – versucht hatte.

Lermontow, bei der ihn verhätschelnden Großmutter ohne Vater aufgewachsen, Zögling eines Moskauer Adelspensionats, wegen Widerborstigkeit von der Universität relegiert, in den zwei »furchtbaren Jahren« der Kavallerieoffiziersschule psychisch beschädigt, wurde in den Kaukasus strafversetzt, um gegen rebellierende Tscherkessen zu kämpfen, für deren Freiheitsbesessenheit und Stolz er Sympathie empfand. Er narkotisierte seine »Gefangenschaft« mit Gelagen und Husarenstücken – bis zur letzten Konsequenz, dem Tod im Duell. Er starb durch eine Kugel aus der Pistole seines Regimentskameraden Major a. D. Martynow, siebenundzwanzig Jahre alt. Seine Begabung hatte keine Geduld, das abwehrreife Alter abzuwarten.

Ich suchte und untersuchte Parallelen. Das Heilverfahren war einfach. Indem ich an Lermontows Jugendwunden dachte, vergaß ich die eigenen. So kam ich mit der Zeit zu Kräften und lernte wieder aufrecht stehen und gehen. Mit Hilfe der fremden Versfüße, an den Krücken der Poesie.

Lermontows Gedichte entsprachen in dieser Entwicklungs- und Krisenzeit meiner geistig-seelischen Verfassung. Wo gab es Ähnlichkeiten zu entdecken, wo Unterschiede? Wo fand man Bestätigung, wo Widerspruch? Wovor wurde man gewarnt?

Auf Lermontow folgte Jessenin, der zügellose gläubigungläubige, mit Märchen, Heiligenlegenden und Kirchenliedern aufgewachsene charismatische Schönling im Bauernhemd, mit weißen Handschuhen, Hut und Gitarre,

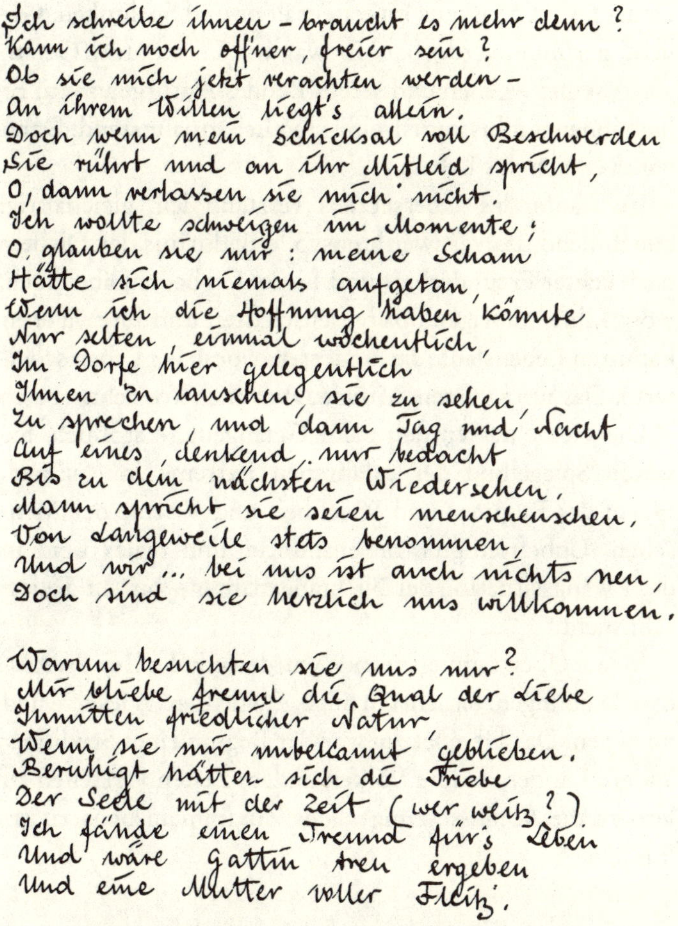
Ich schreibe ihnen – braucht es mehr denn?
Kann ich noch off'ner, freier sein?
Ob sie mich jetzt verachten werden –
An ihrem Willen liegt's allein.
Doch wenn mein Schicksal voll Beschwerden
Sie rührt und an ihr Mitleid spricht,
O, dann verlassen sie mich nicht.
Ich wollte schweigen im Momente;
O, glauben sie mir: meine Scham
Hätte sich niemals aufgetan,
Wenn ich die Hoffnung haben könnte
Nur selten, einmal wöchentlich,
Im Dorfe hier gelegentlich
Ihnen zu lauschen, sie zu sehen,
Zu sprechen, und dann Tag und Nacht
Auf eines, denkend, nur bedacht
Bis zu dem nächsten Wiedersehen.
Man spricht sie seien menschenscheu,
Von Langeweile stets benommen,
Und wir... bei uns ist auch nichts neu,
Doch sind sie herzlich uns willkommen.

Warum besuchten sie uns nur?
Mir bliebe fremd die Qual der Liebe
Inmitten friedlicher Natur,
Wenn sie mir unbekannt geblieben.
Beruhigt hätten sich die Triebe
Der Seele mit der Zeit (wer weiß?)
Ich fände einen Freund für's Leben
Und wäre Gattin treu ergeben
Und eine Mutter voller Fleiß.

Seite aus Karl Dedecius' Gefangenentagebuch mit den ersten Übersetzungen Lermontows und Puschkins. Michailowka, 1945. Hier »Tatjanas Brief an Onegin« von Alexander Puschkin. aus der Verserzählung Evgenij Onegin.

Dauergast in Moskaus Literatensalons und Spelunken. Geliebt, gerühmt, verdorben. Er war wie Lermontow Gefangener seiner eigenen und seines Landes Naturgewalten. Er hielt ihnen nur bis zum dreißigsten Lebensjahr stand. Dann nahm er sich das Leben.

Im Laufe des Übersetzens verstand ich, gleichaltrig, zunehmend das verzweiflungsvolle Bedürfnis der Dichter nach echter Freundschaft und Liebe. Ich begriff aber auch, woran ihre traurigen Spaßgesellschaften und ihre eigenen kaputten Lebensläufe sie hinderten, woran ihr Leben scheiterte. Das weckte mein Mitleid, aber auch Vorsicht.

Die Gedichte wurden mein Gefangenen-Tagebuch. Sie waren Spiegelbild der erfahrenen Extreme in Rußland: Härte des Regimes und Weichheit und Wärme der Menschen. Unbefriedigter Lebenshunger und reales Leid in der Zwangssituation der Nichtangepaßten – bis zur Todessehnsucht.

Meine Übertragungsproben wurden mit der Zeit zu Ausdrucksübungen. Sie lehrten mich, Partituren zu lesen – und zu hören. Das Übersetzen war der Beginn eines Studiums: andere Länder, andere Völker, andere Zeiten verstehen zu lernen, die Voraussetzungen des Zusammenlebens zu erkunden.

In Michailowka. Lager 185

Aus dem Lazarettlager kam ich eines Tages, endlich fieberfrei, in das Genesungslager OK (*Osdorowitelnaja Komanda*) in Michailowka. Wie Maxim Gorkij, der Volksschüler, dann des Volkes Lehrer und Beichtvater, seine Wanderungen von Dorf zu Dorf des weiten Landes *Moi uniwersytety*, meine Universitäten, nannte, könnte ich meine Wanderschaften von Front zu Front, von Lager zu Lager, meine Volkshochschule nennen. Bei Gorkij konnte ich unentwegt »das russische Wesen« studieren: »Viel später wurde mir klar, daß die Russen, um sich einen Ersatz für die Armseligkeit ihres Lebens zu schaffen, gern mit dem Kummer und dem Schmerz spielen, wie Kinder ... In der grenzenlosen Langeweile des Alltags ist ihnen auch der Schmerz eine Abwechslung und eine Feuersbrunst ein Fest; einem leeren Gesicht gereicht auch eine Schramme zur Zierde.«

Fünf Semester verbrachte ich in Michailowka. Es war kein Arbeitslager, aber die kräftigeren, einigermaßen wiederhergestellten Kriegsgefangenen mußten die für das große Lager notwendigen Arbeiten verrichten: die Selbstverwaltung organisieren, den Innendienst sicherstellen, das Personal für Küche, Kleiderkammer, Bad, Maschinenpark ... Periodisch mußte aus dem etwa zehn Kilometer entfernten Wald das selbstgefällte Holz auf Ladepritschen oder Schlitten befördert, von der Sowchose die nötige Menge Gemüse, aus dem Magazin in der nahen Stadt Kineschma säckeweise Hirse, unser Hauptnahrungsmittel, Mehl, Fisch, Zucker geladen und ins Lager gefahren werden.

Die Arbeitsbrigaden und Aufgaben wechselten, unter den mehrere Tausend zählenden Insassen standen genügend Fach- und Arbeitskräfte zur Verfügung. Der Großteil waren Deutsche, die zweitstärkste Gruppe bildeten die Italiener, außerdem gab es noch Rumänen, wenige Ungarn und ein paar Polen. Das leitende Personal rekrutierte sich aus allen ethnischen Gruppen und war, je nach Veranlagung und Ehrgeiz, Vermittler, Aufpasser, Anleiter, Nutznießer, kleiner Chef oder großer Möchtegern. Wie an der Front, wie im Zivilleben. Menschen sind überall nur Menschen, mehr nicht.

Die Deutschen waren bei den Russen am beliebtesten. Sie arbeiteten gewissenhaft und über ihre Kräfte, weil sie glaubten, daß man sie dafür schneller entlassen würde. Doch sie wurden als letzte entlassen. Die Italiener, die die Russen geringschätzig »gitaristy i mandolinisty« nannten, drückten sich vor der Arbeit, wo sie konnten, sie wurden sehr schnell entlassen. Die Polen übrigens, mit denen ich ab und zu Erinnerungen ausgetauscht hatte, wurden nach dem 8. Mai 1945 als allererste entlassen. Sie redeten auf mich ein: »Sie sind doch in Polen geboren, also nach polnischem wie russischem Recht polnischer Staatsbürger. Wenn Sie sich als solcher eintragen lassen, kommen Sie mit uns frei.«

Das wollte ich nicht. Man kann seine Staatsbürgerschaft wechseln, aber nicht seine Eltern, seine Volkszugehörigkeit, seine Erziehung, seinen Glauben, versuchte ich ihnen zu erklären. Ich wollte das mir vom Krieg auferlegte Schicksal mit allen Konsequenzen tragen. Wie die anderen Deutschen auch.

Die russische Lagerkommandantur mußte sich auf die Logistik unserer Selbstverwaltung verlassen, doch wichtige Entscheidungen kontrollierte sie selbst. Unsere Offiziere, darunter mehrere Stabsoffiziere, waren separat in der hinteren Baracke untergebracht und gemäß der Genfer Konvention von der Arbeit befreit. Einige wollten freiwillig arbeiten, sie hielten das Nichtstun nicht aus. Ihre Solidarität imponierte. Einige wurden einzeln in andere Lager oder in das Antifa-Lager zur Ausbildung gebracht.

Das Antifa-Lager bildete Propagandisten und »Umerzieher« aus: für die Gefangenen in den Lagern und für die Zeit nach der Entlassung in Deutschland. Unser Antifa-Leiter Günther D. bekam aus der Verwaltungszentrale alle Monate Besuch von seinem Vorgesetzten, Instruktor Gibsch, einem Sudetendeutschen, der als Kommunist in den dreißiger Jahren in die Sowjetunion emigriert war; er hatte ihn anzuleiten und sicherlich auch zu kontrollieren. Gibsch hieß eigentlich Hübsch, ließ sich aber ausdrücklich nach der russischen Phonetik mit Genosse Gibsch ansprechen. Beide hatten die Aufgabe, für die Sowjetunion und ihre Politik zu werben, Anhänger und Freunde, Multiplikatoren zu gewinnen. Ihre Mission war zweideutig.

Antifaschisten waren wir ja inzwischen ohnehin alle, die am Krieg teilgenommen und am eigenen Leibe erfahren hatten, in welches Elend Hitler Deutschland gestürzt hatte. Dennoch war die »Umerziehung« durch D. besonders penetrant, er betrieb sie nach einer sowjetischen Dienstanweisung, der wir nicht folgen wollten, als höriger Gefolgsmann der politischen Abteilung. Ich glaube, sogar seine russischen Vorgesetzten hielten ihn für einen Opportunisten.

Die Mehrzahl der Gefangenen war den Bemühungen der Antifa gegenüber indifferent, an Bildung, Schulung und Umschulung wenig interessiert. Probleme des eigenen Befindens nahmen sie zu stark in Anspruch. Kleine Gruppen von Leuten, deren Geist nach mehr verlangte, als ihnen die Antifa bot, fanden sich zum Gedankenaustausch zusammen, trugen sportliche Wettbewerbe aus, deren Höhepunkt die Fußballmeisterschaften zwischen der deutschen und der italienischen Mannschaft an den Sonntagen bildeten. Die Deutschen verfügten über einen idealen Stürmer aus Schlesien, ich glaube, er hieß Fuchs, ein Adonis von Statur und Ausstrahlung, Magnet des weiblichen Kommandanturpersonals, die Italiener hingegen über einen wendigen, wieselflinken, akrobatisch witzigen Komiker, der das Publikum zum Lachen brachte. Er spielte rechts außen. Seine Mannschaft feuerte er mit wenig variablen Zwischenrufen an wie »cornuti tedeschi«, »disgraziati tedeschi«, »porca madonna« ...

Diese Aktivitäten, Sport und Kultur, hatte der »Kultur-Natschalnik« in der Kommandantur zu verantworten, ein sympathischer junger Offizier, gebildet und an Kultur interessiert.

Mein Interesse an der russischen Sprache war schnell entdeckt, die Übersetzungen, für die man mich gelegentlich heranzog, wurden mein persönliches »Rekonvaleszenzprogramm«. Eine natürliche Wahlverwandtschaft brachte mich dem Kultur-Natschalnik näher. Er setzte mich als Kulturwart ein. Ich hatte ihn für unsere Interessen gewonnen, er besorgte uns Musikinstrumente, ich fand in den Baracken Musiker, sogar solche, die ihr Instrument selbst bauen konnten, wie Toni Klöck, einen Volksmusiker und Meßdiener aus Garmisch-Partenkirchen, der sich sein Xylophon selbst herstellte. Im Lager fanden sich Berufsschauspieler, ein Ballettmeister der Hamburger Oper, Herbert Parker, der nach seiner Heimkehr am Theater in Aachen Anstellung fand und mit dem ich in den fünfziger Jahren im Westen korrespondierte, es gab einen Filmregisseur, Rolf van Goth von der Ufa.

Bald hatten wir eine Unterhaltungskapelle mit Sänger zusammen, die uns für Stunden vom Lageralltag ablenken konnte. Den Lagerkommandanten, einen einsichtigen Major, konnte ich davon überzeugen, daß es nützlicher wäre, die Maler, Graphiker, Graveure, Holzschnitzer von der schweren körperlichen Arbeit zu befreien und im Lager in ihren Berufen zu beschäftigen: Kunsthandwerk zum Beispiel könnte er in der Stadt gewinnbringend verkaufen. Kurz darauf renovierte eine Malerbrigade in der Stadt Klubräume mit kunstvoller Wand- und Deckenbemalung. Den Major freute die zusätzliche Geldquelle für das Lager und sein wachsendes Ansehen in der Stadt, die Gefangenen wiederum die Befreiung von stupider körperlicher Arbeit, die Möglichkeit, sich in ihrem Beruf fit zu halten. Es dauerte nicht lange, und wir gaben in der großen Aula des Verwaltungsgebäudes des Nowaja Iwanowskaja Manufaktura-Kombinats (NIM) ein »Konzert« für die russischen Mitarbeiter des Unternehmens – am Sonntag zur besten Zeit.

Für andere Interessenten regten wir Sprachkurse an, eine Gesangsgruppe, einen Literaturzirkel – die Popularität des Kultur-Natschalniks wuchs, die Kultur im Lager »boomte«, und das Leben bekam ein wenig Farbe.

Daß dieses Ansehen der »politisch Passiven« die politisch Verantwortlichen, deren Geschäft stagnierte, nicht freuen konnte, war mir klar. Der Konflikt war voraussehbar, er mußte ausgestanden werden. Vor allem, als der Versuch der Antifa, auch kulturell etwas anzubieten, ohne den gewünschten Erfolg blieb. Sie hatte eines Tages begonnen, im Lager russische Filme vorzuführen. Damit kam immerhin ein wenig Friedensnormalität ins Lager. Die sowjetischen Filme, historischen, propagandistischen, biographischen, jedenfalls politischen und erzieherischen Charakters, sollten uns die Sowjetkultur vermitteln: »Djewuschka s charaktjerom« (Ein Mädchen mit Charakter), »Alexander Newskij«, »Dubrowskij«, aber auch verfilmte Gorkij-Erzählungen. Uns war am Anfang alles recht, die Hauptsache, etwas Abwechslung, ein Hauch von Leben ohne Stacheldraht. Unterhaltsam war das allemal. Neue Bilder, neue Gesichter, anrührende Szenen, die Handlung meist unkompliziert, aber

In russischer Gefangenschaft. Aus Sympathie für die Kaukasier ließ sich Karl Dedecius ein Bärtchen stehen.

stets patriotisch motiviert, eine Glorifizierung sowjetischen Lebens, der Helden des Großen Vaterländischen Krieges, der Stachanow-Normüberwinder, der tapferen Frauen und Mädchen. Mich hat die russische Filmkunst immer gefesselt, der Reichtum an faszinierenden Gesichtern, in denen sich mehr als hundert Völker, Dutzende von Rassen, exotische Naturen und Lebensläufe spiegelten, die Schönheit der gewaltigen Natur dieses Riesenreichs.

Lachsalven erntete ein amerikanischer Kitsch-Streifen mit Robert Taylor in der Hauptrolle, der als amerikanischer Dirigent nach Moskau kommt und in Liebe entbrennt – zu einer Traktoristin, wenn ich mich recht erinnere. Eine der wirkungsvollsten Szenen ist mir unvergeßlich: eine Brigade sowjetischer Traktoristinnen (die wir aus eigener Arbeit in der Kolchose genauer kannten) in glamouröser Hollywood-Aufmachung fährt auf blitzblanken Traktoren zur Arbeit, außer sich vor Freude, wie in einer Konfetti-Parade in Luxuslimousinen durch die Fifth Avenue – der ganze Film protzte mit Kostümen, Frisuren und unfreiwillig komischen Effekten, wir mußten über die absolute Unkenntnis der Realität bei den amerikanischen Produzenten schallend lachen.

Die Retourkutsche kam postwendend. Nach langen Proben fand endlich die mit Spannung erwartete Uraufführung unseres Musik-Spektakels statt. Es hieß »Heimweh« und bestand aus populären Melodien, Volksliedern und Schlagern wie »Heimatland« oder »Heimat deine Sterne«, einem selbstgebastelten Libretto über einen deutschen Arzt oder Ingenieur, den der Krieg in Brasilien überrascht hatte und der nun bei seinen südamerikanischen Gastgebern und Freunden die Unmöglichkeit der »Heimkehr« in melancholischen Liedern besingt. Brasilien hatten wir zum Schauplatz gewählt, um die Anspielung auf die russische Gefangenschaft etwas in die Ferne zu rücken, außerdem konnte der Kapellmeister Willi Raggatz aus Berlin seine geliebten Tangos, Cariocas, Rumbas spielen. Er hatte recht: mit diesen Rhythmen und Melodien war das Publikum am ehesten in Stimmung zu bringen und zu gewinnen. Unsere Kameraden in der Schneiderei hatten aus Stoffresten, selbstgefärbten Fetzen, eindrucksvolle Kostüme beigesteuert. Sogar eine temperamentvolle Tänzerin wirbelte mit rauschenden Röcken auf dem Hintergrund von gemalten Palmen und Kakteen durch das Bühnenbild – Ballettmeister Herbert Parker! Die Russen in den ersten zwei Reihen waren überrascht und verhalten amüsiert, die Lagerinsassen hinter ihnen begeistert. Als die Saarbrücker Zeitung am 16. Mai 1990 die Verleihung des Friedenspreises des Deutschen Buchhandels an mich bekanntgab, erinnerte sich in einer Leserzuschrift ein Alfons Weissgerber an diese Aufführung und bedauerte, daß sie nur einmal stattgefunden hatte und danach »vom Spielplan« genommen wurde.

Obwohl das Stück bereits zensiert und vom Kultur-Natschalnik genehmigt worden war, beanstandete die politische Abteilung den Titel und die vielen Heimatlieder des Programms, die die Gefangenen auf negative Gedanken (Fluchtgedanken!?) hätten bringen können.

Aus Michailowka kam ich nach Iwanowo, ins Arbeitslager, wo wir, auf Brigaden aufgeteilt, an verschiedenen Objekten arbeiteten. Ich meist am Bahnhof beim Schneeräumen oder einige Kilometer von der Stadt entfernt beim Bau einer neuen Eisenbahnnebenstrecke. In der Freizeit ging ich meinen bevorzugten Hobbys nach, oder ich half gelegentlich dem deutschen und dem russischen Lagerkommandanten als Übersetzer. Bald hatte ich auch hier eine Kapelle beisammen und mit Instrumenten ausgestattet, die der Natschalnik zusammen mit mir in der Stadt aufgetrieben hatte.

In dieser Kapelle spielte Gottfried von Bismarck Kontrabaß, der jüngste von drei Brüdern. Er lag auf der Pritsche neben mir und las mir einen Brief seines älteren Bruders Philipp vor, der im Außenpolitischen Ausschuß der CDU im Bundestag arbeitete und ihn ermunterte, Russisch zu lernen, die Kenntnis dieser Sprache werde in der Zukunft wichtig sein. Später lernte ich auch seinen mittleren Bruder, Klaus von Bismarck kennen, den Intendanten des Westdeutschen Rundfunks in Köln, Präsidenten des Evangelischen Kirchentags und später des Goethe-Instituts in München. Mit ihm habe ich in Warschau oft seinen Korrespondenten Ludwig Zimmerer besucht, einen großen Kenner und Sammler polnischer Volkskunst. Gottfried selbst traf ich erst 1998 in Aachen wieder, als ich an der Karlspreisverleihung für den polnischen Außenminister Bronisław Geremek teilnahm.

In Iwanowo arbeiteten viele von uns im Textilkombinat mit Russen zusammen. Mit der Zeit bildete sich zwischen ihnen zwangsläufig eine Interessengemeinschaft. Die Russen tauschten gern ein Stück Brot, Zucker oder Fett gegen einen Gebrauchsgegenstand. Manchmal auch einen oder zwei Meter Stoff, den sich die abgemagerten Gefangenen, die »Plennys«, um den Bauch wickelten und leichter aus der Fabrik schmuggeln konnten als die Russen, die öfter und strenger kontrolliert wurden. Draußen wurde dann heimlich getauscht. Eines Tages rief mich der diensthabende Offizier ans Lagertor. Ein Gefangener, ein Zwanzigjähriger, noch unerfahren, war mit zwei Metern geklauten Stoffs erwischt worden, und ich sollte ihm übersetzen, daß Diebstahl sowjetischen Eigentums mit 25 Jahren Arbeitslager bestraft würde. Der Junge weinte und beteuerte, nie wieder... Ich sollte es übersetzen. Dem Jungen, er hieß Arnold

Beil, sagte ich, er solle mich dem Leutnant alles erklären lassen und selbst kein Wort mehr sagen, es könnte falsch sein. Der Leutnant fragte mich:

»Was hat er gesagt?«

»Er hat es gut gemeint. In drei Wochen wird der Tag der Oktoberrevolution gefeiert, da hatte die Brigade beschlossen, ihre Eingangstür mit einer roten Fahne zu schmücken. Der Stoff war für die Fahne gedacht.«

Der Offizier stutzte, überlegte und antwortete begeistert:

»Wot molodjez!« Sein Zorn und seine Drohung verwandelten sich in eine Belobigung. »Toller Bursche!« Die Fahne allerdings mußte die Brigade am 7./8. November tatsächlich hissen.

Zurück aber von Iwanowo nach Michailowka. Es gab mehrere Möglichkeiten für die Antifa und ihre Hintermänner, uns ihre Macht zu demonstrieren. Da hatte zum Beispiel ein Leutnant in der Offiziersbaracke einen Sprachkurs in Russisch zu organisieren versucht, selbst schon etwas fortgeschritten, denn er las bereits Gedichte von Puschkin und Lermontow. Von mir ermutigt, hatte er ein paar davon zu übersetzen begonnen. Der Kultur-Natschalnik hatte sein Vorhaben gelobt und mit Büchern unterstützt, doch eines Tages kam von der Politabteilung das Verbot dieses »geheimen Zirkels« – wieder mit der Begründung, wir könnten konspirative Absichten verfolgen.

Ein- oder zweimal geriet ich im Lager, sicherlich auf Betreiben der politischen Abteilung, auch in den Karzer, ein dunkles, verschließbares Erdloch, in dem Bestrafte ihre Tage absitzen mußten. Ich wurde aus einem ebenso nichtigen wie lächerlichen Grund eingesperrt. Zu vordergründig wurde auf meinem Rücken der Konflikt zwischen der politischen und der Kulturabteilung ausgetragen. Ich hatte gerade einer »Eigenmächtigkeit« wegen zwei Tage abgesessen, stand noch wacklig auf den Beinen, da mußte ich gleich, wie üblich, den von mir schon früher organisierten »Bunten Abend« moderieren. Ich bestieg noch etwas unsicher die Bühne, ein Mitglied der Truppe schob mir einen Stuhl hin: »Setz dich, du siehst noch geschwächt aus«, worauf ich geantwortet haben soll: »Danke, habe genug gesessen.« Das Gelächter der Kameraden veranlaßte den Politoffizier, sich von der Dolmetscherin meinen Satz genau übersetzen zu lassen. Daraufhin wurde ich wegen »Impertinenz« für drei Tage in den Karzer geschickt. Diesmal war es ein gewinnbringender Aufenthalt. Dort saß nämlich bereits ein Studienrat aus Wien, der mir den ganzen *Cornet* von Rilke deklamierte; mit seiner Hilfe konnte ich die Dichtung auswendig lernen. Damals war das noch möglich, mein Gedächtnis war weniger durchlöchert als heute.

An jene Tage im Karzer mußte ich viele Jahre später denken, als ich Leopold Buczkowskis Erzählung »Nacht vor der Fahnenflucht« übersetzte. Die Kriegswelt des *Cornet* fiel mir ein: »Reiten, reiten, reiten. (...) Rast! Gast sein einmal. (...) Nicht immer Soldat sein. (...) nach dem Bad sein. Und wieder erst lernen, was Frauen sind. (...) was für Hände sie haben, wie sie ihr Lachen singen (...)« Als hätte der ältere Rilke weit früher das beschrieben, was der jüngere Buczkowski viel später gedacht hat, aber noch nicht kennen konnte. In Buczkowskis »Nacht vor der Fahnenflucht« wird das Thema Flucht, die Eskortierung des Fahnenflüchtigen zur Exekution, wie eine Fabel erzählt. »Magischer Realismus«, befand die Kritik. Die Fahnenflucht ist in

Buczkowskis Prosa auch eine Metapher für seine Biographie: 1939 Soldat, deutscher Gefangener, geflohen nach Nakwasza, seinem Geburtsort in Podolien, von hier nach Lemberg, 1943 in Złoczów wieder verhaftet, wieder geflohen, den »wilden Partisanen« beigetreten, 1944 Kämpfer im Warschauer Aufstand, nach dessen Zerschlagung nach Pruszków gebracht, aus dem Lager wieder geflohen ins Dorf Gacki bei Jeżów – von einem solchen Lebenslauf bleiben konkret nur Krieg und Flucht als Erinnerung übrig, alles andere, ohne Plan und Zusammenhang, ergibt die suggestiv »naive Kunst am Rande des poetischen und bildnerischen Raffinements«, wie der Doyen der polnischen Literaturkritik, Kazimierz Wyka, schrieb.

Dort der Ritt, das Schloß, das Fest, die Damen in Seide, die klirrenden Gläser – hier der Fußmarsch in die Gefangenschaft, zur unheroischen Hinrichtung, die nackte Angst, der karge Traum vom heimatlichen Ödland, von den kleinen Wundern des Waldes: »Hie und da wühlen Wildschweine in den Sümpfen. (...) Der Wald ist undurchdringlich (...) In der schlimmsten Not, mitten im Winter, zwängt sich die Wildziege ängstlich hinein. Singvögeln begegnet man fast nie: Diese heiteren Lieblinge der Natur ziehen junge und helle Wälder vor. (...) Aber »die Wildtaube verweilt gern in diesem Ödland (...)« Ein junger berittener Falke im Schloß im grünen Süden des Westens und eine gefangene Wildtaube im Ödland des Ostens. Zwei verschiedene Zeiten, Kriege, verschiedene Schauplätze, verschiedene Kämpfer.

In den sechziger Jahren, bei einem meiner Warschau-Besuche, versprach ein Redakteur, mir etwas Ungewöhnliches zu zeigen. Er fuhr mich in das Städtchen Konstancin, unweit von Warschau, wo viele Warschauer Schriftsteller ihre Villen, Holzhäuser, ihre Sommerbleibe hatten, eine Künstlerkolonie ähnlich wie Peredelkino bei Moskau. Wir hielten vor einem älteren Haus mit Garten, in dem statt Bäumen Holzskulpturen »wuchsen«; der Garten halb Friedhof (der sakralen Bildwerke wegen), halb Museum, die Plastiken, naive Kunst, meist in Menschengröße; viele, die vorübergingen, hielten an und betrachteten die Freilichtgalerie. Das taten wir auch. Aber dann öffnete mein Cicerone die Pforte und führte mich zum Treppenaufgang des Hauses. Er klopfte an die Tür. Eine schmächtige, skurrile männliche Gestalt öffnete, wie einer Komödie zwischen Nestroy und Ostrowskij entstiegen. Eine ältere Frau und ein jüngeres Paar drängten sich neugierig in diese Theaterkulisse von Flur und Wohnzimmer. Der Cicerone stellte mich vor: »... ein Schriftsteller aus Westdeutschland. Und das ist unser Dichter, Buchgrafiker, Maler, Tischler, Bildhauer und vieles mehr ... Leopold Buczkowski, mit Frau, Sohn und Schwiegertochter.« Ich fühlte mich wie zu einem Mysterium zugelassen. Wir verbrachten zwei Stunden mit Gartenbesichtigung und Gesprächen über das bildhauerische Schreiben. Ich verließ das Haus beschenkt mit einer Miniatur von des Meisters Hand: ein elegantes Reiterpaar, Dame und Herr, schlank und rank, kostbar gekleidet, ganz bestimmt aus einer vergangenen Zeit und Welt herausgefallen – Cornets Träume? –, die rassigen Pferde, graziös ihre Beine setzend, in Öl auf Holz, bewegt – ein kleines, köstliches Capriccio, ganz und gar den Rahmen des bescheidenen Hauses und seiner Einrichtung sprengend. Das Bild, in einem vom Meister eigenhändig gefertigten, mehrstufigen Rahmen aus einem Stück Rinde, in Naturfarbe belassen, eingefaßt, mit Widmung, hängt jetzt vor meinem Schreibtisch. »Reiten, reiten, reiten …«, dachte ich. »Nicht immer Soldat sein … lernen, was Frauen sind …«

Symposion. Michailowka 1946

Wir hatten im Lager auch einen »Diskutierzirkel«, an dem bildungshungrige Geister teilnahmen, um nicht einzurosten. Mit einem der ersten Gefangenentransporte nach der Kapitulation kam auch ein junger Altphilologe ins Lager. Wir luden ihn ein, an unseren unregelmäßig stattfindenden abendlichen »Symposien« teilzunehmen. Wir versprachen uns von ihm eine Belebung und Bereicherung der stagnierenden Gespräche. Er sagte zu, und nachdem er sich einige Tage akklimatisiert hatte, kam er zum verabredeten Termin in unsere Barackenecke und hielt uns einen Vortrag über »Ödipus«. Wir waren neugierig. Er machte es spannend. Als er zu der Stelle kam, »… und Ödipus hat die Gebärerin gepflügt, wohin er selbst gesät worden war …«, machte der junge Lehrer eine kurze Pause, um Luft zu holen. Sie war in den Baracken immer knapp und schlecht. Leutnant Fricke, für seinen bissigen Humor und die unvermeidlichen Zwischenrufe bekannt, nutzte die Pause und warf ein: »… woraus die Russen ihren Allerweltsfluch, bei jeder Gelegenheit unpassend, hergeleitet haben: ›job twoju mat'‹«. Zugegeben, es klingt etwas derber, nicht so poetisch wie bei den Griechen, aber es beschreibt dasselbe, klassisch, auf russische Art. Nur Klima und Niveau sind unterschiedlich.« Ein Beispiel für Welten umspannende Komparatistik.

Diese platonischen und unplatonischen Dialoge waren mal schulmeisterlich, mal blumig, mal amüsant, mal nachdenklich und traurig, gelegentlich auch frivol. Solche kleinen, inoffiziellen, privaten Bildungs- und Unterhaltungsmaßnahmen, spontan angesetzt, waren möglich und üblich. Um den Charakter des Gastmahls wenigstens anzudeuten, bekam der vortragende Gast als symbolisches Honorar auf einem blankgescheuerten Aluminiumdeckel des Kommißkochgeschirrs den Ehrenschmaus serviert. Gerade soviel, wie einer von uns hatte organisieren können, im Wald beim Holzholen oder im Dorf bei einem Russen. Heute waren es drei Tomaten, die ein Dauergast der Symposien von der Sowchose mitgebracht hatte. Er hatte bei der Ernte geholfen und die drei Tomaten vom Aufseher geschenkt bekommen.

Heimatpost / Gefangenenpost

Ab 1947 bekam jeder von uns monatlich eine Rot-Kreuz-Postkarte, die er nach Hause schicken durfte. Ich schrieb an den Suchdienst in Hannover und bekam von der Suchdienstzentrale in Berlin auch bald eine Antwort mit Elvis Adresse. Sie lebte seit 1945 in Weimar. Ihre Suchkarte kreuzte sich mit der meinen, und so erhielt auch sie meine Lageranschrift mitgeteilt. Seit fünf Jahren hatten wir nichts mehr voneinander gehört.

An Elvi. *Lager 185, 5. Juni 1947*

Welche Freude. Endlich Post aus Deutschland. Ein erstes Lebenszeichen nach langen Jahren von vertrauter Hand. Vertrauter Stimme. Nach fünf Jahren. Es war, als wäre man tot, für Euch nicht existent, ausgelöscht. Die Freude ist groß, aber auch die Furcht dieser unerwarteten Wieder-

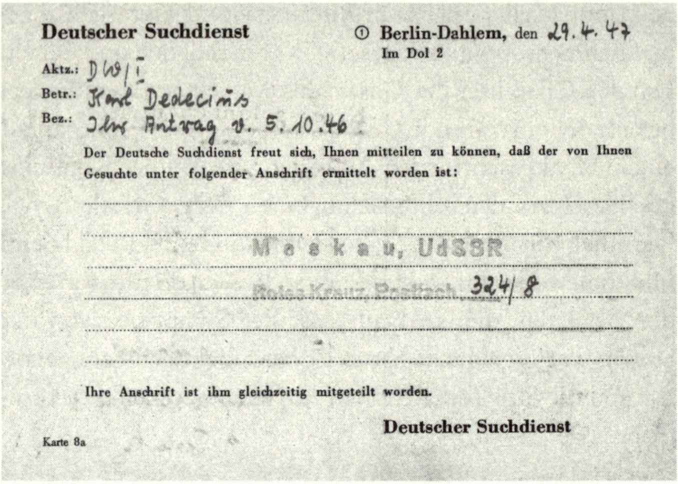

Deutscher Suchdienst

① Berlin-Dahlem, den 29. 4. 47
Im Dol 2

Aktz.: DW/I
Betr.: Karl Dedecius
Bez.: Ihr Antrag v. 5. 10. 46

Der Deutsche Suchdienst freut sich, Ihnen mitteilen zu können, daß der von Ihnen Gesuchte unter folgender Anschrift ermittelt worden ist:

Moskau, UdSSR
Rotes Kreuz, Postfach 324/8

Ihre Anschrift ist ihm gleichzeitig mitgeteilt worden.

Deutscher Suchdienst

Karte 8a

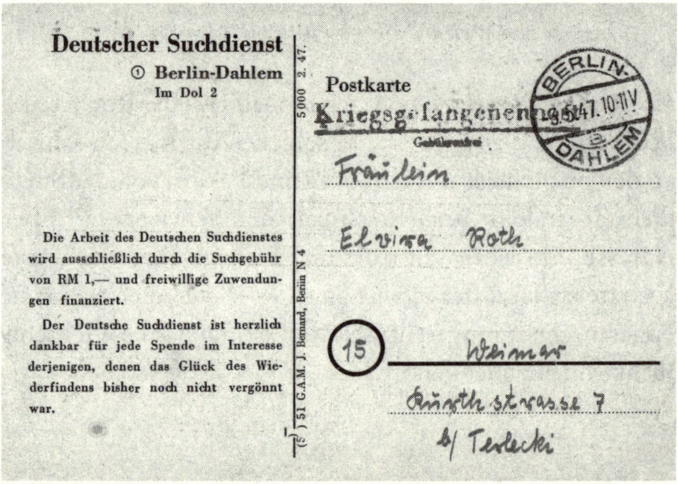

Deutscher Suchdienst
① Berlin-Dahlem
Im Dol 2

Die Arbeit des Deutschen Suchdienstes wird ausschließlich durch die Suchgebühr von RM 1,— und freiwillige Zuwendungen finanziert.

Der Deutsche Suchdienst ist herzlich dankbar für jede Spende im Interesse derjenigen, denen das Glück des Wiederfindens bisher noch nicht vergönnt war.

5000 2. 47.

(5) 51 G.A.M. J. Bernard, Berlin N 4

Postkarte
~~Kriegsgefangenenpost~~
Gebührenfrei

BERLIN-DAHLEM 3.5.47. 10-11V

Fräulein
Elvira Roth
(15) Weimar
Kunthstrasse 7
b/ Teslecki

Dem Deutschen Suchdienst war es zu verdanken, daß Elvira Roth und Karl Dedecius sich wiederfanden.

auferstehung. Furcht, als Erscheinung an die Tür einer Erscheinung zu klopfen, Dich zu erschrecken. Furcht, eine fremde Tür an einem fremden Ort zu öffnen, vor einem fremden Herd stehenzubleiben, an dem sich fremde Menschen wärmen. Ich fürchte, mich in der Anrede zu irren ...

Vielleicht verlangst Du den Alten, den Toten zurück? Ein Baum, gewaltsam entwurzelt, achtlos weggeworfen, ohne Sonne und Saft gelassen, wird kaum wieder grün. Dennoch möchte er nützlich sein. Zu gebrauchen, um ein Feuer zu beleben, ein Schemel zu werden oder gar eine Fahnenstange?

3. Dezember 1947

Das Kap der guten Hoffnung in Sicht, Weihnachten und Neujahr, an die wir uns hier, wie immer bis jetzt, klammern werden mit dem Wunsch, es möge ein Wunder geschehn. Wir werden uns wieder an den Händen halten, in die geröteten Augen sehn und nichts anderes zu sagen wissen als »das nächste Mal daheim«.

Es nahen die schwersten Tage des Jahres. Im Wald, aus dem wir täglich unser Holz holen, gibt es viele Tannen, und obwohl keine von ihnen die richtige ist, zieht ihr Anblick die Erinnerungen ins Bilderbuch der Kindheit, der Jugend zurück, getaucht in Kerzenschein und gesicherte Erwartung.

Du sagst, ich grüble zu viel. Ja, was soll ich denn sonst mit den Sinnen beginnen? Sie haben keine andere Wahl und Nahrung, und wollen doch leben. Laß ihnen das Grübeln, laß ihnen dieses Gnadenbrot, damit sie mir nicht vollends verderben.

Ich bin jetzt oft bei Dir. Wenn Du einen Gedanken hast, der Dich erfreut, so sei gewiß, er kommt von mir zu Dir. Sei gut zu ihm und laß ihn bei Dir bleiben.

27. April 1948

Dein Gruß, »das aus Tränen und Schweigen geborene Lächeln«, ist hier unversehrt angekommen und ich erwidere ihn mit einem aus Heiterkeit und endlosen Reden geborenen Ernst. Wie weit reichen körperlos ausgestreckte Arme in ihrer Hingabe! Ich erlebe es zum ersten Mal, wie Abwesenheit alles, was sie berührt, verwandelt. Den Rat des Apothekers Grigori aus Gorkis »Kindheit« habe ich mir eingeprägt und befolge ihn, solange ich unter seinen »fremden Menschen« unterwegs bin: »Sieh den Leuten immer gerade ins Auge ... auch den Hunden, wenn sie auf dich losstürzen; dann lassen sie von dir ab.«

Indessen treibt das Aprilwetter Scherze. Gestern lag hoher Schnee, und heute ist es mir so heiß, daß ich zu ersticken glaube. Ich reiße mir den Hemdkragen auf, öffne den Mund und schnappe wie ein Fisch mit hastigen Zügen nach frischer, sättigender, befreiender Luft. – Da ist er! Ich wende mein Gesicht dem Westen zu und spüre ihn auf meinen Lippen, Wangen, Augen, fühle, wie er mir zwischen die Haare greift, als wolle er mich an ihnen emporheben, mich aufnehmen. Der gute, sanfte, kühle, warmweiche Wind vom Westen.

20. Mai 1948

Ich bedenke meinen Geburtstag. Standesamtliche Urkunden behaupten, ich sei vor siebenundzwanzig Jahren geboren. Kann das überhaupt stimmen? Wo sollte diese lange, lange Zeit geblieben sein? Bin ich nicht in Wirklichkeit am 2. Februar 1943 in einer Stalingrader Ruine in der Nähe vom Roten Platz auf die Welt gekommen? Alle Anzeichen sprechen dafür … Langsam lernte ich stehen, gehen, sehen … Und jetzt lebe ich wie ein fünfjähriges Kind, das sich über alles wundert, nichts versteht und nichts darf. Ausgeliefert denen, die mir das Leben schenkten. Seltsam. Jemand wird im Schnee aufgelesen, und indem man ihm die Freiheit nimmt, schenkt man ihm das Leben. Muß denn das Leben immer die Freiheit kosten? Dann müßte doch die Freiheit auch ein Leben wert sein …

7. August 1948

Mich trägt jetzt stärker denn je der Gedanke an Dich. Andere Gedanken werden gegenstandsloser. Du bist die einzige, die mich anhalten kann in meinen unbesonnenen Stürzen. Du mußt es sein, bitte. Denn ich bin ein haltloser Wasserfall, der in die Ebene stürzen, sie überfluten würde, wenn seine Fallsucht keinem Uferbett begegnete, das er nicht überrennen kann, das ihn aufnimmt und seinem Lauf eine stete Richtung gibt. Sonst müßte er irgendwo im Sande enden und nichts hinterlassen als ein paar gebrochene Fichten, nutzlos geschliffenes Gestein und vielleicht sogar eine überschwemmte Ernte.

Ist es Frühling noch? Nein, der ist längst vorbeigeblüht,

abseits, wie so vieles, das uns nicht gehört. Nur die Erinnerung an ihn, gefangen in den Blumen aus Seide, die auf Mädchenkleidern, ausgestreut wie auf einen Hochzeitsteppich, ihren geheimnisvollen Weg gehen, hielt den Frühling für einen Augenblick länger fest. Wenn diese Mädchen vorübergehen, gehen die Beete und Bukette mit, kommen und gehen, aus fremden Gärten in fremde Vasen. Und über ihrem Vorübergehen schwebt das Gefühl des gefangenen Zeisigs, der seinen freien Bruder von draußen singen hört.

Wo bist Du? Was treibst Du? Wenn ich mich abends erschöpft niederlege, staune ich über die nimmermüden Gedanken, deren wunde Füße keine Ruhe kennen. Auch wenn ich längst eingeschlafen bin, rasten sie nicht, setzen ihre Wanderung fort. Und sie kehren morgens erst zurück, um dem Erwachenden Bilder vorzugaukeln, mit denen er dann die Räume seines Tages tapezieren kann. Ich denke, daß es für diese ewigen Wanderer einmal schwer sein wird, nicht mehr wandern zu müssen, weil es genügen wird, nur die Hand auszustrecken ...

III.
RÜCKKEHR IN EIN FREMDES LAND

Der eine geht geradeaus,
Der andere in Kreisen,
Und beide wolln ins Vaterhaus,
Zu alten Freunden reisen.

Und ich schlepp meine Wiederkehr
Auf keine dieser Weisen
Ins Nirgendwo und Nimmermehr,
Wie Züge, die entgleisen.

Anna Achmatowa

Anfänge in Weimar

Von Frankfurt/Oder nach Kranichfeld

Nach Frankfurt/Oder war ich Ende 1940 als Soldat zum Reservebataillon, 4. Kompanie des 8. Grenadierregiments der 3. Infanterie-Division einberufen worden.

Von Frankfurt/Oder hat man mich im Sommer 1942 in die Schlacht um Stalingrad im geschlossenen Güterzug gefahren.

In Frankfurt/Oder wurde ich im Heimkehrerlager in den letzten Dezemberstunden des Jahres 1949 aus der Gefangenschaft entlassen.

In Weimar kam ich mit dem letzten Zug in der Silvesternacht an, bei Frost und Schnee, in selbstgebastelten Schuhen aus dickem Leinen, in einem Mantel, dem man das Soldatische nicht mehr ansah, mit einem selbstgezimmerten Koffer aus Sperrholz, der die persönlichen Siebensachen enthielt – mehr als sieben waren es nicht –, und mit einer wirren Leere im Kopf.

Im Zug hatte ich noch versucht, ein Begrüßungsgedicht für Elvi zu schreiben. Es mißlang. Wie schreibt ein Antiheld-Odysseus an eine Noch-nicht-Frau Penelope nach zehn Jahren Abstand, Absenz, Abstinenz? Mit welchen Worten, in welcher Sprache?

Der Bahnhof in Weimar war nächtlich verschlafen. Die drei, vier schwachen Glühbirnen konnten dem Dunkel kaum etwas anhaben. Leer, grau und frostig war die Halle.

Niemand, den man begrüßen, den man etwas fragen konnte. Nacht. Keine Züge, heute auch keiner mehr zu erwarten. Erst wieder morgen früh, am Neujahrstag, so stand es auf der Tafel »Abfahrt der Züge«.

Vor dem Bahnhof auch keine Taxis. Aber ein Bahnbediensteter vor der Tür.

»Wie komme ich heute noch nach Kranichfeld?« Bis morgen warten wollte ich nicht.

»Ich kann den Taxifahrer anrufen. Manchmal kommt er. Für eine so weite Fahrt vielleicht.«

Er kam nach etwa einer Viertelstunde.

»Wohin geht's?«

»Nach Kranichfeld. Was kostet das?«

Er sah zu Boden und sagte: »Sagen wir 50 Mark.«

Ich hatte genau 50 Mark Entlassungsgeld in der Tasche. Keinen Pfennig mehr.

»Fahren wir.«

Elvis Flucht

In den ersten Tagen nach meiner Rückkehr erzählte mir Elvi auf langen Spaziergängen ihre Geschichte. Im Januar 1945 hatte sie Lodz fluchtartig verlassen, von der Luftschutzzentrale, wo sie sich über die Lage informieren wollte, war sie direkt zum Bahnhof gelaufen, weil es hieß, die Russen hätten schon die östliche Stadtgrenze erreicht. Wäre nicht Gerda Ksoll dabeigewesen, ihre Freundin, eine Verwaltungssekretärin, die 1940 aus Hamburg nach »Litzmannstadt« versetzt wurde, wäre sie noch schnell in ihre Wohnung gelaufen, ihre »Jungmädchenjuwelen« zu holen – Bargeld und Schmuck hatte ihre Mutter im Klavier versteckt –, aber Gerda hielt sie davon ab, es sei zu spät dafür und zu gefährlich. So rannten sie, Elvi und Gerda, ohne Gepäck, mit einem kleinen Luftschutzköfferchen in der Hand, zum Bahnhof, nur weg von den immer lauteren Detonationen, weg von den Russen, von denen man Schlimmes befürchtete, hin zu den letzten Waggons, die angeblich für den Abtransport der Frauen und Kinder am Bahnhof zusammengestellt wurden. Nur weg nach Westen. Vielleicht schafften sie es noch, Berlin zu erreichen. Von dort wollte Gerda weiter nach Hamburg und Elvi nach Plaue im Thüringer Wald, wo alle verstreuten Roths sich bei Verwandten ihrer Schwägerin Dorle zu treffen verabredet hatten. Dort wollten sie aufeinander warten.

Elvis Bruder Arno war in Elbing, in einer Wachkompanie, zur Bewachung englischer Kriegsgefangener (die dann 1945 ihn bewachen sollten). Etwas älter als ich, wurde er schon 1940 zur Wehrmacht einberufen. Dorle, seine Frau, eine Berlinerin, ließ ihre beiden kleinen Töchter, Inge und Uschi, in Lodz, in der Obhut der resoluten Schwiegermutter »Oma Mata«, Elvis »Mutti«, und fuhr nach Elbing, um ihren Mann noch einmal zu sehen, bevor er ihr im Durcheinander des Kriegsendes verlorengehen sollte. Als sie von diesem Kurzbesuch nach Lodz zurückkehren wollte, kam sie nur bis Hohensalza. Hier hielt der Zug. Es hieß, Lodz sei inzwischen von den Russen besetzt. An eine Weiterfahrt war nicht zu denken.

Oma Mata hatte es geahnt, daß die ganze Verantwortung für ihre Enkelinnen an ihr hängenbleiben würde. Einen halben Tag vor Elvis Flucht traf sie die Entscheidung. Sie nahm Dorles Kinder, ein- und dreijährig, unter die Arme und trug sie leichtfüßig zum Bahnhof. Am Gleis stand ein Zug, angeblich der letzte. Er war vollbesetzt mit Soldaten und Verwundeten. Der Fahrkartenschalter war geschlossen, einige Bahnhofsbedienstete standen vor den Waggontüren und ließen niemanden hinein. Der Zug sollte jeden Augenblick abfahren.

Oma Mata, fünfzig Jahre alt, ließ sich nicht abwimmeln. Energisch drängte sie sich an ein offenes Abteilfenster und redete so lange auf die Soldaten ein, bis zwei von ihnen nicht anders konnten, als ihr die Kleinen abzunehmen. Sie zogen die Mädchen in den Waggon, und Martha Roth schaffte es im letzten Moment durch die Tür. »Ich muß zu meinen Kindern«, schrie sie den Schaffner an, der sie zurückdrängen wollte. Die Kinder, bereits im Zug und Oma Mata noch nicht bei ihnen, weinten herzzerreißend. Inge, nun im Arm eines verwundeten Soldaten mit Kopfverband, rief: »Inge will nicht sterben!«

Und sie starben nicht. Dank Oma Mata erreichten sie als Schwarzfahrer eines Krankentransports das verabredete Ziel Plaue im Kreis Arnstadt im Thüringer Wald. Noch vor allen anderen.

Dorles Tante in Plaue war überrascht. Den Besuch »aus Polen« hatte sie nicht erwartet. »Ich dachte, ihr solltet die Russen aufhalten und uns vor ihnen verteidigen?« sagte sie zur Begrüßung. Trotz der kühlen Stimmung zwischen Gastgebern und Gästen blieb Oma Mata mit den Kindern hier, bis alle anderen nach und nach eintrafen.

Die Flüchtlinge aus Lodz wurden registriert, die Behörde wies ihnen das Land zu, das sie aufzunehmen bereit war. Die Roths kamen nach Kranichfeld bei Weimar, wo die Flüchtlingsquartiere bereits alle belegt waren. Der Bürgermeister mußte für sieben Personen ein Notquartier suchen. Er fand nur noch eins, auf dem Hausberg von Kranichfeld, der Stiede. Zwischen dem Ober- und dem Unterschloß stand die Sommervilla eines Weimarer Fabrikanten leer, umgeben von einer großen Wiese mit angrenzendem Jungwäldchen und einer weiten, freien, grünen Aussicht ringsum. Zwei Etagen mit je drei geräumigen Zimmern – das war für zwei Flüchtlingsfamilien in jener Zeit ein unvorstellbarer Luxus. Der Villenbesitzer blieb in Weimar, seine Frau bezog auf der Kranichfelder Stiede das schönste Zimmer und behielt ihr Eigentum im Auge. Mit der Zeit entwickelte sich zwischen den Familien so etwas wie Freundschaft. Elvi bekam zunächst eine Anstellung im Weimarer Landratsamt.

Der Preis der Treue

Von Vaters Tod hatte ich noch in Michailowka erfahren, als meine Postkarte an ihn aus Lodz 1947 zurückkam – mit dem Vermerk »Adresat umarł« (Adressat gestorben). Von den Vorgängen bis 1945 und danach hat man mir erst nach meiner Heimkehr erzählt. Ich bin überzeugt, daß wir im Lager in Rußland nicht so schlimmen Gewissensprüfungen und Nöten ausgesetzt waren wie die Verwandten und Bekannten in Deutschland und den besetzten Gebieten. Wir waren unfrei, sie waren es aber auch, wir froren, sie auch, wir hungerten, sie auch, aber um unsere Seelen kämpfte nicht Tag für Tag der Teufel der Menschenverachtung mit seinem Dreizack aus Infamie, List und Erpressung. Auch uns, die Gefangenen in Rußland, wollte man umerziehen, brauchte uns aber vor allem als Arbeitskräfte im Hinterland, als Wiederaufbausklaven, während die Bürger des Hitler-Reiches einer erbarmungslosen Indoktrination ausgeliefert waren.

Als die Rote Armee 1945 Lodz besetzt hatte, waren alle Reichsdeutschen in organisierten Trecks evakuiert worden. Etliche Volksdeutsche flüchteten aus Angst vor der Rache der Polen und der Unberechenbarkeit der Russen auf eigenes Risiko aus der Stadt. Einige waren unterwegs von Partisanen getötet worden. Diejenigen, die polnische Freunde, ein reines Gewissen und keine Angst hatten, blieben. Vater blieb. Wo sollte er auch hin? Er war krank, marschunfähig, hatte vor kurzem seine krebskranke Frau begraben, ich war irgendwo in Rußland, gefallen oder in Gefangenschaft. Er soll gesagt haben: »Ich muß hierbleiben, bei meiner Frau. Im Westen kenne ich niemanden. Verwandte haben wir dort nicht. Und sollte mein Sohn aus dem Krieg heimkehren, was ich hoffe, dann kommt er zu mir, in unser Haus, sonst hat er ja keine Bleibe.«

Was der rechtschaffene Vater nicht bedachte, war die immer aufs neue verdrängte Erfahrung, daß in Kriegen nicht nach Recht oder Unrecht, schon gar nicht nach Gerechtigkeit gefragt wird. Die Unschuldigen trifft es genauso wie die Schuldigen. Am Ende verlieren die Sieger wie die Besiegten.

Während die russischen Kampfeinheiten Richtung Berlin zogen, herrschte in Lodz im April und Mai 1945 Chaos. Heckenschützen krochen aus ihren Verstecken, Rächer, Vagabunden, Diebe suchten nach Beute und Opfern. In dem Vorstadthäuschen fanden sie einen alten, wehrlosen Mann und erschossen oder erstachen ihn. Niemand weiß, wann, wie und warum. Nun liegt er, der unbekannte Zivilist, mein Vater, in einem unbekannten Loch oder Massengrab verscharrt, irgendwo in der Stadt oder außerhalb, in dem engen Radius mit dem kleinen Horizont, den er nie verlassen wollte. Ein Preis der Musilschen Stete. Der Treue.

Elvi hatte nach zwei Jahren Sekretariatsarbeit im Landratsamt ein Stipendium für die Pädagogische Fachschule in Weimar bekommen. Als ich am Neujahrstag 1950 vor ihrer Tür stand, war sie Lehrerin an der Volksschule Kranichfeld, für Deutsch und Russisch – diese Sprache hatte sie gelernt, weil sie mich in russischer Gefangenschaft wußte.

Im Februar heirateten wir oben auf der Stiede Nr. 3. Der Pfarrer traute uns auf unseren Wunsch hin in der Wohnung, als Zeugen und Gäste waren nur die Familienangehörigen anwesend. Elvi wollte uns nicht den Blicken ihrer neugierigen Schüler aussetzen, die vor der Kirche warteten, sie, die elegante Lodzerin, schämte sich unserer unfestlichen Aufmachung. Ich besaß immer noch keine richtigen Schuhe. Eine Hochzeitsreise gab es auch nicht, oder doch? Ein bescheidener Ausflug, am nächsten Morgen vor das verschneite Haus und in das Wäldchen. Es schneite unentwegt, aber leicht, es war nicht kalt, die Flocken tauten auf der Haut. Wir hatten unsere Worte unterwegs verloren, ich sagte nur »Schneeflocke du«, denn Elvi war in dieser Nacht, an diesem Morgen leicht und weich, und sie schmolz wie eine Schneeflocke. Die drei freien Tage waren rasch vorbei, Elvi mußte in die Schule. Ich war arbeitslos und vertrieb mir die Zeit, indem ich Notizen machte. Ich merkte, wie alles, was hinter mir lag, auch das, was ich festhalten wollte, nach und nach aus dem Gedächtnis schwand, verdrängt von der Gegenwart, von der Zukunft.

Ich dachte an die Eltern. Es tat weh, daß ich nichts mehr für sie hatte tun können. Unwiederbringlich Versäumtes, vor allem Dankbarkeit, läßt sich nicht nachholen.

Im Arbeitsamt in Weimar hatte ich die üblichen Schwierigkeiten. Bald dreißig Jahre alt und keinen Beruf? Keine Empfehlungen? Keine Dokumente, keine Wohnung? Keine Verwandten? Was haben Sie nur so lange gemacht? Schuldbewußt, halblaut antwortete ich: Krieg geführt, Gefangenschaft genossen, lieber Genosse. Zweidutzendmal die Lager gewechselt, ausgezogen, angezogen, gebadet, entlaust, gefilzt worden, fremde, ebenfalls alte, aber gereinigte Klamotten bekommen (Kleider traue ich mich nicht zu sagen), Papiere abgeben müssen, schließlich ohne ein einziges Dokument geblieben. Nur die russischen und jetzt die deutschen Entlassungspapiere …

Nach drei Wochen Arbeitslosigkeit wurde mir eine Stelle im Finanzministerium Erfurt, Personalabteilung, vermittelt, »auf Probe«. Danach hat man mich »fest« angestellt – als Sachbearbeiter für die Landesfinanzdirektion in Erfurt: Vorbereitung und Betreuung der Fachlehrgänge, die in der Finanzschule Ilmenau stattfanden; Listen, Programmentwürfe, Referenten, Einladungen, Kostenkontrolle – Routine. Hier floß die bescheidene Ilm durch die grüne Au, und über allen Gipfeln war Ruh.

In der Freizeit vervollständigte ich meine Lermontow- und Jessenin-Übersetzungen. Eine davon, Lermontows »Paris, 30. Juli des Jahres 1830«, schickte ich versuchsweise dem Lyriker und Feuilletonchef der Thüringer Zeitung *Das Volk*, Günther Deicke:

»Du wärst der beste König. Doch
Du wolltest nicht. – Nahmst dir das Recht,
Das Volk zu foltern unterm Joch.

Du kanntest die Franzosen schlecht!
Auch Zaren kommen vors Gericht.
Es hat dein Ende proklamiert;
Nun bebt dein Haupt, du feiger Wicht,
Der fliehend seinen Kranz verliert ...«

Lermontow hatte es 1830 sechzehnjährig geschrieben, beeindruckt von der Geschichte der Französischen Revolution. Ich übersetzte es einhundertzwanzig Jahre später unter dem Eindruck des zusammengebrochenen Dritten Reichs.

Das Gedicht wurde abgedruckt und verschaffte mir die Ehre, zur Sitzung des örtlichen Schriftstellerverbandes eingeladen zu werden. Die Versammlung leitete Arnim Müller, ein kaum zwanzigjähriger erfolgreicher Lyriker.

Eine Autorin sprach mich an und fragte nach meiner Arbeit. Es stellte sich heraus, daß sie die Lebenspartnerin Armin-Gerd Kuckhoffs war, des Leiters der Theaterwissenschaftlichen Abteilung am Deutschen Theater-Institut im Schloß Belvedere. Kurz danach bekam ich vom Direktor des Instituts, Maxim Vallentin, eine Einladung zu einem Gespräch ins Belvedere.

Professor Vallentin, der aus dem sowjetischen Exil zurückgekehrt war, sprach lange mit mir und zeigte sich sehr interessiert. Woher ich komme und Russisch kann, wo ich Theaterwissenschaft studiert habe ... Er war erstaunt zu hören: »Nirgendwo ...«. »Ja, aber Ihr Artikel neulich war doch ganz ordentlich ...« »Ich *wollte* Dramaturgie studieren, kam aber nicht dazu. Und in der Sowjetunion habe ich zufällig ein paar russische Stücke gelesen, gesehen, als Kulissenschieber in Rostow am Don ...« »Das Studium könnten Sie bei uns nachholen und dabei eine wichtige Arbeit leisten. Ich brauche einen Assistenten, der für mich das russische Theater anhand der Literatur und der Presse beobachtet und intern darüber berichtet.« Das Direktorium, bestehend aus ihm, Kuckhoff und Alexander Lang, interessiere vor allem Stanislawskijs Regiearbeit, seine Methode der »physischen Handlungen« und die aktuelle Situation der Bühnen in der Sowjetunion. »Sie hätten nebenher durchaus auch Zeit, Gedichte zu übersetzen ...«

Mit Herzklopfen bat ich am nächsten Tag meinen Amtsleiter, Direktor Michalski, einen Schlesier, ehemals Finanzamtsvorsteher, um ein Gespräch. Er stammte aus Breslau und hatte Verständnis für meine Lage und Entscheidungsnot. Nein, er würde mir eine kurzfristige Kündigung nicht übelnehmen ... Die Chance sei wirklich einmalig. In der Finanzverwaltung wäre ein solches Gehalt, 700 Mark plus Honorare für Übersetzungen, auf lange Sicht undenkbar. Ein Fachmann sei ich ja im Grunde nicht. Eine Leitungsposition käme kaum in Frage. Also ein schlesisches »Glück auf!«.

Zwei Wochen später war ich Oberassistent am Deutschen Theater-Institut im Schloß Belvedere.

Schöne Aussicht auf den Park, auf die Arbeit, auf die Kunst, auf die Künstler ...

Die Direktion hatte mich Professor Kuckhoff zugeordnet; die Schauspielabteilung leitete Professor Ottofritz Gaillard, dessen Assistent war Willy Semmelrogge, den ich später als Schauspieler an den Münchner Kammerspielen und natürlich im Fernsehen, als Kommissar, serienmäßig wiedersah.

Oberassistent in der Abteilung Regie war Götz Friedrich, der spätere Assistent von Walter Felsenstein und von 1981 bis 2000 Generalintendant der Deutschen Oper in

Karl Dedecius beim Studium eines Textes, Weimar 1950.

West-Berlin. Als ich viele mir aus Weimar bekannte Personen Jahre später im Westen wiedertraf, dachte ich: Wie klein ist doch die immer größere Welt geworden, überall stößt man aufeinander. Und: wohin soll die Entvölkerung der DDR nur führen? Da blutet doch an der Elbe halb Deutschland nach und nach aus, und am Rhein tritt man sich auf die Füße.

Noch aber war es nicht soweit, noch genoß ich die Freuden des Neuen. Vorlesungen, Proben im Studio, das »Junge Ensemble«, die Theaterbesuche im Nationaltheater Weimar und im Stadttheater Erfurt, interessante Lektüren, Spaziergänge im Park, in den Alleen von Belvedere. Gewiß waren es nicht immer die platonischen Dialoge, die ich aus Michailowka kannte, doch dafür gab es keinen Gestank, keinen Barackenlärm. Hier plauderte man im Freien mit Studenten und Dozenten.

Während eines solchen Spaziergangs bat ich die Sprecherzieherin, eine erfahrene Mimin, um einiges älter als ich, der auch ein besonderer Wortschatz zur Verfügung stand, mir zu helfen. Ich würde gern meine Aussprache, die ich als Makel empfand, korrigieren: sie klinge selbst in meinem Ohr befremdlich hart. Ob man das nicht mit ein paar Übungen ändern könnte? Dieses brrutal rrollende R wie rollende Steine im Steinbruch, zum Beispiel ... »Du ... (hier weiß ich nicht mehr, ob sie Dummerchen sagte oder etwas ähnlich fürsorglich Freundliches) ... das einzige, was an dir interessant ist, ist deine nicht alltägliche Aussprache, auch das rreife Bühnen-R, das ich den Schauspielschülern hier nicht in Jahren beibringen kann; nein, daran mache ich nichts, ich werde mich hüten, laß es ...«

Ich habe es gelassen, bis heute. Mit den Jahren verlor ich die Skrupel, allerdings nicht die Hemmungen.

Von der Uni Leipzig kam fast wöchentlich für einen Tag Hans Mayer zu literaturgeschichtlichen Vorlesungen ins Belvedere, danach wurde bei Kuckhoffs in kleinem Kreise zu Abend gegessen – Mayer aß gern gut und ausführlich.

Mein Bekanntenkreis wuchs langsam, stetig. Auch unsere Familie wurde größer: Im ersten Jahr in Weimar, 1950, kam unsere Tochter Octavia zur Welt.

Am Institut hatte ich viel Freizeit. Ich las die sowjetischen Theaterzeitschriften und Literaturzeitungen und wertete sie aus, um Vallentin über das aktuelle Bühnengeschehen in Theorie und Praxis auf dem laufenden zu halten. Ich übersetzte zum Beispiel Texte von Abalkin, der die Regiearbeit Stanislawskijs beschrieb, und Texte über die sozialistisch-realistische Theaterarbeit der Stalinpreisträger Lawrenjow und Wirta. Wenn ich Lust hatte, konnte ich privat übersetzen, die Arbeit wurde mir von Verlagen und Zeitungen honoriert. In dem Belvedere-Jahr veröffentlichte ich ein paar kleine Beiträge und zwei Bücher. Ein Kinderbuch mit Versen von Majakowskij, *Ein Löwe ist kein Elefant*, erschien 1952/53 und etwa zur gleichen Zeit der Roman *Rebell und Bauer* von Leon Kruczkowski.

Kruczkowski war ein zu dieser Zeit in der DDR sehr beachteter Autor. 1900 in Krakau geboren, wurde er nach dem Krieg erster Vizeminister für Kultur und Kunst der Volksrepublik Polen und war bis 1956 auch Präsident des Polnischen Schriftstellerverbandes. Bekannt wurde er vor allem durch sein im Winter 1948/49 entstandenes Drama *Die Deutschen*, das in den ersten Jahrzehnten nach Kriegsende zu den meistgespielten Stücken der polnischen Bühnen gehörte und auch in der DDR unter dem Titel *Die Sonnenbrucks* häufig aufgeführt wurde.

Er wollte damit eine differenziertere Diskussion über das Klischee vom deutschen Unmenschen anregen. »In unserem Gegenwartsschrifttum setzen sich zwei gefährliche und an der Wahrheit vorbeigehende stereotype Deutschen-Bilder fest«, hatte 1948 der Literaturwissenschaftler Kazimierz Wyka gewarnt. »Das eine, das ist der germanisch-nordische Typ, stattlich, grausam und stumm, ein automatisches Werkzeug des Bösen ... Das andere ... zeigt einen Deutschen, der selbst als SS-Mann letzten Endes menschlich wirkt, weil er sich kleine Schweinereien leistet, Bestechungen schätzt und nicht an die Front will.«

Kruczkowskis Stück hatte in aller Öffentlichkeit, sachlich distanziert, ohne Haß oder Bitterkeit, mit diesen Vereinfachungen aufzuräumen begonnen.

Sein Roman *Rebell und Bauer*, schon vor dem Krieg, 1932 geschrieben, ist eine Dorf- und Gutsgeschichte, die die sozialen und politischen Verhältnisse im russisch besetzten Teil Polens vor dem Novemberaufstand 1830 schildert: das Elend der unterdrückten Bauern, den Machtmißbrauch der Großgrundbesitzer, die Rebellion der jungen Kadetten in Warschau und den Kampf des Adels um die nationale Unabhängigkeit. Die Lebensbeschreibung eines polnischen Dorfbewohners und Lehrers ist das Kernstück dieser Tragödie; sie endet mit seiner Ermordung. Der Roman erschien im Thüringer Volksverlag kurz vor unserer Flucht in den Westen, wovon der Verlag natürlich nichts wußte. Wegen meines Honorars schrieb ich aus dem Westen an das DDR-Auslandsbüro für Rechte. Die Antwort lautete: »Holen Sie sich ihr Honorar in Ost-Berlin ab.« Das unterließ ich tunlichst.

Es ging mir gut in der Schönen Aussicht. Wir hatten eine Parterrewohnung, drei Zimmer, Küche, Bad und Garten in Erfurt bekommen, Melchendorferstraße 56, für eine Miete von vierzig Mark. Da ich in Thüringen von einer ärztlichen Kommission als Spätheimkehrer (sechzig Prozent kriegsbeschädigt) eingestuft worden war, bot mir das Institut gleich im ersten Jahr zwei Erholungsaufenthalte mit Unterstützung des Kulturbundes in der Nachsaison an: im Frühling in Oberhof, Haus Eulenspiegel, und im Herbst in Ahrenshoop, Haus des Kulturbundes. Im »Intelligenzladen« bekam ich schwer erhältliche Waren für wenig Geld – und hier stutzte ich zum ersten Mal. Sollte das Sozialismus sein? Es dauerte nicht lange, und ich wurde vom SED-Büro am Institut angesprochen, ob ich denn nicht der Partei beitreten wolle. Das wollte ich auf keinen Fall. Ich bat um etwas Bedenkzeit. Wenig später kreuzten meinen Weg in der Stadt, zweimal kurz hintereinander, zwei uniformierte russische Offiziere. Ich bekam Angst. In der abendlichen Dunkelheit schien es mir, als würden mich die Schatten auf der anderen Straßenseite beobachten. Vielleicht hatte ich es mir eingebildet, vielleicht war es schon Verfolgungswahn? Aus Michailowka kannte ich die Russen, ihr Mißtrauen und ihre Methoden. Die Funktionäre witterten überall Feinde und Spione, die ihren Machtanspruch in Frage stellten. Im Lager kursierte lange ein Gerücht, ein Gefangener sei plötzlich nach Moskau zur eingehenden Ermittlung durch das NKWD gebracht worden, weil man bei ihm eine alte Visitenkarte gefunden hatte mit der Berufsbezeichnung »Generalagent«. General war bei den Russen General und Agent eindeutig Spion. Der Ärmste aber war Versicherungsvertreter.

Flucht in den Westen

Notaufnahme

Aus der Pfalz erreichte mich ein verschlüsselter Brief von Arnold Beil. Er schrieb, ich solle mit meiner Familie nicht im Osten bleiben, sondern zu ihm in den Westen kommen. Er, der Sohn eines Bürstenfabrikanten, würde uns helfen, eine neue Existenz aufzubauen. Er habe Platz und eine Unterkunft für uns, unsere kleine Tochter und die Schwiegereltern seien kein Problem. Französische Nachbarschaft sei besser als russische.

Ich zögerte noch. Materiell ging es uns gut. Aber ich ahnte, daß der ideologische Druck auf mich und meine Familie zunehmen würde.

Die Geburt unseres zweiten Kindes stand unmittelbar bevor. Man hörte immer wieder von Verhaftungen und Deportationen durch die Sowjets und die DDR-Staatssicherheit, wegen politischer Witze, Späße, schnell hingeworfener flapsiger Bemerkungen. Sollten die Kinder in solch einer angstbeladenen Atmosphäre groß werden?

Als Elvi und ihr Bruder Arno aus Schulkonferenzen die Anweisung von »oben« mitbrachten, Lehrer hätten die Schüler nach den Überzeugungen ihrer Eltern auszufragen, stand der Plan für beide Familien fest: Flucht in den Westen.

Unsere Kinder, insgesamt fünf an der Zahl, sollten nicht in einem Spitzelsystem aufwachsen.

Kurz vor Weihnachten 1952 packten wir das Allerwichtigste in unauffällige Köfferchen. Um keinen Verdacht zu erregen, ließen wir alle Möbel zurück. Wir packten die Koffer nur wie für eine kurze Weihnachtsreise, die kleine Octavia trug drei Schichten Kleider übereinander. Wir stiegen in Erfurt in den Zug nach Berlin – wie viele andere Familien, die an den Weihnachtstagen ihre Verwandten besuchten. Wir versuchten, uns unsere Anspannung nicht anmerken zu lassen. Am Bahnhof Friedrichstraße in Ost-Berlin stiegen wir in die S-Bahn nach West-Berlin. Unbehelligt überquerten wir die Sektorengrenze und gelangten in den Westteil der Stadt.

Das Notaufnahmelager Spandau war restlos überfüllt. Amerikanische, britische, französische Beamte befragten die Flüchtlinge, auch uns, nach Herkunft und Zukunftsplänen.

Elvi war im achten Monat schwanger. Sie saß auf der engen Etagenpritsche, mit angezogenen Knien, den Kopf gebeugt, um nicht am oberen Bett anzustoßen. Wir hatten Angst, das Kind könnte Haltungsschäden bekommen.

Das Aufnahmeverfahren dauerte zwei Wochen. Wir hatten uns am 29. Dezember 1952, Kaiserdamm 85, Parterre, Zimmer 2/3 um 12 Uhr angemeldet (steht auf dem Laufzettel, den ich aufbewahrt habe, weil dort die ganze Prozedur minuziös und bündig zu lesen ist). Die Vorprüfung fand am nächsten Tag statt, vor dem Untersuchungsausschuß freiheitlicher Juristen, es folgten weitere Termine und Prüfungen, auch bei der Ländervertretung Rheinland-Pfalz. Mitte Februar 1953 wurde der »Flug eingeleitet«, so steht es auf einem Stempel. Gleichzeitig erfolgte endlich die Aushändigung der Aufenthaltsbewilligung.

Noch im Dezember hatten zahlreiche Untersuchungen stattgefunden – ärztlicher Dienst, Schirmbildstelle, Sichtungsstelle, Zuständigkeitsprüfung, Polizei.

Im Rückblick sind mir kaum Erinnerungen geblieben, fast nichts, nur das Schattenbild eines sich in schwindelerregendem Tempo drehenden Ämterkarussells – wie wir das alles heil überstanden haben, ist mir ein Rätsel.

Von Straße zu Straße, Stockwerk zu Stockwerk, Tür zu Tür. Menschen und Prozeduren: Befragungen, fast Verhöre, Niederschriften, Unterschriften, Formblätter, Laufzettel, Termine, Termine, Termine ... Am Ende der befreiende Seufzer: Flüchtlingsausweis A. Im Westen willkommen.

Ohne diese logistisch-organisatorischen Anstrengungen wäre der Flüchtlingsstrom nicht zu lenken gewesen.

Der Flug der Familie nach Westdeutschland, für den 13. Februar vorgesehen, mußte auf den 7. März verschoben werden. Am 14. Februar wurde unser Sohn Clemens in einem Spandauer Krankenhaus geboren. Ich wollte Elvi und dem Baby das Gedränge, die langen Warteschlangen im Waschraum ersparen. Ich suchte eine private Unterkunft für die beiden in Spandau. Endlich, nach mehreren Mißerfolgen, fand ich eine ältere Witwe, Frau Hühner; sie bewohnte in einem Mietshaus in der Moltkestraße (den verwischten Tintenklecks der Berliner Behörde lese ich heute als 54) eine kleine Mansardenwohnung mit bescheidenem Haushalt und war ohne Bedenken bereit, Elvi mit dem Baby bis zum Abflug in den Westen aufzunehmen. Ihr Opfer war nicht gering. Täglich ungewohnte Unruhe in der engen Zweizimmerwohnung, der große Wasserverbrauch, die tägliche Kochwäsche, Windeln, die dann in der Küche auf der Leine trockneten. Frau Hühner nahm alles in Kauf, war ungewöhnlich hilfsbereit, sie hatte wirklich »ein Herz für Mutter und Kind« in Not. Das war unser zweites, unvergeßliches Notaufnahmeverfahren in Berlin.

Ich flog allein voraus, nach Ramberg in der Pfalz, ein

Städtchen in der Nähe von Landau, zu Arnold Beil, um dort alles vorzubereiten, bis beide Familien, Elvi mit den Kindern, die Familie ihres Bruders und ihre Eltern, nachkommen konnten.

Arnolds Hilfsbereitschaft war unbeschreiblich. Er sorgte für die amtliche Zuzugsgenehmigung, sofort bei ihm Wohnung nehmen zu dürfen, sonst hätten wir weitere Prozeduren, nun im Lager Osthofen, Rheinland-Pfalz, durchstehen müssen, bevor wir einem Landkreis, einem Ort, einem Quartier zugeteilt wurden. Arnolds »Revanche«, seine Dankbarkeit war rührend. Dabei hatte ich damals in der Gefangenschaft für ihn nichts Besonderes getan, nur eine kleine Notlüge riskiert.

Da ein Zimmer in der Wohnung Beil für unsere große Familie nicht ausreichte, mietete ich ein weiteres Zimmer am Dorfende unweit der katholischen Kirche. Ich erinnere mich, daß meine Schwiegermutter, Oma Mata, einmal mit der kleinen Octavia die Kirche betrat. »Aber der liebe Gott wohnt schön«, lautete der Kommentar meiner Tochter.

Doppelleben

Ich hatte beim *Pfälzer Tageblatt* vorübergehend Arbeit als Korrektor gefunden. Der Druckereibesitzer und Herausgeber der Zeitung, Ernst Kaußler, schrieb ein Buch über Landauer Bürger, die im 15. Jahrhundert nach Polen ausgewandert waren. Die Landauer Familie Boner sollte mir später im Zusammenhang mit Krakaus Geschichte und der Geschichte der Familie Decius (mit der ich nicht verwandt bin) aus dem benachbarten Weißenburg im Elsaß wiederbegegnen.

In Ramberg blieben wir ein Jahr. Ich wollte Arnold nicht länger zur Last fallen und mietete eine Wohnung in Landau.

Auf der Suche nach einer festen Arbeit bewarb ich mich bei Verlagen, Redaktionen, Rundfunkanstalten. Ich schrieb von meiner Arbeit im Theaterinstitut Weimar, von dem in der DDR erschienenen Majakowskij-Kinderbuch, den Lermontow-Übertragungen im Kriegsgefangenenlager, von meiner Kruczkowski-Übersetzung. Am liebsten wäre mir eine Arbeit als Übersetzer oder Lektor für slawische Literatur gewesen. Ich sprach auch im Suhrkamp Verlag in Frankfurt am Main vor. Peter Suhrkamp empfing mich zu einem Gespräch. In Gegenwart seines Assistenten Siegfried Unseld, mit dem ich später viel zusammenarbeiten sollte. Suhrkamp machte mir keine Hoffnung. »Nach diesem Krieg wird sich in Deutschland niemand mehr für slawische Literatur interessieren«, war seine Meinung.

So kam es, daß ich 1953 ein Arbeitsverhältnis mit einer Versicherungsgesellschaft einging. Ich suchte eine Dauerstellung, Sicherheit. Und es war die einzige Adresse, die auf meine Bewerbung, eine von Dutzenden, positiv geantwortet hatte.

In der *Frankfurter Allgemeinen Zeitung* hatte ich ein Stellenangebot der Allianz gelesen, man suche Nachwuchskräfte für leitende Positionen, Bewerber mit »guter Allgemeinbildung, strebsam, einsatzfreudig, zuverlässig«, so lautete der Wunschzettel. Geboten wurden, nach gründlicher Ausbildung und individueller Einarbeitung, reelle Chancen für eine ausbaufähige Dauerstellung in einer Führungsposition. Das schien mir einen Versuch wert zu sein.

Nach Bewerbungsgesprächen mit den Leitern der Personalabteilung, der Organisationsabteilung, der Fachabteilung hatte ich einen Probevertrag und Perspektivplan über Ausbildung und Laufbahn in der Tasche. Die Probezeit sollte ein Jahr dauern. Daraus sind dann fünfundzwanzig Dienstjahre geworden. Der Perspektivplan wurde auf Punkt und Komma eingehalten. Ich könnte, hieß es, mich bei Bewährung für die Leitung der Abteilung Ausbildung, Presse, Werbung qualifizieren. Voraussetzungen waren: Kennenlernen der Außendienstorganisation (in Neustadt an der Weinstraße), Aufbau und Leitung eines Stadtbüros (in Ludwigshafen am Rhein), und danach Aufbau und Leitung einer neuen Bezirksdirektion (Baden-Württemberg-Süd in Heilbronn am Neckar). Ich dachte mir: Lauter romantische, hübsche, mir bis dato unbekannte Flüsse. Danach sollte meine Übernahme der Abteilung Ausbildung Presse Werbung bei der Zentrale in Frankfurt am Main folgen. Also zogen wir aus Landau 1954 nach Ludwigshafen und 1956 aus Ludwigshafen nach Heilbronn. Von Heilbronn schließlich 1958 nach Frankfurt. Elvis Bruder war mit seiner Familie nach Gelsenkirchen gezogen, wo er eine Stelle als Schulleiter bekommen hatte.

Nach einem Jahr Ausbildung und Volontariatszeit bekam ich, wie vorgesehen, immer größere Organisationsaufgaben übertragen. Abends nach der Arbeit widmete ich mich dem Lesen. Ich war es nicht gewohnt, in einer einsprachigen Welt zu leben, ich hatte Verlangen nach der Sprachenvielfalt meiner Kindheit, las und übersetzte Gedichte.

Ich hatte Glück, daß meine Familie – meine Frau, die Schwiegereltern und die beiden Kinder – ausgezeichnet miteinander zurechtkamen. Ich hatte auch Glück, daß der Vorstandsvorsitzende der Frankfurter Allianz am Opernplatz, Prosper Graf Castell-Castell, aus Schlesien stammend, viel Verständnis für meine literarischen Bedürfnisse aufbrachte. Bald verband mich mit ihm eine enge Freund-

Karl Dedecius mit seiner Sekretärin bei der Allianz Versicherung.

schaft. Eine gemeinsame Reise führte uns auch in seine Heimatorte, Groß-Strelitz und Breslau. Auch andere Vertriebene, durch den Krieg heimatlos Gewordene, die sich für ein neues Europa engagierten, standen mir mit Rat und Tat zur Seite.

Mein Lieblingsbuchhändler in der »Frankfurter Bücherstube« am Roßmarkt, der Breslauer Richard Schumann, war mir mit Herz und Seele Berater. Durch ihn lernte ich einen anderen seinerKunden kennen, den Bankier Klaus Dohrn, in Breslau geboren, nach 1945 Vorstand der Frankfurter Bank und der Berliner Handelsgesellschaft, den familiäre und berufliche Interessen oft nach Schlesien und nach Warschau führten. Aus der Gemeinsamkeit der Interessen ergab sich eine fruchtbare Beziehung.

Mein Nachbar in der Reichsforststraße in Frankfurt, Professor Althoff, Chefarzt im Bürgerhospital, in dessen Obhut ich mich häufiger begeben mußte, war geborener Breslauer, ebenso wie Klaus-Dieter Lehmann, Generaldirektor der Deutschen Bibliothek, jetzt Präsident der Stiftung Preußischer Kulturbesitz in Berlin – und Initiator meines deutsch-polnischen Archivs an der Europa-Universität Viadrina in Frankfurt/Oder.

In den fünfundzwanzig Jahren meiner Tätigkeit bei der Allianz konnte ich »nebenbei« Bücher publizieren, Funk- und Zeitschriftenbeiträge veröffentlichen und Vorträge halten. Es könnte den Anschein erwecken, mein Brotberuf sei eine Sinekure gewesen. Doch wer unser Wirtschaftsleben kennt, weiß, daß es einem nichts schenkt, sondern viel abverlangt.

IV.
FREUNDSCHAFTEN ÜBER DIE GRENZEN

Wer den Frieden gewinnen will,
muß Freunde gewinnen.

Aus der Friedenspreisrede 1990

Nachrichten aus Polen

Die fünfziger Jahre waren für das deutsche Selbstbewußtsein nicht einfach. An die Gründe muß ich nicht erinnern. Jede Regung war fragwürdig, verdächtig, ja gefährlich. Hatten wir früher ein Brett vor dem Kopf, so hatten wir nun den Eisernen Vorhang vor den Augen. Die Fronten des Kalten Krieges waren klar, was zu tun und was zu lassen war, ebenfalls.

Polnische Zeitungen gab es in den Nachkriegsjahren in Deutschland noch nicht, abgesehen von kleinen Emigrantenblättchen. Mir standen zunächst nur wenige Bücher zur Verfügung, die Informationen waren spärlich. Der Zugang wurde leichter, als der polnische Staatsrat im Februar 1955 den Beschluß faßte, den Kriegszustand mit Deutschland zu beenden, analog zum Beschluß der Sowjetunion kurz zuvor.

»Es ist leichter, eine Kuh zu satteln und zu reiten, als in Polen den Sozialismus einzuführen«, mußte Stalin feststellen. Seine Nachfolger bekamen es zu spüren.

Im März 1956 starb in Moskau überraschend der Stalinist und Erste Sekretär der Vereinigten Polnischen Arbeiterpartei Bolesław Bierut.

In Posen kam es Ende Juni zu Streiks in den Stalin-Werken, die sich auch auf andere Betriebe ausweiteten. Am 28. Juni 1956 gingen über 50 000 Arbeiter der Stalin-Werke auf die Straße. Die eilig beschrifteten Transparente forderten: »Wir wollen mehr Freiheit«, »Wir wollen Brot«, »Wir wollen Religionsunterricht in den Schulen«. Der Streik richtete sich gegen die zu hohen Normen und zu niedrigen Löhne. Als bekannt wurde, daß Streikende verhaftet wurden, stürmten die Demonstranten die Gebäude der Staatssicherheit, der Partei, das Gefängnis und den Störsender. Die Kämpfe mit der Miliz dauerten zwei Tage und kosteten 74 Demonstranten das Leben. Im Oktober wurde Władysław Gomułka, ein bei den Sowjets in Ungnade gefallener Altkommunist, Nachfolger von Bierut. Gegen den Willen der Militärs und der orthodoxen Stalinisten zum Vorsitzenden der Partei gewählt, begann er das System in kleinen Schritten zu reformieren. Die Opposition, vor allem in der Jugendbewegung, dachte radikaler.

Das Verhältnis zur Kirche besserte sich. Primas Stefan Wyszyński, der seit 1953 wegen seines Widerstandes gegen das kommunistische Regime in Haft saß, wurde freigelassen. Die katholische Zeitung *Tygodnik Powszechny* durfte in Krakau wieder ihre alten Redakteure beschäftigen. Die Zensur lockerte sich.

Der »Polnische Oktober«, der »Frühling im Oktober«, das »Tauwetter« brach an. Das Kulturleben bekam neuen Auftrieb. In Warschau fand das Erste Internationale Festival der Modernen Musik statt, Tadeusz Kantor gründete in Krakau sein später berühmt gewordenes Theater Cricot 2, in den Kinos feierte der neue polnische Film Triumphe: mit den Premieren von Andrzej Munks »Der Mann auf dem Bahngleis« und mit Andrzej Wajdas »Der Kanal«. Im gleichen Jahr erschienen zwei Lyrikbände, die fortan für den »Polnischen Oktober« stehen sollten: Zbigniew Herberts *Struna światła*, *Lichtsaite*, und Miron Białoszewskis *Obroty rzeczy*, *Das Kreisen der Dinge*.

Auf Umwegen erreichten mich ein paar Literaturzeitschriften und Gedichtbändchen. Vor allem aus Krakau und aus London. Nach dem Tauwetter war es leichter, Kontakte nach Polen aufzunehmen. Ich schrieb an Verlage, Redaktionen, Literaturwissenschaftler und Kritiker, bat sie um Hilfe bei meinen Recherchen und beim Sammeln von Material.

Viele antworteten hilfsbereit, andere reagierten überhaupt nicht. Umgehend antwortete der Chefredakteur der Krakauer Studentenzeitschrift *Zebra*, Tadeusz Śliwiak. *Zebra*, eine Kunstzeitschrift, veröffentlichte auch die neueste polnische Lyrik, vor allem Gedichte junger Krakauer Autoren. Zu ihr entstand ein enger, zunächst schriftlicher, seit meinem ersten Polen-Besuch 1959 auch ein persönlicher Kontakt. Durch *Zebra* lernte ich in Deutschland vollkommen unbekannte Autoren kennen. Polnische Gedichte, von mir übersetzt, waren seit Mitte der fünfziger Jahre hier und da in Zeitschriften und Zeitungen publiziert worden: im *Hortulus*, St. Gallen, in den *Lyrischen Blättern*, Berlin, in der *ZEIT*, Hamburg, im Münchener *Merkur*, in der *Frankfurter Allgemeinen Zeitung*, der *Stuttgarter Zeitung*.

Ein erstes Heftchen mit Gedichten dieser jungen Dichter erschien im Februar 1958 in *Lyrische Blätter Nr. 13*, von Ansgar Skriver in Berlin-Dahlem herausgegeben.

»Wer wäre so weltfremd, nur hinter geschlossenen Fensterläden zu leben«, schrieb ich im Vorwort, »ohne den Wunsch, das Gesicht des Nachbarn zu erkennen, das in der Glasscheibe gegenüber erscheint und ebensolche Sorgenfalten trägt, wenn's auf die Straße blickt, die unten fertig daliegt? Die Straße, die wir gehen, ist uns gemeinsam: Verantwortung. Wie kann uns, was hüben und drüben die Blikke bewegt, nicht brüderlich berühren? In diesem Sinne stellen wir heute einige junge polnische Autoren vor, die uns besonders bemerkenswert erscheinen. Sie wollen einen Eindruck von der Vielfalt des lyrischen Ausdrucks vermitteln und in den Themenkreis einführen, der die polnische sturmgeborene Jugend der allerjüngsten Gegenwart zu Aussagen drängt. Gewiß, die großen Namen fehlen; denn sie sind bereits in deutschen Anthologien polnischer Vor- und Nachkriegslyrik zu lesen. Wir wollen diesmal den MUT zu Worte kommen lassen, der NEUE Wege sucht und EIGENE Standpunkte ermittelt. Die hier übersetzten Gedichte sind alle 1957 in polnischen Zeitschriften oder Gedichtbänden veröffentlicht worden.«

Im Impressum gab der Verlag die folgende Annonce auf:

»Karl Dedecius, geboren 1921 in Lodz. Lebt als Angestellter in Heilbronn. Arbeitete als wiss. Redakteur am Deutschen Theater-Institut in Weimar. Veröffentlichte Arbeiten über sowjetische Dramaturgie, lyrische Prosa und Gedichte in Zeitschriften und Anthologien. Bereitet eine Anthologie polnischer Gegenwartsdichtung vor. Anregungen erwünscht: Heilbronn/Neckar, Bismarckstraße 58.«

Und es kamen Anregungen, Reaktionen, neue Kontakte.

Zum Beispiel zu Hermann Buddensieg. Der Schriftsteller und Übersetzer hatte im Oktober 1955 ein Mickiewicz-Gremium in der Bundesrepublik ins Leben gerufen. Der hundertste Todestag des polnischen Dichters wurde in ganz Europa begangen, Hermann Buddensieg gründete in Heidelberg die *Mickiewicz-Blätter*, eine Zeitschrift, die sich bis zu ihrer Einstellung 1974 dem deutsch-polnischen Dialog widmete. Dem Mickiewicz-Gremium gehörten Verleger wie Ernst Rowohlt, die Schriftsteller Leonhard Frank, August Scholtis, Gerhard Pohl sowie Polonisten und Slawisten an. Auch ich gehörte dazu. In den *Mickiewicz-Blättern* erschien zum 1. September 1959 meine erste geschlossene Publikation polnischer Lyrik – ein Druckbogen, *Leuchtende Gräber. Verse gefallener polnischer Dichter.*

Requiem. 1939-1959

Als der zwanzigste Jahrestag des Kriegsausbruchs nahte, wollte ich, deutscher Soldat, Kriegsteilnehmer mit einem versteinerten Kanten Trockenbrot im Brotbeutel, meiner gefallenen Altersgenossen auf der anderen Seite des Schützengrabens gedenken. Ich wollte wissen, was sie damals empfunden hatten. Aus meiner kleinen Bibliothek suchte ich ihre Gedichte heraus, übersetzte sie und legte die bescheidene Auswahl auf die Gräber der mir unbekannten Soldaten, der »Feinde«, die mir nichts Böses getan hatten. Dem Zyklus gab ich den Titel *Leuchtende Gräber.* Für das Titelblatt steuerte der Bildhauer Gerhard Marcks die Zeichnung eines in den Hades hinabsteigenden Jünglings bei.

Ich hatte das Bedürfnis, den Gefallenen einen Kranz aufs Grab zu legen. Die Resonanz in Polen war überwältigend und machte mich betroffen. Professoren wie Kazimierz Wyka und Dichter wie Mieczysław Jastrun schrieben ganzseitige Rezensionen in den literarischen Zeitschriften. Ich empfand es als Angebot eines Friedensvertrages.

Andrzej Trzebiński, Wacław Bojarski und Zdzisław Stroiński, drei der gefallenen jungen Dichter, die Begründer und Redakteure der Zeitschrift *Sztuka i Naród*, *Kunst und Nation*, hatten an der Untergrunduniversität in Warschau Polonistik, auch Slawistik und Philosophie studiert und sich in der Kulturarbeit engagiert. Trzebiński, der Kopf von *Kunst und Nation*, führte ein Tagebuch, das die Gedanken und Stimmungen der jungen Generation festhielt.

»Uns verschlingt die Geschichte. Uns Zwanzigjährige.

Wir werden nicht der Mochnacki, der Mickiewicz, der Norwid unserer Epoche sein. Wir hätten Rimbaud sein können. Aber das hatten wir verworfen und gingen einen anderen Weg.« Diese jungen Kriegsdichter traten nicht kämpferisch auf.

Krzysztof Kamil Baczyński (1921-1944), Warschauer Student und Poet, die große Hoffnung der polnischen Dichtung, fiel im Aufstand bei der Verteidigung seiner Stadt, ohne Musils Glückskraft durch Mut in der Schlacht empfunden zu haben. Sein umfangreiches dichterisches Werk bezeugt etwas anderes:

»... da stehn wir über der tragischen Erde. / Das Schlachtfeld raucht vom Absud zerschlagener Taten und Träume ... // Kommend von dem Begräbnis des letzten Menschen / werfe ich eine Handvoll Luft – eine Lerche – zum Himmel, / und lasse die Erde fallen wie eine Träne über das Weltall.«

Seine Gedichte waren im Warschauer Untergrund erschienen, die ersten beiden Heftchen im Jahr 1940, in nur sieben Exemplaren und hektographiert. Seine symbolistischen Gedichte wurden zum Dokument einer Generation – der geopferten, unwiederbringlich verlorenen. Sein 1947 posthum erschienenes Werk umfaßt fünfhundert Gedichte.

Von großer Trauer getragen, ohne Haß und vom Glauben an die Daseinsberechtigung einer anderen, künftigen, gerechten Welt erfüllt, machen sie deutlich, wie ungeheuer die Verluste, der Aderlaß, das sinnlose Massensterben gewesen sind. Kurz nach ihm fiel auch seine Frau, Barbara Drapczyńska, die er Anfang Juni 1942 geheiratet hatte. »Es ist das Schicksal unseres Volkes, den Feind mit Brillanten zu beschießen« schrieb der Literaturwissenschaftler Stanisław Pigoń.

Tadeusz Gajcy (1922-1944), Baczyńskis Freund, war die zweite große Hoffnung der polnischen Poesie. Einmal hinabgestiegen in die lichtlose Kälte der Verstecke in Ruinen, Kellern, Abwässerkanälen, kommt man davon nicht los, von diesem Pestgeruch der Sinnlosigkeit, in der die »Liebe ohne Morgen« Unterschlupf sucht, um vielleicht das erste, vielleicht das letzte Mal aufzuflackern: »Dein Leib und scheues Wort, verschlafen, erfüllen wir den Traum des Todes; / der Perlmuttflaum von deinen Haaren / fließt wie ein Strahl auf unser Lager ... // Wir tauschen mildes Blutgeflüster / und lauschen tief in uns: es fließe, / es trage – kleine Herzplaneten / durchstrahlt das Licht wie in der Pflanze – / und werden wach von den Geräuschen / der Wolke und vom Spiel des Wassers ...«

Mieczysław Braun, Rechtsanwalt aus Lodz, starb 1942 im Warschauer Ghetto an Fleckfieber. Trzebiński wurde 1943 verhaftet und öffentlich erschossen, Bojarski wurde Ende Mai 1943, während er mit Stroiński und Tadeusz Gajcy am Kopernikus-Denkmal einen Kranz niederlegte, von einer deutschen Kugel getroffen umd starb Anfang Juni; der Redakteur Stroiński, die Dichter Gajcy und Baczyński fielen 1944 im Warschauer Aufstand; alle erst 22 oder 23 Jahre alt.

Ich betrachtete die Fotos der Gefallenen, Fotos meiner Altersgenossen, las ihre Texte und fragte mich, ob so »Feinde« aussehen.

Requiem
von Krzysztof Kamil Baczyński

Ich rufe dich, fremder Mensch,
Der die weißen Gebeine findet:
Wenn einst die Kämpfe erkalten,
Wirst du meine Knochen halten,
Meines Vaterlands Fahne (...)

Ich fühlte mich *gerufen.*

Sie waren am wenigsten auf den Krieg vorbereitet, die Generation der im Frieden Geborenen, für den Frieden Erzogenen und für den Wahn des Krieges Gefallenen.

»Sie gingen. Nacht für Nacht. Die matte Kehle schreit, / doch Stille kommt nach ihnen, Schnee trägt sie hinab, / aber es widersetzt sich der dumme Leib wie ein Scheit, / wenn jemand morgens stolpert über mein rauchendes Grab.«

Opfer des Krieges gleich in den ersten Septembertagen 1939 wurde auch Józef Czechowicz, er starb vor seinem Haus in Lublin, von einer Fliegerbombe getroffen. Tadeusz Boy-Żeleński wurde in Lemberg erschossen, Stefan Napierski, Tadeusz Hollender, Jerzy Kamil Weintraub kamen im Warschauer Ghetto oder in den Gefängnissen der Gestapo ums Leben, Bruno Schulz wurde in Drohobycz von einem SS-Mann auf offener Straße erschossen. Władysław Sebyła ist als Offizier bei Katyń verschollen. Die polnische Literatur hat viele ermordete Dichter zu beklagen. Selbst nach Kriegsende ging das Sterben weiter. Der Freitod von Tadeusz Borowski (1922-1951), KZ-Häftling in Auschwitz und Dachau, steht in der jungen Nachkriegsliteratur Polens nicht vereinzelt da. »Es bleibt zurück nach uns der Schrott / und dumpfes Hohngelächter der Geschlechter«.

Die Gedichte von Władysław Sebyła (1902-1940) haben mich über lange Zeit beschäftigt. Er hatte die Katastrophe des Zweiten Weltkrieges schon 1933 vorausgeahnt. Seine Ausgangsposition war pessimistisch: Der Kosmos atmet Kälte, über der Welt herrscht die Nacht mit beängstigender Gewalt, als hätte die Menschheit keinerlei Fortschritt, keinerlei Erkenntnis hinzugewonnen.

Auf die Lektüre der Gedichte folgte die Neugier auf die Biographie des Dichters. Sebyła spielte Geige, das erhöhte mein Interesse. 1939 geriet er als Reserveleutnant in sowjetische Gefangenschaft. Am 9. März 1940 schrieb er aus dem Lager Starobielsk den letzten Brief an seine Frau Sabina: »Der letzte Rausch, die Flöte stirbt, / des Herzens stete Kämpfe sind zu Ende ...« Kurz darauf starb er, zusammen mit mehr als viertausend polnischen Offizieren, im Wald von Katyń auf Befehl Stalins durch Genickschuß.

Beim Nachdenken über Sebyłas traumatische Visionen stieß ich auf das Gedicht »Grabgesang« aus dem Jahre 1933 (!); eine Vorahnung seines eigenen Todes sieben Jahre später.

Grabgesang

Im Unvertrauten ertrunken,
aufgesogen vom Dunkel,
hoch in die Höhe gebracht,
triefst du vom Plasma der Nacht,
segelst in fremde Lande,
fremd begraben zu werden,
schneebedeckt in der Erde,
festgetreten, zur Nacht,
vom Himmel blau überdacht,
entmenschlicht, unvorhanden.
Schon sind die Glocken verhallt,
schon bist du besiegt und kalt,
entführt dem Klagegesang
zum gültigen Untergang,
ins unbewegliche Land,
in nie erfahrenen Sand (...)

Kann Katyń genauer beschrieben werden? Die gleiche Trauer trägt das Gedicht »Der Verstorbene« vom Jahre 1937:

Wie wirst du denn wiedergeboren,
wenn die Nacht sich wälzt vor den Toren
in Pfützen, durch verregneten Traum?

Als ich nach 1950 Einzelheiten über die Ermordung von Tausenden polnischen Offizieren in Katyń erfuhr, ließen mich diese Verse nicht mehr los. In den sechziger Jahren nahm ich an einem internationalen Übersetzerkongreß in Warschau teil. Die anwesenden Übersetzer sollten am Abend auf der Bühne des Festsaals im Palais »Zu den Königen« ihre Nachdichtungen polnischer Gedichte vortragen. Im Publikum waren prominente Schriftsteller und politische Vertreter der Stadt Warschau.

Neben mir im Saal saß ein Polonist, Professor Alois Hermann von der Humboldt-Universität in Ost-Berlin. Vor der Eröffnung fragte er mich:

»Sind Sie öfter in Polen?«

»Nein, zum zweiten Mal.«

»Ich höre, Sie stammen aus Lodz? Ich auch. Ich bin hier öfter. Aus beruflichen Gründen. Darf ich Ihnen einen Rat geben?«

»Ja, bitte.«

»Es ist hier üblich, sich vor der Lesung kurz vorzustellen. Sagen Sie nicht, daß Sie in Polen geboren und Volksdeutscher sind und daß Sie Soldat der deutschen Wehrmacht waren. Das werden Ihnen die Polen übelnehmen.«

Am Abend kam ich an die Reihe. Ich stellte mich vor: Geboren in Lodz, Volksdeutscher, polnisches Gymnasium, Abitur 39, dann Arbeitsdienst und deutsche Wehrmacht, russische Front. Stalingrad, Gefangenschaft.

Im Saal Stille. Keine negative Reaktion.

Dann las ich Sebyłas Gedicht »Grabgesang«. Es war totenstill im überfüllten Saal. Nachdem ich – auf deutsch – »Wie wirst du denn wiedergeboren« gelesen hatte, kam eine verweinte Frau auf die Bühne, umarmte mich, dankte und sagte: »Zum ersten Mal nach 1945 werden die Gedichte meines Mannes in Polen gelesen. Und von wem? Von einem Deutschen, auf deutsch.« Katyń war in Polen ein Tabu, niemand durfte den Ort und die Gefallenen öffentlich erwähnen, an sie erinnern. Mit Rücksicht auf das Feingefühl des großen Bruders im Osten.

Im Spätherbst 1959 reiste ich nach Polen, zum erstenmal nach dem Krieg. Fünf Tage Warschau, fünf Tage Krakau. Kazimierz Wyka hatte mich nach der Veröffentlichung von *Leuchtende Gräber* und *Lektion der Stille* zu einem Symposion über den Romantiker Juliusz Słowacki eingeladen. Es wurde vom Institut für Literaturforschung in Warschau veranstaltet, dessen Direktor Wyka war.

Warschau, nach dem Krieg ein Trümmerfeld, war in rasantem Aufbau begriffen. Sozialistische Neubauten, nach dem Vorbild der stalinistischen Architektur, allen voran der Kulturpalast, wirkten wie Fremdkörper im Stadtbild. Am meisten beeindruckte mich die Liebe, mit der die Restauratoren die zerstörte Altstadt originalgetreu rekonstruierten. Es war kalt. Fast alle, mit denen ich sprach, hatten nahe Verwandte, Freunde, Nachbarn verloren. Von Auschwitz und der Ermordung von sechs Millionen europäischen Juden auf dem Gebiet Polens hatte ich erst in der DDR erfahren. Nicht an der Front, nicht in der Gefangenschaft, nicht von der Antifa in Michailowka. Der Titel eines Dramas von Ostrowskij fiel mir ein: *Die schuldlos Schuldigen*. Wer war schuldig, wer unschuldig?

Herzlich und offen begrüßte mich Kazimierz Wyka auf dem Flughafen Warschau-Okęcie. Das Flugzeug hatte Verspätung, eine oder zwei Stunden, er aber harrte geduldig aus, um mich zu empfangen.

Wyka ermutigte mich, mit dem Übersetzen weiterzumachen, obwohl er wußte, daß ich kein Polonist, kein Gelehrter, einfach Amateur war. Seiner Meinung nach sollte die Wissenschaft nicht papiertrocken, sondern lebendig, aus Fleisch und Blut sein. Ich schöpfte aus seinen Quellen und aus den Quellen seines Instituts die erste Kenntnis von der mich faszinierenden polnischen Gegenwartsliteratur. Wyka war mir nahe – er hatte zwei große Seelen in der Brust: die eines komplizierten Künstlers und eines einfachen Weisen. Was ich aus seiner Feder las, war stets an einen Adressaten gerichtet. An Orten, die er passierte, hinterließ er Spuren. Er betrieb Verständigung ohne Verstiegenheit; unprätentiös und mutig. Unsere Bekanntschaft war seltsam, fast in absentia. Kaum ein paar Briefe, nicht mehr, Begegnungen am Rande der beiden Tagungen des Instituts, an denen ich in Warschau teilnahm. Ich traf ihn nur noch einmal, 1963, bei einem weiteren Symposium des Institus für Literaturforschung. Doch wir tauschten Bücher und Briefe, meine naiven Fragen beantwortete er stets freundschaftlich.

Bei dieser ersten Reise lernte ich auch Mieczysław Jastrun kennen, einen wichtigen Dichter und Zeitzeugen. Er war Polonist und Germanist, stand also im Dienste der Partnerschaft unserer Sprachen und Literaturen. Ich besuchte ihn in seiner Wohnung in der Iwicka-Straße – ein Stockwerk tiefer wohnte Artur Sandauer, der streitbare Literaturprofessor und Kritiker – und lernte seine liebenswürdige Frau Mieczysława Buczkówna, ebenfalls Lyrikerin, kennen. Auf meinem Schoß turnte ihr kleiner Sohn Tomasz, fünfzehn Jahre später auch »mein Autor«: Rebell der »Solidarność«, in den neunziger Jahren Direktor des polnischen Kulturinstituts in Stockholm.

Mieczysław Jastrun war Polnischlehrer an einem Gymnasium in Lodz gewesen; nach 1945 leitete er dort den Literaturteil der ersten Kulturzeitschrift im befreiten Polen *Kuźnica, Die Schmiede.*

Jastrun und sein Gedicht »Genesis« fesselten mich. Ich wollte wissen, warum Jastrun, der jüdischer Herkunft war, den Krieg, das Ghetto, den Warschauer Aufstand überlebt hatte, in jener schlimmen Zeit – statt wie andere Haßgesänge zu produzieren – deutsche Gedichte von Walther von der Vogelweide, von Hölderlin und von Rilke übersetzte. Seine Antwort war schlicht: Er habe ein anderes Deutschland im Sinn gehabt. Er kannte Heidelberg, hatte deutsche Literatur und Kultur studiert, hatte eine nahe Beziehung zur Sprache und zu den Dichtern, die er las und übertrug – seine Vision blieb beständiger, haltbarer als die augenblickliche Realität.

Ich las also immer wieder das Gedicht »Genesis« und übertrug es ins Deutsche. Es wurde für mich zum Leitmotiv für den notwendigen Neubeginn, für den unumgänglichen ersten Schritt zur Gemeinschaft, zur Unität, Universität, Universalität.

Genesis

Setze den ersten Schritt in die Wüste.
Such nach dem Körnchen Feuer im Stein.
Locke aus der erkalteten Materie
Den Lebenssaft des Rebstocks.

Den Fischen, Monden der Tiefe,
Befiehl, auf die Sonne zu schwimmen.
Wecke die schlafenden Vögel und Tiere
Aus ihrer Wiege im Felsberg.

Erleuchte den Tisch in der Finsternis, darauf
Die Früchte,
Den Krug reinen Wassers.

Von dieser ersten Polen-Reise brachte ich im Gepäck die Früchte meiner Recherchen mit: Bücher von besonderem Gewicht. Zwei Erzähler, in Warschau soeben wiederentdeckt, waren auch dabei: Witold Gombrowicz und Bruno Schulz. Ich empfahl sie mit Übersetzungsproben und Gutachten meinem ersten Verleger Carl Hanser. Er war sich unschlüssig, wartete ab, bis dann diese Autoren zwei, drei Jahre später in Paris entdeckt wurden und dort Furore machten.

Lektion der Stille. 1957-1959

»Es war wohl im Jahr 1958, daß mich in meinem Arbeitszimmer im Carl Hanser Verlag in München in der Kolbergerstraße ein mir unbekannter Herr aufsuchte mit einer kräftigen metallischen Stimme unverkennbar östlichen Klanges und mir ein Manuskript brachte, kein sehr umfangreiches, dessen Veröffentlichung er mir nahelegte – Übertragungen moderner polnischer Lyrik. Nun war die literarische Produktion des Hanser Verlages damals absichtlich klein – jährlich erschienen nur um die zwanzig Titel –, Lyrik war nicht gerade das, worauf man vor allem wartete – mehr als ein Gedichtband jährlich war kaum möglich –, und nun gar unbekannte Lyrik aus dem literarisch, aber auch sonst nur etwas nebelhaft bekannten Polen, dazu übersetzt von einem literarisch noch gar nicht ausgewiesenen Mann ganz anderer Profession – es hätte dem Verlag wohl kaum ein problematischeres Angebot gemacht werden können als dieses. Dennoch, als jener Herr nach einer längeren Unterhaltung das Zimmer verließ, ließ er sein Manuskript auf dem Tisch zurück.« Herbert Göpfert, Cheflektor des Hanser Verlages, der sich 1985 an unsere erste Begegnung erin-

Erste Versuche, sich mit typographischen und gestalterischen Einzelheiten vertraut zu machen. Karl Dedecius in einer Druckerei am Frankfurter Opernplatz, sechziger Jahre.

nerte, war zunächst skeptisch gewesen, wurde dann aber zum wichtigen Befürworter des Gedichtbandes *Lektion der Stille*.

Diese erste Präsentation polnischer Gegenwartslyrik in Buchform, 1959 in München erschienen, dreißig Lyriker auf sechzig Seiten, basierte noch auf spärlichen Informationen aus wenigen Zeitschriften und ein paar schmalen Lyrikbändchen. Sie zu besorgen hatte mich damals viel Mühe gekostet. Eiserner Vorhang, Antipathie gegen Deutsche, ausbleibende Antworten, Mißtrauen deutscher und polnischer Offizieller. Warum macht er das? Wer steckt dahinter? Welche Ziele verfolgt er? Der polnische Botschafter in Bonn, Wacław Piątkowski, später in Warschau im ZK für deutsche Angelegenheiten zuständig, wußte in seinen Memoiren diese Frage zu beantworten. Vorsicht vor Dedecius. Wahrscheinlich steckt der amerikanische Geheimdienst dahinter. Etwas anderes schien in Zeiten des Kalten Kriegs unvorstellbar. Man pflegte grundsätzlich keine Kontakte. Ich aber suchte welche. Außerdem verschwieg ich die Emigranten nicht, sie waren in meiner Anthologie gleichberechtigt neben den in Polen lebenden Autoren vertreten. Zu Hause wurden sie verschwiegen oder als Verräter geächtet.

Junge deutsche Lyriker, ebenso neugierig auf die polnische Gegenwartsliteratur wie ich, allen voran Horst Bienek, hatten nach der Veröffentlichung erster Gedichte in Zeitungen auf mich eingeredet, mehr davon zu übersetzen und in einer Anthologie vorzustellen. Als Autoren des Hanser Verlags stellten sie den Kontakt zum Verleger und seinem Cheflektor her; beiden gefielen die Proben, der Plan für eine Anthologie war gefaßt.

Doch wie stellt man eine Sammlung fremdsprachiger Lyrik zusammen, wenn man nur auf Intuition angewiesen ist? Man mußte eine thematisch und poetologisch stimmige Einheit herstellen.

Für mich hieß diese Einheit Friede: endlich Ruhe nach dem Sturm, endlich Zeit und Muße zum Nachdenken, Nachfühlen. Und diese Lektion der Ruhe, der Besinnung, der Stille kam *ex oriente.*

Der Titel *Lektion der Stille*, einem Gedicht von Tymoteusz Karpowicz entnommen, gefiel dem Verlag und Horst Bienek ganz besonders: »Wunderbar, passend zur Stimmung des Ganzen.«

Mich überzeugte die Überschrift von Anfang an, weil ich dabei an ein lateinisches und an ein polnisches Sprichwort dachte: *Sic tacent – clamant.* Wenn sie schweigen – schreien sie. Im polnischen Volksmund: Große Dinge sprechen sich am besten durch Schweigen aus.

Dieser Gedanke findet sich auch bei anderen. Bei Paul Valéry zu Beispiel: »Merk auf dieses feine, unaufhörliche Geräusch; es ist die Stille. Horch auf das, was man vernimmt, wenn man nichts mehr hört.« Oder bei dem polnischen Dichter Krzysztof Gąsiorowski, der den Klassiker Norwid aufgreift: »Die poetische Sprache ist keine ›Sprache zweiten Grades‹, im Gegenteil, sie sucht die ›Sprache des Nullpunkts‹, die ›Sprache des Schweigens‹. Des Schweigens, das heißt der vollkommenen Verständigung.«

All das wußte ich Mitte der fünfziger Jahre noch nicht, als ich die ersten Gedichte ganz unvorbereitet zu lesen und zu übersetzen begann. Dennoch drängte sich mir, als meine kleine Sammlung von Nachkriegsgedichten fertig war, die »Lektion der Stille« als Überschrift auf. Ein Kritiker, damals von großem Einfluß, riet mir von diesem Titel ab. Ihn störte es, daß er zu sehr an »die Stillen im Lande« erinnerte. Trotzdem konnte ich mich zu keinem anderen entschließen. Immer wieder las ich die Gedichte meiner Sammlung, von Miłosz, Przyboś, Jastrun, Herbert, Szymborska, Wat – die Stille als Leitmotiv war unabweisbar. Heute bin ich froh, daß ich damals bei dem intuitiven Einfall geblieben bin.

Die *Lektion der Stille* war mein erstes Buch, *con amore*

gesammelt und übersetzt, mein Herz hängt an diesem Büchlein, einem schlichten, schmalen, braunen Pappband. Es war entstanden aus Sehnsucht nach der mir seit der Kindheit vertrauten Sprache; nach ihrem Wortschatz der Besinnlichkeit, ihrer Poesie. Es entstand aus Neugier auf das, was in Polen nach 1939 gedacht, gefühlt und gedichtet wurde. Leicht zu erfahren war das nicht. Die Zeit litt an der »Überfunktion der politischen Drüse«, wie es Stanisław Jerzy Lec formulierte.

Ein Gedicht von Jerzy Waleńczyk, einem jungen Lyriker aus Lodz, erregte damals die meiste Aufmerksamkeit der deutschen Leser:

An einen unbekannten Deutschen im Westen

Glaub ihnen nicht, wenn sie dir von mir sagen:
Er ist dein Feind, in den Boden mit ihm,
Damit das neue Europa keime.

Glaub ihnen nicht, wenn sie dir sagen:
Zünde sein Haus an, glätte die Asche darüber,
Denn Feuer und Blut erfüllen die Zukunft.

Halte mich nicht für einen, der dich überfallen möchte,
Wenn du im Garten besinnlicher Träume schlummerst
Zwischen violetter Nacht und blühendem Morgenrot.

Der du mein ferner Bruder bist, Freund
Mit fremdem Namen, unbekannten Zügen,
Es ist die Stunde der Reue für die Jugend in Uniform.

Es ist die Stunde der Reue für Gesten ohne Gefühl,
Für Kraft ohne Mitleid, für Jahre ohne Grün.
Stunde der Reue, die lauert unter Verlornen in endloser
Aussicht.

Wolltest du wirklich die Räume verfeinden?
Würde das wirklich deine Mutter freuen?
Würde das wirklich die Liebe deiner Frauen wecken?

Ich und du bedeuten nicht mehr als sechzig Jahre,
Wir werden geboren, wir zeugen, wir sterben,
Weinend, lachend, betend.

Dort, wo zornige Eichen tags und nachts
Gegen den fliehenden Himmel stürmen
Gibt's keine Ruhe für Zweig und Blätter,

Es gibt nur eine Erde, den alten irrenden Nachtfalter,
Sichtbar im schwarzen Spiegel enthüllter Welten.
Möge das Leben der Weisen in Frieden ranken.

Der dreißigjährige Dichter, Polonist und Redakteur aus Lodz bekam Antwort von gleichaltrigen deutschen Lyrikern aus der Bundesrepublik. Diese Gedichte lösten eine Welle von Sympathie und Solidarität aus – eine »Polnische Welle«. Später fanden in Polen sogar Symposien über das Buch und seine Wirkung in Deutschland statt. 2003 erschien es zweisprachig, deutsch-polnisch, im Verlag ATUT, Wrocław.

Mit polnischen Dichtern unterwegs

> Die Welt besteht nicht nur aus lauter Elementen. Ein bißchen Kleister, Zwirn und Draht gehören auch dazu.
>
> *Stanisław Jerzy Lec*

Beim Lesen der polnischen Presse Ende der fünfziger Jahre fielen mir hier und da Aphorismen auf, die sich »Unfrisierte Gedanken« nannten. Ich war fasziniert von der Präzision der Formulierung, der Trefflichkeit der Beobachtung und der Definition, von der Poesie ihrer Bilder. Ich begann diese Gedanken zu sammeln und nach ihrem Erfinder zu fahnden. Er beantwortete meine polnisch geschriebenen Briefe auf deutsch, erwies sich als überzeugter Sozialist und titulierte mich, den fremden Briefpartner, mit monarchistischer Etikette: *Wohlgeborener Herr.* Zunächst hatte ich den Verdacht, es sei eine Spitze des Satirikers, doch dann begriff ich den wehmütigen Ernst, die Reminiszenz an eine andere Zeit, in der dieser freundlich militante Dichter gern noch länger gelebt hätte. Ich sammelte seine Aphorismen, übersetzte sie und bereitete eine Auswahl vor.

Als ich im November 1959 zum erstenmal nach Polen fuhr, war ich in Warschau auch bei Lec zu Gast. Ich wollte die Veröffentlichung seiner Aphorismen in Deutschland mit ihm besprechen. Er lebte zusammen mit seiner stillen, im Außenministerium beschäftigten Frau, den beiden Söhnen und der Schwiegermutter in einer überraschend großbürgerlichen Dreizimmerwohnung am Markt der Neustadt. Wir tranken einen Muskateller *vom Heiligen Berg*

Sinai, wie Lec sagte, die letzte der Flaschen, die er aus Israel mitgebracht hatte. Im Umgang waren wir zunächst etwas scheu, versuchten aber, einander kennenzulernen. Lec war leicht korpulent, stattlich, das großflächige Gesicht gelassen und gutmütig; die stark gebogene Nase erinnerte weniger an einen Raub- als an einen Spaßvogel, die hellen blauen Augen blickten scharfsichtig und gütig. Der Abend verlief gastfreundlich, das Gespräch war anregend.

Später gingen wir spazieren, den schönen Weg durch die verwinkelten Gassen vom architektonisch reizvollen Markt der Neustadt über den Markt der Altstadt bis zur Sigismundsäule und weiter in die Krakauer Vorstadt und die Neue Welt hinunter bis zur Heiligkreuzstraße.

Spaziergang konnte man es eigentlich nicht nennen. Es war ein majestätisches Abschreiten einer vor ihm angetretenen Ehrenkompanie aus Palästen, Kirchen und Häuserfronten, von denen er alte und neue Legenden, Tragisches und Amüsantes zu erzählen wußte. Ich habe Lec später nie anders auf der Straße gehen sehen: schreitend, mit fast tänzerischer Leichtigkeit, zugleich so langsam, daß man glaubte, er sei Chronos persönlich und verfüge beliebig über die Zeit. Gegen die Hast der vorüberflutenden Großstadtmenge war er immun. Er blieb immer wieder stehen, um seine ganze Energie auf einen Gedanken, eine Geste oder einen Gruß zu konzentrieren.

Nachdem er mir unterwegs alle »seine« Kaffeehäuser gezeigt hatte, führte er mich ins Café »Nowy Świat«, die »Neue Welt«, um in einer Fensterecke, mit dem Blick auf die Straßenkreuzung, Geschichten zu erzählen. Lec kannte eine Unmenge von Geschichten, und er erzählte sie intelligent, geistreich pointiert und liebenswürdig. Sein genealogisches Gedächtnis war erstaunlich. Er konnte endlos über Wiener, Lemberger, Warschauer, Berliner und Frankfurter Aristokraten- und Bürgerhäuser memorieren; er ließ Stammbäume wachsen, sagte Ketten von Daten her, kolportierte Klatsch, formulierte druckreif seine Anekdoten. Dabei verfiel er in jene unverwechselbare galizische Sprechweise, in der österreichische, polnische und ukrainische Töne mitschwingen. Am lebhaftesten erzählte er von Wien und von Kaiser Franz Joseph, für dessen persönlichen Untertan er sich immer noch hielt. Seine Erinnerung lebte von der Geschichte der habsburgischen Monarchie, seine Anteilnahme aber gehörte eindeutig der Gegenwart.

Am Kaffeehaustisch erfuhr ich einiges aus seinem Leben. Er wurde 1909 in Lemberg geboren. Die Familie Letz (so die Schreibweise in den k. u. k. Urkunden) war in Czortków in Galizien ansässig; als 1914 die Russen nach Ost-Galizien kamen, flüchtete sie nach Wien. Der Vater, Benno Letz de Tusch, war Bankdirektor, die Mutter Adele eine Tochter des Grundbesitzers Jan de Safrin. Die Familie soll von den Sephardim abstammen. Sie kam über die Diaspora in Spanien nach Holland, dann an den Rhein und weiter in den slawischen Osten.

Von 1927 bis 1933 studierte Lec in Lemberg Polonistik und Jura und ging dann nach Warschau, wo er rasch als Lyriker und Satiriker bekannt wurde und Eingang in die führenden Blätter fand. Nach Ausbruch des Krieges floh er vor den Deutschen in das sowjetisch besetzte Lemberg. Dort wurde er beim Einmarsch der deutschen Truppen 1941 verhaftet und in das Konzentrationslager Tarnopol gebracht. Zweimal entging er einer Erschießung, das zweite Mal kurz vor der Auflösung des Lagers, 1943, als er sich zusammen mit einer Gruppe von Gefangenen deutsche Uniformen verschaffen konnte. In Warschau angekommen, mittellos, am

Ende seiner Kräfte und von Erpressern bedroht, war er dem Selbstmord nahe. Aber dann fand er Kontakt zur Widerstandsbewegung und faßte neuen Lebensmut.

Nach dem Krieg schickte ihn die Volksrepublik Polen als Presseattaché nach Wien. 1950 gab er diesen Posten auf und ging nach Israel. Doch er war den Belastungen dieser neuen Umwelt nicht gewachsen und kehrte 1952, krank vor Heimweh, an die Weichsel zurück.

1933 hatte er unter dem Einfluß der Krakauer Avantgarde Gedichte zu schreiben begonnen, fand aber erst nach dem Kriege unter dem Druck des Stalinismus seine ihm gemäße Form: den Aphorismus. In kurzer Zeit wurden seine »unfrisierten Gedanken« zu geflügelten Worten.

»Wenn es nichts zu lachen gibt, kommen Satiriker auf die Welt. – Meine Feinde verbreiten das Gerücht, ich sei ein unverbesserlicher Individualist, ein Feind jeglicher Gemeinschaft. Das ist nicht wahr. Ich habe schon als kleiner Junge an meinem Matrosenmützchen ein Band mit der goldenen Aufschrift getragen: *Viribus unitis*! Das war eine beliebte Maxime von Franz Joseph I.« Auf ein Plakat »Lernt schwimmen« schrieb der Schüler Lec: »Wozu? *Panta rei*!«

Der Hang zum Parodistischen war ihm angeboren. Lec, dieser wandelnde Anachronismus, war für mich das Salz der Warschauer Kultur. Das bunte Bildnis Kaiser Franz Josephs, das bis zuletzt die Wand über seinem Arbeitstisch zierte, mag mehr gewesen sein als eine melancholische Pose, genauso wie die Manschettenknöpfe aus Münzen mit dem Bildnis des backenbärtigen Monarchen, die ich in Frankfurt für ihn aufgetrieben hatte und die er bis zuletzt mit feierlicher Freude und ostentativem Stolz trug.

Am liebsten fuhr Lec nach Wien, in die Stadt seiner glücklichen Kindheit. Einmal reiste er zusammen mit Roman Karst, einem polnischen Germanisten, der nach den antisemitischen Ausschreitungen 1968 in die USA emigrierte. Als beide am Flughafen in Wien gelandet waren, fragte ihn Karst: »Ist es dir eigentlich aufgefallen, Staszek, daß du die ganze Zeit nur von dir gesprochen hast?« Und Lec darauf mit entwaffnendem Charme: »Ja, hättest du denn ein besseres Thema gewußt?«

Von einer Reise durch Jugoslawien zurückgekehrt, wurde er gefragt, ob er auch in Sarajewo gewesen sei. »Ich?« antwortete er entrüstet. »In einer Stadt, in der m e i n Kronprinz ermordet wurde?« Agram aber war für ihn *unsere* Stadt und Krleža *unser* Dichter.

Im Café »Nowy Świat« schenkte mir Lec alle seine Bücher und trug in eins davon in deutscher Sprache die Widmung ein: *In Warschau in der »Neuen Welt«, aber Gott sei Dank noch in der alten Welt.* Wir wurden rasch einig, er erteilte mir eine Generalvollmacht für alle Übertragungen, und schon ein Jahr später, 1960, konnte beim Hanser Verlag das erste Bändchen erscheinen: mit Illustrationen, aber um zwei Drittel, von 150 auf 50 Seiten gekürzt. Der »Markt«, so wurde mir gesagt, sei auf ein Buch, das »nur« Aphorismen enthielt, nicht vorbereitet. Es sei etwas anderes, ein halbes Dutzend Aphorismen – zu Zwecken der Unterhaltung – auf der letzten Seite einer Zeitung, bestenfalls im Feuilleton oder als Marginalie in den *Akzenten* abzudrucken, als ein ganzes Buch damit zu füllen. Ich mußte sämtliche mir zur Verfügung stehenden Überredungskünste einsetzen, viel Energie, Gespräche und Zeit investieren, bis der Verlag bereit war, den Versuch zu wagen. »Trotzdem darf man sich nicht darüber täuschen, daß die Verkaufschancen für dieses

Aphorismenbuch nicht übermäßig groß sind. Der Deutsche ist zu brav, um solche Dinge wirklich zu schätzen«, schrieb mir damals Herbert Göpfert. Kurz zuvor war der Widerstand des Verlags geschrumpft, wenn auch ein skeptischer Rest geblieben war: »Es ist ja die Crux aller Aphorismensammlungen«, räsonierte Göpfert, »daß sie auf die Dauer ermüden. Natürlich soll man Aphorismen nicht auf einen Sitz lesen. Im Grunde tut man es aber, zunächst wenigstens, doch, und daraus ergibt sich, daß bei solchen Bänden wirklich nur ganz scharfe Auswahlen durchsetzungskräftig sind.« Ich war zuversichtlich, und da ich bei Jean Paul gelesen hatte: »Sprachkürze gibt Denkweite« und dies auch bei vielen anderen, bei Friedrich Schlegel etwa, bestätigt fand: »Witz ist logische Geselligkeit.« »Ironie ist die Form des Paradoxen. Paradox ist alles, was zugleich gut und groß ist« –, hatte ich eine optimistische Vorstellung von der Auffassungsgabe, der Aufnahmebereitschaft, dem Geist und Witz des deutschen Lesers.

Ich hatte Lec' Gedanken im Ohr – »Man muß die Anzahl der Gedanken derart vervielfachen, daß die Anzahl der Wächter für sie nicht ausreicht« –, glaubte daran und handelte danach. Ich war davon überzeugt, daß den »ersten« Gedanken bald »neue«, »weitere« und schließlich »letzte« folgen würden. Und so kam es auch. Die *Unfrisierten Gedanken* – jährlich eine bis drei Auflagen – wurden ein Dauererfolg des Verlags. Lec' Aphorismen standen als Buchtip der Woche, des Monats, des Jahres in Empfehlungsverzeichnissen, sie figurierten auf der Bestenliste des Südwestfunks und wurden von Buchclubs in Frankfurt und Zürich übernommen.

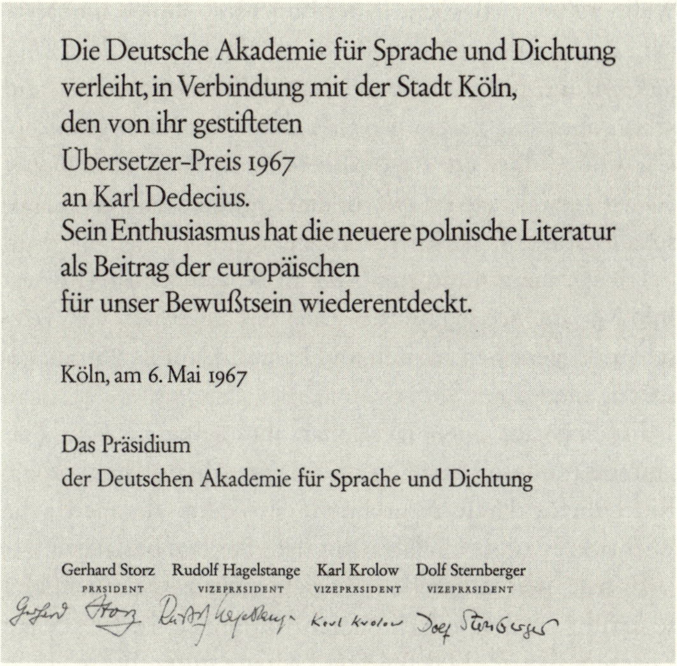

Die Deutsche Akademie für Sprache und Dichtung
verleiht, in Verbindung mit der Stadt Köln,
den von ihr gestifteten
Übersetzer-Preis 1967
an Karl Dedecius.
Sein Enthusiasmus hat die neuere polnische Literatur
als Beitrag der europäischen
für unser Bewußtsein wiederentdeckt.

Köln, am 6. Mai 1967

Das Präsidium
der Deutschen Akademie für Sprache und Dichtung

Gerhard Storz	Rudolf Hagelstange	Karl Krolow	Dolf Sternberger
PRÄSIDENT	VIZEPRÄSIDENT	VIZEPRÄSIDENT	VIZEPRÄSIDENT

Ein Erfolg, der ohne beständiges Engagement nicht möglich gewesen wäre: Übersetzerpreis der Deutschen Akademie für Sprache und Dichtung an Karl Dedecius, 1967

Über Lec wurden auch bei uns Dissertationen, Magister- und Schularbeiten verfaßt, Vorträge, Seminare und Colloquien abgehalten, seine Aphorismen würzten die Reden prominenter Politiker, sie wurden auch für Berliner Protestmärsche und Werbeslogans adaptiert. Eine kulinarische Delikatesse besonderer Art war der Einfall Schweizer Gastronomen, mit Lec den Appetit der Gäste ihrer Häuser anzuregen. In Basel stand mein Teller einmal auf einem runden, lilafarbenen Platzdeckchen aus Papier, bedruckt mit einem »Unfrisierten Gedanken«: »Die Fetten leben kürzer. Aber sie essen länger.« Ein Fund, den ich dem Zufall verdankte.

Während seiner Besuche in der Bundesrepublik ermunterte ich Lec, ein paar Aphorismen zu schreiben. Vergeblich. *Hier fällt mir nichts ein.* Die Bundesrepublik fand er sauber und schön, aber *unwirklich. Was habt ihr aus der Natur gemacht?* Wir fuhren über die Autobahn. *Alles ist Park. Kein Baum wächst einfach, wie er will.* In einer programmierten Landschaft hätte er nicht leben können.

Ich sah ihn zum letzten Mal im November 1965. Er erfuhr von meiner Ankunft, verließ das außerhalb von Warschau gelegene Sanatorium und kam mir, auf den Stock gestützt, entgegen.

Im Frühjahr 1966 legte man ihm seine neueste Epigrammsammlung zur Korrektur vor. Aber er hatte keine Kraft mehr, daran zu arbeiten, er winkte ab: »Ich habe Wichtigeres zu tun. Ich bin mit dem Sterben beschäftigt.«

Er hatte seit langem keine Briefe mehr geschrieben, und so erfuhr ich erst auf Umwegen von seinem bedenklichen Zustand. Am 10. Mai 1966 flog ich mit guten Botschaften und etwas Hoffnung nach Warschau. Im Flugzeug der polnischen LOT wurden Zeitungen verteilt. Ich bekam die *Życie Warszawy*, blätterte oberflächlich darin und blieb an der lakonischen Notiz hängen: »Die Beisetzung des Satirikers Stanisław Jerzy Lec findet morgen, am Mittwoch, dem 11. Mai, auf dem ehemaligen Militärfriedhof statt.«

Lec war nach langer Krankheit am 7. Mai 1966 gegen 15.00 Uhr im Hospital der Wandlung des Herrn, gegenüber der Kirche des heiligen Florian, gestorben.

Sein Schicksal nahm das lateinische Vorurteil *nomen est omen* beim Wort. *Letz* bedeutet hebräisch Satiriker. Die mittelhochdeutsche *Letze* (Grenzbefestigung, Schutzwall) verleiht ihm politisches Gewicht. Auf deutsch heißt letzen ebenso erquicken wie bedrücken, seine Gedanken kreisten um *letzte Dinge.* Und schließlich und zuletzt bedeutet *Letzt* das Abschiedsmahl, die Totenfeier.

Auf dem Kommunalfriedhof, dem ehemaligen Militärfriedhof im Stadtteil Powązki, hatten sich bei schwülem, windstillem Maiwetter die Warschauer Literaten nahezu vollzählig versammelt, um ihrem Kollegen und Freund die letzte Ehre zu erweisen. Der Vorstand des Schriftstellerverbandes, Jarosław Iwaszkiewicz und Artur Adam Międzyrzecki, hielten die Ehrenwache, eine Ehrenkompanie trat im Parademarsch an, präsentierte das Gewehr und feuerte Salutschüsse ab. Zwei neben mir stehende alte Damen schraken zusammen. Mir fiel ein Satz von Lec ein: »Mögen die Lebenden an den Ruhestätten Ruhe bewahren, wenn es sogar die Toten können.« Und ein zweiter, zweideutig, politisch: »Schade, daß man ins Paradies mit einem Leichenwagen fährt.«

Ein Staatsbegräbnis für einen Satiriker, der gegen den Staat schrieb! Ein General und drei Schriftstellerkollegen verabschiedeten den Dichter bewegt, mit bewegenden Worten. Einer der jüngsten Lyriker, Zbigniew Jerzyna, trug mit verweinten Augen die Auszeichnungen des Toten hinter dem Sarg her, der Trauermarsch von Chopin, von scharrenden Schritten und leisen Geräuschen gedämpft, verfing sich im Laub der Bäume.

Lec habe den »Mut eines königlichen Hofnarren und die Melancholie eines Rabbiners« in sich vereinigt. »Lec war ein Philosoph«, schrieb Leszek Kołakowski im Nachruf.

»Er ist nicht tot. Er hat nur seine Lebensweise geändert«, lautete der Nekrolog des Dichters für sich selbst.

Ein Herz, mit Händen zu greifen
Julian Przyboś

Wie kann man, wie soll man, wie darf man den Krieg erzählen, literarisch »gestalten«? Seine Sinnlosigkeit begreifbar machen? Wie den Mut, die Angst, das Töten und das Sterben, die Hoffnung aufs Weiterleben, diesseits oder jenseits der Realität, die Flucht vom Schlachtfeld in die Illusion oder in die Gefangenschaft nachempfinden? Jeder, der die Kraft aufbringt, sich zu erinnern, tut es aus anderen Motiven.

Für Julian Przyboś, den avantgardistischen Dichter aus dem Umkreis der »Konstruktivisten«, war der September 1939 eine Explosion, die ihn und sein Gedicht härtete. Gleich zu Beginn des Krieges war sein Bruder gefallen. Das Gedicht »Am Scheitel des Weges« ist ihm gewidmet:

Fahrzeuge ohne Kraftstoff flüchteten, angetrieben von
Angst;
der Raum fiel, Schlag auf Schlag, längs der Straßen
rücklings,
die Bomber, aus heiterem Himmel, wie aus einem Piston,
preßten die Flüchtenden in den Sand.
Nur die Nacht, vom Brandschein hell, stand steil,
und der rote Feuerhahn krähte.

Die Bremse quietschte unter der Schneide der Hufe,
ein Pferdekadaver
versperrte den Weg.

Der Reiter unterm Baum am Wegrand starb.
Wo früher Hand und Säbel waren, flog durch die Leere
ein Vogel vom Ast.
Ein Zug verhinderter Krieger schleppte sich hin im
eigenen Leichenbegängnis (...)

Przyboś verließ sein Karpatendorf, um zu studieren, um Lehrer zu werden, sein Bruder blieb Bauer, um die Familie zu ernähren. Er fiel auf der Flucht. Der Dichter überlebte.

In jenem Spätherbst 1959 in Warschau war ich auch Gast bei ihm, dem *arbiter poetarum,* dessen kompromißloses Urteil mir aufgefallen war. Nun wollte ich seine Präsenz, seine Ausstrahlung erleben. Der erste Abend. Eine Neubauwohnung in der Górski-Straße. Zum erstenmal aufmerksam in das Gesicht eines Dichters blickend, den ich bislang nur von einem unscharfen Photo kannte. Das Fluidum dieser ersten Begegnung im Licht der Leselampe ist mir unvergeßlich: Ernst und Neugier, Aufmerksamkeit und Anteilnahme gingen von ihm aus.

Im Halbdunkel der Bibliothek stellte sich vom ersten Augenblick etwas zwischen uns ein, was in jenen Zeiten und an jenem Ort am wenigsten zu erwarten gewesen wäre: Vertrauen.

Nach kurzer Zeit sprachen wir schon wie alte Bekannte, von persönlichen Problemen, aber auch von den öffentlichen Angelegenheiten, was gerade in Warschau, im Gespräch mit einem Fremden, noch dazu mit einem Deutschen, nicht selbstverständlich war. Mich beeindruckte die Souveränität, mit der mich Przyboś empfing.

Er hatte ein lichterfülltes Gesicht, in dem ich nicht den leisesten Schatten von Selbstgefälligkeit oder Koketterie wahrnahm. Kein Zeichen von berechnender Neugier. Einfach Interesse an einem freien Gespräch. Dabei schien dieses Gesicht bereits hinausgewachsen über den Alltag, die Erdgebundenheit, in die Höhen abstrakter Prinzipien. Die Zukunft, das Futurum, das »tiefer höher weiter« hatte er im Sinn.

In Gegenwart dieses Mannes vergaß man alle Zwänge, den Zwang der Ausweispapiere, die deprimierende Geschäftigkeit an der Grenze, die Schwierigkeiten mit der Bürokratie. Auch den täglichen Konsum an Zeitungsinformationen. In seiner Gegenwart war alles plötzlich anders und neu.

Bei meiner Beschäftigung mit deutscher und russischer Poesie hatte ich lange Zeit im Banne des Akustischen, des Musikalischen gestanden. Gedanken, Gefühle drangen in tönenden Sätzen in mich ein. Przyboś dagegen öffnete mir die Augen für den *Raum* und die *Architektur* des Gedichts.

Seine Gedichte sind aus rauhen, aber rhythmisierten Blöcken gebaut, wie kleine Burgen oder Kathedralen. Feste Fundamente und höchste Konzentration sichern die Tragfähigkeit seiner Lyrik. Ich begann darüber nachzudenken, als ich während des Rückflugs in dem Buch blätterte, das er mir an jenem Abend geschenkt hatte: *Die Theorie des Sehens* von Władysław Strzemiński, mit Bleistiftvermerken am Rande. Auf einmal ging mir der Bau seiner Gedichte auf: Vordergrund, Hintergrund, Geometrie, Perspektive. Ich nahm den Besuch nach Hause mit wie eine Lektion im Sehen der nicht einfachen, verborgenen Wahrheit.

Przyboś hatte mir von seinem Freund aus Lodz erzählt, Władysław Strzemiński, dem Lehrmeister der künstlerischen Avantgarde der dreißiger Jahre. Eine seiner Zeich-

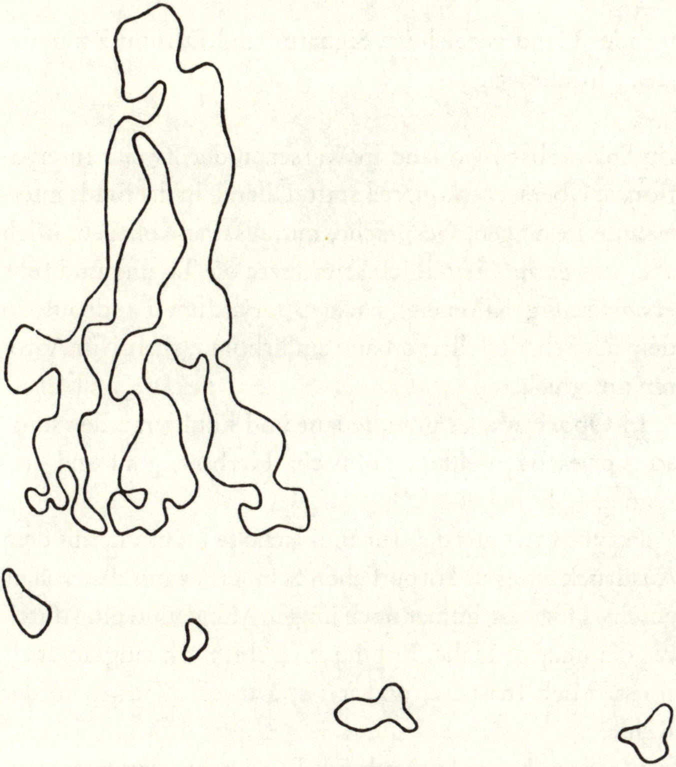

Władysław Strzemiński, Deportation XX. Jahrhundert. Privatbesitz Karl Dedecius.

nungen, die er mir mitgegeben hatte, beschäftigte mich während des Rückflugs: einfache Tatsachen, in einfachen bunten Linien auf schlichtem weißem Papier erschaffen. Das erste Blatt: die Andeutung einer Wellenbewegung (Das Meer). Das zweite Blatt: ein weißrussisches Dorf (Pfützen und in sich zusammenfallende Katen – nur als Kontur). Und dann: Deportation. Dieses Blatt sprach mich besonders an, Mutter mit Kind auf der Flucht. Umrisse, die sich im Formlosen verlieren, verschwimmen. Mutter und Kind und hinter ihnen ihre brüchigen Fußspuren, wie mit zitternder Hand gezeichnet. Signatur und Datum: Zwanzigstes Jahrhundert.

Im Spätherbst 1970 fand in Warschau der Zweite Internationale Übersetzerkongreß statt. Überall in der Stadt interessante Lesungen, Gespräche, mitteilsame Kollegen. Mich aber zog es aufs Land. Ich schwänzte die Tagung und fuhr etwa dreißig Kilometer nach Obory, zum Landhaus, in dem der Schriftstellerverband ein Erholungsheim für Autoren unterhielt.

In Obory war es grau, feucht und kühl, grau der sonst so gepriesene »goldene polnische Herbst«, grau und verregnet.

Przyboś trat aus der Tür und lächelte mühsam, mit dem Ausdruck eines unkörperlichen Schmerzes um den vollen, geschwungenen, immer noch jungen Mund, und ging durch die dämmerige Halle. Er ging aufrecht, noch langsamer als sonst. Mich fröstelte, und ich spürte ein Würgen in der Kehle.

Das Sprechen fiel uns schwer. Es wäre besser gewesen, er wäre liegen geblieben, hätte Anstrengungen gemieden. Aber er wollte an der vierten Nachmittagssitzung, an der Schlußveranstaltung teilnehmen. Artur Sandauer, Literaturwissenschaftler, Kritiker und Przyboś-Forscher, fuhr uns in seinem klapprigen Wagen in die Stadt, in der besten Absicht, es uns bequem zu machen, doch die Fahrt war fatal. Ich fühlte mich wie in einer Betonmischmaschine und schielte ängstlich zu dem müden Przyboś hinüber. Wir kamen wohlbehalten an.

Beim Essen waren wir unter uns, mit seiner Frau und Tochter, und redeten. Seine Wangen röteten sich, ein sachliches Gespräch regte ihn immer an. Er wurde lebhaft. Danuta, seine Frau, reagierte unauffällig besorgt, mit subtiler Anteilnahme, wortlos; sie beherrschte die Kunst, sich ihre Beunruhigung nicht anmerken zu lassen. Die Tochter Uta, im Backfischalter, konnte kaum stillsitzen, vor allem nicht, als Przyboś voller Stolz auf ihre *genialen*, wie er es nannte, Zeichnungen zu sprechen kam. Er hatte sie, mit seinen Gedichten illustriert, soeben als Buch herausgebracht. Uta schien von dem Thema peinlich berührt, sie stand mitten im Gespräch auf und lief aus dem Speisesaal.

Dann bat ich um seinen Rat, was ich am Abend lesen könnte. Fast alle polnischen Gegenwartsautoren waren im »Pałac pod królami«, dem Palais »Zu den Königen«, versammelt. Welches Gedicht auswählen, um keinen Dichter zu kränken? Ich erwog den Text eines älteren Schriftstellers, eines verstorbenen, und ein anderes aus der Feder eines jüngeren, noch lebenden. Oder sollte ich lieber Gedichte eines Anwesenden und eines Emigranten vortragen? Der poetische Sinn folgt anderen Kriterien als denen der Geographie oder Weltanschauung, begründete ich meinen Vorschlag. Er stimmte zu, wies aber darauf hin, daß manche Gedichte in diesem Rahmen als Provokation aufgefaßt werden könnten. Wir wählten und verwarfen die Namen und die Gedichte so lange, bis in unserem Sieb nur noch zwei übrigblieben: Leśmian und Lechoń. Der eine tot, der andere Emigrant.

Ich wollte Przyboś eine Freude bereiten und bat ihn, aus meinen Übersetzungen diejenigen auszuwählen, die er am liebsten hören würde. Er überlegte nicht lange und entschied sich für den »Ertrunkenen« von Leśmian und die »Poesie« von Lechoń. Beide Gedichte sprechen vom Sterben.

Der Abschlußabend war dem Vortrag polnischer Ge-

Karl Dedecius und Julian Przyboś in Jabłonna bei Warschau am 5. Oktober 1970, am Vorabend des Todes von Przyboś.

dichte in lettischer, makedonischer, russischer, rumänischer, japanischer, französischer und deutscher Übersetzung gewidmet. Przyboś, als Vorsitzender des Präsidiums, moderierte *mezzo voce,* souverän, als überzeugter und überzeugender Anwalt der Übersetzer und der Übersetzbarkeit von Poesie. Er zitierte Beispiele – unter dem Applaus der Anwesenden – auf japanisch, aus dem Gedächtnis.

Dann kam es zu einer jener unauffälligen Überraschungen, in denen er Meister war. Ich weiß, daß er ein Übersetzerverzeichnis vorgelegt bekam, das angab, in welcher Reihenfolge die Teilnehmer lesen sollten. Ich war darauf vorbereitet, meine Übersetzungen etwa in der Mitte des Programms vorzutragen. Przyboś begrüßte die Anwesenden, ignorierte das Programm und rief mich als ersten aufs Podium. Da ich ganz am Ende des Saals an die Wand gelehnt neben einem Schulfreund saß, der eigens angereist war, um mich zu treffen, brachte mich der unerwartete Aufruf durcheinander. Leicht benommen ging ich nach vorn. Auf Przyboś' Wunsch begann der festliche Abend mit einem tragischen Akkord. Mit zwei Gedichten vom Tod. Meine Stimme stockte, als ich die letzte Zeile des zweiten, des Gedichts von Lechoń, vorlas: »Es muß im Leben sterben, was als Poesie bestehen will.«

Wenige Augenblicke später, während der französischen Rezitation von Anna Posner, meiner Pariser Kollegin, schloß Przyboś die Augen, lehnte den Kopf an die Rückenlehne, vollkommen ruhig, ohne seinen klaren Gesichtsausdruck zu verändern – und schlief ein.

Die griechischen Mythenerzähler hätten keinen tragischeren Tod erfinden können als diesen: ein Dichter, im Vorsitz einer Dichterversammlung, lauscht auf dem Podium Gedichten – bis zu seinem letzten Atemzug.

Im Saal brach lautloses Chaos aus. Ich versuchte, gefaßt zu bleiben. Die Minuten, die nun folgten und zu Stunden wurden, schienen kein Ende zu nehmen. Man hatte Przyboś provisorisch auf dem Fußboden der Halle in der Nähe der Garderobe gebettet und abgeschirmt. Innerhalb weniger Minuten waren Ärzte da, mehrere Krankenwagen. Die Kongreßteilnehmer irrten verstört von einem Ende des

Vestibüls zum anderen, oder sie standen in Gruppen herum, ratlos, schockiert. Ich flüchtete auf die Straße, um mich vom Dunkel und von der Kühle ablenken zu lassen. Auch hier war man nicht allein, sondern umgeben von Geflüster: warum man ihn denn nicht ins Krankenhaus bringe, zu retten versuche. Man tue es ja da drinnen auf dem Fußboden. Männer in weißen Kitteln unternahmen Wiederbelebungsversuche. Geflüsterte Nachrichten liefen hin und her. Ob die künstliche Beatmung half? Ob sein Herz sich durch Faustschlag, durch äußere Druckmaßnahmen wieder in Bewegung setzen ließ? Hatte man es schon mit einem Elektroschock versucht? War ein Defibrillator zur Hand? Die Männer in den weißen Kitteln liefen zu den Krankenwagen, fuhren fort, kamen wieder. Werden sie es jetzt mit einem Einstich in die Herzkammer, mit eingespritztem Adrenalin versuchen? Die Nachrichten wurden immer spärlicher, leiser, mutloser. Nun würde, hieß es, das Äußerste gewagt. Man öffnete ihm den Brustkorb und griff nach seinem Herzen mit den Händen.

»Ein Herz, mit Händen zu greifen«, hieß es in einem seiner Gedichte. Thorakotomie und direkte, offene Herzmassage. Diese Vorstellung allein war so quälend, daß man die Todesnachricht fast erleichtert entgegennahm. Die Pupillen waren weit und lichtstarr geblieben. Das Herz dieses Dichters bewegter Bilder, dem nichts fremder zu sein schien als Rhythmusstörungen, stand still. Seine Augen sahen nun absolut, das heißt grenzenlos »tiefer höher weiter«. Wie in seiner Poesie.

Ich mußte noch ein paar Tage in Warschau bleiben, Familie und Freunde hatten mich darum gebeten, in der Kirche an Przyboś' Katafalk zusammen mit seinem besten Schüler, Zbigniew Bieńkowski, die Ehrenwache zu halten.

> Meine süße europäische Heimat
> der Falter, der sich auf deine Blumen
> niedersetzt, befleckt seine Flügel mit Blut
> *Czesław Miłosz*

Der Kontakt mit Przyboś war schon bei meiner ersten Polenreise möglich gewesen. Der Zugang zu Miłosz gestaltete sich schwieriger. Er hatte der Volksrepublik von 1945 bis 1951 als Diplomat in Frankreich und den USA gedient, aber die Sowjetisierung seines Landes bald nicht mehr ertragen und, in moralischen Konflikt geraten, »die Freiheit gewählt«, wie es im Jargon des Westens damals hieß. In Polen galt er daraufhin offiziell als »Verräter« und »Feind der Republik«. Er wurde geächtet, verschwiegen, zur Nichtexistenz verurteilt. Aber auch die polnischen Emigranten gingen auf Distanz zu ihm, denn er flüchtete ja nicht als »Märtyrer« des Systems, sondern als dessen Staatsdiener und »Nutznießer«. Der kalte Krieg hatte seine kalten Gesetze.

Die Redaktionen und Verlage der Emigration in London, Paris und New York blieben ihm zunächst verschlossen, die Presse gleichgültig bis unfreundlich. Nur der hellsichtige Gründer und Chefredakteur der politisch unbeirrbaren *Kultura* in Paris, Jerzy Giedroyc, ein Landsmann aus dem »kleinen Europa« *(Europa minor)* im Nordosten, hatte Miłosz' Biographie und Werk in ihrer Bedeutung für die Zukunft begriffen und ihm in der legendären Redaktion in Maisons-Lafitte bei Paris, dem politischen Brückenkopf der Emigranten, Asyl gewährt. Miłosz wurde sein Autor.

In unserem Schulunterricht vor 1939 kamen weder Miłosz noch Przyboś vor. Sie gehörten nicht zum Lehrstoff.

Ihre Haltung paßte nicht ins Weltbild der gemäßigt rechten, mit der Zeit immer konservativeren Republik. Machtpolitik, nicht Ästhetik und Ethik waren wichtig. Nach 1945 halfen diese beiden Dichter den jüngeren Generationen, die versäumten Lektionen nachzuholen.

Was hatte mich zu diesem Autor hingezogen, was an ihm interessiert, was Spuren hinterlassen?

Vermutlich die von mir so empfundenen Parallelen unserer Schicksale: Tiefe Verwurzelung in der verlorenen »Heimat«, durch die dort genossene Natur und Erziehung, Bildung, Reife. Die Herkunft aus mehreren Vater- oder Mutterländern zugleich. Das Gehör für Sprachen, Kulturen, Volkscharaktere. Für die Probleme der Identität.

In seiner Dankesrede für die Auszeichnung mit dem Nobelpreis in Stockholm sagte Miłosz 1980 rückblickend: »Es ist gut, in einem kleinen Land geboren zu sein, wo die Natur menschlich ist, dem Menschen angemessen, wo verschiedene Sprachen und Religionen seit Jahrhunderten miteinander leben ... Es ist gut, seit dem Kindesalter Worte der lateinischen Liturgie zu hören, in der Schule Ovid zu übersetzen, katholische Dogmatik und Apologetik zu lernen ...«

Nicht unsere Wege glichen sich, aber unsere Erfahrungen mit einer Kindheit, die weniger Zivilisation, dafür mehr Natur und mehr Schicksal bot, mit den heißen und kalten Kriegen, politischen Systemkatastrophen, mit Zwecklügen der streitenden Parteien, mit Flucht, Vertreibung, Migration, innerer und äußerer Emigration.

Eine erschütterte, geschundene Menschheit sehnte sich nach Veränderung, Wahrheit und Gerechtigkeit. Nach Stete. Nach der Kraft zum Glück.

»Die öffentlich nicht eingestandenen und nicht verurteilten Übeltaten sind Gift, das lange wirkt und zwischen den Völkern nicht Freundschaft, sondern Haß erzeugt.« Ohne Zweifel, der Dichter hatte sich Aufklärung vorgenommen und auch bewirkt. Er machte die Leser zu Zeugen eines Prozesses, in dem die Leiderfahrung sich in Kraft wandelte. Für die Gegenwartsliteratur ist »das Schicksal der Völker erstrangig, alles andere, auch die Fragen der künstlerischen Form, zweitrangig«, schrieb Miłosz in seinem politischen Essay *Das verführte Denken.*

In seiner Biographie hatte ganz Europa Platz, das alte wie das neue. Und Miłosz schöpfte aus seinem Schicksal kein melodramatisches Lamento, sondern Selbstbesinnung und Disziplin. »Durch die Konfrontation mit der amerikanischen Denkweise ist mir meine Denkweise deutlicher bewußt geworden. Unter dem Druck all dessen, was meine Identität zu zerstören trachtet ... leiste ich Widerstand ... Obwohl ich den mir vom Schicksal bestimmten Platz akzeptiere, bin ich doch in allen meinen Reaktionen Europäer ... ich schöpfe aus europäischen Quellen ... Das Labyrinth der europäischen Geschichte, mag sie noch so grausam und enttäuschend sein, besitzt für mich die Wärme eines Schoßes.«

Przyboś konnte als erster meine Neugier auf das stillen, was die polnische Poesie nach 1945 gewonnen hatte. Miłosz sollte mir mit seinen Gedichten und Gedanken die Sinne dafür öffnen, was während meiner Gefangenschaft in Polen und im Exil an neuen Ideen und künstlerischen Konzepten entstanden war. Er schien mir die richtige Adresse. Jerzy Kwiatkowski, mit dem ich mich 1959 in Krakau anfreundete, ein exzellenter Kenner der polnischen Gegenwartsliteratur, hatte mich auf Miłosz nachdrücklich aufmerksam gemacht, das vielseitige Werk – Gedichte, Romane, politische

Essays, Literaturgeschichte, Analysen, Polemiken – als die vollständigste Monographie der Epoche bezeichnet. Nun las ich es schwarz auf weiß.

Sein Werk hatte vor dem Krieg den großen Kataklysmus vorausgesagt, es ist durchdrungen von Fragen, die die Abwärtsentwicklung Europas in die Katastrophe des 20. Jahrhunderts künftigen Generationen hinterlassen hat, der Dichter beobachtete weitsichtig die Veränderungen in der Psyche, im Verhalten des Bürgers: »Hinter dem Lächeln der Brüderlichkeit verborgen, / Die Zeitungsleser, Opfer politischer Dialektik, verachtend, / Spricht er das Wort ›demokratisch‹ mit zwinkerndem Auge aus. / Er haßt die physiologischen Genüsse der Menschheit, / Erinnert sich derer, die fraßen, tranken und kopulierten und denen man dann die Hälse durchschnitten hatte. / Er lobt die Dancings und Gartenfeste als Mittel gegen den offenen Ärger, / Ruft: Kunst und Kultur, und denkt an Spiele im Zirkus. / Tödlich erschöpft, / Stammelt er in den Träumen oder in der Narkose: Mein Gott, mein Gott ... / Den Arm stützt er auf die Schriften von Marx, zu Hause aber liest er das Evangelium ... / In den Fingern hält er das Andenken an den im Aufstand gefallenen Faschisten.«

Gleich 1945, mit seinem ersten Gedichtband *Ocalenie, Rettung,* setzte er sich für die moralische Erneuerung Europas ein. Im Vorwort schrieb er: »Was ist eine Dichtung, die weder Völker / Noch Menschen rettet? Eine Komplizenschaft amtlicher Lügen, / Ein Singsang von Säufern, denen bald jemand die Kehle aufschlitzt, / Ein Lesestückchen aus Gartenlauben ...«

Przyboś in den zwanziger, Miłosz in den dreißiger Jahren, repräsentierten die beiden polnischen Avantgarden, die der Konstruktivisten aus Krakau und die der Katastrophisten aus Wilna: »Vor 1939 war ich ein junger, ein wenig snobistischer Warschauer Dichter. Meine Gedichte fanden Beifall in bestimmten Literatencafés; sie waren wie die französische Poesie, unter deren Einfluß ich stand, schwer verständlich, dem Surrealismus verwandt.« Die Erfahrung des Krieges machte aus Miłosz »einen anderen Menschen. Während mein Interesse für soziale Dinge sich vor dem Krieg in gelegentlichen Attacken gegen die rechtsradikalen und antisemitischen Gruppen äußerte«, wurde sein Gedicht nun »verständlicher, wie immer dann, wenn ein Dichter seinen Lesern etwas Wichtiges zu sagen hat«.

Den direkten Kontakt mit Miłosz stellte Zbigniew Herbert her, den ich vor seiner Reise in die USA darum gebeten hatte. Er erzählte Miłosz von meinem Interesse an seiner Dichtung. Miłosz antwortete prompt und half mir auch, schriftlich und telefonisch, sich in den Texten, die vielfältig, zerstreut und schwer zugänglich waren, zurechtzufinden.

Er schickte mir auch einige seiner Gedichtbücher.

In Deutschland konnte ich den ersten übersetzten Lyrikband *Lied vom Weltende* erst spät, 1966 in Köln, veröffentlichen. Dem Verlag Kiepenheuer & Witsch gelang es nur mit Mühe, die Auflage von fünfhundert Exemplaren in mehreren Jahren zu verkaufen. Daß Miłosz einmal den Literaturnobelpreis bekommen würde, ahnte niemand.

Im Zusammenhang mit diesem ersten Lyrikband ist mir ein Ereignis aus dem Jahr 1966 besonders in Erinnerung geblieben. Damals stellte der Börsenverein des Deutschen Buchhandels auf der Warschauer Buchmesse die Polonica aus, die zwischen 1956 und 1966 in den Verlagen der Bundesrepublik erschienen waren. Auch dieser Gedichtband wurde – neben anderen, bereits Ende der fünfziger, Anfang der sechziger Jahre auf deutsch erschienenen Prosawerken von Miłosz wie *Tal der Issa* und *West und östliches Gelände* in Warschau gezeigt. »Die Literatur ist ein Fenster, durch das ein Volk dem anderen in die Augen schauen kann«, schrieb ich damals im Vorwort des Katalogs.

Die Ausstellung fand großes Interesse, wurde als überraschende Entdeckung deutscher Anteilnahme an Polen gewürdigt und löste gleich zu Beginn einen Skandal aus. Ein Funktionär, bei der Eröffnung durch polnische Honoratioren anwesend, empörte sich künstlich und laut, um vor seinem Minister zu katzbuckeln, über den Inhalt des Katalogs, der auch Bücher der Emigranten, »verbotene« Autoren wie Miłosz, und auch deutsche Rezensionen verzeichnete. Die Entscheidung fiel sofort. Die zehntausend Exemplare des bibliophil gestalteten Katalogs sollten beschlagnahmt und die beanstandeten Bücher, vor allem die von Miłosz, entfernt werden. Betroffene deutsche Zeugen waren der Botschafter, der Vorsteher des Börsenvereins, sein Auslandsdirektor – und ich. Aber die Ausstellung blieb unangetastet, bis zum fünften Tag, weil niemand die Kataloge und Bücher abholte – gesegnete polnische Lässigkeit. Da hatten die Besucher bereits fünftausend Kataloge mitgenommen. Der Rest wurde beschlagnahmt. Er soll, erzählten mir Freunde, später auf dem Schwarzmarkt zu hohen Preisen verkauft worden sein.

Bei unseren wenigen und eher kurzen Begegnungen konnte ich feststellen, daß Miłosz einen »intelligenten« Humor hatte, er lächelte mehr mit den Mundwinkeln und den Augen, als daß er lachte. Und wenn, dann lautlos, kurz, eher in sich hinein. Aber sein diskretes Lächeln war ungemein sympathisch, teilnahmsvoll. Ich kann mir vorstellen, daß er in vertrautem Kreise seiner Landsleute oder Studenten, bei länger andauernder fröhlicher Laune, auch schallend lachen konnte.

Unsere wenigen Begegnungen hatten immer offiziellen Charakter, waren meist sachlich, akademische Werkstattgespräche. Eine Kostprobe seines Humors liegt im Historischen Museum in Lodz, in der mir gewidmeten ständigen Ausstellung. In einer Tischvitrine in der Mitte des Saals liegen seine Bücher, von mir übersetzt, daneben ein Brief von ihm, ein Bogen mit dem Signet der Universität Berkeley und einem einzigen Satz: »Ich beneide Sie um Ihre Jugend.« Es muß anläßlich eines Geburtstags oder Jubiläums gewesen sein. Jedenfalls war ich damals schon siebzig, er zehn Jahre älter. Mein rüstiges Greisenalter war längst angebrochen.

Sonst kenne ich ihn so, wie er in seinen Schriften war: ernst, in philosophische Überlegungen vertieft, aufmerksam zuhörend, an Politik, Religion, Moral interessiert, fast missionarisch. Aber dahinter verbarg sich mehr, nur hatten wir beide, immer in Hetze, zeitlich eingeschränkt, wenig Gelegenheit, uns näherzukommen.

Ich traf ihn unterwegs in Europa: einmal in Paris, bei einer konspirativen Zusammenkunft polnischer Dichter aus Volkspolen mit den Emigranten aus Frankreich, England, Italien und den USA, zusammen mit ihren Verlegern aus diesen Ländern. Aus Deutschland waren Fritz Arnold, der damalige Lektor des Hanser Verlages, und ich angereist. Miłosz, nach langer Abwesenheit wieder einmal in Paris, hatte alle Hände voll zu tun, die alten Freunde aufzusuchen; ich wollte die knappe Zeit nutzen, meinen Bekanntenkreis unter den Autoren der Emigration zu erweitern.

Dann, viel später, 1999, anläßlich des Gipfeltreffens des polnischen und des deutschen Staatspräsidenten in Köln.

Die Stadt hatte uns für das Rahmenprogramm engagiert. Vor einem großen Publikum las Miłosz seine Gedichte, ich die Übersetzungen, zwischendurch plauderten wir darüber. Der Beifall war lang und herzlich, Miłosz mußte seine Bücher eine Stunde lang signieren. Zum Programm gehörte auch ein Vormittag in einer Schule, Presse-, Foto- und TV-Termine, Gespräche mit seinem Kölner und Krakauer Verleger und mit Miłosz' Frau, die mich überaus herzlich nach Berkeley einlud.

Ich traf ihn auch in Krakau, bei einem Symposion der Universität über das Thema der »Identität«. Diesmal saß ich mit Miłosz längere Zeit auf der Bühne, er, ein Pole aus dem *litauischen* Wilna, sein Kollege aus Yale, Tomas Venclova, ein Litauer aus dem *polnischen* Wilna, und ein Deutscher aus dem *polnisch-russisch-jüdisch-deutschen* Lodz, alle drei völlig verschieden und doch aufgrund ihrer Erfahrung einander vertraut.

Das Gedicht »Beschwörung« (1969) läßt sich als Miłosz' poetisches Credo lesen: »Schön ist die Menschenvernunft und unbesiegbar. / Nicht Gitter, nicht das Verramschen der Bücher, / Noch die Verbannung richten ihr etwas an, / Sie setzt allgemeine Ideen in Sprache um / Und führt unsre Hand; so schreiben wir eben groß WAHRHEIT UND RECHT, und klein unrecht und lüge. / Sie hebt was sein soll hinauf über das was ist, / ein Freund der Hoffnung, ein Feind der Verzweiflung, / Sie unterscheidet nicht Juden und Griechen, Sklaven und Herrn, / Sie läßt uns gemeinsam den Haushalt der Welt verwalten. / Aus dem unflätigen Lärm der gequälten Wörter / Rettet sie strenge und klare Sätze ...«

Dieser hoffnungsvolle Gedanke durchzieht sein Gesamtwerk, bis zu den letzten Gedichten, von denen ich eins besonders gern wiederhole. Es erfüllt mich mit Genugtuung, daß ich es bei unserem letzten Treffen anläßlich der Eröffnung der Frankfurter Buchmesse 2000, deren Schwerpunkt Polen war, gemeinsam mit Miłosz, er polnisch, ich deutsch, vor einem großen internationalen Publikum – gewissermaßen als Schlußakkord unserer Bekanntschaft und Gemeinsamkeit – vortragen durfte:

Aber die Bücher

Aber die Bücher wird es in den Regalen geben,
Wahrhaftige Wesen, die irgendwann frisch, noch feucht, aufgetaucht waren,
Wie unter dem Baum im Herbst die leuchtenden Kastanien
Und liebevoll aufgehoben zu dauern anfingen,
Trotz aller Feuerscheine am Horizont,
Der in die Luft gesprengten Schlösser,
Der wandernden Stämme, beweglichen Planeten.
Wir sind da – sagten sie, selbst als man ihnen die Seiten herausriß
Oder wenn lodernde Flammen ihre Buchstaben tilgten,
Um wieviel dauerhafter als wir, deren dürftige Wärme
Zusammen mit dem Gedächtnis erkaltet, verflüchtigt, vergeht.
Ich stelle mir die Erde vor, wenn es mich nicht mehr geben wird –
Na und? Überhaupt kein Verlust, es bleiben die Wunderdinge,
Die Kleider der Frauen, der feuchte Jasmin, das Lied im Tal.
Und die Bücher wird es in den Regalen geben, die wohlgeborenen,
von Menschen aus Helligkeit von den Gipfeln.

Nach dem ende der welt
nach dem tode
fand ich mich in der mitte des lebens
Tadeusz Różewicz

Unsere Freundschaft begann Anfang der sechziger Jahre, mit Briefen.

»Sehr geehrter Herr Różewicz,
der Literarische Verlag Krakau hatte mir vor kurzem freundlicherweise Ihre Gedichtbücher *Unruhe* und *Formen* zugeschickt: schon beim ersten, noch unvorbereiteten, nur neugierigen Anlesen war ich ergriffen; ich mußte verschiedene Stellen mehrere Male lesen. Nun läßt mir der Wunsch *keine Ruhe*, Ihnen zu schreiben, ein Gespräch mit Ihnen zu suchen. (...)«

Ich hatte das Gedicht »Gerettet« gelesen: »Vierundzwanzig bin ich / gerettet / auf dem weg zum schlachten ...« Mit wachsender Anteilnahme das nächste: »Wie gut / ich kann beeren / sammeln im wald / ich dachte / es gibt keinen wald mehr keine beeren. / (...) Wie gut / Ich bin bei dir / mein herz schlägt so stark / ich dachte der mensch / hätte kein herz.« Und weiter, immer stärker, klopfenden Herzens: »Kleiner Zopf, Auschwitz-Museum 1948 (...) Da liegt / das spröde haar / der vergasten / nadeln und hornkämme / stecken darin // Kein licht durchleuchtet es / kein wind zerwühlt es / keine hand kein regen kein mund berührt es / (...)

Ich wollte dem Dichter dieser Zeilen in die Augen sehen. Ich schrieb ihm Briefe. Es dauerte lange, bis wir uns persönlich begegneten, Różewicz war viel auf Reisen.

»Ich hätte Lust, wenn Sie erlauben, einige Ihrer Gedichte ins Deutsche zu übertragen. Vielleicht wäre das eine Möglichkeit der Annäherung: sich gegenseitig »wahr«zunehmen, persönlich und dann vielleicht sogar öffentlich anzuhören. (...) Ihr Glaube an die Lyrik ist erschüttert. Sie wissen nicht, was sie noch soll – und das *beunruhigt* Sie, mit Recht. Aber Sie schreiben Gedichte, viele Gedichte, sehr wahre, uns be»treffende« Gedichte, die etwas bewirken, was die »normale« Sprache nicht vermag, nämlich – daß wir einander verstehen.

In babylonischen Zeiten, in denen die Sprache zum Mißverständigungsmittel wird, ist es wichtig, die kleinen Gemeinsamkeitssignale nicht zu übersehen. (...) Przyboś – über den ich auch einmal mit Ihnen sprechen möchte – wollte, daß seine Poesie »die Welt« umforme, neu gestalte; Quasimodo schlug gleich am ersten Tag des Friedens 1945 vor, mit und in der Poesie »den Menschen« neu zu schaffen; demgegenüber nimmt sich Ihr Programm bescheiden, minimalistisch, aber deshalb auch realistisch und konkret aus: Sie möchten den Zustand der Sprache als Wahrheitsträger wiederherstellen, die Sprache von dem Raffinement der Täuschung, dem Kalkül der Verführung, dem Labyrinth der intellektuellen Verwirrung befreien – und das ist handfeste Therapie. (...) Sie gelten als der Begründer der »Anti-Poesie«, alle sehen und analysieren bei Ihnen die Verzweiflung, und wenige sehen über diese hinaus, wo die »Wiederherstellung« stattfindet. (...)

Ich versuche mir ein Bild von Ihnen zu machen. Aus den

Karl Dedecius mit Tadeusz Różewicz, Frankfurt 1971.

Gedichten Ihr Gesicht herauszulesen, aus den stockenden Rhythmen Ihre Bewegungen herauszufühlen. Wie drücken sich Unbehagen des Überlebens, Verzweiflung und Spott, Einsilbigkeit und Pathos in den Zügen eines Gesichts aus? Und auf einmal merke ich, daß ich nicht Ihr Gesicht, sondern das meine suche, daß ich, auf der Suche nach Ihnen, auf der Suche nach meinem verlorenen Gesicht bin.

Ich blicke in Ihr Gesicht an der Wand und sehe, daß es ein Spiegelgesicht ist, mein eigenes.«

Unsere Korrespondenz umfaßt beinahe zweihundert Briefe; viele erfolgreiche deutsche Ausgaben begleiteten sie. Mit ihm begann für mich die polnische Nachkriegslyrik. Inhaltlich war er Zeuge und Mahner, formal Weichensteller und Modellbauer. Sein Gedicht wollte die Geschwätzigkeit und Verlogenheit der »gehobenen« Dichtung und der offiziellen Rhetorik überwinden.

Ich fühlte mich Różewicz und seinem Schreiben von Beginn an verpflichtet. Das Schicksal hatte uns ähnlich geprägt – und wir hatten denselben Polnischlehrer, Professor Janiga. Różewicz war bei ihm bis 1937 in Radomsko, ich von 1937 bis zum Abitur 1939 in Lodz. Geht den Wörtern auf den Grund. Betrachtet sie von allen Seiten, bevor ihr ihnen Vertrauen schenkt oder zu ihren Opfern werdet, hatte er uns eingeschärft.

Tadeusz Różewicz war der erste polnische Nachkriegslyriker, der in Deutschland früh eine große Lesergemeinde fand. Unruhe war die Reaktion, die seine Gedichte auslösten. »Wo die Geschichte uns überwältigt, bringt sie uns keine Ruhe«, hatte Karl Jaspers über unsere Zeit gesagt. Die Soziologie diagnostizierte diese Unruhe als Ausdruck eines ethischen Vakuums, entstanden durch die Vereinsamung, die Entfremdung, den Orientierungsverlust. So lautete die Diagnose. Und die poetologische Therapie? Sie ist bei Różewicz – nach Auschwitz, trotz Adorno – nachzulesen:

wir verloren die gemeinsame sprache
nun lerne ich das sprechen
ganz von vorn

Różewicz war der erste, der nach dem Krieg, eigentlich schon während des Krieges, eine neue »Sagbarkeit« versucht hatte: Ergebnis war das wahrheitsbesessene Gedicht der kleinen Versfüße und der großen Schritte. Miłosz nannte ihn das größte Talent, das die polnische Dichtung nach 1945 hervorgebracht hat.

Und der gestrenge Kritiker Aleksander Wat lobte »die Energie seiner Wörter, die Libido, nicht im Sinne Freuds, sondern im Sinne Jungs und der mittelalterlichen Theologie.« Und das zu einer Zeit, als der Reiz, die Schönheit der Sprache und ihr Sinn abgenutzt, kompromittiert, verderbt, entwürdigt wurden. Das sei Różewicz' großes Verdienst in der obskuren Periode des Sozrealismus.

Różewicz begründet seine Poetik: »Ich versuche wiederherzustellen, was mir für mein Leben und für das Leben der Poesie am wichtigsten scheint: Die Ethik. Und weil für mich Ethik mit Politik und nicht mit Ästhetik zusammenhängt, hat meine Kunst einen politischen Akzent.«

Geboren wurde der Dichter 1921 unweit von Lodz, in Radomsko. Im Krieg war er Soldat einer Partisaneneinheit der Armia Krajowa, der Heimatarmee; sein älterer Bruder, sein Vorbild, der früher als er begonnen hatte, Gedichte zu schreiben, fiel im Krieg. Różewicz publizierte 1944 in einem Untergrundverlag seinen ersten Gedichtband *Echa leśne, Waldechos.* Nach dem Krieg studierte er Kunstgeschichte in Krakau. 1947 erschien sein Lyrikband *Niepokój*, *Unruhe*, der als sein eigentliches Debüt gilt und ihm seinen Platz in der polnischen Literatur sicherte: als Sprecher der jungen Generation mit dem Lebensgefühl der Verstörung und als Begründer der »Anti-Poesie«, die durch Abbau der dekorativen Fassaden und durch äußerste Reduktion der Mittel die Wahrheit der Wörter und ihre moralisch-politische Stichhaltigkeit wiederherzustellen suchte. Różewicz ließ sich als freier Schriftsteller zuerst in Gleiwitz, seit 1968 in Breslau, abseits der Warschauer Kulturszene, nieder.

Ein Überlebender, von Vergangenheit und Zukunft verfolgt, vom Gewissen tyrannisiert, fand eine Sprache, die dem verwundeten Gedicht wieder Leben, Sinn und Kraft gab.

Różewicz war zunächst von der Poesie der Krakauer Avantgarde, von Przyboś, beeindruckt. Wie kein anderer, nicht einmal Przyboś selbst, hatte er dessen Grundsatz »Najmniej słów« – so wenig Worte wie möglich – beim Wort genommen.

Es waren existentielle Gründe, die Różewicz in ein Gegensatzverhältnis zur Ästhetik und Artistik von Przyboś brachten. Von der Geschichte überrollt, zu Mißtrauen gezwungen, zur Verschwiegenheit erzogen, mußte er ganz von vorn anfangen. »Ich bildete mir ein, ich sei der erste Mensch, der sagt ›Guten Tag‹, ›Wasser‹, ›Die Sonne geht auf.‹« Er scheute jegliche Poetisierung. Er ging den Dingen auf den Grund, wollte die ihnen gemäßen Namen wieder finden, und da die Dinge karg geworden, entzaubert waren, waren es die Namen auch: »Musik-Rhythmus und Bild-Metapher empfinde ich nicht als Flügel, sondern als Ballast, den man loswerden muß, damit die Poesie wieder fähig werde – nicht sosehr weiterzufliegen, wie überhaupt weiterzuleben. Ich bin mir dessen bewußt, daß dieser Weg zum Selbstmord oder zum Verstummen der Poesie führen kann, aber mir scheint, daß dieses Wagnis notwendig ist.« Polnische Kritiker nannten die Poetik Różewicz' »Geflüster, zum Schrei geworden« und »Poetik der gewürgten Gurgel«. Treffend stellte jemand fest, es sei eine gefährliche Poetik »auf des Messers Schneide«: die kleinste Unsicherheit genüge, um sie in Banalität abgleiten zu lassen. Deshalb irrten viele seiner Epigonen, die glaubten, einfache Gedichte seien einfach zu machen. Sie scheiterten an dieser Einfachheit. Różewicz' spröde Schönheit war reines Erleben, von anderen so nicht nachzuahmen.

Liebe 1944

Wehrlos nackt
lippe auf lippe
mit weit
geöffneten augen

lauschend

schwammen wir
durch das meer
aus blut und tränen

Różewicz' Gedichte waren schmucklos aus einfachen Wörtern, meist nur aus Satzgegenstand und Satzaussage gefügt, aber spannungsgeladen, von intensiver Emotion.

Seit den fünfziger Jahren war Tadeusz Różewicz auch ein vieldiskutierter und oft aufgeführter Bühnenautor, er hatte das polnische Nachkriegstheater revolutioniert und gehörte mit Witkacy und Gombrowicz zu den Neuerern. Einige Kritiker wollten in ihm einen Protagonisten des absurden Theaters sehen. Różewicz wehrte sich dagegen, er fand seine Stücke in der absurden Welt des realen Sozialismus realistisch. Er nahm für sein Theater den Begriff des »poetischen Realismus« in Anspruch.

Ich hatte Gelegenheit, sein Stück – »Die alte Frau brütet« (*Stara kobieta wysiaduje*) – auf seiner Hausbühne in Breslau zu sehen.

Der Schauplatz verwandelt sich nach der Regieanweisung des Autors unaufhaltsam in ein Schlachtfeld aus Papierfetzen.

Das stört aber »alle Institutionen (einschließlich Kirche und Gesundheitsdienst)« nicht im geringsten, sie »funktionieren normal«, das Leben geht unverändert weiter, »Sitzungen, Kongresse, Bankette« finden nach wie vor statt, die Menschen »arbeiten, amüsieren sich, erzählen Witze«, summen, singen alte Schlager, streiten, lesen sich Anzeigen aus alten Zeitungen vor, zitieren alte Lehr- und Geschichtsbücher, Rechenschaftsberichte. »Die Stimmen kommen aus dem Müllhaufen«, der inzwischen zu einer großen Abfallhalde wächst, auf der die alte Frau sitzt und brütet. Der Zuschauer darf weiterdenken, was da in Sonne und Schmutz verkommt und ausgebrütet wird. Die Monologe und Dialoge, die durcheinander gesprochenen Zitate, Sprechblasen, Gesprächsfetzen muten an wie ein durch den »natürlichen Bevölkerungszuwachs« ins Maßlose multipliziertes »Endspiel« in den Mülltonnen von Beckett. Stichworte gibt es eigentlich keine, jeder redet gegen jeden, aber die politischen Anspielungen sind unüberhörbar.

Anfang der sechziger Jahre, als sich nach den heftigen politischen und intellektuellen Auseinandersetzungen um das »Tauwetter« eine gewisse Beruhigung eingestellt hatte, beschrieb Różewicz seine Zeit im Drama »Zeugen oder unsere kleine Stabilisierung«. Dort agieren keine Helden, keine Betroffenen mehr, sondern Abwartende, Zeugen, Außenstehende, Aussteiger, Passive. Die Aura einer müden Monotonie beherrscht die Szene, die »Normalisierung« erzeugt Mäßigkeit und Beliebigkeit, die Ruhe nach dem Sturm ist eine Windstille vor dem nächsten Gewitter:

SIE: die dummheit nimmt normale dimensionen an
ER: die unendlichkeit ist kürzer

als das bein
der Sophia Loren
SIE: liebe und haß
haben ihre ansprüche gesenkt
ER: das weiß ist nicht mehr so weiß
so blendend weiß
SIE: das schwarz ist nicht mehr so schwarz
so wahrlich schwarz
ER: die temperatur ist mäßig
SIE: die winde sind gemäßigt (...)
ER: gelassen spricht man
vom Ende der Welt
BEIDE: und schlägt ein Bein
übers andere

Als Walter Höllerer im Winter 1966/67 einundzwanzig Autoren aus vielen Ländern der Welt nach Berlin einlud, zu dem heute legendären Veranstaltungszyklus »Ein Gedicht und sein Autor«, waren es die Gedichte der beiden Polen, Tadeusz Różewicz und Zbigniew Herbert, die überraschten und Aufsehen erregten. Bei wichtigen, repräsentativen Veranstaltungen, die dem Ansehen des polnischen Staates dienten, durften sogar nicht-staatskonforme Poeten wie diese beiden ins Ausland reisen.

Damals, in Berlin, begegnete ich Różewicz zum erstenmal. Ich stellte ihn und Zbigniew Herbert auf dem Podium vor, zwei ganz unterschiedliche Vertreter der polnischen Poesie. Über beide hatte ich einen kurzen Essay geschrieben und trug ihn vor, dann lasen sie polnische Gedichte, ich die deutsche Übersetzung. Im Saal herrschte andächtige Stille, immer wieder unterbrochen von heftigem Applaus.

Im Publikum saß ein junger Mann, der sich noch genau

(V. l. n. r.) Zbigniew Herbert, Karl Dedecius, Tadeusz Różewicz, Walter Höllerer bei ihrer Lesung in der Akademie der Künste, Berlin 1966.

an jenen Berliner Abend erinnert: Michael Krüger, damals Student, heute namhafter Autor, Kritiker, Herausgeber der *Akzente* und Leiter des Hanser Verlags. Krüger schrieb, daß ihm die »Selbstverständlichkeit« der Różewicz-Gedichte »den Atem verschlug. Es wurde damals viel geredet in Berlin und viel geschrieben. Aber es kam selten vor, daß wir einer leisen Stimme aus der Gegenwart zuhörten, mit der verglichen unsere Sprache der pathetischen Bekenntnisse eigentümlich weltfremd klang.«

Und Krüger sind Różewicz' Gedichte noch heute gegenwärtig: die »einfachen Worte ... klar, ohne Beschönigung, bar jeder Sentimentalität, von einer Schönheit, die von innerer Wahrheit gespeist wurde: Formen der Unruhe.« Krüger endet seine Erinnerungen respektvoll: »Seither ist dieser freundliche Herr aus Breslau unser Lehrer ... unser Lehrer Tadeusz.«

»Die Polen hatten etwas«, schrieb später im Rückblick

Walter Höllerer, »was mich besonders anzog. Wenn ich genauer darüber nachdenke, wird mir die Konstellation klar: sie hatten einen Bezugspunkt in ihrem Dichten und Denken, den man nicht anders als mit dem Wort ›Unschuld‹ bezeichnen kann –, und sie schützten diese Unschuld durch ein diffiziles Geflecht von Logik, Witz und black-out-Einfällen. ... Das gab ihnen Ausnahmestellung und Überlegenheit. ...«

Eines der schönsten Geschenke, die Tadeusz Różewicz mir machte, ist das folgende Gedicht.

AN K. D.

Du übersetzt
mein gedächtnis
in dein gedächtnis
mein schweigen
in dein schweigen

das wort leuchtest du aus
mit dem wort
hebst das bild
aus dem bild
förderst das gedicht
aus dem gedicht zutage

verpflanzt
meine zunge
in eine fremde

dann
tragen meine gedanken
früchte
in deiner sprache

Im März 1985 erhielt ich einen Brief, in dem er auf meinen Lehrmeister bezug nimmt.

Lieber Karl!

Ich betrachte das Bild – kein Abbild! – des St. Hieronymus von El Greco und denke an Dich. Weshalb? Das ist mein Geheimnis ... Wir kennen uns wie zwei alte Droschkenpferde, ich gebe also diesem Brief eine teils scherzhafte, teils sentimentale Form. Wir gehören der gleichen Generation an, wurden im gleichen Jahr – 1921 – geboren, und durch eine merkwürdige Fügung des Schicksals unterrichtete uns (wenn auch in verschiedenen Schulen und nicht zur gleichen Zeit) derselbe Polonist, Janiga. Und offenbar war er ein guter Lehrer ... denn ich bekam bei ihm nur »befriedigend«. Du bist in unserer Zeit ein seltenes Exemplar, Karl – Du kannst, wie Hieronymus, mit reinem Gewissen von Dir sagen: »Durch tägliche Arbeit und im Schweiße meines Angesichts verdiene ich mein Brot«, in Erinnerung an das Apostelwort: »Wer nicht arbeitet, soll auch nicht essen.«

Ich erinnere mich – nach schwerer Krankheit, nach einer Operation, standest Du mit einem Bein »im Jenseits«, warst vom Fleisch gefallen, und Deine leibliche Hülle ähnelte Lazarus ... Aber Deine ersten Worte betrafen unsere gemeinsamen Interessen, Übersetzungen, neue Bücher. Mit einem Glanz, besser gesagt, mit Licht in den müden Augen sprachst Du darüber. Du bist von der Arbeit besessen.

Weißt Du noch? Oftmals wollte ich Dich zum »Schwänzen« überreden, zum Faulenzen, zum süßen Nichtstun; Du hast nur nachsichtig gelächelt, die Ärmel hochgekrempelt und Dich an die Arbeit gemacht. Dabei wurde und wird diese Arbeit oft mit Undank belohnt … »Genius irritabile poetarum«! …

Du bist so kultiviert, daß Du Deinen Groll verbergen kannst. »Genius irritabile poetarum«! Aber nicht nur das … Du hast es mit Politikern, Funktionären, Mäzenen zu tun, die Dein Werk mit gar zu primitivem Werkzeug untersuchen und beurteilen. Aber Du bist unter den Künstlern ein rara avis! Du bist ein Mensch, der sein Handeln in Kunst verwandelt. Du bist ein Dichter, der nicht eine Sprache, sondern viele Sprachen beherrscht. Du bist also ein Kind vieler Völker und vieler Kulturen. Wenn ich an Dein Schaffen denke, denke ich an alle diese Aspekte … »Handeln als Kunst« – das wäre ein guter Titel für ein Buch über Dich. Unzählig sind Deine Arbeiten, Deine Briefe, denn wie St. Hieronymus an den Mönch Heliodor und an Julian, den Diakon von Aquileia, an Florentinus und Eustochium geschrieben hat, so schreibst Du an Julian Przyboś, an Ewa Lipska, Urszula und Wisława. Dein geistiger Schutzherr schrieb an Paula, an Papst Damasus, an Theodosius und an andere Einsiedler, und Du schreibst an Johannes Paul II., an Miłosz, an Zbigniew, Kornel und Tadeusz …

Nur dem Anschein nach lebst Du in einer modernen Großstadt, in Wirklichkeit aber lebst Du in der Wüste Chalcis, in der Einsiedelei, eingeschlossen in Tausende von Büchern, Zeitschriften, Drucke, Bildbände, eigene und fremde Manuskripte, Briefe … Wenn ich mit Dir in dem von Blumen übersäten Garten in der Reichsforststraße sitze, dann vergesse ich, daß ich mit einem Menschen zu tun habe, der zehn (vielleicht zwölf!) Stunden am Tag arbeitet, der nicht krank wird, nicht simuliert, nicht streikt, kein dummes Zeug faselt, sondern geduldig und systematisch eine Brücke zwischen unseren Völkern baut, die unzerstörbar ist. Du bist ein Mensch, der gegen Schwäche und Krankheit eine zuverlässige Arznei gefunden hat – die Arbeit; der daraus seine Heiterkeit schöpft, einen Humor frei von Gift und Bitterkeit und ein liebenswürdiges Lächeln, mit dem er an der gastfreundlichen Schwelle seines Hauses nicht nur willkommene Gäste begrüßt. Sondern auch unerwartete, lästige, langweilige. Wenn man daran denkt, daß Gedankenlose uns »die vom Tode verseuchte Generation« nennen! Was für eine dumme Bezeichnung! Wir, die Kriegsgeneration, sind vom Leben, von der Arbeit durchdrungen, von der Liebe zum Leben ...

Ich unterbreche meinen Brief, denn ich werde pathetisch. Also zurück zu dem verlorenen Faden. Du bist schon ein angesehener Rentner, und ich komme Dich besuchen. Nach der ersten Begrüßung, den ersten Fragen, Umarmungen entschuldigst Du Dich für »einen Moment« und verschwindest in deinem Arbeitszimmer – der Einsiedelei ... Ich schaue mir Zeitungen an, gucke zum Fenster raus, horche – aber Du kommst nicht zurück. Beunruhigt gehe ich die Treppe hinauf ... und höre ein Klopfen ... das geschäftige monotone Klopfen einer Schreibmaschine ... Ich öffne die Tür und sehe Dich am Arbeitstisch ... Berge von Papieren, Stöße von Büchern ... und der Rentner Karl! Was machst Du denn da? Frage ich. Ich bin gleich fertig, sagst Du, setz Dich und lies ... Mensch, sage ich, Mensch! Was machst Du? Für die Gesundheit, antwortest Du, das tut mir gut; gleich bin ich fertig, dann gehen wir ein Bier trinken ... Ich schau Dich böse, erstaunt, aber auch stolz an, und wieder denke ich mit den Worten Deines geistigen Vaters und Schutzherrn St. Hieronymus, der an Papst Damasus »über Seraphim und glühende Kohle« schrieb: »Als dann beim Bau des Turms zu Babel Gott beleidigt wurde, weswegen er durch die Vielfalt der Sprachen die Nationen verwirrte …«, kam ein Kind auf die Welt, dem man den Namen Karl gab, und dieses Kind wurde ein fleißiger Mann, ein Übersetzer, der im Schweiße seines Angesichts versucht, die Sünde unserer Vorfahren gutzumachen, und die verworrene Sprache verschiedener Völker so lange in für diese Völker verständliche Sprachen übersetzt, bis diese Völker ihre Literaturen und einander liebgewinnen …

Diesen Brief lege ich wie einen Lorbeerkranz um Deine grauen Schläfen mit Vergils Worten: »Labor omnia vincit improbus – große Arbeit überwindet alles.«

Dein Tadeusz

Viele von Tadeusz Różewicz' Anspielungen zeigen, wie gut er mich kannte, und wenn nicht kannte, so doch mein Wesen ahnte. Diese Ahnung, unsichtbar, immateriell, ist ein starkes Bindemittel unserer Freundschaft.

Hieronymus, über den wir gelegentlich sprachen, wurde unter einigen meiner Freunde zur Vorlage für meinen Fleiß und meine Faulheit, für Vorzüge und Fehler, die ich an dem Schutzheiligen der Freundschaft und der Übersetzer so mochte.

Hieronymus, unter Slawen geboren, Lateiner durch literarische Bildung, hatte Purpurgewänder und Büßersäcke mit gleicher Würde und Selbstverständlichkeit getragen. Er war Prediger im Westen und Eremit im Osten, in den Palästen Roms, aber auch in der Wüste zu Hause. Für seine Biographen war er ein Sturmheiliger und der Verkünder einer zum Ethos erhobenen Freundschaft: fasziniert vom Wesen des Wortes, unterwegs vom Altertum zum Mittelalter, Cicero und Christus gleichermaßen verfallen. Ein Grenzgänger, der in der Zerrissenheit seiner Zeit eine Klammer sein wollte.

Das Hieronymuswort »Nur nicht zuviel« war mir zeitlebens Mahnung, das wußten die polnischen Freunde. Diese Mahnung, gründlich verinnerlicht, hatte Folgen:

Ein Satz, der es mir angetan hatte, wurde noch einmal gelesen, gehörig gekürzt, am nächsten Tag abermals gelesen, später wieder, so lange, bis er nun, mehrfach korrigiert, als zusammengestrichenes Nichts nur noch für den Papierkorb taugte.

Neben Hieronymus war Horaz mein bevorzugter Lehrmeister. Ihre Sätze hatten sich in mein Gedächtnis eingegraben und leiteten mich durch Krieg, Gefangenschaft, den Kalten Krieg und den heißen Frieden. Heiliger Horatius: *Verba movent, exempla trahunt.* Worte bewegen, Beispiele bleiben.

Nach der Rückkehr aus der Gefangenschaft gab es für Längen und Breiten ohnehin keine Zeit, keine Kraft, keinen langen Atem. Meine Lust am Lesen und Schreiben beschränkte sich auf den Kurztext, das Gedicht, das Epigramm, den Aphorismus.

Zbigniew Herbert widmete mir ein Hieronymus-Gedicht:

COLANTONIO – S. GIEROLAMO E IL LEONE

Für Karl Dedecius
in unverbrüchlicher Freundschaft

im grunde schlamperei
die bücher durcheinander
Organon Marx Engels Tractatus logico-philosophicus
Lolita
der heilige liest alles
und am rande der seiten
der mohn seiner glossen:
vergleiche seite 7 richtig die folgerung fehlt

auf dem schreibtisch die rolle mit pergamenten
federkiel tintenfaß stundenglas
nutzlose fläschchen welche das nachdenken fördern
die umgekehrte also in frage gestellte welt spiegelt sich dort

just als er laut in der botschaft
des heiligen Johannes las
kam der löwe herein und streckte ihm
seine vom stachel verletzte tatze entgegen

mit langem lateinischen stilus zog der heilige aus der
grauen büchse den dorn
das hätte gut enden können
aber es endete schlecht

der löwe gewöhnte sich an den heiligen
folgte ihm überallhin

zertrat die blumen
erschreckte die metzger
die kinder nur waren gelassen
sie riefen »dummer leone« und warfen mit steinen

der heilige tat was er konnte
verbarg sich im tor
ließ seine dienerin sagen, der herr sei nicht da

das alles half wenig
der löwe brüllte schlug mit der rute
verlor tatsächlich die sinne

am tag als der heilige starb
ging er davon durch die schmutzige vorstadt
direkt in die wüste

da sah er plötzlich
daß der purpurne hut
mit der dreifachen schnur und den vierzehn knoten
darunter der heilige sonst seinen heiligenschein verbarg
als er an der ecke die apotheke betrat
wegen der schmerztabletten

langsam aufging als mond
am himmel der ganz aus gold war

und dieses wasser die worte was sollen was sollen sie prinz
Fortinbras an Hamlet in Zbigniew Herberts
Gedicht »Fortinbras' Klage«

Zbigniew Herbert überraschte Ende 1956 die polnische Öffentlichkeit mit Gedichten, die man in der stalinistischen Eiszeit der Nachkriegsjahre kaum erwartet hätte. Der Titel seines bereits erwähnten Debüts *Struna światła, Lichtsaite*, deutete schon an, daß sein poetisches Instrument der Erhellung dienen wollte. Gleichwohl beginnt der Band mit Erinnerungen, die ins Dunkel tauchen. Elegien und Epitaphe, die den Gefallenen, den Verschollenen gewidmet sind, den Opfern des Krieges, den untergegangenen Welten, den »gestorbenen Religionen« – das große Thema der Jahre nach dem Zweiten Weltkrieg. Aber es beginnt bereits der »Anbau der Philosophie«, ein Gespräch mit Marc Aurel, Herberts Philosophieprofessor Henryk Elzenberg zugeeignet, und eine Revision der Mythologie: »Von Troja«, »An Athene«, »An Apoll«, von dem er die Begeisterung zurückverlangt, die er im jugendlichen Alter an ihn verschwendet hatte. Das schmale Bändchen enthält darüber hinaus – Herberts dritter Themenkreis – die Liebeserklärung an den »Hokker«, den einfachen Alltagsgegenstand, das rauhe Möbel aus Holz. Es ist ein Bekenntnis zum Be-Greifbaren. Der Band enthält auch die letzte Verfügung, das »Testament«. Dem Feuer, der Luft, der Erde, die er »zu sehr geliebt«, überläßt der Dichter seine »überflüssige« Habe: das »taube Korn des Körpers«, die »Hände« und die »Worte«. Er möchte »ins Tal der Tränen« seines Landes »treu« und unbeschwert zurückkehren als »Wassertropfen«, als »Farn des Frosts«, als eine »Schneeflocke«, die den Himmel zu erreichen nie das Glück hatte.

Unter den frühen Gedichten geht mir eins aus seinem dritten Buch »Studium des Gegenstandes« nicht aus dem Sinn; die Nachbildung des dramatischen Duells zwischen dem Irdischen und dem Himmlischen, zwischen dem göttlichen Gesang und dem Klagelied der Kreatur: zwischen Apoll und Marsyas. Gott, der Erhabene, und der Satyr, der im irdischen Dickicht streunende, treten mit ihren Instrumenten in einen Wettkampf ein.

Erst verhältnismäßig spät kam es zu einem Treffen mit Zbigniew Herbert. Immer wenn ich in Warschau war, war er in Paris, wo er Freunde hatte, oder er bereiste mit einem Stipendium gerade die Kulturstätten des Westens, Frankreich, Griechenland, Italien. Er war gern auf Wanderschaft, sicher auch deshalb, um so lange es ging nicht in Volkspolen sein zu müssen, was ich gut verstehen konnte.

Bei einem meiner Warschau-Aufenthalte organisierte die Leiterin des Polonicums, Janina Kułczycka-Saloni, an der Warschauer Universität mir zuliebe ein Treffen mit Polonisten. Sie konnten mir Auskünfte geben, die ich für meine Buchvorhaben benötigte.

Bei dieser Gelegenheit lernte ich Herberts Intimfreund Zdzisław Najder kennen, der »gleich um die Ecke«, unweit der Universität wohnte. Seine Frau Hela improvisierte ein polnisches Mittagessen, und wir plauderten über unseren Generationsgenossen Zbigniew. Najder gehörte sehr früh zu den »Fahnenflüchtigen« der Volksrepublik. Im Westen war er später Direktor des Senders *Free Europe*. Der Kreis meiner Bekannten, Berater, Korrespondenten, Freunde wuchs. Und ich hatte Glück: Es waren immer die richtigen.

Von Najder bekam ich Herberts Auslandsadressen und ein königliches Gastgeschenk: ein handgebundenes Heft mit Typoskripten und Autographen seiner Gedichte, die der Studienfreund in wenigen Kopien aufbewahrt hatte. So konnte ich Zbigniew Herbert ausfindig machen und gut informiert nach Frankfurt einladen. Wir telefonierten, als er in Paris weilte.

Herbert zögerte. Bei Auslandsreisen hatte er stets Schwierigkeiten mit seiner Paßbehörde, er mußte sich bei den polnischen Konsulaten melden, die vorgeschriebenen Reiseziele und -zwecke streng einhalten. Ich riet ihm, zur Deutschen Botschaft in Paris zu gehen. Dort erhielt er ein Visum für die Bundesrepublik. Mit diesem Visum suchte er die Polnische Botschaft in Paris auf und erzählte von einer »repräsentativen Einladung«. Es funktionierte: obwohl sein polnisches Visum die direkte Rückkehr aus Paris nach Polen vorsah, durfte er ausnahmsweise über Frankfurt reisen. Er kam mit dem Zug, als Erkennungszeichen hielt ich eine polnische Zeitung in der Hand. Ihn kannte ich von Fotos. Ich brachte ihn in einem Hotel in der Nähe des Suhrkamp Verlages im ruhigen Frankfurter Westend unter und lud ihn für den nächsten Tag nach Hause ein.

Herbert lebte ein konsequent kompliziertes Leben. Er litt an vielen Dingen: an seinem Vaterland, an seinen Freunden und an seinen Feinden. Mich überraschten die kleinen, weichen, kindlichen Hände, ein Gegensatz zu seinen ernsten, nachdenklichen, tiefgründig philosophischen Gedichten. Er war aber auch sehr witzig, liebte intelligente Clownerien und Fratzenspiele á la Witkiewicz.

Später lernte ich seine Frau Katarzyna kennen und war

Zbigniew Herbert
Gedichte

Aus dem Polnischen übertragen
und mit einem Nachwort versehen
von Karl Dedecius

Karolowi Dedeciusowi
to nasze
pierwsze papierowe
dziecko
z przyjaźnią
poświęca
Zbigniew Herbert
(matka)

Karl Dedecius / dieses unser / erstes papierenes Kind / in Freundschaft / widmet / Zbigniew Herbert / (die Mutter) voller Bewunderung für ihr Talent, ihn sanft zu führen und die schweren Belastungen, die seine manchmal depressiven Stimmungsumschwünge mit sich brachten, zu tragen.

Herbert blieb einige Tage mein Gast und gewann langsam Vertrauen. Die Stadt konnte ich ihm nur flüchtig zeigen, weil ich tagsüber meinem Brotberuf nachgehen mußte. Er bedauerte das, er verbrachte viel Zeit in Museen, im Liebig-Haus, er wäre gerne mit mir ausführlich durch die Stadt gestreift. Wir trennten uns als Freunde. Wir sahen uns wieder, verbrachten seit dieser ersten Begegnung Stunden, Tage, mit unseren Kindern auch Weihnachtsfeiertage und Silvester zusammen.

So kam die dauerhafte, wenn auch nicht einfache Freundschaft zustande. Bei einem Glas Wein oder in Briefen, die er auch auf deutsch schrieb, erzählte er mir sein Leben.

20. VI. 1966, 61, rue Bonaparte, Paris VI e

Lieber Karl,
sehr herzlich danke ich Dir, Deinen Guten Damen und der ganzen reizenden Familie für die Gastfreundschaft und Güte in Frankfurt. Das Magnetofon, das Du mir gekauft hast, zeige ich stolz allen Bekannten und prahle damit wie ein Pfau. Ich fühlte mich sehr gut bei Euch.

Der ganze Aufenthalt in Deutschland (unlängst und schon Erinnerung), war für mich nützlich, und ich habe wohl diese Zeit nicht vertan.

Ich habe Jeleński getroffen, er lässt dich grüßen; wir haben Dich beim Wein überaus positiv beredet.

Da ich nicht aufhören kann, Dein Gespenst zu sein (habe

mich sehr an diese Rolle gewöhnt), habe ich eine große Bitte, sei so gut und schreib in Deinem wunderschönen Deutsch an Inter Nationes einen Dank für Hilfe.

Überanstrenge Dich nicht zu sehr, denn es wäre nicht schlecht, noch eine Weile zu leben (!?)

Ich umarme Dich und küsse sehr herzlich, Handküsse für Frau Elvi und Mama, für Octavia und den Thronnachfolger – Zärtlichkeiten und nochmals herzlichen Dank für alles

Euer Zbigniew

Berlin, 17. X. (1968)

Mein Lieber,
den letzten Brief schrieb ich mit der Absicht, Dir ein bißchen Freude zu bereiten. Um die Wahrheit zu sagen, gibt es dazu jetzt kaum Anlaß. Kürzlich habe ich die Mauer überwunden, um meine Schwester zu treffen. Es war äußerst bewegend, doch auch schmerzlich. Jetzt setze ich aber einen Punkt und verhülle mein ironisches Gesicht. Das ist das Privileg der Schwachen. Pan Cogito beabsichtigt, darüber ein Gedicht zu schreiben. (...)

Ich arbeite. Wenig davon wird sichtbar, weil die Hirnrinde zu undurchlässig ist und die verschiedenen Aufschriften auf ihr lauten: Gelöbnis, Treue und Herz. Aber die mir geschenkte Zeit habe ich wohl so schlecht nicht genutzt.

Ich werde Anfang November in Frankfurt sein, um bei Suhrkamp über mein Bändchen zu sprechen. Ich freue mich, Dich in Kürze zu sehen.

Kasia muß nach Paris fahren, um ihren Paß verlängern zu lassen. Schon jetzt bin ich sehr aufgeregt, aber irgendwie wird es wohl gehen. Wahrscheinlich werde ich mich aufmachen und die gewonnene Ruhe hinter mir lassen müssen.

Zbigniew Herbert. Der Heilige Hieronymus mit dem Löwen.

Beinahe hätte ich eine Verpflichtung für Amerika unterschrieben. Ich werde aber nicht vor dem späten Frühjahr/Sommer dorthin reisen. Ich weiß, was Du darüber auf der Karte aus Amerika geschrieben hast – dieses Land ist eben nicht alles für uns.

Und jetzt umarme ich Dich herzlich und innig
auch von Kasia liebe Worte
an die ganze Familie schöne Grüße von uns
Dein Zbigniew

Das ist Hieronymus, Dein Schutzheiliger, für Dich!

Was uns von Anfang an verband, war die unausgesprochene Solidarität der Vertriebenen. Wie ich Lodz, so hatte er Lemberg als Heimat verloren, worunter er sehr litt. Nach Jahren, als ich viele Freundschaften mit Schriftstellern geschlossen hatte, fiel mir auf, wie viele Vertriebene darun-

Karl Dedecius und Zbigniew Herbert mit ihrem Verleger Siegfried Unseld, im Hintergrund Peter Handke, Verona 1979.

ter waren: auch Lec, Lem, Parandowski und Zagajewski stammten aus Lemberg, Miłosz aus Wilna, dort hatte auch die Mehrzahl der Thorner Universitätsprofessoren, darunter Herberts Philosophielehrer Henryk Elzenberg, vor dem Krieg gelehrt, Witold Wirpsza, der das Exil in West-Berlin wählte, stammte aus Odessa ... Die Ereignisse der Jahre 1968 bis 1970 – die Studentenunruhen im März 1968, der Einmarsch der Truppen des Warschauer Paktes am 21. August in die Tschechoslowakei und die blutige Niederschlagung des Arbeiterstreiks in Danzig im Dezember 1970 – hatten einen neuen Exodus der polnischen Intellektuellen zur Folge. Czesław Miłosz lebte und lehrte bereits in Kalifornien, Leszek Kołakowski emigrierte infolge der Studentenunruhen und antisemitischen Kampagnen 1968 nach England, Zbigniew Herbert durchwanderte als »Barbar in einem Garten« den Westen mit längeren Aufenthalten in Paris und Berlin.

Zbigniew Herbert war etwas jünger als ich, 1924 im Zeichen des Skorpions (»das bezeichnet meinen Charakter ziemlich genau») geboren. Wie Przyboś hätte ich ihn im Herbst 1939 dort schon treffen können. Seine Heimatstadt Lemberg, die er an die Sowjetunion verlor, hatte den Heranwachsenden durch ihre Farbigkeit und Vielsprachigkeit geprägt (»ach, was für eine Stadt»); uralte Handelsstraßen des Orients und Okzidents mündeten hier, konträre Kulturen, scheinbar unvereinbare Traditionen wie die slawische, die türkische und die habsburgische, überkreuzten sich an diesem Ort. Die mächtigen Minderheiten der Ukrainer, Juden, Armenier fühlten sich wohl in der grünen, an Hügel gelehnten, siedenden und singenden, ständig gefährdeten Stadt. Ihre Skala reichte von Prunk bis Elend, und ihre reiche Folklore war von eigentümlichem Zauber. Aber die Moira, das Kismet, das Schicksal oder die Geschichte waren gegen sie, diese schöne, arm-reiche Stadt. Der Urgroßvater, der noch kein Wort Polnisch sprach, war Englischlehrer, die Familie soll angeblich aus Großbritannien über Österreich nach Polen eingewandert sein. Die zweite Sprache in der Familie war Deutsch, das einem Bürger der k. u. k.-Monarchie damals in Galizien geläufig war. Im Ersten Weltkrieg war sein Vater bereits polnischer Legionär und Patriot, »als wenn wir seit den Zeiten der Piasten hier gelebt hätten«. Er war Bank- und Versicherungsdirektor, »Jurist und Rationalist«. Den größten Einfluß im Hause hatte jedoch die Großmutter, armenischer Herkunft, eine fromme Christin. An ihr hing die Liebe des Knaben. Die Mutter, die »dritte Kraft«, hatte zwischen den Gegensätzen Vater und Großmutter »als vermittelnde Gottheit« zu schlichten.

Das Haus der Eltern lag im Walde: eine »weiße Villa« – Weiß, *die* Farbe in seiner Dichtung, hatte für ihn hundert

Schattierungen – unweit von Lemberg, in der man die Ferien verbrachte. Ein unvergessenes Reich mit einem selbstgebastelten »astronomischen Observatorium« auf dem Dachboden, mit Nestern wilder Wespen und Fledermäusen. Man konnte von hier aus phantastische, einsame Ausflüge unternehmen, Streifzüge ins hohe Gras und in den Wald, zu den »türkischen Gräbern«, wo es gespensterte und wo Herberts »Baum meiner Kindheit« zu beobachten und zu bewundern war: die Fichte, besonders schön bei Sonnenuntergang, wenn ihre feine, schuppende Rinde glühte.

Nicht wenig trugen zur Bildung des jungen Herbert die von den Eltern geahndeten Freundschaften mit den »Küchenmägden« bei; sie lehrten ihn die Bräuche des Volkes. Das war sein erstes Leben. Es fiel in Trümmer, als Herbert vierzehn war.

Die Familie wurde auseinandergetrieben; Terror, Hunger und Verschleppung nach Rußland hatte man überstanden. Der Vater mußte sich verbergen, der Sohn besuchte inzwischen eine ukrainische Schule und machte dort seine ersten ungeschickten Konspirationsversuche, als Mitglied einer »privaten Organisation, wie es ein jüdischer Anarchist bei der NKWD-Vernehmung bezeichnet hatte«.

Das Jahr 1941 brachte mehr sogenannte Ordnung ins Leben: Gymnasium, danach Universität, Nebeneinnahmen als Blutspender am Institut für die Herstellung eines Antityphusserums.

Dann folgte ein Leben in Krakau. Herbert studierte an der Handelsakademie, debütierte bei der Wochenzeitung *Tygodnik Powszechny*, hörte Vorlesungen über Rechtswissenschaft (»erbliche Belastung väterlicherseits»), Kunstgeschichte und Philosophie bei Henryk Elzenberg. Schon bald nahm der Student an literarischen Diskussionen und politischen Versammlungen der »unabhängigen sozialistischen Jugend« teil. In diese Zeit, 1945, fällt die Aufnahmeprüfung an der Akademie der schönen Künste und an der Schauspielschule. Zbigniew war ruhelos, vielseitig interessiert, nach allen Richtungen neugierig.

Danach folgten Lehr- und Wanderjahre an der polnischen Wasserkante, nach Danzig, wo seine Mutter wohnte, und studienhalber nach Thorn und Warschau. Vor der Einberufung zum Militärdienst konnte er sich gerade noch drücken. Bald redigierte er eine kaufmännische Zeitung in Danzig und war eine Zeitlang Beamter der Nationalbank (Sachgebiet: direkte Kreditierung), volontierte in einem Einzelhandelsgeschäft, war Kalkulator und Zeitmesser in der Lehrergenossenschaft. Dabei blieb ihm noch Zeit genug, um Philosophie zu studieren.

1951 trat Herbert aus dem Schriftstellerverband aus, zwei Jahre später in die Redaktion des katholischen *Tygodnik Powszechny* ein. Die Redaktion wurde 1953 aufgelöst, weil sie sich weigerte, einen Nachruf auf Stalin zu veröffentlichen.

Das Jahr 1956 brachte endlich, wie es in einem Gedicht heißt, »etwas Ruhm und ein paar Groschen«. Auch etwas Wehmut nach der frühen Sturm-und-Drang-Zeit der Illegalität, nach den schlaflosen Nächten: »nun vertreibt mir gar nichts meinen schlaf / beton und läuse sind nicht mehr für mich«

In Warschau fühlte sich Herbert nicht zu Hause. Bei jeder sich bietenden Gelegenheit brach er aus, um zwischen alten Architekturen, Bildern, Städten des Westens seinen Bildungshunger zu stillen und doch immer wieder heimzukehren, wie der Prokonsul seines Gedichts: »ich kann nicht zwischen den weingärten leben nichts ist hier mein«. Im

Laufe der Jahre kamen zu den psychischen, weltanschaulichen und moralischen Leiden noch die banalen körperlichen hinzu. Das letzte Jahrzehnt verbrachte er in seinen vier Wänden in der Promenada-Straße in Warschau. Er wurde immer kränker, launischer, auf unsere Freundschaft fiel ein Schatten, bis er mir im Juli 1994 einen Versöhnungsbrief schrieb.

Warszawa, 18. 07. 1994

Lieber Karl,
diesen Brief schulde ich Dir seit langem. Ich denke, wir sollten das, was uns trennte, vergessen, die Zeiten haben sich geändert.

Wir kennen uns schon so lange, daß es mir manchmal vorkommt, als hätten wir schon im Hof zusammen Fußball gespielt. Ich gebe zu, daß ich vielleicht überempfindlich war (in einer Zeit, als ich meinen privaten Krieg mit dem Kriegszustand führte), und dafür bitte ich Dich um Verzeihung. Aber ich bitte Dich, vergessen wir es. Zu vieles verbindet uns.

Ich schreibe das ohne jeden Hintergedanken, aus reinem Herzensbedürfnis.

Von Frau Dagmar Dzierzan erhielt ich einen lieben Brief mit dem Vorschlag, in Dein Institut zu kommen. Leider leide ich an schwerem Asthma, das mir vorläufig nicht einmal erlaubt, das Haus zu verlassen. Aber ich danke Dir sehr dafür, daß Du an mich gedacht hast, und wenn medizinisches Wissen meine Beschwerden bezwingt, treffen wir uns und Du bekommst von mir Dein Lieblingsbier.

Ich umarme Dich sehr herzlich
mein lieber Karl
Dein Zbigniew

1998 wurde unser Dialog jäh unterbrochen, als wäre eine Saite gerissen. Sein Tod war ein Verlust nicht nur für Polen, sondern für die ganze europäische Literatur und Kultur. Tröstlich ist die Gewißheit, daß Herberts Gedichte und Essays nichts von ihrer Aussagekraft und Gültigkeit verloren haben.

Er war opferbereit und kämpferisch bis zuletzt, beeinflußt von der romantischen Tradition, gezeichnet von den schmerzhaften Erfahrungen der Gegenwart, die seinen Widerstand, seinen Trotz und seine Ironie herausforderten. Nur manchmal, wenn die Geier der Anpassung und der Abstraktion allzu heftig an seiner Leber zerrten, ließ sich die sonst so leise und beherrschte Stimme des Stoikers zu Zorn und Sarkasmus hinreißen. Wenn seine Erregung sich anders nicht Luft verschaffen konnte. Gedichte schrieb er bis zu seinem letzten Atemzug. Und sie bleiben – ganz gleich, wohin die Geschichte die Nachgeborenen noch treiben mag.

Ich frage mich, wohin Herr Cogito verreist ist. Die Leere, die er hinterläßt, ist körperlich und seelisch spürbar. Wir bleiben dennoch zusammen, ungebrochen, nicht zerrissen. Sein Vermächtnis bleibt der aufrechte Gang und die Demut vor den Besiegten, die Tapferkeit vor dem Henker und die Verachtung der Feigen.

bleib tapfer wenn der verstand versagt (...)
hüte dich vor dem überflüssigen hochmut (...)
hüte dich vor der dürre des herzens (...) wache (...)
solange das blut in der brust deinen dunklen stern bewegt
wiederhole die alten menschheitsbeschwörungen märchen
legenden (...)

Herrn Cogitos Vermächtnis

Mit der Beschreibung der Wolken
müßt ich mich sehr beeilen –
Wisława Szymborska

Ja, wie hatte ich eigentlich Wisława Szymborska kennengelernt? Mitte der fünfziger Jahre auf ihre Gedichte aufmerksam geworden, versuchte ich, sie telephonisch zu erreichen. Sie war kurz angebunden und faßte erst langsam Vertrauen.

Wisława Szymborska war die erste unter den jungen Autoren, die ich in den sechziger Jahren in Krakau traf. Herbert war gerade in Paris, Miłosz schon in Berkeley, Różewicz irgendwo auf Lesereise. In jenen Jahren nutzten die polnischen Schriftsteller jede Gelegenheit, um für erlaubte oder unerlaubte Zeit »draußen« freiere Luft zu atmen.

Szymborska war keine Globetrotterin, sie reiste ungern, war an ihren Mutterboden wie angewachsen. Einsprachig. Unsere Bekanntschaft vertiefte sich, als Kornel Filipowicz ihr Lebenspartner wurde. Den kannte ich schon, er war von Anfang an bei allen meinen Krakau-Besuchen der Cicerone; stadtbewandert, hilfsbereit, einfühlsam, mit einem unaufdringlichen Talent zur Kameradschaft. Ich hatte ihn ins Herz geschlossen. Er zeigte mir Krakaus interessanteste, versteckteste Winkel, Buchhandlungen, Antiquariate, half mir das eine oder andere für meine Arbeit zu erwerben. Als ich ihn später an der Seite von Szymborska sah, war ich sehr glücklich. Zuvor hatten sie wie melancholische Einzelgänger auf mich gewirkt. Nun paßten sie zueinander wie der männliche und der weibliche Teil eines Ginkgo-Blattes.

Mit Wisława Szymborska in der Darmstädter Orangerie, 1981.

Sie stellten eine organische Verbindung, Einheit und Ganzheit dar. Trotz der Verschiedenheit ihrer Lyrik und seiner Prosa – oder vielleicht gerade deshalb.

Scheu, schüchtern, war Szymborska in der Öffentlichkeit schon immer gewesen. Nur im kleinen Kreis von Freunden blühte sie auf, sprühte ihr Esprit, merkte man, wie gesellig sie im Grunde ihres Wesens ist, wie stark der Freundschaft bedürftig. Sie litt immer noch unter ihrer mißglückten Partnerschaft mit einem Lokalliteraten und Ideologen, unter den Irrungen-Wirrungen dieser jugendlichen Verbindung kurz nach 1945. Die Gedichte aus jener Zeit verraten es: »Verliebte« (1954), »Nichts geschieht ein zweites Mal«, »Buffo« (1957)...

An zwei Episoden mit Szymborska erinnere ich mich besonders. Sie sind bezeichnend für die Raffinesse ihrer ironischen Anspielungen. Eines Tages verkündeten mir Kornel und sie, heute wollten wir einen Ausflug ins Grüne machen. Der Weg war nicht lang, sechs Kilometer nordwestwärts von der Stadtmitte, von den Tuchhallen entfernt, Richtung Flughafen Bielice. Vorbei an einem unfertigen Villenviertel erreichten wir die vorstädtische Wald- und Parklandschaft. Die beiden nannten sie *Justowa Wola*, den Jostschen Freigrund. Mehr verrieten sie nicht. Dann gingen wir den breiten Feldweg entlang, bis wir vor einem ruinösen Palais standen, dem man seine einstige Würde und seinen italienischen Charme trotz des Zerfalls noch ansah.

»Was ist das? Ein verwunschenes Märchenschloß im Spinnwebennetz?«

»Gehen wir hinein.«

Im Inneren herrschte muffiges Halbdunkel, feuchte Kälte. Friedhofsaura. Wir gingen den Flur entlang. Das Gebäude lag im Sterben, und die Belegschaft schien es auch zu sein. In rostigen Betten, dicht aneinander gereiht, lagen Schwerkranke. Sie husteten, keuchten, stöhnten leise vor sich hin. Die Leiterin des Hospitals, die Chefärztin, kam auf uns zu. Wisława stellte mich vor: »Das ist der Nachfahre des ersten Besitzers dieses Palais, Herr Karl ›de Decius‹, das ist die Chefin dieses Hauses, Frau Doktor ...« Dieses zufällige Treffen war arrangiert, schoß mir durch den Kopf. Einer von Szymborskas überraschenden Einfällen.

»Ja, unsere Villa Decius zerfällt. Die Kranken müßten längst eine bessere Unterbringung bekommen. Wir beantragen sie wiederholt, seit langem.«

Ich hatte den Eindruck, die Ärztin nahm den Scherz, Wisławas phonetisches Wortspiel, ernst: Decius, Dedecius – und wollte sich entschuldigen.

Polen war alles in allem ein tolerantes Land, die Stadt Krakau besonders. Als im 15. Jahrhundert der Papst in Rom den Florentiner Callimachus, Dichter und Freidenker, wegen Ketzertum verfolgen ließ, gab ihm König Sigismund der Alte (Zygmunt Stary, 1467-1548) in Krakau Asyl und ließ seine Kinder von ihm erziehen. Als der Bildhauer Veit Stoß wegen unbezahlter Schulden und geplatzer Wechsel mit den Ratsherren in Nürnberg Schwierigkeiten bekam und in Haft genommen werden sollte, floh er nach Krakau und blieb dort zwanzig Jahre. Zum Dank für das großzügige Asyl schnitzte er der damaligen polnischen Hauptstadt für die Marienkirche am Markt seinen schönsten Altar.

Conrad Celtis, von Kaiser Friedrich III. auf der Nürnberger Burg als erster deutscher Dichter mit dem Dichterkranz gekrönt, Poetik-Professor in Wien, in Europas Bildungswelt bewandert, hatte zwei Jahre in Krakau studiert, die Bürgerin Hassilina in Liebesgedichten besungen und in der Königstadt die erste polnische Literaturgesellschaft »Sodalitas Vistulana« ins Leben gerufen. Die Dankbarkeit der in Schutz Genommenen erweist sich oft als segensreich. Für beide Seiten.

Was aber hat Decius damit zu tun? Wisława Szymborska hat diesen poetischen Zusammenhang hergestellt. Decius, damals noch Justus Dietz, floh 1505 als Jüngling vor den politischen und religiösen Unruhen in Weißenburg im Elsaß, schloß sich in der Pfälzer Nachbarstadt Landau den Boners an, ging wie sie ostwärts und wurde in Krakau seßhaft. Hier erwarben sich beide Vertrauen und Bedeutung und erreichten Spitzenstellungen an der Seite des Königs. Der Landauer Franz Boner, des Königs Bankier und Wirtschaftsberater, ging als »Fugger von Polen« in die Geschichte ein. Dietz, nach dem Brauch der Humanisten zu Decius latinisiert, erwarb sich große Verdienste um die Stadt und die Krone – als Secretarius des Königs, Ratsherr, Geschichtsschreiber, Förderer der Universität und des Buchdrucks, Direktor der Salzbergwerke, Urheber – zusammen mit Kopernikus – der polnisch-preußischen Münzunion in Thorn, des Königs Diplomat, zuverlässiger Mittler zwischen Polen, Preußen und dem Reich, zweimal, in Krakau und in Wien, geadelt ... eine schwindelerregende Anhäufung von Ämtern und Würden.

Durch die Heirat Sigismunds und der Italienerin Bona Sforza zogen im Gefolge der Braut italienische Baumeister ins Land, brachten das Flair des Südens über die Alpen, auf die von ihnen gebauten Plätze, Häuser, Kirchen, Paläste: Pastellfarbigkeit, Heiterkeit, Leichtigkeit. Von ihnen ließ der Humanistenkönig des »Goldenen Zeitalters« für seinen Freund und Vertrauten die »Villa Decius« bauen.

Was aber könnte Szymborska, abgesehen von dem Scherz, noch gemeint haben? Ihre Anspielungen habe ich mit der Zeit zu verstehen gelernt. Nein, ein Vorfahre von mir war dieser Decius nicht, das wußte ich selbst am besten, meiner war kein städtischer Patrizier, sondern Ackerbauer; dennoch wurde sein Name immer häufiger mit meinem assoziiert. Mir wurde er Vorbild und Ansporn für die Möglichkeiten einer »Renaissance 2000«: nicht nur für mein Leben, sondern auch für Europa. Von diesem Europa hatten wir nämlich im Jahre 1500 schon eine Ahnung gehabt. In Krakau.

Am 30. Mai 1991 durfte ich beim KSZE-Kultursymposion in Krakau den Vorschlag der deutschen Delegation formulieren und vortragen. Die Delegation schloß sich meiner Idee an, in der Villa Decius eine europäische Akademie ein-

Karl Dedecius mit Wisława Szymborska auf der Freitreppe der Ruine der Villa Decius.

zurichten. 1992 beschloß der Stadtrat von Krakau, die Anlage mit Park und Palais für kulturelle und wissenschaftliche Zwecke zu erwerben. Dank der Mitarbeit vieler Menschen und der Unterstützung vieler Institutionen konnte am 6. September 1996 die von örtlichen Restauratoren sorgfältig wiederhergestellte Villa als neues Wahrzeichen der Stadt der Öffentlichkeit übergeben werden.

Kurz nach Entgegennahme des Literaturnobelpreises in Stockholm, bei der ich ihr Gast war, kam Wisława Szymborska auf ihren Decius-Einfall zurück. Während eines Abendessens im kleinen Kreis ihrer Freunde in der Krakauer Altstadt zog sie ein Blatt Papier aus der Tasche, die Fotokopie eines lateinisch-polnischen Textes, eine Publikation über Krakaus Altertümer und Kunstschätze, mit Daten, Details, Fußnoten. Sie referierte den Inhalt: Die Beschriftung einer bronzenen Votivtafel in einer der hundert Krakauer Kirchen laute: die ehrwürdigen Ratsherren der urbs celebrissime Cracovia Decius und Rotermund geben die Heirat ihrer Kinder bekannt. Dem Schutze des Herrn empfohlen.

Na und? Wo ist die Pointe?

Szymborska ist Tochter einer geborenen Rotermund.

»Siehst du, jetzt sind wir Verwandte. Ich könnte dich beerben.«

»Oder ich dich.«

V.

WEGE NACH EUROPA

»*La Pologne? La Pologne?* Schrecklich kalt dort, nicht wahr?« fragte sie mich und atmete erleichtert auf. Es gibt jetzt so viele von diesen Ländern, daß es am sichersten ist, über das Klima zu sprechen.
»Oh, ja«, möchte ich ihr entgegnen, »die Dichter meines Landes schreiben in Handschuhn. Ich behaupte nicht, sie zögen sie niemals aus; wenn der Mondschein wärmt, dann schon. In ihren Strophen, vom lauten Getöse skandiert, denn nur Getöse dringt durch das Heulen der Stürme, besingen sie das einfache Leben der Seehundhirten. Die Klassiker wühlen mit Tintenzapfen in den festgetretenen Dünen. Der Rest, die Dekadenten, beweint das Schicksal der kleinen Sterne aus Schnee. Wer sich ertränken will, muß zum Beil greifen, um eine Wake zu schlagen. So ist das, meine Liebe.«

So möchte ich ihr antworten. Aber ich vergaß, was Seehund auf französisch heißt. Ich bin mir auch des Zapfens und der Wake nicht ganz sicher.
»*La Pologne? La Pologne?* Schrecklich kalt dort, nicht wahr?«
»*Pas du tout*«, antwortete ich eisig.

Wisława Szymborska

Östliches Gelände

Boten zwischen Paris und Krakau

Wiślna, Weichselstraße 12, ein schmales, verwinkeltes Häuschen, der Sitz der Redaktion des *Tygodnik Powszechny* war eine andere wichtige Adresse für mich in Krakau. Eingeweihte nennen die Zeitung kurz TP oder liebevoll *unser* Wochenblatt. Über dreiundzwanzig Stufen gelangte man in das bescheidene Zimmerchen des Gründers und ersten Chefredakteurs Jerzy Turowicz. Vor seinem Fenster lagen Hof und Palais des Fürst-Metropoliten, so daß man hier von Fenster zu Fenster mit der Kurie direkten Blickkontakt pflegen konnte, und nicht nur das. Als der Krakauer Bischof Karol Wojtyła als Papst in den Vatikan umgezogen war, wurde dieser Kontakt noch weltweiter, personenbezogener, schriftlich ergiebiger. Dies und die Tatsache, daß Jerzy Turowicz gut katholisch erzogen wurde und seine beiden Brüder Priester geworden waren, erklärte die genuine Nähe des Chefredakteurs zu allen Fragen des christlichen Glaubens. Schon als Schüler und Student am Polytechnikum in Lemberg und danach als Student der Philosophie und Geschichte an der Jagiellonen-Unversität in Krakau engagierte er sich emsig in der katholischen Jugendarbeit und in der christlichen Presse. Die katholische Kirche konnte, als der Eiserne Vorhang noch stand, dank ihrer Unantastbarkeit für das Wochenblatt die notwendige Schutz- und Trutzfunktion übernehmen. Das Wochenblatt stattete der Kirche den gebührenden Dank ab, doch Turowicz' Auseinandersetzung mit Utopie und Praxis des Kommunismus hatte Folgen. Er mußte 1953 bis 1956 die Schließung seiner Redaktion, danach die vielen Striche der Zensur hinnehmen, die er ab 1981, nach der Verhängung des Kriegszustandes, ostentativ Blatt für Blatt als gähnende weiße Flecke sichtbar machte und mit folgendem Vermerk versah: »Gesetz vom 31. 7. 1981, Über die Kontrolle der Publikation von Aufführungen, Art. 2 Z. 3 (Dz. U. nr 20, Pos 99, geänd.: 1983 Dz. U. nr 44, Pos 204)«

Turowicz praktizierte in der Zeitung Völkerverständigung. Sie war in der haßerfüllten Nachkriegszeit besonders schwierig, aber um so wichtiger. Sich den üblichen Gewohnheiten und Tendenzen zu widersetzen, von den eigenen nationalen Vorurteilen, tagespolitischen Zwängen, ja persönlichen Interessen zu abstrahieren und einer übergeordneten Vernunft das Wort zu reden und zwar auch dann, wenn dies Nachteile mit sich brachte – das erforderte Mut, Festigkeit und gute Argumente. Jerzy Turowicz prägte mit seinem *Tygodnik Powszechny* die Einstellung der Leser zu Europa und Deutschland.

Die Zeitung rückte das Deutschlandbild der Polen dort zurecht, wo es historisch verkürzt, parteipolitisch instrumentalisiert wurde, wo es aus Selbstgerechtigkeit und wider die Vernunft falschem Zeugnis folgte. Jerzy Turowicz und seine Redakteure waren in ihrer Deutschland-Berichterstattung auf Wahrhaftigkeit und Gerechtigkeit bedacht. Missionare der Milde und der Versöhnung aus Berufung waren sie ohnehin. Wenn über das Blatt geurteilt wurde, hörte oder las man dann auch Schlagzeilen wie »Schule des Maßes«, »Hort der Freiheit« und »Arche der Toleranz«.

Tygodnik Powszechny nahm sich in den Nachkriegsjahren das für Polen Schwierigste vor: das komplizierte Problem Deutschland objektiv und differenziert zu behandeln. Dafür standen ihm hervorragende Fachleute, ausgezeichnete Journalisten zur Verfügung, wie der Schlesier Edmund Osmańczyk, der aus Wilna stammende Stanisław Stomma, Mieczysław Pszon, ein zuverlässiger Beobachter, Begleiter und Förderer des Aussöhungsprozesses mit den Deutschen seit dem Bensberger Memorandum der deutschen Katholiken bis zu seinem Tod im Jahre 1995. Warum verstanden eigentlich die Redakteure von TP die Deutschen besser und anders? Viele von ihnen waren Vertriebene – aus Lemberg und Wilna – Opfer der Geschichte, nicht Sieger.

Mit deutschen Fragen befaßten sich im Blatt Władysław Bartoszewski und Jacek Woźniakowski, es gab Briefe und Porträts deutscher Opfer des Nationalsozialismus, Beiträge von Anna Morawska, Autorin eines Buches über den Theologen der Bekennenden Kirche Dietrich Bonhoeffer, der auch Verfechter der nichtreligiösen Interpretation biblischer Begriffe war. Polnische Geistliche schrieben über Martin Luthers Bedeutung, polnische Dichter übersetzten unvoreingenommen so unterschiedliche deutsche Gedichte wie die von Bertolt Brecht, Paul Celan oder Hans Magnus Enzensberger. Es war, auch zu Zeiten staatlich verordneter Feindbilder, Journalismus höchster Toleranz.

Aus dieser die Freiheit befördernden Haltung schöpfte das Blatt seine Kraft, Konsequenz und Wirkung. Jerzy Turowicz verriet einmal seine Vorliebe für dichterische Texte und zählte dabei seine Lieblingsdichter auf: Czesław Miłosz, Zbigniew Herbert, Tadeusz Różewicz, Wisława Szymborska, Ryszard Krynicki, Adam Zagajewski, alle weltanschaulich unterschiedlich angesiedelt. Ich hatte sie, als sie anderswo verboten waren, in *Tygodnik Powszechny* lesen können.

Die erste Nummer der Zeitung erschien am Sonntag, dem 24. März 1945, als die Kriegshandlungen noch in vollem Gange waren. Sie genoß die Schirmherrschaft des Kardinals, des Fürst-Metropoliten der Krakauer Kurie. Die Gründung wenige Tage nach der Konferenz von Jalta im Februar 1945, wo die Teilung der Welt in ideologische Blöcke beschlossen wurde, war von Anfang an eine Kampfansage an die Sieger. Auch eine Abwehr der nationalistischen Standpunkte der katholischen Fundamentalisten. Es ging unter anderem darum, den Nationalsozialismus und Antisemitismus zu bekämpfen, den Gedanken der Kollektivierung nach sowjetischem Muster abzuwehren, der – wie das Blatt nicht müde wurde zu wiederholen – der »Tradition und dem Charakter des polnischen Volkes nicht entspricht«, und historischen Lügen, wie der über Katyń, keinen Vorschub zu leisten.

Turowicz' programmatischer Leitartikel am 8. April 1945 hieß »Wege nach Europa« und gab dem Blatt seine Richtung. Turowicz schrieb, es gelte, die Werte der europäischen Kultur zurückzugewinnen und sie wieder in ihre Rechte einzusetzen. Der Umbau Europas, der stattfinde, liege in Polen in fremden Händen und richte sich gegen die Schätze des europäischen Erbes. Die Gemeinschaft im Auge behaltend, habe man das Individuum vor dem Druck unpersönlicher kollektiver Kräfte zu schützen, seine freie Entfaltung zu fördern. Zum Programm des TP gehörte auch die Warnung vor der verordneten Pauperisierung der Kultur und die nachdenkliche Förderung der Vielfalt und des Reichtums der Gegenwartsliteratur ohne Eigenschaftswörter (wie »soz-realistische«, zum Beispiel).

In dankbarer Würdigung seines Wirkens für die Vermittlung zwischen polnischer und deutscher Kultur erteile ich Herrn Dr. Karl Dedecius zur Vollendung seines 65. Lebensjahres für Gottes bleibenden Schutz und Beistand mit besten persönlichen Wünschen meinen besonderen Apostolischen Segen.

Aus dem Vatikan, den 5. Mai 1986.

Joannes Paulus II

Überraschender Gast im Deutschen Polen-Institut Darmstadt im Jahre 1986 war anläßlich des 65. Geburtstages von Karl Dedecius der damalige Bischof Karl Lehmann. Er überbrachte den »Besonderen Apostolischen Segen« des Heiligen Vaters Johannes Paul II. (Karol Wojtyła).

In *Tygodnik Powszechny* durfte der aufmüpfige Stefan Kisielewski in seinem Wochenfeuilleton die »heilige Kuh« Czesław Miłosz »schlachten«, den Warschauer Aufstand kritisieren und sich Pauschalurteile über seine eigene Redaktion leisten: »Eine sehr intelligente Redaktion, bedeutend intelligenter als das Blatt, das aus ihr hervorgeht« (Nr. 37 vom 12. September 1976). Man zensierte sich nicht gegenseitig, jedem stand die freie Meinung zu, sei sie noch so umstritten. Kisielewski, den Unbekannte in der Dunkelheit der Straße überfielen und verprügelten – genau wie seinen Kontrahenten in der Redaktion, Priester Bardecki –, behielt selbstverständlich seine Kolumne »Gegen den Strich«, obwohl man ihn der Demagogie, der Demoralisierung und sogar der Pornographie bezichtigte. Der angesehene Dichter Antoni Słonimski durfte selbstverständlich sein Loblied auf den »Schnaps« veröffentlichen, aber der entschiedene Bekämpfer des Alkoholismus, Dr. Marcinkowski, konterte auch postwendend mit einer heftigen Polemik: »›Dank dem Alkohol‹ leben die Menschen kürzer, werden mit 40-50 Jahren zu Greisen, sterben an allen möglichen ansteckenden und nicht ansteckenden Krankheiten, oder begehen Selbstmord.« (TP Nr. 14 vom 8. April 1973).

1978 stärkte die Wahl des Krakauer Erzbischofs (Metropoliten) Karol Wojtyła zum Papst das Selbstbewußtsein der gläubigen wie nichtgläubigen Polen und die ohnehin herausragende Rolle der Kirche im Lande – als Bollwerk gegen die Sowjetisierung und als Hoffnungsträger für die Heimkehr nach Westeuropa, nach Rom. Ein Phänomen war für mich immer schon die Vielzahl und Qualität der in TP von Priestern veröffentlichten Gedichte, von denen ich einige übersetzte und in einer Mappe sammelte. Am häufigsten begegneten mir dabei die Namen Jan Twardowski, Andrzej

Jawień und Stanisław Andrzej Gruda. Damals wußte ich noch nicht, daß ich Gedichte des künftigen Papstes übersetzte. Es stellte sich heraus, daß Karol Wojtyła sie unter den beiden letztgenannten Pseudonymen publiziert hatte. So konnte kaum ein Jahr nach der Papstwahl in Rom eine kleine Auswahl seiner Gedichte im Herder Verlag erscheinen. Daß ich für die Übertragungen einmal den Apostolischen Segen bekommen würde, ahnte ich nicht. Zweimal traf ich später den Papst persönlich, die Korrespondenz führte ich mit seiner Mitarbeiterin, Schwester Erlich.

Es war auch selbstverständlich, daß man im TP die Gedichte verbotener und unliebsamer russischer Dichter wie Jossif Brodskij und Gennadij Ajgi lesen konnte, aber auch Beiträge gegen antirussische neonationalistische Stimmen und Tendenzen im Lande. Die Redaktion bemühte sich um Annäherung und Ausgleich mit der Ukraine und Litauen, die manch ein polnischer Revanchist wieder gern innerhalb der Grenzen der alten Adelsrepublik gesehen hätte.

Und sollte die staatliche Zensur einmal einen TP-Autor seines Namens wegen verbieten, dann schrieb er eben unter einem Pseudonym weiter, wie Czesław Miłosz als »Adrian Zieliński« oder Stanisław Barańczak als »Barbara Stawiczek«. Jerzy Turowicz sammelte in seiner »Arche Noah« vor allem nach 1956 und nach 1968 und auch in den schwierigeren Jahren danach allerlei »intellektuelles Getier« (so Marek Skwarnicki, einer seiner Redakteure), die Schiffbrüchigen der Politik und Kultur, die Erniedrigten, Beleidigten und Verfolgten. Sein Redaktionssaal mit dem Dutzend winziger, niedriger Boxen erinnert deshalb auch eher an kleine Klosterzellen und Unterschlüpfe denn an eine Schmiede der öffentlichen Meinung.

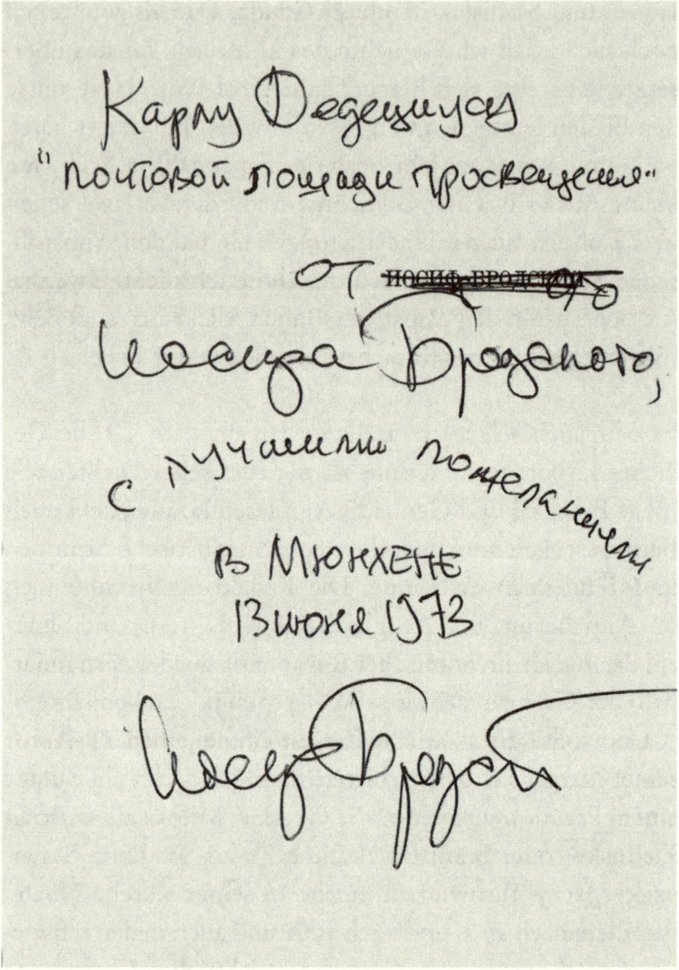

Karl Dedecius, »dem Postpferd der Aufklärung« von Jossif Brodskij mit den besten Wünschen in München 13. Juni 1973 Jossif Brodskij. Widmung in einem Gedichtband Brodskijs.

Als die Zeitung ihren 50. Geburtstag feierte, schrieb der Philosoph Leszek Kołakowski eine Gratulation, die ich ins Deutsche übertrug:

Auf den »Tygodnik Powszechny«

Es war einmal ein Esel, gutes, kluges Wesen,
Er hat das »Wochenblatt« stets ganz genau gelesen,
Er las es fünfzig Jahre, bis er dann erfahren,
Daß er nicht älter wurde in den fünfzig Jahren.
So suchte er den Arzt auf: »Ist es nicht Beschwerde,
Mein lieber Doktor, daß ich gar nicht älter werde?« –
Darauf der Arzt: »Nicht älter, dafür aber reifer,
Wahrscheinlich lesen Sie das ›Wochenblatt‹ mit Eifer.
Und diese Krankheit, kam die Medizin zum Schluß,
Steckt auch die Leser an bei ständigem Genuß.« –
»Gibt es denn keine Hilfe?« – »Forschungen bestreiten
Die Heilbarkeit der Sucht. Sie überlebt die Zeiten.«

Ich war nie ein guter Zeitungsleser, muß ich gestehen, dazu fehlte mir die Zeit. Ich las Zeitungen selten, zufällig, oberflächlich. Aber wie auf den TP konnte ich auch auf eine andere Lektüre nicht verzichten: die der *Kultura* in Paris. Ich nahm sie von Anfang an mit Neugier in die Hand, durch sie konnte ich mein Wissen um die polnische Literatur vervollständigen. Warum? Aus Zeitschriften, die in der Volksrepublik Polen erschienen, war viel über Autoren und ihre Werke zu erfahren. Aber nicht über alle. Die politisch Unliebsamen und die im Exil lebenden fehlten in den offziellen Blättern.

Die *Kultura* spielte zu realsozialistischen Zeiten die Rolle einer nicht-offiziellen Botschaft eines unabhängigen Polens und beeinflußte ein halbes Jahrhundert lang vom Exil aus das Geistesleben in Polen. Zu ihren Mitarbeitern gehörten die exzellentesten polnischen Publizisten und Schriftsteller der Emigration, unter ihnen Czesław Miłosz, Witold Gombrowicz, Jerzy Stempowski, Stanisław Mrożek, Zygmunt Haupt, Leszek Kołakowski, Aleksander Wat, Autoren von Rang und Namen, aber auch solche, die erst debütierten.

Nach dem Oktober 1956 wurden in der *Kultura* immer mehr offiziell verschwiegene Autoren gedruckt, die in der Volksrepublik lebten; ständige innerpolnische Mitarbeiter gab es in größerem Umfang erst nach Gründung der polnischen Opposition 1976. Zu ihnen gehörten Schriftsteller wie Ryszard Krynicki, Stanisław Barańczak, Jacek Bierezin. Auch Aufsätze von westeuropäischen Autoren waren in der *Kultura* zu lesen: Simone Weil, François Bondy, Manès Sperber oder Heinrich Böll.

Der Publizist Jerzy Giedroyc hatte nach dem Krieg in Rom den Verlag »Instytut literacki«, das »Literarische Institut«, gegründet. Ein Jahr später hatte der Verlag seinen Sitz nach Maisons-Laffitte bei Paris verlegt, wo Giedroyc ein Zentrum des polnischen Exils schaffen wollte. Zu seinen engsten Mitarbeitern gehörten der Publizist Konstanty Jeleński und der Maler Józef Czapski. Seit 1947 gab Giedroyc die *Kultura* heraus, die neben Romanen, Erzählungen und der historischen Zeitschrift *Zeszyty historycznie* die wichtigste Publikation des Verlages werden sollte.

Giedroyc, 1906 in Minsk geboren, hatte in Warschau Geschichte und Recht studiert und war in den dreißiger Jahren Sekretär des stellvertretenden Landwirtschaftsministers

Roger Raczyński gewesen. Gleichzeitig betätigte er sich als Verleger und Redakteur. Im Krieg hatte er wie Józef Czapski auf seiten der Alliiierten gekämpft und der Rückkehr in ein sowjetisch besetztes Polen das Exil vorgezogen. Auch der in Italien lebende Schriftsteller Gustaw Herling-Grudziński, der eine bittere Odyssee durch sibirische Lager hinter sich hatte, arbeitete als Korrespondent für die Zeitschrift.

Der Verlag war in einer alten Villa untergebracht, die bis unter die Decke mit Büchern, Zeitschriften, Karteikästen und Manuskripten vollgestopft war. Die Redaktion lebte dort in einer Art Kommune. Von Paris aus wurde die *Kultura* in Miniaturformat erfolgreich in die Volksrepublik Polen geschmuggelt und war bald die wichtigste polnische Zeitschrift, Sprachrohr für die Liberalen im Exil wie in Polen.

Ihr Einfluß auf das intellektuelle Leben an der Weichsel kann man nicht hoch genug schätzen. Wer regiert heute Volkspolen? scherzte man in den siebziger Jahren in Warschau. Die Antwort lautete: ein mächtiges Triumvirat – Parteichef Gierek, Kardinal Wyszyński und die Pariser *Kultura.*

Die Zeitschrift spielte eine fundamentale Rolle bei der Bildung des europäischen Einheitsgedankens. Das Ideal von Jerzy Giedroyc war ein von der Sowjetunion unabhängiges, demokratisches Polen, das Demokratie und Unabhängigkeit auch für seine östlichen Nachbarn – Weißrußland, die Ukraine und die baltischen Staaten – voraussetzte, und das zu einer Zeit, als dies völlig unrealisierbar schien. Schon zu Beginn der fünfziger Jahre setzte sich die *Kultura* für die Aussöhnung mit den östlichen Nachbarvölkern und mit den Deutschen ein. Obwohl Jerzy Giedroyc und die meisten seiner Mitarbeiter aus den ehemaligen polnischen Ostgebieten stammten, forderten sie von polnischen Exilpolitikern den Verzicht auf die vor 1939 zu Polen gehörenden Kulturmetropolen Lemberg und Wilna.

»Wir kämpfen um eine Republik ohne nationalen Fanatismus, im Bewußtsein, daß nicht nur Polen, sondern ganz Mittel- und Osteuropa unser Vaterland ist«, schrieb Józef Czapski anläßlich des fünfundzwanzigjährigen Bestehens der Zeitschrift. »Mit der Hilfe des Westens können wir nicht rechnen, das hat uns die Geschichte der letzten dreißig Jahre gelehrt ... Trotz aller Katastrophen hat Polen in Osteuropa nach wie vor eine Sonderstellung, es hat eine Sonderrolle zu spielen, unabhängig von seinen aktuellen Möglichkeiten und von seinem Status eines mittleren, armen Landes ... eine Rolle, die wir Polen für Polen konzipieren müssen ... Wir müssen den Boden für die Normalisierung des Verhältnisses zu unseren Nachbarn, darunter vor allem zu den ehemaligen Volksminderheiten, vorbereiten ...«

Konstanty Jeleński und Józef Czapski wurden im Laufe der Zeit meine Vertrauten. Wir trafen uns auch in Deutschland. Czapski, immer einen Skizzenblock zur Hand, wurde manchmal zu Lesungen aus seinem heute kaum noch bekannten autobiographischen Buch *Unmenschliche Erde* eingeladen. Der hünenhafte Künstler hatte auch familiäre Wurzeln in Deutschland, und sein Großvater, Friedrich Thun-Hohenstein, war Botschafter des österreichischen Kaisers Franz Joseph in Berlin gewesen.

Czapski, 1896 in Prag geboren und in Weißrußland aufgewachsen, hatte in Petersburg und später an der Krakauer Kunstakademie Malerei studiert. Mitte der zwanziger Jahre hatte er sich für einige Jahre mit anderen jungen polnischen Malern in Paris niedergelassen, die Gruppe nannte sich »Pariser Komitee«. Nach Stalins Einmarsch in Ostpolen war Czapski in sowjetische Kriegsgefangenschaft geraten und hatte als einer von wenigen polnischen Gefangenen das Lager Starobielsk überlebt.

Nach dem deutschen Überfall auf die Sowjetunion 1941 ermöglichte ein Militärabkommen die Bildung einer polnischen Armee auf dem Gebiet der Sowjetunion. Czapski wurde von der polnischen Exilregierung in London beauftragt, die gefangenen polnischen Offiziere für die Armee des General Anders zu rekrutieren. Als viele von ihnen trotz hartnäckigster Suche verschwunden blieben, drang Czapski bis in die Büros des sowjetischen Geheimdienstes vor und entdeckte die ungeheuerliche Wahrheit: den Massenmord an 15 000 polnischen Kriegsgefangenen, der unter dem schrecklichen Namen »Katyń« in die Geschichte eingehen sollte.

Im Westen wollte man dies Czapski noch zu Beginn der fünfziger Jahre nicht glauben, in Paris wurde er sogar als Agent Goebbels' beschimpft. Man hielt die Deutschen für schuldig an dem Verbrechen.

Als der Maler bei uns zu Hause in Frankfurt eine Schallplatte mit polnischer Lyrik hörte, auf deutsch gelesen, rezitiert von dem Wiener Burgschauspieler Helmuth Lohner, mit Musik von Krzysztof Komeda (einem Freund Roman Polanskis, der Filmmusiken für ihn schrieb, u. a. für »Rosemary's Baby«, und in Los Angeles tragisch verunglückte), hatte er Tränen in den Augen.

Bis zum Schluß hielt ich den Kontakt zur *Kultura* aufrecht, was sowohl in der Volksrepublik Polen als auch von deren diplomatischen Vertretern in der Bundesrepublik mit Argwohn beobachtet wurde.

Das Interesse an der russischen Sprache, Dichtung und Natur, einmal zwangsweise in der langen Gefangenschaft geweckt, bei einigen Beispielen hängengeblieben, an Übertragungen erprobt, wurde durch die Lektüre von *Tygodnik Powszechny* und *Kultura* wachgehalten.

Zum ersten Mal seit der Gefangenschaft betrat ich im Oktober 1972 russischen Boden, als ich mit einer deutschen Schriftstellerdelegation, zu der auch James Krüss und Günter Wallraff gehörten, auf Einladung des sowjetischen Schriftstellerverbandes für zehn Tage nach Moskau und Leningrad reiste. Im Gegenzug wurde eine sowjetische Schriftstellerdelegation in der Bundesrepublik erwartet. Eine ungeschützte Privatreise hätte ich nicht gewagt, das Risiko, vermutete ich, war für mich noch zu groß.

Der Empfang war kühl. Es stellte sich heraus, daß die Gastgeber Anstoß an der Teilnahme der West-Berlinerin Ingeborg Drewitz nahmen. West-Berlin sei eine selbständige politische Einheit, hieß es, sie könne keiner bundesdeutschen Delegation angehören. Sie müsse sofort abreisen. Wir beratschlagten. Des Russischen mächtig, wurde ich um Vermittlung gebeten. Ich erklärte unseren Gastgebern, wir seien als Gruppe eingereist, wir würden auch als Gruppe wieder ausreisen. Und zwar geschlossen. Ich bat, unsere Abreise für den nächsten Tag vorzusehen. An einem Eklat hatten die Gastgeber kein Interesse. Ingeborg Drewitz blieb.

Neben den offiziellen Terminen und Empfängen hatte ich Zeit und Gelegenheit zu Privatbesuchen, die dem tschuwaschischen Dichter Gennadij Ajgi und Lilja Brik galten. Mit beiden stand ich bereits in Briefkontakt.

Eigenartig. In der DDR, wo das offizielle Interesse an der sowjetischen Literatur groß war, hatte ich Majakowskijs Gedichte nicht übersetzt. Obwohl mich sein eindrucksvoller Duktus durchaus faszinierte. Ich beließ es bei dem dünnen Kinderbuch *Der Löwe ist kein Elefant* – einer Fingerübung; mehr Illustration als Text, doch schon unverwechselbarer Majakowskij. Ich veröffentlichte das Buch noch einmal im Westen, 1975 im Kölner Middelhauve Verlag, mit Tierbildern von Józef Wilkon. »Der Löwe, den jeder kennt, / war früher König der Tiere. / Heut ist er ihr Präsident. // Diese beiden heißen Lama: Lama-Sohn / und Lama-Mama. // Das Krokodil ist ein Kinderschreck. / Besser, ihr laßt es in Ruh. / Es hockt im Wasser, halb versteckt – / und auf einmal beißt es zu.«

Erst in Frankfurt, als Angestellter einer »Kapitalgesellschaft«, konnte ich mich, unbeeinflußt von einer auflauernden Zensur und mißtrauischen Öffentlichkeit mit dem Phänomen Majakowskij in meiner Auswahl und Interpretation befassen. Seit 1959 sind dann mehrere Ausgaben und Sammlungen seiner aufsehenerregenden Gedichte in meiner Übertragung bei Langewiesche-Brandt, Suhrkamp, Insel, Reclam, dtv erschienen. Einige zweisprachig. Einige in mehreren Auflagen.

Das Echo war erstaunlich gut. Mehrere Rundfunkanstalten sendeten Essays über Majakowskij und seine Gedichte, es gab Rezensionen, Bühnenfassungen – und unerwartetes Lob aus Moskau: »Vortrefflichere Übersetzungen dieser dichterischen Gattung kann es wahrscheinlich nicht geben«, schrieb Boris Pasternak.

Majakowskij, erst einmal entdeckt, blieb ich fortan auf der Spur. Ich las gelegentlich die Sekundärliteratur, vor

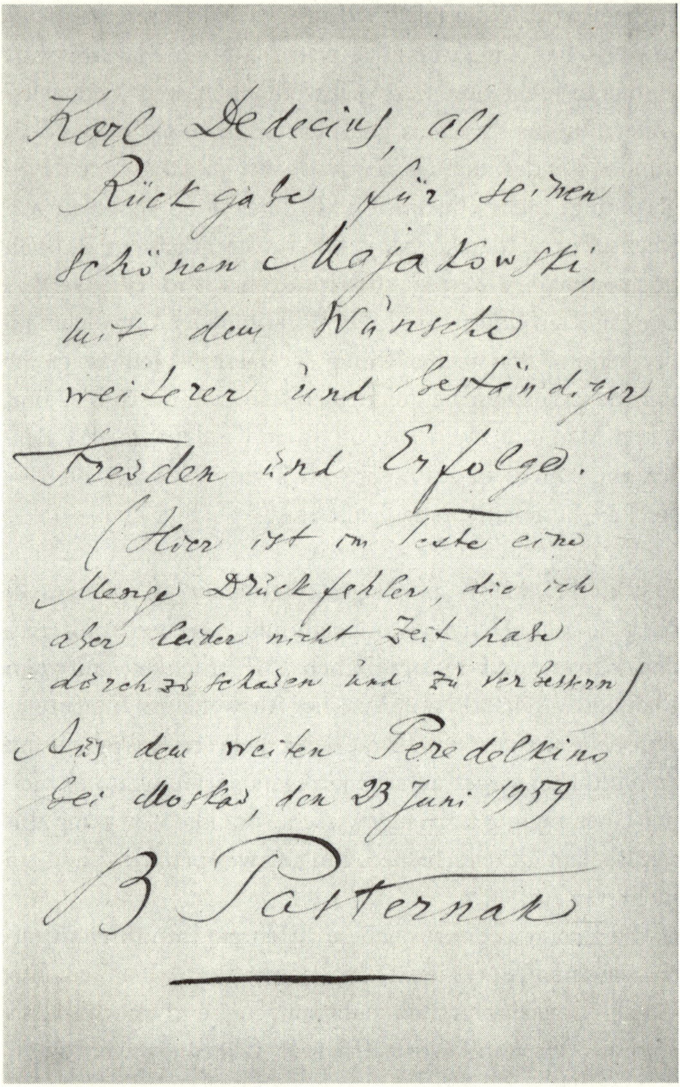

Karl Dedecius, als
Rückgabe für seinen
schönen Majakowski,
mit dem Wunsche
weiterer und beständiger
Freuden und Erfolge.
(Hier ist im Texte eine
Menge Druckfehler, die ich
aber leider nicht Zeit habe
durchzuschauen und zu verbessern)
Aus dem weiten Peredelkino
bei Moskau, den 23 Juni 1959

B Pasternak

Widmung von Boris Pasternak in seiner Übersetzung von Schillers Drama »Maria Stuart«.

allem genauer Boris Pasternaks *Geleitbrief* und Viktor Schklowskijs *Über Majakowskij*.

1958 kam in Moskau die Akademie-Ausgabe *Der Literarische Nachlaß, Neues über Majakowskij* heraus, mit der überraschenden Entdeckung seiner der Öffentlichkeit bislang vorenthaltenen Liebesbriefe an Lilja Brik. Ein Majakowskij aus intimer Sicht, ein verletzlicher Koloß, ein »Liebeskranker«, der seine Lilja hingebungsvoll und »ausschließlich« liebte. Der Fund, 125 Briefe, war eine ergreifende Selbstoffenbarung, eine Art Autopsie am eigenen Leibe. Noch wollte die Briefe niemand übersetzen, nicht einmal die sonst so hellhörigen DDR-Russisten. Ich wartete ab, schließlich gab ich die Briefe selbst heraus. 10 000 Exemplare waren innerhalb eines Jahres vergriffen. In den siebziger und achtziger Jahren erschienen zwei weitere Auflagen, diesmal in der respektablen Bibliothek Suhrkamp.

Schon nach dem Erfolg der dtv-Ausgabe von 1965 suchte ich den Kontakt mit Lilja Brik, die in Moskau am Kutusowskij Prospekt Nr. 12 mit ihrem Lebensparter Wassilij Katanjan lebte, Majakowskijs Bio- und Bibliograph. Wir korrespondierten, beiderseits aufgeschlossen, freundschaftlich und von Brief zu Brief herzlicher, wechselten zwischen 1963 und 1976 mehrere Dutzend Briefe, aber ich wollte Lilja unbedingt in ihrer Umgebung nah erleben, sie persönlich sprechen. Nun konnte ich endlich die Frau besuchen, der ein angeblich durch und durch politisierter Majakowskij geschrieben hatte: »Bin ja auch ein Mensch! / Vergiß nicht, daß ich außer Dir nichts brauche und nichts wissen will. Ich liebe Dich ... / Dein von der Schnute bis zur Rute – (Hündchen) Kläff / Ich küsse Dich, wenn Du keine Angst hast, von einem tollen Hund zerfetzt zu werden, / Ich küsse

Majakowskij

Liebesbriefe an Lilja

Bibliothek Suhrkamp

Die veränderte Neuausgabe der Liebesbriefe an Lilja *im Suhrkamp Verlag.*

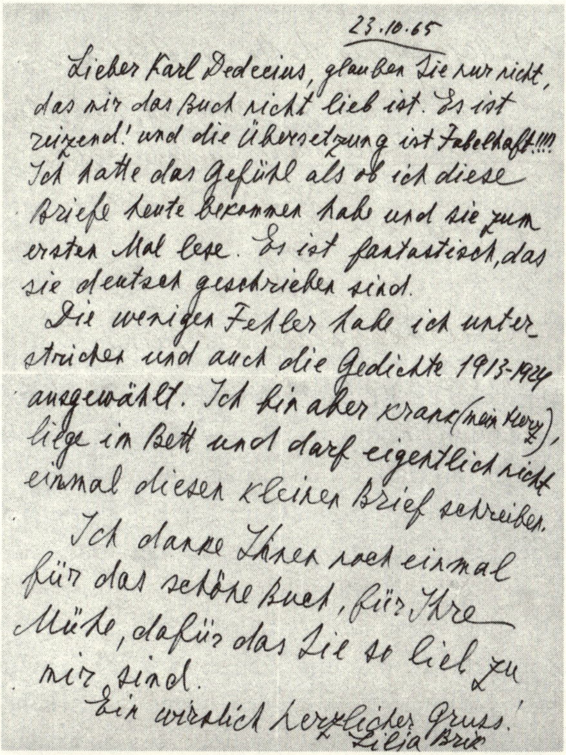
23.10.65

Lieber Karl Dedecius, glauben Sie nur nicht, das mir das Buch nicht lieb ist. Es ist reizend! und die Übersetzung ist fabelhaft!!!! Ich hatte das Gefühl als ob ich diese Briefe heute bekommen habe und sie zum ersten Mal lese. Es ist fantastisch, das sie deutsch geschrieben sind.

Die wenigen Fehler habe ich unterstrichen und auch die Gedichte 1913-1924 ausgewählt. Ich bin aber krank (mein Herz), liege im Bett und darf eigentlich nicht einmal diesen kleinen Brief schreiben.

Ich danke Ihnen noch einmal für das schöne Buch, für Ihre Mühe, dafür das Sie so lieb zu mir sind.

Ein wirklich herzlicher Gruss!

Lilja Brik

Brief von Lilja Brik und Briefumschlag mit Majakowskij-Briefmarke.

Dich 32 M(illionen) Mal in der Minute. / Komm schneller, Kindchen ...«

Ich besuchte Lilja Brik und Wassilij Katanjan noch ein zweites Mal, im August 1979, als ich auf Einladung des Sowjetischen Schriftstellerverbandes an einem Übersetzer-Symposion in Moskau teilnahm. In der *Literaturnaja Gaseta* waren überaus schmeichelhafte Besprechungen meiner Übersetzungen aus dem Russischen erschienen. Man wußte inzwischen sicherlich auch von meiner Übertragung der *Liebesbriefe an Lilja*, denn die sowjetischen Begleiter gaben mir einen freundschaftlichen Rat: »Lilja Brik zu besuchen ist pure Zeitvergeudung. Sie ist nicht interessant, wenig ergiebig.« Ich merkte, man hätte meinen Besuch bei ihr gern verhindert. Aber ich ging zu den beiden, und fand Lilja durchaus interessant und auch ergiebig. Ihre späte Weiblichkeit wollte nicht auf ihre frühere Wirkung verzichten. Das Rouge auf Lippen und Wangen war frisch aufgelegt, die Haare rot gefärbt, die müden Augen mitteilsam, klug, die Stimme sanft, aber selbstbewußt. Was sie zu erzählen wußte, war lebendige Literaturgeschichte, im Licht und Glanz der Frauenaugen, die viel gesehen hatten.

Zu unserem Nachmittagstee hatte sie auch den Sohn von Alexander Rodtschenko eingeladen, der eine große Mappe mit Fotografien und Fotomontagen seines Vaters mitbrachte, wovon ich mir für die Insel-Ausgabe von Majakowskijs *Wirbelsäulenflöte* einige aussuchen durfte. Und dem Verleger Siegfried Unseld brachte ich ein von Lilja Brik signiertes Foto mit.

Sie war hingerissen von der illustrierten deutschen Ausgabe der Majakowskij-Briefe, bemängelte nur die »zu vielen« Schklowskij-Charakteristiken in meinem Kommentar, die für mich wiederum die farbigsten waren. Er sei schlimm gewesen, unehrlich. Die Entlarvung ihrer (sehr weiblichen) Eitelkeiten hätte sie am liebsten aus den Kommentaren getilgt.

Aber sie war dankbar, als ich in der späteren Ausgabe in der Bibliothek Suhrkamp einige der »Überzeichnungen« von Schklowskij entfernt hatte. Die Liebenswürdigkeit und Koketterie ihrer Briefe nahm zu: »Lieber, lieber Karl Gustawowitsch ... warum sind Sie so gut zu mir?«

Beim Abschied im August 1979 in Moskau sagte sie: »Es geht zusehends schlechter. Wenn es mit mir zu Ende geht, rufe ich Sie an und verrate Ihnen, wie Majakowskij wirklich gestorben ist.« Katanjan stand daneben und sagte kein Wort, übrigens während der ganzen Zeit meines Besuches nicht.

Lilja starb und hatte mich anzurufen vergessen, oder sie hatte keine Zeit, keine Kraft mehr gehabt.

Ajgi, Brodskij. 1971-2003

In *Tygodnik Powszechny* war der damals in der Sowjetunion verfemte Dichter Gennadij Ajgi und seine metaphysische Lyrik mehrfach vorgestellt worden. Ajgi hatte 1953 sein Heimatdorf an der mittleren Wolga verlassen, um in Moskau Literatur bei Schklowskij zu studieren. Er übersetzte französische Lyrik ins Tschuwaschische und schrieb, ermuntert von Pasternak, seine eigenen Gedichte auf russisch. Meine Neugier auf wenigstens ein Beispiel der nichtrussischen Lyrik innerhalb der mehr als hundert Volksgruppen und Sprachen der damaligen Sowjetunion war längst geweckt. Die Namen klangen geheimnisvoll –

Adygeisch, Burjatisch, Chantisch, Darginisch, Ewenkisch, Kamykisch, Lesginisch, Nanaisch ... Tschuwaschisch. Hier, bei Gennadij Ajgi (Hunnadi heißt tschuwaschisch »Sohn der Hunnen« und Ajgi »Derselbe»), reizte mich, in eine von alter Schamanengläubigkeit geprägte Welt Einblick zu nehmen, ihren *Gott-Brennpunkt* und ihre *Hieroglyphen*, diese merkwürdige Zeichensprache, zu enträtseln. Von Wiktor Woroszylski, der am Moskauer Gorki-Institut Literatur studiert hatte, in Warschau aus dem Russischen übersetzte und über russische Schriftsteller schrieb, bekam ich Hinweise und Adressen, und so konnte ich im intensiven brieflichen Gedankenaustausch mit Ajgi Gedicht für Gedicht, Vers für Vers seiner für mich geheimnisvollen Sprache entschlüsseln. Es fügte sich gut, daß seine Frau und sein bester Freund Konstantin Bogatyrjew Germanisten waren (letzterer auch Rilke-Übersetzer), und auch mit ihrer Hilfe konnte ich mich Ajgis von heidnischer und christlicher Gläubigkeit und Ethik getragener Poetik Schritt für Schritt nähern. Bei meinen beiden Moskau-Aufenthalten lernte ich Ajgi auch persönlich kennen und konnte unseren Gedankenaustausch mündlich fortsetzen.

In der Wohnung Kostja Bogatyrjews, in der Krasnoarmejskaja Straße, Haus 25, Quartier 48, die mit deutschen Büchern, Wörterbüchern und Nachschlagewerken vollgestopft war, wurde ich 1972 unfreiwillig Zeuge einer gespenstischen Begegnung. Mitten in unserem Gespräch klopfte es an die Tür, und Kostjas Frau ließ einen Mann mittleren Alters, zerlumpt, Gesicht und Hände voller Wundmale und Furunkel, ins Zimmer. Kostja verschwand sofort mit dem beklagenswerten Ankömmling in der Küche, ich bekam einen Tee und trank ihn mit Kostjas Frau. Nach einer Viertelstunde kamen die beiden Männer aus der Küche, der Gast verabschiedete sich knapp, halblaut und verängstigt. Wir blieben betroffen und stumm bei unserem Tee zurück. »Ein Kamerad aus dem Gulag. Ich habe dort fünf Jahre mit ihm verbracht. Nun ist er auch entlassen worden. Er wollte mich sprechen.« Wieder in Frankfurt, hatte ich den Vorfall längst vergessen, als mich aus der Presse die Nachricht erreichte, Kostja sei im Dunkel des Korridors, vor seiner Wohnungstür, mit einer Flasche erschlagen worden. Der Mörder konnte nicht ermittelt werden, hieß es. Später hörte ich, daß der KGB seine Finger im Spiel gehabt haben soll. Am 12. März 1965 hatte Ajgi, daran wurde ich jetzt erinnert, seinem Freund zum vierzigsten Geburtstag voller bedrückender Vorahnung ein Gedicht gewidmet:

Dem Dichter der Rose ein Dichter der Rose

Rose, oh reiner Widerspruch, Lust …
R. M. Rilke

In dieser eisen-distel-stadt
wo die dämmerung vogelseelen gleicht
wo die fenster-rosen – von dir geöffnete
sappho-monologe sind
erhellt-zur-welt-
dort sahst du aus dem gesicht-wohl-eigenem-fenster
im traum in dir die behutsamen muster
aufleuchten einst in den anderen ländern
mit der leichtesten lichtschrift:
niemandes schlaf
unter niemandes lidern

Ajgis Gedichte gab ich 1971 in der edition suhrkamp heraus; 1992 erschien in der Bibliothek Suhrkamp eine revidierte und erweiterte Ausgabe. Als ich 1971 den Ehrendoktor der Universität Köln erhielt, die meine Wiederentdekkung der polnischen Literatur für das deutsche Bewußtsein würdigte, wurde auch ganz besonders der wissenschaftliche Rang der Arbeit an der Erstausgabe und Deutung der Lyrik von Ajgi begründet und herausgehoben.

Von Jossif Brodskij, einem anderen Dichter, der mich beeindruckte, erfuhr ich durch Efim Etkind, den ich 1972 an seinem Leningrader Germanistik-Institut besuchte. Brodskij war mit Etkinds Tochter befreundet, deshalb wußte er viel von ihm zu erzählen. In einem aufsehenerregenden Prozeß hatte ein Leningrader Gericht den Dichter 1964 als »arbeitsscheuen Rowdy«, als »Drohne«, als »Parasit der sowjetischen Gesellschaft« zu fünf Jahren Zwangsarbeit in einem Dorf im hohen Norden verurteilt, weil er keinen festen Arbeitsplatz nachweisen konnte, sondern »nur« Gedichte schrieb, übersetzte – ohne Diplom, ohne amtlich bescheinigte Befähigung. Auf die Frage, was ihn denn berechtige, ohne Studium zu schreiben, antwortete er dem Gericht: »das gottgegebene Dichtertum.« Aufgrund von internationalen Protesten wurde der künftige Literaturnobelpreisträger nach achtzehn Monaten wieder freigelassen.

1965 erschien der erste Band seiner Gedichte auf russisch in den USA. 1971 wählte ihn die Bayerische Akademie der Schönen Künste zum Mitglied, 1972 wurde er aus der Sowjetunion ausgebürgert und in den Westen abgeschoben. Einige seiner ersten Gedichte publizierte ich 1965 in den *Akzenten*, dann auch in anderen Zeitschriften und Anthologien. Als er im Westen war, konnte ich ihn einer größeren Öffentlichkeit in der Bayerischen Akademie der Schönen

Mit Jossif Brodskij vor der Lesung im Literaturhaus Frankfurt, achtziger Jahre.

Künste in München und in Frankfurt im Literaturhaus mit Einführung und Lesung in beiden Sprachen vorstellen.

Brodskij hatte ganz für seine Dichtung gelebt, keinen Beruf erlernt und sich damit als »asoziales Element« strafbar gemacht. Seine lyrischen Intuitionen vertrugen sich nicht mit den ideologischen Maßgaben der sowjetischen Kulturpolitik. Sein Geist überragte die Enge der Sowjetepoche und spannte einen Bogen über die Jahrhunderte hinweg zu anderen Ländern, Kulturen und Ufern. Brücke dazu war ihm auch das Polnische, er hatte es autodidaktisch erlernt.

Darmstadt, Mathildenhöhe

In den siebziger Jahren war ich dienstlich von Frankfurt nach Bonn unterwegs, der TEE, der TransEuropaExpreß, rauschte gerade an der Loreley vorbei, ich saß im Speisewagen und trank Tee. Mein Blick schweifte zum Felsen hinauf, als ich Gesprächsfetzen vom Nebentisch aufschnappte. Zwei Geschäftsleute unterhielten sich über Verträge, Konditionen und Abschlüsse. Ich bemühte mich, die Unterhaltung zu ignorieren, aber das war unmöglich, denn die beiden sprachen ungeniert laut. Plötzlich fiel das Wort Warschau, und das machte mich doch hellhörig. In diesem Augenblick ging die Kellnerin vorbei, und einer der beiden am Nebentisch faßte sie am Arm und redete sie unvermindert laut und jovial an: »Moment mal, Schätzchen, bring uns doch noch ein Fläschchen von diesem Roten ...«, und gleich wieder an seinen Gesprächspartner gewandt: »Wo waren wir stehengeblieben? Ach ja, Warschau. Stellen Sie sich vor, wir hatten die Stadt schon erobert, ich patrouilliere mit meinen Leuten durch eine zerbombte Straße – ich stand kurz vor der Beförderung zum Oberleutnant –, da schießt doch jemand aus einer Ruine wahrhaftig gegen uns, es pfiff nur so an meinem Ohr vorbei. Er hätte mich treffen können. Unverschämt, diese hinterlistigen Polen, wir hatten sie doch längst besiegt.«

Es waren nicht nur solche Erlebnisse, Schlüsselerlebnisse, die mich nachdenklich stimmten. Ich fragte mich, was man tun müsse, um der jungen und jüngsten Generation ein unbelastetes Bild von Polen zu geben und die vom Krieg noch immer vergiftete Atmosphäre zwischen den beiden Ländern zu reinigen. Der Gedanke, ein Institut zu gründen, war mir schon Jahre zuvor gekommen. Ich bedauerte es, daß die Polonistik an den deutschen Universitäten so schwach entwickelt war, vor allem verglichen mit der Germanistik in Polen; daß in Verlagen, Zeitungen, Institutionen, Parteien, Kultureinrichtungen zu wenig ausgebildete Polen-Fachleute saßen. Leider ist das bis heute so! Mir schien es wichtig, mit Hilfe vertrauensbildender Initiativen, durch Literaturvermittlung, Kulturaustausch, gegenseitige Studien- und Informationsvorhaben, gemeinsame Projekte die Annäherung der schwierigen, leidgeprüften Nachbarn zu befördern. Eine gesamteuropäische Gemeinschaft in naher Zukunft schien damals kaum vorstellbar. Die politischen Möglichkeiten waren unter den gegebenen Umständen begrenzt, ständigen Schwankungen und Behinderungen ausgesetzt. Hier war die inoffizielle oder halboffizielle Privatinitiative gefordert. Darin sah ich eine Chance.

Inzwischen hatte mein Zweitberuf Ausmaße angenommen, die ich nicht reduzieren, aber auch nicht mehr allein bewältigen konnte. Nicht nur die Bucheditionen nahmen mich in Anspruch, sondern auch zunehmend damit verbundene Verpflichtungen. Lesungen und Vorlesungen, Gutachten, Beratungen, Gastsemester in Heidelberg, Mainz und Frankfurt, internationale Kontakte – das konnte ich allein, mit eigenen Mitteln, nicht mehr schaffen.

Die Zeichen der Zeit standen günstig. Der legendäre Kniefall von Willy Brandt 1970 in Warschau bedeutete eine außenpolitische Wende, einen neuen Ton im deutsch-polnischen Verhältnis. Dennoch kam es wegen der polnischen Westgrenze immer wieder zu Unsicherheiten und Verstimmungen in Polen. Es war eine Zeit heftiger innenpolitischer Spannungen, die beiden Regierungen wenig Spielraum ließen, ihre Beziehungen nachhaltig zu ändern. Nach dem März 1968 hatte sich in Polen die gesellschaftliche, vor allem wirtschaftliche Krise verschärft. Die Lage spitzte sich derart zu, daß ein Zusammenbruch des zentralen Plansystems unvermeidlich schien. Die Reformen, zu denen sich der Staat gezwungen sah, waren gering und kamen zu schleppend voran, als daß sie die aufgebrachten Arbeiter hätten beschwichtigen können. Kurz nachdem Willy Brandt und Józef Cyrankiewicz im Dezember 1970 in Warschau den Vertrag über die Grundlagen der Normalisierung der gegenseitigen Beziehungen und über die Grenze an Oder und Neiße unterzeichnet hatten, mußte die polnische Regierung die Preise für Lebensmittel und einige Industrieerzeugnisse spürbar erhöhen. An der Danziger Lenin-Werft und in der Küstenregion von Elbing bis Stettin kam es zu Streiks und blutigen Auseinandersetzungen mit dem Militär und der Miliz, die auf die Demonstranten schoß. Die aufgebrachte Menge setzte die von ihr geforderte Umbildung der Behörden durch. Gomułka und seine Mitarbeiter wurden abgesetzt, die Leitung der Partei übernahm Edward Gierek, der erfolgreiche Parteiführer des schlesischen Kohlereviers, das im Lande als Vorbild für moderne Wirtschaft und Wohlstand galt. Versprechungen der neuen Regierung, Ökonomie und Verwaltung zu modernisieren, freie Wahlen zu Organen der Gewerkschaft zuzulassen, die Betriebe an den Entscheidungen der Regierung beratend zu beteiligen, beschwichtigten die Protestierenden nicht. Unter dem Druck eines Generalstreiks in Lodz mußte im Februar 1971 die Preiserhöhung rückgängig gemacht werden.

Gierek ließ die Verstaatlichung der Landwirtschaft stoppen. Die Bodenerträge stiegen merkbar. Westliche Kredite ermöglichten es ihm, ein ehrgeiziges Investitionsprogramm einzuleiten. Das bessere Angebot an Konsumgütern und importierten Waren täuschte kurzfristig Normalisierung vor. Wenig später stellte sich heraus, daß Gierek keinesfalls in der Lage oder bereit war, das Versprechen der Demokratisierung einzuhalten.

Nach und nach eroberte die Zentrale die verlorengegangenen Positionen zurück: durch manipulierte Wahlen, Korrumpierung der Gewerkschaftsfunktionäre, drakonische administrative Maßnahmen wie Versetzung der »Unzuverlässigen«, Entlassung der Streikteilnehmer von 1970/71. Das Vertrauen der Bürger schwand. Giereks »polnisches Wirtschaftswunder«, symbolisiert durch den »Polski Fiat«, beruhte auf Schulden und falschen Investitionen und hielt nicht lange an. Bald gab es Anzeichen einer neuen Inflation. Um den Autoritätsverlust abzuwenden, stellte sich die Führungsmannschaft demonstrativ, als Drohgebärde gegen die Rebellen, unter den Schutz der Sowjetmacht.

Das war die Zeit, in der die Autoren der »Neuen Welle« um Stanisław Barańczak, Adam Zagajewski, Leszek Szaruga auf den Index gerieten. Viele Schriftsteller wanderten ab in die Presse des Untergrunds und in die Verlage der Emigration. Als 1972 eine zentrale Arbeiter-Verlags-Genossenschaft, der »Presse-Buch-Vertrieb«, als unmittelbar der Führung der Partei unterstellter Konzern gegründet wurde, antworteten die Geschwister Smolar im April 1973 in Uppsala mit der Gründung der unabhängigen Zeitschrift *Aneks*. Auch inoffizielle Verlage im Lande unterliefen die zentralistische Kontrolle von Staat und Partei und organisierten den »Zweiten Umlauf« für den freien Buch- und

Zeitschriftenvertrieb. Der Begriff für Veröffentlichungen vorbei an den kontrollierten Staatsverlagen und der Zensur wurde zum feststehenden Stichwort für den zivilen Widerstand.

In den folgenden Jahren formierte sich gegen die repressive Politik der Regierung eine Gewerkschaftsbewegung zu einer starken demokratischen Opposition.

1974 errichtete die Volksrepublik ihre Vertretung am Heiligen Stuhl in Rom, kurz darauf, 1975, unterzeichnete Polen in Helsinki das Schlußkommuniqué über die Achtung der Menschenrechte – darunter die Meinungsfreiheit. Zu gleicher Zeit aber wurde in Warschau der Vertreter von Amnesty International, Emil Morgiewicz, verhaftet.

1976 entstand gegen die Übergriffe der Staatsorgane und zum Schutze von dessen Opfern das Arbeiter-Schutz-Komitee KOR (*Komitet Obrony Robotników*). Als Forum für oppositionelle, offiziell verbotene Autoren wurden Zeitschriften »außerhalb der Zensur« wie *Zapis* (Verbot) und *Puls* gegründet. Zu gleicher Zeit nahm das bald bedeutsam gewordene Unabhängige Verlagshaus NOWA (*Niezależna Oficyna Wydawnicza*) seine Arbeit auf; mit Mirosław Chojecki und Grzegorz Boguta in der Leitung. Gehört hatte ich von ihnen bereits, nun lernte ich sie persönlich kennen und sorgte dafür, daß Boguta bei der Frankfurter Buchmesse einen Stand bekam, auf dem er seine Buchproduktion vorstellen konnte.

Diese aufregenden Jahre gingen der Gründung des Instituts voraus. Darmstadts Oberbürgermeister Heinz Winfried Sabais war von der Idee sehr angetan. Er stammte aus Breslau, und auch ihm lag viel an der Verbesserung der deutsch-polnischen Beziehungen. Er war ein Homme de lettres, unvergessener Freund und Mäzen der Literatur und der Autoren, die er auf seiner einzigartigen Rosenhöhe in Darmstadt wie die erlesensten Blumen züchtete, ganz so, wie früher einmal Potentaten in ihren Residenzen Künstler gefördert und ihre Kunstwerke gesammelt hatten. Sabais bot mir an, nach Darmstadt zu ziehen, in eine Villa, die sich im Besitz der Stadt befand. Es handelte sich um eines der schönsten Architekturdenkmäler des Jugendstil-Künstlers Joseph Maria Olbrich in der Künstlerkolonie Mathildenhöhe. Dort könne ich in Ruhe meinen Germano-Polonica frönen, die auch ihm sehr am Herzen lagen. Ein verlockendes Angebot. Gemeinsam mit Sabais klapperte ich die Ministerien ab, wir sprachen vor, schrieben Briefe, diskutierten. Maßgebliche Hilfe leistete auch der Leiter der Kulturabteilung im Auswärtigen Amt, Bernhard Witte. Moralischen Zuspruch fand die Idee eines Polen-Instituts im Hessischen Kultusministerium in Wiesbaden, vor allem bei Staatssekretärin Hildegard Hamm-Brücher und bei Slawisten wie Alfred Rammelmeyer in Frankfurt und Gotthold Rhode, Direktor des Instituts für osteuropäische Geschichte an der Johannes-Gutenberg-Universität in Mainz. Auch sie waren der Ansicht, daß die vorhandenen polonistischen Studiengänge an den Universitäten ergänzt werden müßten. Guter Wille war also von Anfang an da, aber es fehlte das Geld.

Im Jahre 1977 lud Bundeskanzler Helmut Schmidt den polnischen Staatspräsidenten Edward Gierek nach Bonn ein, um ein gemeinsames deutsch-polnisches Forum zu gründen. Neben Marion Gräfin Dönhoff, der Herausgeberin der *ZEIT*, und Richard von Weizsäcker, damals außenpolitischer Sprecher der CDU, neben Diplomaten, Parlamentariern, Vertretern der Industrie, der Wirtschaft und Wissenschaft wurde auch ich vom Veranstalter des Treffens, der Gesellschaft für Auswärtige Politik in Bonn, eingeladen, meine Konzepte und Projekte vorzutragen. Ich sprach davon, daß es notwendig sei, an gemeinsame Traditionen, an Christentum und Humanismus anzuknüpfen, daß wir ihre vielen Chancen nutzen sollten, wie sie schon vor Jahrhunderten genutzt wurden, um zum Verständnis für die Gegenwart und zur besseren Zusammenarbeit, zur Vertiefung des Kultur- und Geisteslebens beider Völker beizutragen. Schwerpunkt, sagte ich, sollte die Erforschung, Darstellung und Vermittlung der polnischen Literatur und Kultur im weiteren Sinne sein. Schließlich schien es mir auch notwendig, Übersetzungen und Übersetzer zu fördern, eine Spezialbibliothek und ein Archiv aufzubauen. In meiner Planung waren bereits zwei Großprojekte enthalten, nämlich eine Reihe von literarisch und historisch relevanten Einzelausgaben in einer Polnischen Bibliothek für deutsche Leser, in der die wichtigsten Werke vom Mittelalter bis zur Gegenwart zugänglich gemacht werden sollten. Außerdem ein *Panorama der Polnischen Literatur*, ein Handbuch, das historische und literarische Entwicklungen kritisch wertete und in einen übergreifenden Zusammenhang stellte. Inspiriert und ermutigt hatte mich die Anregung der KSZE-Konferenz in Helsinki 1975, die nationalen Kulturen und Literaturen der europäischen Länder durch Übersetzungen zu erschließen. Ich nahm diese Empfehlung ernst. Wie mir berichtet wurde, blieb ihre Verwirklichung in dieser geschlossenen Form und Überschaubarkeit bei uns in Darmstadt die einzige. Das *Panorama* erschien in den neunziger Jahren als Lese- und Nachschlagewerk in sieben Bänden im Lexikonformat und im Umfang von 6600 Seiten.

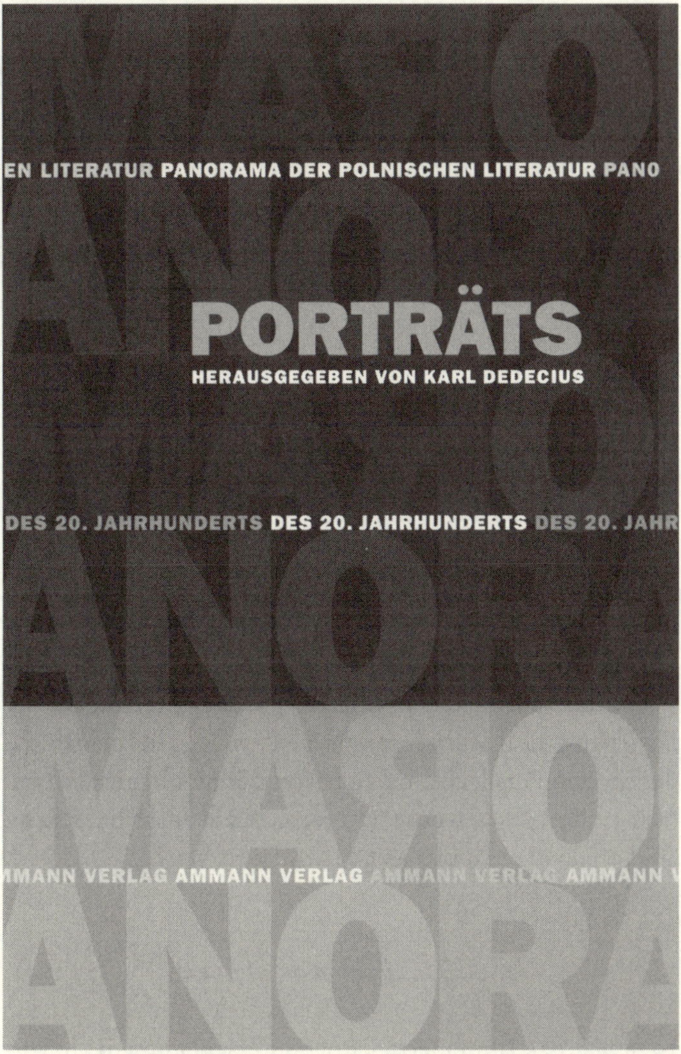

Einer der sieben Bände aus der »Panorama«-Reihe, Ammann Verlag, Zürich 2000. Das »Panorama« erschien auch in Paris und Warschau, in französischer und polnischer Übersetzung.

Das Forum diskutierte sehr lebhaft die Vorschläge, und glücklicherweise wurde die Idee eines Deutschen Polen-Instituts als Empfehlung angenommen. Für die Gründung des Instituts und eines Trägervereins plädierten vor allem die Professoren Hans-Adolf Jacobsen, Bonn, und Gotthold Rhode, Mainz, die Professoren des Forschungsinstituts der Gesellschaft für Auswärtige Politik Dr. Karl Kaiser und Dr. Schulz, die Parlamentarier Dr. Philipp von Bismarck und Richard von Weizsäcker, alle Bonn, und Marion Gräfin Dönhoff, Hamburg.

Die Bundesregierung, die zu den Gründern des Instituts gehörte, befürwortete die Ziele und Aufgaben. Sie konnte aus verfassungsrechtlichen Gründen nicht an der institutionellen Förderung teilnehmen, weshalb sie sich auf eine Patenfunktion beschränkte, die von der Kulturabteilung des Auswärtigen Amtes wahrgenommen wurde. Sie übte diese Funktion aus, indem sie im Kuratorium mitwirkte und auf Antrag begründete Projekte förderte.

Das überparteiliche und überregionale Interesse an der Förderung des deutsch-polnischen Dialogs kam auch dadurch zum Ausdruck, daß das von der SPD regierte Land Hessen und das von der CDU regierte Nachbarland Rheinland-Pfalz die Hauptträger des Instituts waren.

Abschied von der Allianz

1978 war das Jahr einer wichtigen Entscheidung. Der Vorstandsvorsitzende der Allianz-Gruppe, Wolfgang Schieren, lud einige wenige Abteilungs- und Filialdirektoren zu einem Sonder-Führungslehrgang ein. Es war klar, daß es hier um ein Testverfahren ging, um eine eventuelle Beförderung in eine höhere Funktion (und viel höhere Gehaltsklasse); als Leiter einer Zweigniederlassung zum Beispiel. Ich hatte den Lehrgang erfolgreich absolviert, mußte mich aber rasch entscheiden: denn wäre erst einmal die Beförderung und Versetzung ausgesprochen, wäre es unfair und ein Affront Dr. Schieren gegenüber gewesen, dessen Wohlwollen auszuschlagen.

Ich fühlte mich sehr wohl in meiner bisherigen Position. Die Arbeit war Routine geworden, kostete nicht mehr viel Mühe und ließ genügend Kraft und Freizeit für das »Hobby«. Versetzt in den Außendienst, mit mehr Aufgaben und größerer Verantwortung betraut, ständig auf Reisen, wäre mir kaum noch Zeit für die Musen geblieben. Ich konnte das Problem nur – und am elegantesten – lösen, indem ich nach dem nahenden fünfundzwanzigjährigen Dienstjubiläum Abschied nahm und mich für die äußerst verlockende Pionieraufgabe entschied: den Aufbau eines Kulturinstituts von europapolitischer Bedeutung.

Ich nahm bei der Allianz in aller Freundschaft meinen Abschied.

Schieren verschickte meine zuletzt erschienene Anthologie *Polnische Prosa des 20. Jahrhunderts* an seine persönlichen Freunde, Spitzenvertreter der Wirtschaft, Unternehmer, Großkunden, mit folgendem Briefkärtchen:

Karl Dedecius, Herausgeber und Übersetzer dieses Buches, ist seit 25 Jahren an leitender Stelle in unserem Hause tätig.

Für seine Arbeit als Interpret und Übersetzer polnischer Literatur wurde er vielfach ausgezeichnet, unter anderem vom polnischen PEN-Club, von der Deutschen Akademie für Sprache und Dichtung und zuletzt durch die Verleihung der Ehrendoktorwürde der Philosophischen Fakultät der Universität Köln.

Karl Dedecius wird mit Beginn des kommenden Jahres die Leitung des neu gegründeten Deutschen Polen-Instituts in Darmstadt übernehmen, um sich ausschließlich seiner wissenschaftlichen und literarischen Arbeit zu widmen.

Dr. Wolfgang Schieren

Erste Schritte

Nach entsprechenden Vorbereitungsarbeiten und der Annahme einer Satzung wurde der »Verein Deutsches Polen-Institut« im Dezember 1979 in Bonn gegründet und in das Vereinsregister Darmstadt als gemeinnützig eingetragen. Der Verein verstand sich als parteipolitisch und weltanschaulich neutral, seine Hauptaufgabe sollte die Unterhaltung des Instituts sein.

Im Kuratorium waren alle politischen Parteien vertreten. Dem war allerdings ein volles Jahr angestrengter Überzeugungsarbeit vorausgegangen: im Kanzleramt, beim Auswärtigen Amt, bei der Kultusministerkonferenz, den Ländern Hessen und Rheinland-Pfalz, den Stiftungen. Und nicht zu vergessen: wir befanden uns immer noch mitten im Kalten Krieg.

Die Reserve auf beiden Seiten war nicht unbegründet. Wo Deutsches und Polnisches so hart aufeinanderzuprallen schien, von Verletzungen, Vorurteilen und Vorbehalten belastet, bedurfte es eines besonderen, versöhnenden, harmonisierenden Konzepts. Es mußten neue Formen von völkerverbindenden Aktivitäten entwickelt werden.

Karl Dedecius mit Mitarbeitern des Deutschen Polen-Instituts. Sitzend v. l. n. r.: Elvira Grözinger, Jutta Wierczimok, Renate Schmidgall, Martina Endriß-Adam, Krystyna von Schuttenbach, Andreas Lawaty.

Weder in Polen noch in Deutschland gab es Vorbilder für ein solches Institut. Es bekam Modellcharakter. Wir gingen von der optimistischen Annahme aus, daß es möglich sein müßte, durch erfolgreiche Kooperationen »unten« die Interessenkonflikte »oben« zu mildern, vielleicht eines Tages aufheben zu helfen.

Im Dezember 1979 wurde auch das Präsidium des Deutschen Polen-Instituts gewählt. Präsidentin wurde Marion Gräfin Dönhoff, Gotthold Rhode Vizepräsident, Generalkonsul Alfred Blumenfeld von der Deutschen Gesellschaft für Auswärtige Politik in Bonn wurde Schatzmeister. Mich bestellte man als Direktor des Instituts, im ersten Jahr noch allein, mit einer halbtags beschäftigten Sekretärin.

Die Besetzung des Präsidiums war ideal. Alle ergänzten sich und stimmten in ihren Ansichten überein, weshalb die Arbeit mustergültig gedeihen konnte. Später kamen nach und nach die engagierten Mitarbeiter hinzu, vierzehn insgesamt, eingeschworen auf das Ziel der Arbeit, das sie alle beflügelte, junge Leute von den Universitäten, siebzig Prozent von ihnen Frauen.

Ein unvergeßliches Gespräch

An Gräfin Dönhoff imponierten mir ihr scharfer Verstand und ihre kluge Sicht auf die Dinge, was uns in der Aufbauperiode sehr hilfreich war. Ihre Autorität und ihre Kontakte zu wichtigen Persönlichkeiten des öffentlichen Lebens öffneten uns die Türen. Ein Gespräch mit ihr ist mir besonders in Erinnerung geblieben:

»Woran arbeiten Sie im Augenblick?«

»An einer neuen Ausgabe der Jessenin-Gedichte. Gestern abend habe ich mich lange bei einem Herbst-Gedicht aufgehalten.«

»Würden Sie es mir vorlesen?«

Goldlaub fällt und treibt in Wirbelringen
Auf das Tümpelwasser, rosenrot,
So als flög ein Schwarm von Schmetterlingen
Zu den Sternen in den sichren Tod.

Heute liebe ich den stillen Abend
Und die Nähe des vergilbten Tals.
Einem Birklein bläst der Windbold-Knabe
Hoch das Leinenschürzchen bis zum Hals ...

Als ich mit der letzten, der fünften Strophe schloß, bat Gräfin Dönhoff, nachdenklich geworden, ihr die beiden Schlußzeilen zu wiederholen.

Wo, wo bist du, stille Freude, welche
Nichts begehrend alles lieben kann!

Sie formte den Satz in ihrem Sinne um und verwendete ihn später einige Male in Reden, im Hinblick auf ihre verlorene Heimat in Ostpreußen: Lieben, ohne zu besitzen. Das wäre die wahre Lebenskunst.

Die Olbrich-Villa

Zwischen der Gründung des Vereins und der Eröffnung des Instituts im März 1980 wurde das sanierte Haus für seine Aufgaben eingerichtet. Von Olbrichs ehemaliger Prachtvilla war zwar durch Kriegszerstörungen nicht allzu viel übriggeblieben, aber die Erinnerung verpflichtete dennoch zu Pietät; durch entsprechende Möblierung und Dekoration – im bescheidenen Rahmen – entstanden funktionsfähige Arbeitsräume mit einem Hauch ästhetischer Atmosphäre. Kunst und Arbeitsalltag unter einem Dach vereint, wie der Erbauer es sich einst gedacht hatte. Dies gelang mit Hilfe von Zuwendungen einiger Wirtschaftsunternehmen und Privatpersonen.

Wir zogen in das Olbrich-Haus in Darmstadt, Alexandraweg 28. Es steht in dem ehemals großherzoglichen Park und dokumentiert mit anderen Jugendstilbauten eine Epoche deutscher Kulturgeschichte. Die Adresse hatte symbolischen Charakter. Joseph Maria Olbrich war Anfang des

Titelblatt der Zeitschrift Ver sacrum.

20. Jahrhunderts Gestalter und Seele der Darmstädter Mathildenhöhe. Der aus Troppau stammende, in Wien bekannt gewordene Architekt (1867-1908) wurde nach Darmstadt berufen und mit der Gesamtplanung beauftragt. Großherzog Ernst Ludwig von Hessen hatte hier das schöne Areal der im Jahre 1899 begründeten Künstlerkolonie freigegeben, damit diese ihre Kunstwerke und Ideen in einem großzügigen Rahmen der Öffentlichkeit vorstellen konnte.

Olbrich war ein Baumeister von unermüdlicher Zielstrebigkeit. Ihm schwebte die Einheit von Kunst, Handwerk und Leben vor. Die Verschmelzung von Poesie und Polis zu einem Gesamtkunstwerk. Er baute Hochzeitstürme und suchte, als gebürtiger Deutschböhme im Umgang mit den Slawen, mit anderen Völkern vertraut, den größeren Radius, die Verbindung zur Welt, und zwar auf eine ebenso schöne wie selbstverständliche Art.

Um die Jahrhundertwende, bevor Olbrich aus Wien nach Darmstadt kam, zeichnete er zusammen mit dem Polen Stanisław Wyspiański, dem führenden »Gesamtkünstler« des polnischen Jugendstils, ein Titelblatt für die Zeitschrift der Wiener Secession *Ver sacrum*.

Wyspiańskis »Mutterschaft« und Olbrichs »Bäumchen«, ihr gemeinsames deutsch-polnisches Jugendstilplakat, hängen – von mir in alten Wiener und Krakauer Besprechungen entdeckt – in farbiger Reproduktion in der guten Stube des Instituts, im früheren Kaminzimmer des Hauses: unsere Visitenkarte und Leitmotiv. Olbrichs Bäumchen erinnern die im Hause arbeitenden Übersetzer an das Wort Martin Luthers: »Und wenn ich wüßte, das die Welt morgen unterginge, würde ich heute dennoch ein Apfelbäumchen pflanzen.«

Das Olbrich-Haus hat die denkbar angenehmste Nachbarschaft. In Kultur- und Geistesgeschichte eingebettet, ist es umgeben von architektonischen Sehenswürdigkeiten, wie dem Ernst-Ludwig-Haus, dem Glückert-Haus (heute Sitz der Deutschen Akademie für Sprache und Dichtung), dem stilbewußten Behrens-Haus, das selbst wie ein Lorbeerbaum aus der grünreichen Landschaft emporwächst, und mit der malerischen Russischen Kapelle vor den Fenstern im Westen. Daneben der hochtrabende Hochzeitsturm, der Schwanentempel, flaniert vom Platanenhain mit Skulpturenschmuck von Bernhard Hoetger und von Ludwig Habichs Denkmal für den Dichter Gottfried Schwab. Dieses und viele andere im Park wie Langzeitblumen verstreute Baudenkmäler und Kunstwerke geben dem Hügel seine phantasievolle, anregende Atmosphäre. Keine Schlote und kein Maschinengeratter ringsum.

In einem Festakt im Kleinen Haus des Staatstheaters Darmstadt wurde das Institut am 11. März 1980 eröffnet. Heinz Winfried Sabais nannte den Gründungsakt »bedeutungsvoll ... im nationalen Interesse einer guten Nachbarschaft zwischen Deutschen und Polen und im europäischen Interesse eines auf gegenseitiger Achtung beruhenden Friedens.« Marion Gräfin Dönhoff würdigte »das Besondere an Darmstadt, daß die Bürger dieser Stadt bereit sind, Opfer auf sich zu nehmen, die nicht ihnen unmittelbar zugute kommen, sondern die von einem uns alle betreffenden höheren moralischen und kulturellen Aspekt her notwendig sind. Es ist schön zu wissen, daß es in unserer kommerzialisierten und materiell betonten Welt eine solche Gesinnung noch gibt ...« Hildegard Hamm-Brücher nannte das Institut ein »geradezu ideales Modell einer Gemeinschaftsleistung: der bundesstaatliche Anteil, der Anteil von zwei benachbarten Bundesländern, die Anteilnahme der Stadt Darmstadt, der gemeinnützigen Stiftungen und das Engagement von führenden Persönlichkeiten unseres Landes ...«

Als Gäste kamen Staatsminister, Botschaftsattachés, Landtagspräsidenten, Bundestags- und Landtagsabgeordnete, Vertreter der Behörden des Bundes und der Länder, Stadtverordnete, Bürger und Firmen der Stadt und der Länder, unter ihnen viele Förderer und Spender, die halfen, das Institut auf eine sichere Grundlage zu stellen.

In meiner Antrittsrede sagte ich, daß Polen für mich nicht an den Landesgrenzen ende. Zehn Millionen polnische Emigranten lebten im Ausland, eine Million allein in

Als das Olbrich-Haus dem Deutschen Polen-Institut zu eng wurde, kam 1996 die ebenfalls von dem Architekten Joseph Maria Olbrich entworfene Villa Deiters hinzu.

Chicago. Ich sagte, daß ich die polnische Kultur weiter und tiefer begreifen wolle, daß ich neben dem aktuellen offiziellen Kulturleben auch das einbeziehen wollte, was im Untergrund geschah, ebenso wie im Exil. Diese Absicht ärgerte die Funktionäre der Volksrepublik. Denn wer bei der Eröffnung fehlte, war der polnische Botschafter (nach dem Fall des Eisernen Vorhangs gestand er mir, es sei sein größter Fehler gewesen). Es reisten untergeordnete Beamte der Botschaft als Beobachter an, die zum Ausdruck brachten, daß sie an einer guten Zusammenarbeit interessiert waren. Aber sie wollten mir sagen, was die polnische Kultur sei. Ich erwiderte, ich sei des Lesens und Schreibens kundig und wolle mir meine Meinung selbst bilden. Privat reisten ein paar Freunde aus Polen an: Schriftsteller, Journalisten, Professoren. Aus eigenem Interesse und auf eigenes Risiko.

Die Kälte von seiten der offiziellen Polen war spürbar. Immerhin sendete das polnische Fernsehen einen kurzen Bericht über die Gründung des Instituts. Den deutschen Einrichtungen, Parteien und Landsmannschaften war es leichter zu erklären, warum wir unsere Arbeit unabhängig und frei von Einflußnahme der unterschiedlichen Interessengemeinschaften leisten wollten. Das gelang uns auch in all den Jahren, weshalb das Ansehen des Instituts in Polen wie in Deutschland und in anderen Ländern ständig wuchs.

Zu den Aufgaben des Instituts gehörten langfristig angelegte literarische und übersetzerische Projekte, Veranstaltungen wie Kolloquien, Lesungen und Studienreisen und die Kooperation mit anderen Institutionen und Veranstaltern in Deutschland und Polen. Da war zum Beispiel die Idee, polnische Lektoren, Übersetzer, Journalisten in Studienfahrten mit ihren deutschen Kollegen zusammenzubringen, Autoren einzuladen, ihnen Stipendien zu beschaffen.

Die Erfolge, die positive Resonanz in der Presse beider Länder, überraschten alle. Doch die fünf Aufbaujahre des Deutschen Polen-Instituts waren nicht nur mit Erfolgen gesegnet. Es gab konstruktive und gutgemeinte Kritik, aber auch bösartige Unmutsbekundungen, nicht selten anonyme Drohungen, aus dunklen Ecken, von polnischer wie von deutscher Seite. Ein Beispiel dafür ist die folgende Zeitungsnotiz über die Beendigung einer gerichtlichen Auseinandersetzung mit Anhängern der NPD:

Im Rechtsstreit Dr. h. c. Karl Dedecius (Kläger) ./. DSZ Druckschriften- und Zeitungsverlag GmbH (Beklagte) hat das Landgericht Hamburg die Beklagte durch Urteil vom 7. März 1986 verurteilt, es bei Meidung der gesetzlich vorge-

schriebenen Ordnungsmittel zu unterlassen, zu behaupten, zu verbreiten und/ oder behaupten und verbreiten zu lassen, a) der Kläger sei »Warschaus Vertrauensmann im Westen« b) der Kläger sei »einst Ulbrichts Mitarbeiter, heute Warschaus Propagandist« c) der Kläger sei »eine Zentralfigur der Verzichtpropaganda« d) der Kläger sei »seit Jahren eifrig darum bemüht, den deutschen Osten abzuschreiben« e) der Kläger habe nach seiner Freilassung aus sowjetischer Kriegsgefangenschaft in der sowjetischen Besatzungszone »steile Karriere« gemacht, sei »Mitarbeiter der Ulbricht-Regierung« und »sowjetzonaler Literaturpapst« gewesen.

Der Traum von einer europäischen Bibliothek

»Wer Visionen hat, sollte zum Optiker gehen«, pflegte Bundeskanzler Helmut Schmidt als Bonmot zu zitieren. In seiner Gegenwart traute ich mich nicht, von meinen Visionen zu sprechen, obwohl ich nicht wußte, wie ich die Pläne sonst hätte nennen sollen, die in meinem Kopf reiften und von deren Zukunft ich überzeugt war. In Darmstadt, Krakau und Lodz.

Natürlich nehmen sich Enthusiasten immer zuviel vor. Der Elan übersteigt ihre Möglichkeiten.

Mich ließ die Idee nicht los, eine »Polnische Bibliothek« zu initiieren, einhundert Bände in deutscher Sprache. Anspruchsvoll, aber auch unterhaltsam. Ohne primär kommerzielle Absicht. Sie sollte verschiedene Genres umfassen: historische Romane, die national relevante Dichtung, Dramen, Erzählungen, Briefe bedeutender Männer und Frauen, historische und philosophische Schriften – vom Mittelalter bis zur Gegenwart.

Die Vorbereitungen waren langwierig, drei Partner waren für das große Wagnis zu überzeugen und zu gewinnen: die Robert Bosch Stiftung als treuer Sponsor, Siegfried Unseld als begeisterungsfähiger Verleger, das Deutsche Polen-Institut als kompetenter Herausgeber.

In drei aufeinanderfolgenden Kolloquien, zu denen Polonisten und Übersetzer eingeladen waren, wurden die Auswahl der Autoren und Bücher und die Form der Zusammenarbeit bis in die technischen Einzelheiten hinein diskutiert. Es zeigte sich bald, daß nicht alles, was gute Theorie war, auch gute Praxis werden wollte. Die Hilfsbereitschaft der Übersetzer-Kollegen war groß, aber ihre freien Kapazitäten begrenzt, auch der Spielraum des Herausgebers war vorgegeben und die Qualitätsansprüche von Institut, Förderer und Verlag hoch – mit Recht, meine ich. Zudem war das Kriterium der Wirtschaftlichkeit des Projekts wichtig. Es sollten in kurzer Zeit mit sparsamem Aufwand möglichst viele und gute Ergebnisse erreicht werden. Eine Gruppe von Polonisten fand sich bereit, Herausgeber und Redaktion ehrenamtlich zu beraten. Prof. Dr. Rolf Fieguth von der Universität Fribourg, der Polonist der Universität Amsterdam, Dr. Witold Kośny, und andere. Darüber hinaus profitierten wir von zahlreichen Einzelgesprächen mit Polonisten, Historikern und Autoren aus Polen, die uns besuchten, die wir besuchten. Es waren, um nur einige zu nennen, die Professoren Jan Błoński, Jerzy Borejsza, Czesław Hernas, Maria Janion, Andrzej Lam, Zdzisław Libera, Olga Dobijanka-Witczakowa, Stanisław Treugutt, Henryk Markiewicz, Jerzy Ziomek, die Literaten und Kritiker Marian Grześczak, Ireneusz Iredyński, Tadeusz Nowak, Leszek Szaruga und viele andere.

Bei unserer Auswahl für die Polnische Bibliothek spiel-

Die Polnische Bibliothek

ten die politischen Ansichten des Autors, seine Einstellung zur Kirche oder gegen die Kirche, keine Rolle. Entscheidend war seine Bedeutung für Polens Geschichte und Kultur. Die galt es zu vermitteln.

Von Beginn an war klar, daß tatsächlich einhundert Bände nötig gewesen wären, um die polnische Literatur in ihrer Vielfalt vom Mittelalter bis zur Gegenwart vorzustellen.

Um das Unterfangen nicht gleich mit einem zu großen Risiko zu belasten, wurde von Förderer, Verlag und Herausgeber zunächst ein Teilprogramm vereinbart, fünfundzwanzig Bände in einem Zeitraum von fünf Jahren. Sollte dieser erste Versuch gelingen, wollten wir die Fortsetzung des Projektes ins Auge fassen. Es wurden schließlich fünfzig Bände. Das Konzept basierte auf zehn Bücher-Gruppen, zehn »Säulen«, dazu gehörten Epochen-Lesebücher, Gattungs-Anthologien, Lyrik, Romane, Erzählungen, Novellen, Essays und kulturhistorische Dokumente.

Gräfin Dönhoff fragte mich einmal, was mein Lieblingsband und mein Lieblingsautor in der Polnischen Bibliothek sei. Ich antwortete ihr, daß ich schon in der Schule vier Instrumente gespielt hätte und mich nicht auf nur eins konzentrieren konnte. Ich hatte immer eine Vorliebe für Anthologien, die die Vielgestaltigkeit der polnischen Literatur zeigten. Sie kamen meinem symphonischen Weltverständnis näher. Ich höre die Dichtung wie ein Orchester und möchte keines der hundert Instrumente missen: nicht die Harfe, keine der vielen Violinen, kein Cello, keine Flöte. Selbst die Pauken und die Trompeten spielen einen wichtigen Part.

Eine Massenrezeption polnischer Literatur erwarteten wir nicht. »Die polnische Literatur«, schrieb Jürgen Diesner 1982 im *Darmstädter Echo*, »gilt den deutschen Lesern durchaus als Lektüre, die der Mühe wert ist – aber eben doch Mühe braucht. Weil sie nicht leicht zu konsumieren ist, sondern verstanden werden will – in ihrer Verwurzelung in der verwickelten polnischen Geschichte, in der polnischen Philosophie, der polnischen Religion. Und wer diese nicht kennt, kann jene nicht goutieren. Und wer ist schon Polonist?«

Der Verkauf der Polnischen Bibliothek bewegte sich zwischen eintausend und dreitausend pro Band, war also nicht sensationell, gemessen am Schwierigkeitsgrad dieser Literatur und an der allgemeinen Situation des Marktes war sie nach Ansicht des Verlages jedoch überraschend gut. Der Band *Die Dichter Polens* lag bereits im zweiten Jahr in der dritten Auflage vor, Kruczkowskis Roman *Rebell und Bauer* und Janusz Korczaks Lesebuch mußten ebenfalls in kurzer Zeit nachgedruckt werden. Rasch vergriffen war *Die Reise nach Warschau* von J. C. F. Schulz, die 1983 von der »Stiftung Buchkunst« als »eines der schönsten Bücher des Jahres« ausgezeichnet wurde, ebenso wie ein Jahr später die Aphorismen-Sammlung *Bedenke, bevor du denkst* ...

Die Kritik begrüßte das Unternehmen fast einhellig als »notwendig« und »verdienstvoll«, auch wenn nach Erscheinen der ersten Bände kritisch angemerkt wurde, daß die großen Klassiker wie Mickiewicz, Słowacki, Krasiński, Norwid noch nicht dabei seien. Die Vorbereitung einer dichterischen Klassiker-Edition, ja allein der Übersetzung, kostet natürlich Jahre, während einige Titel der Gegenwartsliteratur schneller realisiert werden konnten. Die meisten Bände der Polnischen Bibliothek fanden positive Aufnahme, wie *Das Junge Polen*, Bruno Schulz, Czesław Miłosz und Tadeusz Różewicz, aber es gab auch Gegenstimmen. Die Reaktionen auf *Die Dichter Polens* waren beispielsweise extrem widersprüchlich. Während der eine die ungeläufige Buchkonzeption und die Texte des »Breviers« als etwas Originelles, Innovatives, Geistreiches lobte, tat es der andere als Kuriosum ab. Kontroversen löste der Roman *Rebell und Bauer* von Kruczkowski aus, eben jener Roman, den ich bereits in Weimar übersetzt hatte. Mir wurde vorgeworfen, daß ich einen staatstreuen Kommunisten aufgenommen hätte. Aber die Polnische Bibliothek stellte unterschiedlichste Autoren vor: Könige, Exulanten, Freischärler, Bauern, Arbeiter, Adlige, Proleten: ganz Polen, wie es ist, unretuschiert und in seiner ganzen Widersprüchlichkeit.

Wir versuchten auch Übersetzer polnischer Literatur der DDR einzubeziehen. Das war nicht so einfach. Staatliche Stellen behinderten den Austausch, es gab langwierige Verhandlungen um die Rechte. Dennoch konnte der Roman *Vorfrühling* von Stefan Żeromski in der Übersetzung des Ost-Berliner Polonisten Heinrich Olschowsky erscheinen, wie auch Jerzy Andrzejewskis Roman *Asche und Diamant* in der Übersetzung von Henryk Bereska.

Was meine eigene Übersetzertätigkeit betraf, so hatte ich mich gründlich verschätzt. Im Institut, so hatte ich es mir vorgestellt, würde ich Arbeiten delegieren, auf viele Mitarbeiter verteilen und selbst mehr als früher übersetzen können. Aber, leider ... Wie gründet man ein Institut und führt es zur sinnvollen Nützlichkeit, Wirtschaftlichkeit, Resonanz? Die administrativen Aufgaben nahmen mich zu sehr in Anspruch. So lebte ich mein paralleles Leben weiter: ich übersetzte abends und an den Wochenenden zu Hause.

Nach dem Vorbild der Polnischen Bibliothek in Deutschland entschloß sich der Krakauer Verlag Wydawnictwo Literackie zur Herausgabe einer deutschen Bibliothek in polnischer Sprache, deren Spiritus rector Karl Dedecius ist. Inzwischen liegen 20 Bände vor.

Hotel Polonia

DAS
Das, was so lastet und abwärts treibt,
das, was wehtut wie Schmerz
und brennt wie die Wange,
das kann ein Stein sein
oder ein Anker.
Adam Zagajewski, 1983

Solidarność – Solidarität

Für die Polen ist die Literatur und die Geschichte ein Anker. Uns bietet sie Aufklärung über die historisch problematisch gewordene Nachbarschaft; eine Nähe, die uns zur Ferne wurde oder die wir nicht wahrnehmen, die wir selbst mehr oder weniger bewußt verdrängt haben. Selten waren die Voraussetzungen so günstig wie heute, um unsere Wahrnehmung zu korrigieren. Polnische Poesie ist, unabhängig vom Thema, vom Adressaten, von den Umständen ihrer Entstehung, im wesentlichen, so oder anders, immer eine Form des Protests, der Wahrheitsfindung.

Die Monate vor der Gründung des Deutschen Polen-Instituts hatte ich genutzt, um meine Kontakte in Polen und in Emigrantenkreisen zu vertiefen oder neu zu knüpfen: in Warschau, Krakau, Danzig, Breslau, Posen, aber auch in Paris, Brüssel, London, New York und Chicago. Ich fühlte mich immer zu den Quellen hingezogen, wo die Literatur noch aus »Fleisch und Blut« war, wo man den Autoren

Auge in Auge gegenüberstand und sie in Rede und Gegenrede »wahrnahm«. In Posen war ich an der Quelle der »Generation 68«, ich ließ mich von ihrer »Neuen Welle« mittragen. Dieser Generation, das merkte ich, war der »kleine Tropfen der Hoffnung« (Zbigniew Herbert) ihrer Vorgänger zu wenig. Sie wollten unter dem Druck der Ereignisse ihre Einsichten nicht mehr allein auf Linguistik und Semiotik konzentrieren, auf die Sprache der absoluten Poesie oder in die verschlüsselte Sprache Äsops ausweichen. Damals lernte ich in Posen den Dichter und Polonisten der Adam-Mickiewicz-Universität Stanisław Barańczak kennen.

Das Stichwort der Dichtung der 68er war der »Atem«, das Ringen um den Atem, der freie Atem, das »künstliche Atmen« und schließlich, im Exil: »Der zweite Atem« (Zagajewski). So waren mehrere Gedichte und Bücher jener Zeit betitelt. Barańczak sprach seine Gedichte »atemlos«:

wie das Herz in den Rippen und der Fisch auf dem Sande
flattert der Satz in einem Atemzug gestottert
bis zum letzten Atemzug (...)

Mich zog zu Beginn unserer Bekanntschaft sein Gesichtsausdruck merkwürdig an. Ich erinnerte mich an seinen ersten Gedichtband *Korekta twarzy*, *Gesichtskorrektur* von 1968: eine Empfehlung, das Gesicht zu ändern, um das Gesicht zu wahren. Sein Gesicht bedurfte keiner Korrektur. Es sah aufmerksam zu, hörte aufgeschlossen hin. Die leichte Neigung der Schulterpartie vermittelte den Eindruck, er trage an einer schweren Last, die nur mit äußerster Energie und Selbstdisziplin zu bewältigen war.

Barańczaks Gedichte vom Straßenalltag, von den Warteschlangen, der Wohnungsnot waren besondere »Fotoreportagen«, scheinbar statisch und doch höchst mobilisierend. Die Sprache dieser Lyrik machte die polnische Schizophrenie offenkundig: die vielen überfüllten Kirchen, überfüllt von Schutzsuchenden, und die vielen Plakate, Transparente, Spruchbänder von Wand zu Wand, von Straße zu Straße, bekritzelt mit Euphemismen sowjetischer Machart, gebrochen weiß auf graurot, auf Bettbezügen, die zu Hause fehlten.

Barańczak verließ Polen mit seiner Familie im März 1981 mit Hilfe der »Solidarność«. Die kurze Periode der Verhandlungen der oppositionellen Gewerkschaft mit der verunsicherten Regierung machte es möglich, nach Jahre währendem Berufs- und Ausreiseverbot endlich dem Ruf an die Harvard-Universität zu folgen, für drei Jahre zunächst. Dann kam der 13. Dezember 1981, der Kriegszustand, und nahm Barańczak die Entscheidung – emigrieren oder nicht – ab. Er blieb in den USA.

Der Beginn der achtziger Jahre bleibt in der Nachkriegsgeschichte ein Augenblick von großer historischer Tragweite. Der Jahrhundertwinter 1979 paralysierte das Land. Die Schwierigkeiten in der Strom- und Lebensmittelversorgung wurden unerträglich. Die Unruhen unter der Bevölkerung eskalierten. In Nowa Huta, dem Paradestück der sozialistischen Industrialisierung und Luftverschmutzung, vor den Toren Krakaus, versuchten Unbekannte das Lenin-Denkmal in die Luft zu sprengen. Im März 1980 protestierte Walenty Badylak durch öffentliche Selbstverbrennung auf dem Krakauer Marktplatz gegen das Leugnen des Massenmords an polnischen Offizieren in Katyń: »Die Presse lügt.«

Es war das Jahr der großen Streiks. Massenstreiks in der Danziger Leninwerft und der gesamten Küstenregion zwangen die Regierung zu einem Waffenstillstand mit der unabhängigen Gewerkschaft. Ende August 1980 mußte die »Solidarność« zugelassen werden. Das Abkommen unterschrieben der stellvertretende Ministerpräsident Mieczysław Jagielski und der Sprecher der Gewerkschaft, Lech Wałęsa, am 31. August in Danzig. Neun Millionen Polen schlossen sich der Gewerkschaftsbewegung »Solidarność« an.

Die Macht der Gewerkschaft wuchs, die Regierung begann ihre Konzessionen zu bereuen. Am 5. September 1981 übergab sie die Führung in Staat und Partei einem General, Zögling der Moskauer Militärakademie, Wojciech Jaruzelski. Nun überschlugen sich die Ereignisse. Als die »Solidarność« am 11.-12. Dezember ihr Mißtrauensvotum gegen die Regierung bekanntgab, rief General Jaruzelski am 13. Dezember den Ausnahmezustand aus. Seit diesem Tag galt das Kriegsrecht.

Die Zukunft des Landes war wenig abschätzbar. An der Grenze wurden ohne größere Geheimhaltung Panzereinheiten konzentriert. Oppositionelle Vertreter der Intelligenz und Bürgerrechtler isolierte man in Lagern. In den Fabriken richteten sich die Arbeiter auf längere Streiks ein; ihre Frauen sorgten für Schlafdecken, Lebensmittel und Wasser. Staatliche Ordnungskräfte befanden sich in Alarmbereitschaft.

»New York, 13. Dezember 1981 Nachricht von der Verhängung des Kriegszustandes in Polen. Alle Verbindungen abgebrochen.«

Knapp, im Telegrammstil endet das *Warschauer Tagebuch* von Kazimierz Brandys, den ich Anfang der achtziger Jahre auf Lesungen durch Deutschland begleitete. Auch er stammte aus Lodz, war nach dem Krieg überzeugtes Parteimitglied gewesen und hatte 1966, als der Philosoph Leszek Kołakowski aus der Partei ausgeschlossen wurde, sein Mitgliedsbuch zurückgegeben. Bereits 1976 wurde er mit Publikationsverbot belegt, weil er die Freilassung inhaftierter Arbeiter gefordert hatte.

In seinem *Warschauer Tagebuch* schildert er die dramatischen Jahre zwischen 1978 und 1981, das Buch erschien 1984 in der Polnischen Bibliothek. Brandys war ein Jahr lang Gast des DAAD in Deutschland gewesen, wo er »direkt auf die westliche Gleichgültigkeit traf«.

Sein Tagebuch zeichnet ein düsteres Bild vom wirtschaftlichen Verfall, von Lebensmittelknappheit, den Schlangen vor den Geschäften, von Verhaftungen und Beschlagnahmungen. Er schildert die Arbeit von KOR, des Untergrundverlages NOWA und der unzensierten Zeitschrift *Zapis*. Betrachtungen zu Philosophie und Religion wechseln mit Beschreibungen von Träumen und Alpträumen, mit Passagen über Paris und Berlin. Brandys appellierte eindringlich an die Länder des Westens:

»Sie scheren sich nicht um uns ... Wenn ihnen ihre Städte, diese Automaten der Produktion, des Konsums, der Psychose und des Vergnügens, wirklich nicht mehr genügten, und sie hielten tatsächlich Ausschau nach einer neuen und unbekannten Polis, so würde ich darauf sagen: wendet euer Antlitz doch uns zu, wir sind neu und unbekannt. Wir sind nah, ganz in der Nähe. Wendet euch nicht ab von den Ländern jenes Europas, das für euren Wohlstand und eure Ruhe und eure wachsenden Lebensmittelüberschüsse verkauft wurde. Öffnet euch uns, ihr werdet interessante Dinge erfahren.«

Karl Dedecius mit Marion Gräfin Dönhoff und Helmut Schmidt in seinem Darmstädter Büro.

Am 8. Oktober 1982 wurde die »Solidarność« aufgelöst. Sie mußte ihren Kampf im Untergrund und aus der Diaspora fortsetzen. Wut, Verzweiflung, Sarkasmus und Selbstanklage prägten die Texte jener Jahre.

Die Literatur, das ist in Polen Tradition und Qualitätsmerkmal, hatte es lange davor vorausgesehen, davor gewarnt, die Symptome und den Verlauf des latenten Bürgerkriegs in Vers und Prosa dokumentiert. Bei manchen, in den 70er Jahren geschriebenen Gedichten, gewann man den Eindruck, sie handelten bereits vom Kriegszustand, beispielsweise in Stanisław Barańczaks Gedicht »Wenn du schon schrein mußt, tu es leise« aus dem Jahre 1979:

Wenn du schon schrein mußt, tu es leise / die Wände haben
Ohren /, wenn du schon lieben mußt,

knips das Licht aus / der Nachbar
hat
ein Fernglas /, wenn du schon wohnen

mußt, sperr die Tür auf / der Schutzmann
hat
Befehle /, wenn du schon

leiden mußt, tu es in den eignen vier Wänden / das Leben
hat
seine Rechte /, wenn du

schon leben mußt, schränke dich ein in allem / alles
hat
seine Grenzen /

Als 1983 der unbotmäßige Verband Polnischer Schriftsteller aufgelöst, die Zensur verschärft, der Mittelpunkt des literarischen Lebens in Krakau, die Zeitschrift *Pismo*, *Schrift* liquidiert wurden, kam der Literaturwissenschaftler Jerzy Kwiatkowski auf die Idee, die Zensur zu umgehen und statt einer gedruckten eine gesprochene Zeitschrift ins Leben zu rufen. Jan Józef Szczepański und Kornel Filipowicz unterstützten den Gedanken, der Klub der Katholischen Intelligenz bot sein Lokal an, und der Polonist Stanisław Balbus erfand den (nur behelfsmäßig übersetzbaren) Titel der Zeitschrift: *NaGłos*, wörtlich »FürStimme«, sinngemäß »LautGesagt«. Den Inhalt der Manuskripte – Lyrik, Prosa, Essays, Buchbesprechungen, Feuilletons – trugen die Autoren selbst vor, oder sie ließen sich bei Abwesenheit von ihren Schriftstellerkollegen vertreten.

In jenen Jahren versuchten wir immer wieder, in Ungna-

Verleihung der Ehrendoktorwürde der Universität Lublin an Karl Dedecius im Jahre 1987. Zum Festakt reisten Wisława Szymborska und Ewa Lipska eigens aus Krakau, Leszek Szaruga aus Warschau an.

de gefallene, mit Druckverbot belegte Autoren einzuladen. Dazu gehörten fast alle namhaften Schriftsteller und Lyriker in Polen. »Hotel Polonia« hieß unser Frankfurter Wohnhaus in jenen Jahren im Freundeskreis. Ich sah, wie Schriftsteller, die mit Stipendien das Land verlassen konnten, aufatmeten, wie der Druck von ihnen wich, wie sie bei uns im Westen, wenn auch vorübergehend, zur Ruhe kamen. Daß wir uns am Deutschen Polen-Institut für die oppositionellen Autoren einsetzten, ihnen Lesungen organisierten, sorgte immer wieder für Verstimmungen in Polen. Wir ließen uns nicht beirren. Wir träumten von der Überwindung des Kalten Krieges, wagten aber nicht zu hoffen, daß wir dies noch erleben würden.

Das neue Europa

»Welcher ist im Augenblick der erste, wichtigste, lebendigste Wunsch der Völker? Wir zögern nicht zu sagen, daß es der Wunsch nach Verständigung, Vereinigung, Zusammenschluß der Interessen ist ... In der Tat, kann es etwas Schändlicheres geben als jenes alte Vorurteil, daß eine von der Hand der Könige quer durchs Land, oft durch eine Stadt gezogene Linie die Bewohner, sogar Verwandte, in Landsleute und Fremde, in natürliche Feinde trennen darf? Es kommt hinzu, daß jeder Europäer, der von einem Ort in einen anderen zieht, nicht nur alle politischen und zivilen Rechte einbüßt, sondern auch, im voraus der Verbrechen verdächtigt, sich mit Kennzeichen und Zeugnissen ausstatten muß. Die Gewohnheit hatte viele sonst anständige Menschen gefühllos gemacht ...«

Adam Mickiewicz, Vom Streben der Völker Europas, La Tribune des Peuples, 29. März 1849

Verleihung des Friedenspreises des Deutschen Buchhandels an Karl Dedecius, Frankfurt 1990.

Als 1989 der Eiserne Vorhang ohne Schüsse und Blutvergießen in sich zusammenfiel, mußte ich oft an den Romantiker Adam Mickiewicz denken, dessen Verse mich schon in der Schule geprägt hatten.

Die Gewerkschaft »Solidarność« hatte das System schwer getroffen. Als im Oktober 1983 ihr Vorsitzender Lech Wałęsa mit dem Friedensnobelpreis ausgezeichnet wurde, bekamen die unabhängigen Kräfte in Polen internationale Anerkennung und Zuspruch. Wałęsa stand unter Hausarrest und durfte nicht aus Polen ausreisen, seine Frau Danuta fuhr nach Stockholm, um den Preis entgegenzunehmen. Im Spätsommer 1988 wurde Polen von neuen Streikwellen erschüttert, die Streikenden forderten die erneute Zulassung der Solidarność. Die Regierung stellte Gespräche mit der Gewerkschaft am Runden Tisch in Aussicht. Der Niedergang des krisengeschüttelten alten Regimes war nicht mehr aufzuhalten: Anfang 1989 wurde die verbotene Gewerkschaft wieder zugelassen, im Juni 1989 errang sie bei den ersten freien Parlamentswahlen den Sieg. Mit dem katholischen Publizisten Tadeusz Mazowiecki stellte die Solidarność im August 1989 den ersten nichtkommunistischen Ministerpräsidenten in ganz Mittel- und Osteuropa seit dem Zweiten Weltkrieg.

Am 9. November, während des Besuches von Bundeskanzler Helmut Kohl in Warschau, den ich als sein Gast begleitete, fiel die Berliner Mauer. Das Parlament nahm am 29. Dezember 1989 Änderungen an der Verfassung vor. Damit endete formal die Volksrepublik und begann die Dritte Republik Polen.

Die Grenzen waren nun offen.

Besuch bei Herder. Mohrungen am 5. Mai 1990

Im Mai 1990 lud mich Bundespräsident Richard von Weizsäcker ein, ihn während seines Staatsbesuchs in Polen zu begleiten. Er nannte diese Reise die wichtigste in seiner Amtszeit und warb dafür, daß »Deutsche und Polen in größeren Zeiträumen denken, die Zeichen der Zeit erkennen und sie zur Maxime unseres gemeinsamen Handelns machen«.

Was hat sich dem Gedächtnis besonders eingeprägt bei dieser Reise an der Seite des Bundespräsidenten, was hat mit Fragen bestürmt, gezwungen, Ort und Person in einem Zusammenhang zu denken?

Nicht Warschau, nicht die schüchternen Kinder, die uniformiert wie kleine Soldaten dem Bundespräsidenten Blumen überreichten, nicht der Stechschritt des Paradeoffiziers, der mit steinernem Blick und blankem Säbel auf das

Grabmal des Unbekannten Soldaten zeigte, nicht die verlegenen Gesichter bei der Begehung der Westerplatte in Danzig und nicht die Fahrt um Danzig herum auf einem Boot der Marine. Auch nicht die schlanken, höflichen Würdenträger in Warschau und die auffallend rundlichen, ruppigen in Danzig.

Ein kleiner Ort dazwischen, Mohrungen (Morąg) war es, wo ich mich gern länger aufgehalten hätte. Herders Geburtsort hat mir die Schwerpunkte der Reise in ein anderes Licht gerückt, mir Richard von Weizsäcker anders nahegebracht. Hier haben sich seine sonst angespannten Züge erhellt, als wäre er auf ein friedliches, malerisch und geschichtsträchtig zwischen blaue Seen gebettetes Gut eines alten Freundes zu Besuch gekommen.

Herders Geburtshaus Mohrungen war mehrmals Kriegen zum Opfer gefallen. Wo Russen und Franzosen, Polen und Deutsche aufeinander einschlugen, konnte nicht viel Altes bewahrt bleiben. Werden sich die Menschen eigentlich jemals ändern?

Diese Frage stand im Mittelpunkt von Herders Denken und seiner Geschichtsforschung. Eine Gedenktafel und ein Denkmal erinnern an den *Genius loci*, ein paar liebevoll, in Eile zusammengetragene Erinnerungsstücke in dem kleinen Museum, im ehemaligen Palast Dohna, gegenüber machen sein Leben und Wirken anschaulich. Als schwebte Herders Geist noch über diesem Ort.

Ich beobachtete das Gesicht des Präsidenten, während er zwischen dem Gebälk des alten Hauses bedächtig hin und her wanderte, von Bild zu Bild, von Exponat zu Exponat. Herders *Ideen zur Philosophie der Geschichte der Menschheit* wurden hier lebendig. Fern von den Uniformen, Säbeln und Paraden war man aufgeschlossen, dem »Taubenvolk«, wie Herder es nannte, dem »Volkscharakter der Slawen«, nachzusinnen. »Trotz ihrer Taten hie und da waren sie nie ein unternehmendes Kriegs- und Abenteuervolk wie die Deutschen.« Am liebsten hätten sie Handel getrieben zwischen dem Schwarzen Meer und der Ostsee, zwischen dem Morgenland und dem mittleren und nördlichen Europa. Aber schon Karl der Große habe sie »in ganzen Provinzen ausgerottet und zu Leibeigenen gemacht«, ihren Charakter verändert. »Ist es ein Wunder, daß nach Jahrhunderten der Unterjochung und der tiefsten Erbitterung dieser Nation gegen den christlichen Herrn und Räuber ihr weicher Charakter zur arglistigen, grausamen Knechtsträgheit herabgesunken« war?

»Und dennoch ist allenthalben, zumal in Ländern, wo sie einige Freiheit genießen, ihr altes Gepräge noch erkennbar.«

Die Aufmerksamkeit des Präsidenten wanderte von den Schaustücken im Inneren des Museums zu den Gesichtern draußen im Hof und auf der Straße. Die Neugier war beiderseits groß, die Blicke offen, ernst. Ohne die Steifheit (Argwohn? Unsicherheit?) im Korsett des offiziellen Rituals in der Hauptstadt oder in der Hafenstadt, wo etwas Unausgesprochenes, Dunkles, Kälteres in der Luft gelegen hatte. Etwas Unnatürliches.

In Mohrungen war es anders.

Es war der 5. Mai, ein Samstagvormittag. Ich hätte gern gewußt, was der Präsident zu Herder, dem Prediger unterwegs nach Europa, gesagt hätte. Stets auf Reisen, von Mohrungen nach Königsberg, von Riga nach Nantes, von Weimar nach Darmstadt und weiter, reiste der Theologe und Philosoph von Ost nach West, von Nord nach Süd, um seine Intuitionen und Ideen zu festigen: Etwa den Gedanken, die Eigenart jeglichen Wesens, alle Vielfalt sei zu schützen, was freilich Veränderlichkeit nicht ausschließt. Das wußte der Präsident auch, Diagnosen sind leicht zu haben, Therapien auch – aber Gesundung? »Armes, policirtes Europa«, seufzte Herder in seiner Schrift *Auch eine Philosophie der Geschichte zur Bildung der Menschheit.* »Leblose Räder einer großen, hölzernen, gedankenlosen Maschine.« Wie ein Fluch donnerte er von seiner Kanzel gegen den »Gott aller Götter, Mammon!«. In seinem Alterswerk, den *Briefen zur Beförderung der Humanität,* schrieb er: »Wenn der Dämon, der uns regiert, kein humaner Dämon ist, werden wir Plagegeister der Menschen.« »Der uns regiert« – »der Dämon« –, wo und wie ist er zu fassen, zu zähmen?

Staatsbesuche gebieten Eile. Für Poesie oder gar Melancholie bleibt wenig Zeit.

Wenn Herder den Regierenden Ratschläge erteilt hat, wie zum Beispiel in der Schrift *Vom Einfluß der Regierung auf die Wissenschaften und der Wissenschaften auf die Regierung,* dann waren es alte, seit Jahrtausenden bekannte Ratschläge der Geschichte, die ja auch die Lehrmeisterin des Lebens genannt wird. Was lehrt sie? Doch immer dasselbe; und ihre Lehren werden, wie wir wissen, in den Wind geschlagen. Die alten Fehler wiederholen wir leidenschaftlich, immer aufs neue. Das Lehrgeld steigt, wir zahlen trotzdem.

Sind Herders Grundgedanken neu, wenn er schreibt, Kriege säten nur Haß unter den Menschen und Völkern, zerstörten ihr Hab und Gut, das materielle wie das geistige, es seien Lichtvisionen nötig, humanistische Traumbilder? Aber Herder dachte doch auch etwas Altes neu. Er dachte Europa – vom Osten her.

Darmstadt. Dezember 1997 – Januar 1998

Nach fast zwanzig Jahren nahm ich Abschied. Die Arbeit im Deutschen Polen-Institut war neben den Schuljahren in Lodz die schönste und fruchtbarste Zeit in meiner Biographie. Ursprünglich hatte ich vor, nur beim Aufbau des Instituts zu helfen. Dann wollte ich die Aufgabe Jüngeren überlassen. Zum Jahreswechsel 1997/98 verabschiedete ich mich mit diesem Brief:

»Liebe Freunde und Förderer des Deutschen Polen-Instituts, erlauben Sie mir diese Anrede, denn sie schließt alles ein: Förderer, gleich welche, schaffen Freunde, und Freunde, gleich welche, fördern und befördern den Frieden.

Ich habe das Präsidium und das Kuratorium, denen ich unendlich viel Förderung, Vertrauen und Freiheit verdanke, schweren Herzens, aber nicht ohne Begründung, gebeten, mich von den Leitungspflichten am Institut zu entbinden.

Nicht nur ich bin in die Jahre gekommen, auch die Welt hat sich grundlegend verändert, in Europa bricht eine neue Epoche an. Kurz und gut: die wachsenden Probleme und Herausforderungen erfordern unverbrauchte Kräfte. Ich habe mir aus einem starken persönlichen politisch-poetischen Antrieb vor achtzehn Jahren bereits – nach Abschluß eines anderen fünfundzwanzigjährigen Berufslebens – den Luxus unseres Instituts zugemutet, das als Kulturwerkstatt für Deutsche und Polen an unserer empfindlichsten Grenze Freundschaft und Frieden stiften sollte. Dieser Aufgabe wollte ich fünf, zehn Jahre widmen – es sind daraus achtzehn Jahre geworden. Es ist höchste Zeit, dem günstigen Augenblick und dem Wink der Zeit folgend, das Institut

Mit Marion Gräfin Dönhoff auf dem Weg zur Abschiedsveranstaltung im Darmstädter Staatstheater.

mit neuem Schwung für das Jahr 2000 auszurüsten. Freilich hängt ein Vaterherz dem Sorgenkind seines späten Alters besonders an, aber das Kind ist nun achtzehn, also volljährig, mit einem guten Reifezeugnis ausgestattet; es kann jetzt sein Leben selbst gestalten. Ich wünsche ihm das Allerbeste und bitte alle, die mir Vertrauen und Beistand geschenkt haben, beides auf die Generation 2000 zu übertragen. An der Zielsetzung ändert sich nichts; auch nicht an der Notwendigkeit, die Aufgabe fortzusetzen.

Allen, die zum Erfolg unseres Gemeinschaftswerks beigetragen haben, gelten mein Dank und meine Verbundenheit ganz besonders.«

Der Präsident des Instituts, Altbundeskanzler Helmut Schmidt, der unsere Arbeit von Beginn an aktiv begleitet hatte, würdigte das Geleistete und gab mir Wünsche mit auf den Weg.

»Karl Dedecius, der langjährige Mittler zwischen den schwierigen Nachbarn Deutschland und Polen, geht in den Ruhestand – später, als er plante, weil Freunde ihn zum Bleiben im Amte drängten. (...) Weil also der Rückzug ins Private keinesfalls Muße, sondern vielmehr die Fortsetzung filigraner Fleißarbeit bedeuten wird (...), so sei dem verdienten Manne der »Ruhestand« von Herzen gegönnt. Dedecius' Wirken hat zahlreiche Ehrungen erfahren, und doch decken alle Doktorhüte und Preise keineswegs den geistigen und politischen Beitrag ab, den Dedecius für die Wiederannäherung zweier ehemaliger Feinde geleistet hat. Die von berufenen Seiten vorgelegten Würdigungen belegen die seltene Vielseitigkeit in Begabung und Initiative eines von zwei Kulturen geprägten Homme de lettres und seinen selbstgewählten altruistischen Auftrag. (...)

Tatsächlich ist uns Deutschen die sich über ein Millenium erstreckende Geschichte immer noch nur unzureichend bewußt. Weil wir aber auch eine gemeinsame Zukunft vor uns haben, so bleibt noch vieles zu lernen – und das Deutsche Polen-Institut wird sich dieser Zukunft zuwenden.

Karl Dedecius hat das Deutsche Polen-Institut mit seiner jung und alt ansteckenden Begeisterung in ideologisch eisigen Zeiten zu einem Scharnier zwischen den schwieri-

Karl Dedecius mit der Literaturnobelpreisträgerin Wisława Szymborska vor dem Deutschen Polen-Institut, Villa Deiters, 1997.

gen Nachbarstaaten gemacht. Er hat in subtiler Weise unter der gefrorenen Oberfläche frühzeitig auf beiden Seiten historische Hypotheken abgetragen. Die finanzielle Ausstattung dieses kleinen Hauses stand und steht in keiner Relation zu der immensen Leistung der Ägide Dedecius'.

Dedecius hat seinen Beitrag zum Aufbau einer normalen Partnerschaft zwischen Deutschen und Polen immer als Friedensarbeit verstanden – und sich selbst als Pontifex der Verständigung, über die Gräben von beiderseitigen Aversionen hinweg. ... Zwei polnische Nobelpreisträger verdanken ihre Auszeichnung auch der sprachlichen Erschließung durch Karl Dedecius.

Die Erinnerungen seines wechselhaften, teilweise harten Lebensweges durch Kriegsgefangenschaft, Krankheit und materielle Not hat der Bürgersohn aus Lodz mit zugleich einer polnischen und einer deutschen Seele beharrlich und lange Jahre gegen den Zeitgeist für die Versöhnung und Völkerverständigung eingesetzt. Dafür gebührt Dedecius ein großer Dank.

Ich selbst lasse meinen philosophischen Gefährten mit Wehmut ziehen, ein Abschied, den die Zuversicht mildert, daß uns als Freunde Polens sein kostbarer Rat jederzeit weiterhin zur Verfügung stehen wird.«

Nach dem Weggang aus dem Institut in Frankfurt setzte ich meine polonistischen Arbeiten fort, am häuslichen Schreibtisch, unter Wegfall fast aller Dienstreisen und repräsentativen Verpflichtungen.

VI.
ZURÜCK AN DIE QUELLE

Sinnig zwischen beiden Welten
Sich zu wiegen, laß ich gelten;
Also zwischen Ost und Westen
Sich bewegen, sei's zum Besten!
Goethe

Vaterland der Seele

Klassentreffen in Lodz

Wenn ich an Lodz denke, fällt mir zuerst der Namenspatron meiner Schule ein, der Schriftsteller Stefan Żeromski. Er war 1924 der Gründer des Polnischen PEN-Clubs und dessen erster Präsident. In seinem letzten Roman, *Vorfrühling*, schreibt Żeromski: »Jeder hat in seiner Kindheit einen Lieblingsplatz. Das ist das Vaterland der Seele.« Die Żeromski-Schule lag damals, in meiner Jugend, in der Evangelischen Straße. Später hieß sie Pieracki-, heute heißt sie Roosevelt-Straße. *Tempora mutantur et nomina in illis.*

Ich denke oft und mit Rührung an Lodz. Vieles verdanke ich dieser Stadt, in der ich meine Jugend verbrachte. Es war der Ort erster Geheimnisse und Abenteuer, der ersten schwerwiegenden Schritte ins Leben, ein Ort unterschiedlichster Einflüsse, Phantasien, Bedeutungen und Bestimmungen. Meine Erinnerung an Lodz ist mit dem Bild der Schule in der »Ewangelicka« verbunden.

Meine Schulkameraden traf ich im größeren Kreis wieder, anläßlich meiner Ehrenpromotion an der Lodzer Universität 1990 und dann bei der Wahl zum Ehrenbürger der Stadt 1992. In den nächsten Jahren begegnete ich einigen von ihnen in Warschau, Thorn und Danzig, wo sie wohnten. Doch der Kreis wurde kleiner. Nur wenige waren gefallen, jetzt aber starben sie, einer nach dem anderen. Inocenty Święcicki in Lodz, unser Klassenprimus, und ich sind die einzigen, die noch leben.

Meine Korrespondenzen und Gespräche mit Bekannten, die aus Lodz stammen und über die ganze Welt verstreut sind, ganz gleich, ob sie Polen, Deutsche oder Juden sind, pflege ich oft mit einer Paraphrase einzuleiten, die da scherzhaft lautet: »Lodzer aller Länder, vereinigt euch!«

Diese skurrile Losung, scheinbar infantil und eigentlich utopisch, bekommt heute einen immer präziseren Sinn:

Kultivieren wir nicht unsere provinzielle Beschränktheit, den lokalpatriotisch aufgeputzten, feierlich gestimmten, sentimental oder pathetisch verfälschten, engstirnigen Kleinmut, der bestenfalls in geistige Sackgassen führt, meist aber in irreversible Zerstörung.

Wenn ich das Verzeichnis der Autoren überfliege, die ich übersetzt habe, bin ich überrascht, wie viele Lodzer es darunter gab, was mir beim Übersetzen gar nicht bewußt war: Mieczysław Braun, Jerzy Waleńczyk, Anna Pogonowska, Henryk Hartenberg, Bronisław Maj, auch Satiriker und Aphoristiker wie Stefania Grodzieńska, Ludwik Jerzy Kern, Jerzy Pomianowski, Wiesław Brudziński. Waren die Lyriker dazu berufen, eine Brücke zwischen den Empfindungen der Polen und der Deutschen zu schlagen, erfüllten die Satiriker die andere, horazische Aufgabe – *rigendo dicere verum*: lächelnd die Wahrheit zu sagen. Der wichtigste Dichter der Stadt Lodz aber war und bleibt Julian Tuwim, dessen Werk mich mein Leben lang beschäftigte.

Lodz heute und Lodz gestern als Gemeinwesen und als Prisma. Ich sehe mich unter meinen Schulfreunden um, dem Abiturientenjahrgang 1939 in Lodz, und eine ganze Welt ersteht vor meinen Augen. Nur wenige sind in Lodz geblieben: unser Primus, der bis zu seiner Pensionierung als Jurist und Kommunalbeamter der Stadtverwaltung tätig war und ehrenamtlich immer noch aktiv ist. Meine Besuche krönt seine Frau jedes Mal mit einem polnisch opulenten Abendessen. Ein anderer, der in der Schule weniger brillierte, dafür als Organisator bei den Pfadfindern und als Sportler von sich reden machte, schloß sich der Partei an und machte Karriere als Verwaltungsdirektor eines Opernhauses im Norden des Landes. Einen dritten, der in der Schule als Nationaldemokrat hervortrat und der 1939, nach Hitlers Vorbild, unbedingt in die Tschechoslowakei und in Litauen einmarschieren und die ehemals polnischen Gebiete zurückerobern wollte, sehe ich noch heute in den Pausen auf der Schulbank stehen und skandieren. Sein Ruf hatte kein Echo. In dieser Klasse stand er ziemlich allein da. Nach dem Krieg ließ er sich außerhalb von Lodz nieder, betrieb als Privatunternehmer eine große Gärtnerei und lebte als Złoty-Millionär in relativem Wohlstand. Die guten Geschäfte machte er mit Tulpen, für die er die Zwiebeln in Holland per Post einkaufte. Unser Secundus, Leon Tomczak, mein Busenfreund, ging 1945 nach Danzig und leitete dort als angesehener, erfolgreicher Arzt eine Krankenambulanz. Aber er zerbrach an den weltanschaulichen Konflikten. Nach langen und schwierigen Aufbaujahren ließ er Praxis und Familie im Stich und lebte – eher seelisch gebrochen als äußerlich zufrieden – vereinsamt in einem Vorort von Hamburg. Kurz danach pilgerte er weiter, aus Deutschland brach er in unbekannte Richtung auf, niemand weiß seine Adresse, er ist verschollen.

Die jüdischen Klassenkameraden traf ich in Lodz bei unserem Klassentreffen nicht. Ich schämte mich, nach ihnen zu fragen, und ich stand mit dieser Scham nicht allein da. Ich erfuhr nicht, was mit ihnen geschehen war, ob sie noch lebten, wo man sie finden könnte.

Erst 2005 meldete sich einer aus einem Städtchen in der Ukraine, Bogorodek, brieflich bei mir. Er lebt dort seit 1945 als Übersetzer – ein Erbe unserer Schule – für die Industrie. Seinen zwei Kindern gehe es auch gut, schreibt er, sie seien Lehrer. Von mir hatte er aus der polnischen Presse erfahren. Dawid Rejder. Ich kramte im Gedächtnis und sah ihn plötzlich vor mir. Mittelgroß, hager, fleißig, ein stiller Einzelgänger, der an den Klassenturbulenzen nicht teilnahm, dafür war er zu bescheiden. Auf sein Schicksal nach 1939 kamen wir in den Briefen nicht zu sprechen, ich hatte das Gefühl, es wäre taktlos, ihn danach zu fragen, nach so langer Pause, auf Entfernung, ohne Blickkontakt, stimmlos; er gab mir nicht das kleinste Signal, darüber mit mir sprechen zu wollen. Bislang wechselten wir einige wenige Briefe miteinander.

Und die Deutschen der Klasse? Einer war ebenfalls unter den Klassenbesten und vor allem in Geschichte beschlagen. Er hieß Jerzy Hauptmann, war Sohn eines evangelischen Diakons und saß rechts von mir in der Nebenbank. Wir hielten ihn für einen Streber, weil er alles wußte und sich an unseren außerschulischen Eskapaden nicht beteiligte. Ich traf ihn in den sechziger Jahren zufällig in Bonn und in Lindenfels wieder – bei internationalen Osteuropa-Kongressen, Symposien und Treffen. In den USA unterrichtete er, der Professor für Politologie, junge Amerikaner in Osteuropakunde. Am meisten überraschte mich, als ich erfuhr, daß er, der scheinbar Deutscheste von uns Deutschen in der

Klasse, als polnischer Offizier im Warschauer Aufstand gekämpft hatte.

Ein anderer Deutscher, der spielend leicht Sprachen lernte – er saß eine Bank vor mir, und ich durfte bei Klassenarbeiten in Notfällen bei ihm abschreiben –, landete im Auswärtigen Dienst in Bonn – Frankreich, Afrika, auch das Kanzleramt der Deutschen Botschaft in Warschau waren seine Stationen. Ein dritter hatte das Pech, zu nordisch auszusehen. Er wurde gleich 1939 als Achtzehnjähriger zur Waffen-SS gemustert und verscholl bald spurlos an der Front irgendwo in Rußland. Die Söhne und Töchter der großen Lodzer Fabrikanten hatte es inzwischen ebenfalls in alle Winde verstreut. Scheiblers Sohn Karl, mit dem ich zur Schule ging, und seine Tochter Barbara, mit der ich bei Pastor Kotula konfirmiert wurde, sollen irgendwo in Südamerika als Unternehmer leben. Eine von Geiers Töchtern blieb in Warschau, als Frau eines polnischen Professors, eine andere lebt in Wien, verheiratet mit einem Österreicher. Tauschinski. Reste der deutschen Industriepioniere von Lodz.

Was für Biographien! Welch ein Universum in dieser Handvoll Schicksale und Lebensläufe. Wie sollte man da nicht auf den nur scheinbar befremdenden Slogan kommen: Lodzer aller Länder, vereinigt euch? Nicht in Schützengräben oder Massengräbern, sondern bei Klassentreffen und Partnerschaftsprojekten.

Gymnasium Nr. 43. Lodz, 19. November 2002

Nach siebzig Jahren stand mir eine zweite Begegnung mit einem Lodzer Gymnasium, mit seiner Jugend, auf die ich neugierig war, bevor. Der Elternbeirat, die Lehrer und die Schüler beschlossen einstimmig, ihrer neugegründeten Schule meinen Namen zu geben. Ich gestehe, ich war aufgeregt wie ein Schulanfänger.

Wiederbegegnung mit Schule und Schülern in meiner Stadt! Jugenderinnerungen überfluteten mich. Was mich an der Idee dieses neugegründeten Gymnasiums beeindruckte, war der Plan, den Deutschunterricht zum Schwerpunkt des Lehrstoffs zu machen.

Die Stirnwand der Halle war mit dunklem Tuch dekoriert, darauf mit hellen Buchstaben aufgeklebt wie Sterne am Firmament in loser Formation – deutsche und polnische Dichternamen. Goethe, Schiller, Rilke, Enzensberger, Celan, Mickiewicz, Słowacki, Szymborska, Miłosz, Herbert, klassische und moderne Autoren, einige Namen, denen die Schüler wohl besondere Bedeutung beimaßen, mehrmals. In unterschiedlicher Schriftgröße und Anordnung. Mein Name, da und dort, zu groß, dazwischen. Vor diesem Hintergrund war eine Treppenkonstruktion aufgebaut, auf deren Stufen die neun Musen standen und Gedichte – deutsch und polnisch – aufsagten. Auf der obersten Stufe thronte Jupiter im weißen Laken und goldener Papierkrone mit seinen Machtinsignien und sprach das Wort, das letzte. Apoll erkannte ich nur an seiner Lyra aus Pappe.

In der linken vorderen Ecke des Raums stand der Fahnenträger, rechts und links vor ihm, in Festkleidung, zwei Schülerinnen, alle weiß behandschuht. Ich sah den Jugendlichen in ihre offenen, ernsten Gesichter und dachte an

Die Fahne des Karl-Dedecius-Gymnasiums in Lodz.

meine Jugend. Überrascht hatte mich die Inschrift auf der Fahne der neuen Schule: In der Mitte der Name der Stadt in vier Sprachen: *Deutsch, Russisch, Hebräisch*, ganz unten *Polnisch*. Und dazwischen im Bogen mein Name und ganz oben, wiederum im Bogen, »Gymnasium Nr. 43«.

Von der Deutschen Botschaft war eine junge Kulturreferentin aus Warschau anwesend.

Was hatte ich den Schülern, Lehrern und Eltern zu sagen?

»Es fällt mir schwer, der ich mit müdem Schritt in den Hintergrund trete, euch, der jungen Generation, die frisch und munter die Zukunft beschreitet, etwas zu sagen, etwas vorauszusagen, was ihr vielleicht erwartet. Jede Generation entdeckt, weil sie es muß, diese Welt aufs neue, auf eigene Art, wiederholt die Fehler der Vorfahren, träumt von den Erfolgen der eigenen Einmaligkeit. Ich kann euch von meinen wichtigsten Erfahrungen nur die eine mitteilen: Meine

Zeit zwischen dem zehnten und dem achtzehnten Lebensjahr hier in Lodz in der Schule war für mich die schönste, rückblickend die freieste und fruchtbarste. Diese Schuljahre werde ich nie vergessen.

Im Lodzer Gymnasium habe ich gelernt, mir selbst genug zu sein und zugleich Ansprüche an mich zu akzeptieren. Hier lernte ich Selbstkritik, Fleiß und Verantwortung. Verstandes- und Leibesübungen waren natürlich mühsam, manchmal schmerzlich, doch später erwiesen sie sich im Leben als unentbehrlich. Sie halfen mir, mit zahlreichen Schwierigkeiten fertigzuwerden. Auch ihr werdet Schwierigkeiten meistern müssen.

Was heute besonders wichtig ist, ist die Kenntnis fremder Sprachen und Kulturen, das Erlernen der Kunst des Zusammenlebens mit anderen, andersgearteten Menschen und Völkern. Karl der Große sagte: Wie viele Sprachen du kennst, so viel mal Mensch bist du.

Johann Wolfgang von Goethe fügte dem tausend Jahre später hinzu: Wer keine Fremdsprachen kennt, der kennt auch seine eigene nicht. Zu gleicher Zeit trat euer Dichterfürst Adam Mickiewicz in der Pariser Zeitschrift *Tribune des Peuples* für die Einheit Europas ein.

Das Programm eines Europas der Völker, geboren in der Vision eures Nationaldichters, bekommt nach einhundertfünfzig Jahren – heute – eine konkrete Chance. Eure Generation spielt bei der Verwirklichung dieser Chance eine entscheidende Rolle. Ihr sollt die Grundmauern errichten. Verbraucht Eure Kräfte und eure Zeit nicht mit unnützen und überflüssigen Dingen.«

Orden des Weißen Adlers

Der 3. Mai ist ein besonderer Tag in der polnischen Geschichte: An diesem Tag legte König Stanislaus II. August 1791 den feierlichen Eid auf die Konstitution ab, die erste schriftliche Verfassung Europas. Sie berief sich auf die Rousseausche Idee von der Volkssouveränität und auf Montesquieus Lehre von der Gewaltenteilung und wurde zum Vorbild in der neueren europäischen Verfassungsgeschichte. Seit 1990, seit dem Ende des Sozialismus, ist dieser Tag wieder polnischer Nationalfeiertag.

Es war eine hohe Ehre für mich, daß ich als erster Deutscher am 3. Mai 2003 im Warschauer Präsidentenpalast von Polens Staatspräsident Aleksander Kwaśniewski die höchste polnische Auszeichnung, den Orden des Weißen Adlers, empfangen durfte:

»Wenn wir heute ausgezeichnete politische Beziehungen mit Deutschland haben, wenn Polen und Deutsche mehr voneinander wissen und sich freundlicher ansehen, dann steckt darin Ihr persönliches riesengroßes Verdienst. Im Namen Polens spreche ich Ihnen Anerkennung aus und aufrichtigen Dank für dieses wunderbare Werk der geistigen Annäherung unserer Völker.

Vor vielen Jahren, als die Europäische Union noch kaum im Entstehen begriffen war, als noch niemand in Polen zu träumen gewagt hatte, daß auch wir in diese Strukturen einbezogen würden, hatte Karl Dedecius ein Werk begonnen, daß – sehr verkürzt ausgedrückt – zwei Befürchtungen aus dem Wege geräumt hatte: daß Polen dem Vereinten Europa mit leeren Händen hätte beitreten müssen, daß Polen die Vorzüge, Leistungen und Argumente fehlen, die für die Völker Europas von Bedeutung wären. Karl Dedecius hatte durch seine Übertragungen polnischer Literatur, durch Förderung unserer Kulturbeziehungen gezeigt, daß Polen sehr wohl einen großen Anteil am gemeinsamen Erbe hat und über einen eigenen Reichtum von europäischer Dimension verfügt. Und Karl Dedecius räumte auch mit einer anderen Befürchtung mancher unserer Landsleute auf: daß Europa für Polen verschlossen sei, daß es am Wort, den Gedanken, der Wissenschaft und der Literatur der Polen, ihren künstlerischen Errungenschaften desinteressiert sei. Das ist nicht wahr. Europa ist offen, diese Werke anzuerkennen, sobald es sich um Werke von wesentlichem Wert handelt.

Für all das möchte ich Ihnen danken. Vielleicht erfährt in diesem Augenblick Ihre Mission ihre Krönung. Als Sie sie begonnen hatten, hatte niemand davon zu träumen gewagt. Ich glaube, daß wir die Träume erfüllen werden, die Herrn Karl Dedecius vor vielen Jahren inspiriert hatten: Daß wir zu einem Bestandteil des integrierten gemeinsamen Europas, mit einem festen Platz und eigener Ausstrahlung werden würden.«

Die Reise nach Warschau glich einem Ausflug in die deutsch-polnische Geschichte, denn ich übernachtete im Warschauer Schloß Belvedere, im goldenen Himmelbett von Józef Piłsudski, der nach dem Ersten Weltkrieg als erster mit dem reaktivierten Orden des Weißen Adlers dekoriert wurde, ein Orden, den übrigens August der Starke, König von Polen, vormals Kurfürst von Sachsen, 1709 gestiftet hatte. Ich ließ mein Leben an mir vorüberziehen. Ich dachte an die Linien der Geschichte, die sich kreuzen und verwirren, die mir manchmal wie geheime Leitmotive scheinen.

Karl Dedecius vor der restaurierten Villa Decius in Krakau, 2000.

Kiesel lassen sich nicht zähmen
sie betrachten uns bis zum schluß
mit ruhigem sehr klarem auge
Zbigniew Herbert

Epilog

Eigentlich arbeitet jeder ein Leben lang an seiner Autobiographie. Es muß nicht immer ein Buch sein, es können auch mehrere sein, die, mit anderen Themen befaßt, eine Summe ergeben. Aus Bescheidenheit oder Scham oder Zeitmangel kurzgefaßt – ein Brief, ein Gedicht, ein Gespräch, eine Hilfeleistung, ein wirksames Trostwort.

Intensive Freundschaften! (Nicht zu viele!)

Tagebücher, Erinnerungen, Testament.

»Kunstwerk« kann auch anderes sein, manchmal ist anderes wichtig: Kinder, Erfindungen, Dienste an der Allgemeinheit. Einfach Menschen und ihr Wirken.

Es muß nicht immer Literatur sein, es kann auch Leben sein.

Unser Leben endet, unser Werk geht nie zu Ende, wenn das, was wir zurücklassen, dessen Fortsetzung, Fortpflanzung ist. Deshalb leisten wir es, zeugen Kinder, bauen Häuser und Straßen, in denen die Nachkommen wohnen, auf denen sie sich fortbewegen. Die Karten sind nicht immer gerecht, nach persönlichen Wünschen gemischt. Plötzlich landet der Gewinn in der falschen Hand, das Opfer in der Destruktion, oder noch anders, die Katastrophe erweist sich als ein wahrer Segen, der heiße Krieg als Befreiung, der kalte Frieden als Gefängnis. Die Absicht hört auf, entscheidend zu sein, das Urteil sprechen die Folgen, die man zu bedenken, geschweige im voraus zu befolgen nicht die Freiheit hatte.

Musils Tagebücher – besonders zwei Seiten daraus: 9. 6. 1915 – zwangen mich, meiner »geheimnisvollen Natur« zu folgen und zu hoffen, darin für mich die Antwort auf seine Frage nach der »größeren Glückskraft« zu finden. Für ihn war es keine Frage, für mich keine Antwort. Sie war wie ein Stein, ein Kieselstein, ins Wasser geworfen, der Kreise bildet, größere und größere und größere, bis sie sich in der Weite verlieren.

ANHANG

Textnachweise

S. 5 u. S. 7 f.	Robert Musil, *Aus den Tagebüchern*. Auswahl von Karl Markus Michel. Frankfurt a. M. 1963
S. 9	Aus dem Gedicht »An Joachim Lelewel«, in: Adam Mickiewicz. *Dichtung und Prosa.* Ein Lesebuch von Karl Dedecius. Polnische Bibliothek Suhrkamp. Frankfurt a. M. 1994
S. 49	Jan Parandowski, »Doxa«, in: *Panorama der Polnischen Literatur. Prosa*, Band 1. Hg. von Karl Dedecius. Zürich 1997
S. 57	Adam Krzemiński, *Polen im 20. Jahrhundert*. Essay. München 1998
S. 59	Adam Mickiewicz, a. a. O.
S. 61	ebd.
S. 65	Julian Tuwim, in: Karl Dedecius. *Lebenslauf aus Büchern und Blättern*. Frankfurt a. M. 1990
S. 159	Leon Buczkowski, *Die Nacht vor der Fahnenflucht*, in: *Panorama*, a. a. O.
S. 169	Achmatowa, in: Karl Dedecius, *Mein Rußland in Gedichten*. München 2003
S. 178 f.	Lermontow, ebd.
S. 195	Karl Dedecius, Rede anläßlich der Verleihung des Friedenspreises des Deutschen Buchhandels 1990, in: Börsenverein des Deutschen Buchhandels. Ansprachen aus Anlaß der Verleihung. Frankfurt a. M. 1990
S. 202 ff.	Baczyński, Gajcy, Sebyła in: *Leuchtende Gräber. Verse gefallener polnischer Dichter.* Erstes Beiheft der Mickiewicz-Blätter. Heidelberg 1959
S. 210	Mieczysław Jastrun, in: *Panorama der polnischen Literatur. Poesie*, Band 1. Hg. von Karl Dedecius. Zürich 1996
S. 215 f.	Jerzy Waleńczyk, in: *Lektion der Stille. Neue polnische Lyrik*. Ausgewählt und übertragen von Karl Dedecius. München 1959
S. 217	Stanisław Jerzy Lec, *Unfrisierte Gedanken*. Aphorismen. München 1959

S. 226	Julian Przyboś, in: *Panorama*, a. a. O.
S. 235	Czesław Miłosz, *Gedichte*. Aus dem Polnischen übertragen von Karl Dedecius und Jeannine Łuczak-Wild. Frankfurt a. M. 1992
S. 244 ff.	Tadeusz Różewicz, *Gedichte. Stücke*. Hg. von Karl Dedecius. Polnische Bibliothek Suhrkamp. Frankfurt a. M. 1983
S. 260 f.	Zbigniew Herbert, *Inschrift*. Gedichte aus zehn Jahren. 1956-1966. Hg. und übertragen von Karl Dedecius. Frankfurt a. M. 1973
S. 275	Wisława Szymborska, *Der Augenblick*. Hg. und übertragen von Karl Dedecius. Frankfurt a. M. 2005
S. 283	»Wörtchen«, in: Wisława Szymborska, *Hundert Freuden*. Polnische Bibliothek Suhrkamp. Frankfurt a. M. 1986
S. 299	Wladimir Majakowskij, *Der Löwe ist kein Elefant*. Köln 1975
S. 301	Majakowskij, *Liebesbriefe an Lilja*. Hg. und übertragen von Karl Dedecius. Mit Zeichnungen des Autors. Von Lilja Brik autorisierte Ausgabe. Frankfurt a. M. 1969
S. 307	Gennadij Ajgi, in: Karl Dedecius. *Mein Rußland in Gedichten*. München 2003
S. 322 f.	Sergej Jessenin, ebd.
S. 336	Adam Zagajewski, in: *Ein Jahrhundert geht zu Ende. Polnische Gedichte der letzten Jahre*. Hg. und übertragen von Karl Dedecius. Frankfurt a. M. 1984
S. 339 f.	Kazimierz Brandys, *Warschauer Tagebuch. Die Monate davor, 1978-1981*. Aus dem Polnischen von Friedrich Griese. Mit einem Nachwort von Konstanty A. Jeleński. Polnische Bibliothek Suhrkamp. Frankfurt a. M. 1984
S. 341 f.	Stanisław Barańczak, in: *Ein Jahrhundert geht zu Ende*, a. a. O.
S. 344	Adam Mickiewicz, in: *Dichtung und Prosa*, a. a. O.
S. 368	Zbigniew Herbert, *Inschrift*. Gedichte, a. a. O.

Bildnachweis

Jürgen Bauer, Frankfurt am Main: Umschlag; Kornel Filipowicz, Krakau: 280; Roman Größer, Darmstadt: 341; Janusz Kołasa, Lublin: 343; Hans Kumpf, Murr: 351; Renate von Mangoldt, Berlin: 253; Isolde Ohlbaum, München: 269, 367.

Alle anderen Abbildungen stammen aus den Archiven des Autors und des Suhrkamp Verlags.

Register

Inhalt

Anhang